세이렌들의 귀환

세이렌들의 귀환 김경연 평론집

초판·1쇄 펴낸날 2011년 6월 7일

지은이 김경연
펴낸이 강수걸
펴낸곳 산지니
등록 2005년 2월 7일 제14-49호
주소 부산광역시 연제구 거제1동 1493-2 효정빌딩 601호
전화 051-504-7070 | **팩스** 051-507-7543
sanzini@sanzinibook.com
www.sanzinibook.com

ISBN 978-89-6545-155-6 93810

＊책값은 뒤표지에 있습니다.
＊이 도서의 국립중앙도서관 출판시도서목록 (CIP)은 e-CIP 홈페이지
 (http://www.nl.go.kr/cip.php)에서 이용하실 수 있습니다.
 (CIP 제어번호 : CIP 2011002334)

산지니평론선·7

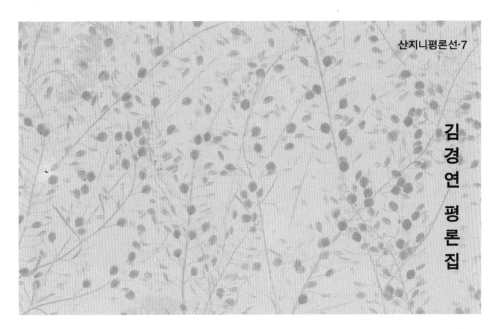

김경연 평론집

세이렌들의 귀환

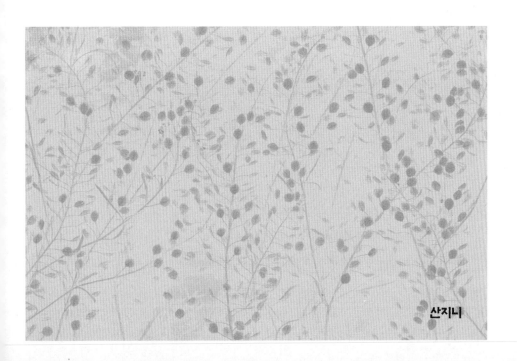

산지니

차례

서문 변방의 감각과 역설의 비평   7

1부 여성을 횡단하는 여성

혁명 이후 여성문학의 행로— 87년체제와 90년대 여성문학의 변화   17

아버지 혹은 가족을 사유하는 세 가지 방식 – 2000년대 여성문학의 모험   62

황진이의 재발견, 그 탈마법화의 시도들   83

항온과 변온, 그 유동하는 '사이'의 비평 – 김미현론   107

21세기 신(新) 계몽소설의 출현 – 공지영의 『우리들의 행복한 시간』   126

비체들의 사(史), 혹은 고통과 공포의 기록 – 천운영의 『명랑』   142

2부 타자/지역이라는 접경

경계를 횡단하는 탈국(脫國)의 서사를 위하여   155

"오(O)·세계"를 횡단하는 유령의 시학   176

지역을 통과하는 소설의 시선   200

동물이 되거나 혹은 인간이 되거나   212

불경한 텍스트를 재독하다 – 조선작 소설 다시 읽기   224

망각을 가르는 기억의 정치 – 윤이상과 소설 『나비의 꿈』   243

3부 역사와 현실의 감각

기원을 향수하는 노스탤지어의 열정 – 최근의 팩션 읽기   267

유령의 생(生)을 사는 '짧은 이야기들'의 운명   289

불안을 감각하는 서사들   303

전통과 현대의 접속, 딸의 서사에서 어머니의 서사로 – 황석영의 『심청』   322

스펙터클 사회를 사유하는 소설의 힘 – 정미경, 『나의 피투성이 연인』   330

편만(遍蔓)한 거짓과 소설적 진실 – 이명행, 『사이보그 나이트클럽』   339

찾아보기   349

변방의 감각과 역설의 비평

1.

부끄러움을 견디며 내가 써온 글을 다시 읽었다. 무겁게 쌓인 시간의 더께들 틈틈에 여위고 초라한 내 글쓰기의 흔적이 있었다. 잊힌 그 흔적을 더듬어가는 일은 못내 불편하고 절망적이며, 또 다시 두려운 일이기도 했다. 나를 읽는다는 것은 결국 세상과 문학을 향해 던졌던 내 야멸친 질문과 비판들이 나를 향해 되돌아오는 곤혹스러움을 감당하는 일이었다. 그러나 이 혹독한 읽기를 인내하는 것, 하여 밖을 향해 세우던 칼날을 더욱 날카롭게 벼려 안을 겨냥하고, 관대하게 자기 속으로 칩거하려는 비겁한 나를 부단히 찢고 나오는 것, 그렇듯 자기를 도발하고 심문하는 고통스러운 독서가 어쩌면 비평일지도 모른다는 생각을 주제넘게도 했다. 비평은 그래서 언제나 내겐 너무 무겁고 매번 익숙해지지 않는 일이었는지 모른다.

그토록 버거운 것을 겁 없이 하겠다고 나서서 처음 쓴 글은 '윤이상'에 관한 것이었다. 1995년 윤이상은 한국 밖으로 내쳐져 독일에서 죽었고 이방인으로 영원히 잊히는 듯했다. 이 강요된 망각을 가르고 윤이상의 역사를 소설로 기억한 것이 윤정모의 『나비의 꿈』이다. 윤이상과 『나비의 꿈』을 읽고 쓰던 때, 나는 문학이란 윤이상과 같이 경계 밖으로 추방당한 자들, 지워져 보이지 않는 자들, 목소리를 잃고 때론 복화술로 겨우 말할 수밖에 없는 자들에게 기꺼이 몸을 허락하는 것은 아닐까 생각했다. 그래서 이들처럼 가난하지만 이들의 목소리로 풍성해지며 이들과 더불어 세상의 폭력을 절단하는 힘이 되는 것, 그 여리고 강한 것이 문학이며 이 역설의 문학을 옹호하면서 함께 역설을 살아내는 것이 비평이라는 생각을 또 막연하게 했던 것 같다.

　글을 재독하면서 결국 나는 지나온 내 글쓰기가 이 막연한 믿음에 온전히 기대온 것임을 알게 되었다. 여성이며 유령이며 이주노동자이며 노인이며 아이이며 동성애자이기도 한 숱한 '윤이상들'을 불러내는 영매의 문학에 몸을 주고 그들을 품어 여리지만 강한 역설의 비평으로 거듭나기를 욕망한 것, 돌이켜 보니 그것이 내 가난한 글쓰기의 전부였던 것이다. 허니 비평은 내게 수다한 윤이상들과 조우하는 통로였으며, 타자들이 되는 변태의 경험이었고, 마침내 내 자신이 여성이며 유령이며 이주노동자이며 노인이며 아이이며 동성애자인 변방의 타자들임을 확인하는 과정이기도 했다.

　나와 그들, 혹은 그들인 내가 서 있는 변방의 위치란 무엇인가. 소외를 겹겹이 앓는 자리, 때론 동정과 연민으로 덧칠되고, 간간이 거친 저항이 일어나기도 하는 자리라 정의될 수도 있으리라. 그러나 이 오래고 진부한 정의 속에 회수되기를 거절할 때 변방은 어쩌면 전혀 새로운 위치로 신생할 수 있을지 모른다. 변방은 더 이상 소외나 불안정, 결여가 아니라 오히려 성찰 없는 중심을 응시하고 도발할 수 있는 위치이며, 중심의 허방을 읽어내고, 강퍅한 중심의 공리를 균열하면서 마침내 제3의 가능성을 협상할 수 있는 정치적 거점이 되는 것이다. 여성·유령·이주노동자·노인·아이·동성애자들로 낮아진 가난한 문학, 남루한 비평을 통해서 우리는 어쩌면 이 변방의 반란을 진짜 시작할 수 있을지도 모른다. 불온하게도 앞으로의 내 글쓰기는 이 반란을 꿈꾸는 데 온전히 바쳐질 것을 믿는다.

2.

여기에 싣는 글은 십 년 가까이 써왔던 글을 모으고 정리한 것이다. 글을 다시 읽으면서 수정하고 싶은 욕망이 맹렬히 타올랐으나 게으른 나는 그러질 못했고, 결국 부끄러움을 견디며 과거를 보듬어 가기로 했다. 뻔한 변명이겠지만 그럼에도 첫 평론집에 남기는 이 미련과 후회가 부디 이후를 준비하는 긍정적 힘으로 바뀔 수 있기를 바랄 뿐이다.

책은 다루고 있는 주제의 유사함에 따라 크게 3부로 구성되었다. 1부 '여성을 횡단하는 여성'은 여성과 여성문학에 관련한 글들을 묶은 것이다. 페미니즘과 젠더의 문제는 내 비평의 근거이자 세상을 바라보는 해석 틀이기도 하다. 그러므로 '여성을 횡단하는 여성' 부분은 이 책의 총론에 해당한다고 할 수 있다. 「혁명 이후 여성문학의 행로—87년체제와 90년대 여성문학의 변화」는 87년체제의 분위기 아래서 발아한 90년대 여성문학의 특이성을 김인숙, 공지영, 공선옥의 소설을 통해 해석해 본 글이다. 이어 실은 「아버지 혹은 가족을 사유하는 세 가지 방식—2000년대 여성문학의 모험」이 90년대 여성문학의 정체(停滯)를 심문하면서 등장한 2000년대 여성작가들의 모험에 주목한 글이니, 두 글을 비교해 읽으면 좀 더 흥미롭지 않을까 한다. 「황진이의 재발견, 그 탈마법화의 시도들」은 2000년대 팩션의 유행 속에서 '황진이'를 소재로 쓴 남북한 작가의 소설을 비교해 읽어본 글이다. 1부에 수록한 글들은 단수인 '여성'이 아닌 복수인 여성 '들'을 긍정하며, 여성이라는 집합적 정의를 횡단하는 새로운 여성문학의 징후를 읽어내려는 문제의식에 지지되고 있다.

2부 '타자/지역이라는 접경'은 우리시대의 각종 타자들과 접속하는 시와 소설, 그리고 변방의 위치에 있는 지역문학이나 대중문학의 의미를 조명해본 글들로 채워졌다. 「경계를 횡단하는 탈국의 서사를 위하여」에서는 국경을 넘어 한국으로 유입된 제3세계 디아스포라들, 특히 겹겹의 폭력에 유린당하는 이주노동자 여성과 아이들을 재현한 최근 한국 소설의 가능성과 한계를 짚어보았다. 「지역을 통과하는 소설의 시선」이나 「불경한 텍스트를 재독하다-조선작 소설 다시 읽기」는 지역문학이나 대중문학의 결을 새롭게 읽어내고 그 의미를 적극적으로 해석하고자 한 글이다. 이 글들을 통해서 중심을 되받아 쓰려는 구호로서의 지역문학을 넘어 중심의 폭력을 증거하는 흔적이자 중심의 허(虛)를 겨냥하는 역능으로서의 지역문학을 상상해보고자 했다. 아울러 1970년대 조선작의 소설을 재독하며 일체의 진지함을 훼절하는 불경한 방식으로 엄혹한 시대의 폭력을 감당해온 대중문학의 의미에 주목했다.

3부 '역사와 현실의 감각'은 문학 종언론 이후 문학 이행의 징후나 신자유주의 현실을 감각하는 문학의 대응 논리에 주목한 글들로 묶였다. 특히 「기원을 향수하는 노스탤지어의 열정-최근의 팩션 읽기」는 문학 장을 구성하고 있는 작가, 독자, 비평가의 정체와 위상이 총체적으로 변화하고 있는 지금, 팩션 혹은 뉴에이지역사소설의 부상이 함의하는 바가 무엇인지 고민해본 글이다. 더불어 「유령의 생(生)을 사는 '짧은 이야기들'의 운명」을 통해서 포기할 수 없는 문학의 윤리에 대해, 문학의 죽음을 생성의 문학으로 재전유할 수 있는 가능성에 대해 가늠해보고자 했다. 「불안을 감각하는 서사들」은 우리 시대가 질병처럼 앓는 불안을 화두로 삼은 소설들을 텍스트로 불안을 더 이상 불행으로 살지 않고 새로운 공동체를 상상할 수 있는 능동적 힘으로 바꾸어낼 수 있는 가능성을 타진해보고자 한 글이다.

편의상 1, 2, 3부로 나누었으나 사실 수록한 글들은 유사한 문제의식으로 엮여 있어 분류하는 일이 쉽지 않았다. 글을 읽고 정리하면서 문학과 비평에 대한 내 고민이 결국 유사한 지점으로 모아진다는 생각을 했다. 그것은 아마도 익숙한 문학의 종언 이후 낯선 문학이 도래하는 징후를 포착하고 이 새롭게 발아하는 문학 '들'에 기대와 희망을 품어보는 것이었으리라. 위험하지만 유쾌한 모험이었다.

3.

부끄러운 글들이 한 권의 책으로 엮이기까지 많은 분들의 도움이 있었다. 그러니 이 책은 나태한 나를 독려하고 부족함을 너그럽게 채워준 그분들의 것이다. 지면을 통해서라도 고마운 마음을 조금이나마 전할 수 있어 다행이다.

먼저 어머니께 감사드린다. 어머니의 휜 등과 골 깊은 주름은 내 삶이 얹힌 흔적일 것이다. 그것이 항상 죄송했지만 못되고 못난 딸은 단 한 번도 어머니 앞에서 내색을 하지 못했다. 어머니의 젊음과 꿈이 스러진 자리에 내 삶이 놓여 있으니, 그 스러진 생(生)의 무게만큼 소중히 살지 않는다면 나는 당신께 영원히 죄스러울 것이다. 눈물겼던 어머니의 삶에 부디 이 책이 작은 위로와 안식이 되었으면 좋겠다. 어쩌면 이 책은 어머니께 전하는 내 깊은 후회와 다할 수 없는 사랑의 고백인지도 모른다. 어머니의 딸로 살 수 있어 고맙다는 말을 꼭 전하고 싶다. 아버지는 몇 해 전 세상을 떠나셨다. 생전에 많이 사랑하지 못했기에 아버지는 내게 언제나 아픈 분이다. 살아계셨다면 막내딸의 첫 책 출간을 누구보다 기뻐하셨을 아버지께 죄송하고 사랑한다는 말을 전하고 싶다. 오빠와 언니들, 올케와 형부들, 그리고 사랑스러운 일곱 명의 조카에게도 이 자리를 빌려 고마운 마음을 전한다. 언제나 돌아가 쉴 수 있는 따뜻한 가족이 있다는 것은 행복한 일이다.

학문적으로나 인간적으로 든든한 힘이 되어주신 분들이 많다. 우선 학부와 대학원에서 나를 지도해주신 김중하 선생님께 존경과 감사의 마음을 전한다. 당신께 실망과 염려를 안긴 날들이 많아 면목이 없다. 허나 못난 제자는 게으르지 않게 살겠다는 말을 다짐처럼 반복한다. 이젠 믿지도 않으시겠지만 그래도 다시 말씀드려야 반이라도 지키며 살 것 같다. 더불어 학문적 성실함으로 어리석은 나를 가르치고 깨우쳐주신 모교의 은사님들, 그리고 부산대 연구단의 김용규 단장님과 여러 선생님들의 후의와 배려에 고개 숙여 감사드린다.

『오늘의문예비평』 선배들과 동료들께 진심으로 고마운 마음을 전하고 싶다. 『오늘의문예비평』과 만나지 못했다면 이 책은 세상에 나오지 못했을 것이다. 부족한 나를 비평의 길로 이끌어주시고 기꺼이 삶의 따뜻한 조언자가 되어주신 선배님들께 깊이 감사드린다. 말로는 다 전할 수 없는 고마운 마음을 부디 헤아려주셨으면 좋겠다. 그리고 『오늘의문예비평』을 함께하고 있는 신실한 동료들, 허정·박대현·전성욱·손남훈·윤인로·박형준 선생님과 김필남 편집장님께도 감사드린다. 힘들고 아픈 시간을 함께 견뎌왔기에 우리는 더욱 돈독해졌다고 믿는다. 다른 누구도 아닌 이분들과 함께 할 수 있어서 언제나 즐겁고 든든하다. 고맙다는 말보다 사랑한다는 말을 먼저 하고 싶다.

마지막으로 책의 출간을 기꺼이 맡아주신 〈산지니〉 강수걸 사장님께 감사하고 죄송하다. 지역에서 힘들게 출판하시는 사장님께 이 책이 또 하나의 짐이 될 것 같아 염려되지만, 앞으로 더 열심히 읽고 쓰는 것으로 죄송함을 대신하고자 한다. 거친 글들을 꼼꼼하게 읽고 정리해주신 권경옥 선생님, 그리고 김은경 편집장님과 권문경 디자이너께도 마음 깊이 감사드린다.

단 하나의 거대한 혀를 두려워하지 않고, 천 개의 혀가 쏟아내는 진실에 귀 닫지 않으며, 내 몸 속에 있는 몸들, 내 혀 속에 있는 천 개의 혀를 침묵시키지 않고, 그 치명적인 혼란과 흔들림을 무던히 견디며 지치지 않고 비평하는 것으로 이 모든 고마운 분들께 보답하고 싶다.

2011년 6월
김경연

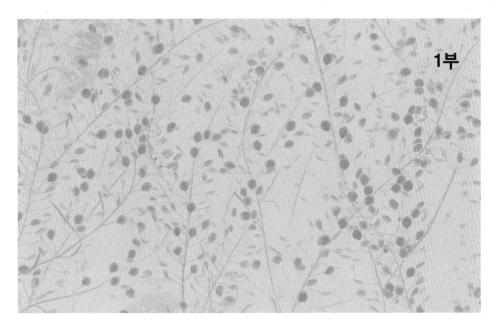

1부

여성을 횡단하는 여성

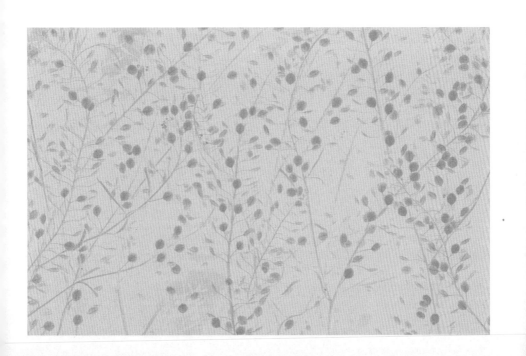

혁명 이후 여성문학의 행로

— 87년체제와 90년대 여성문학의 변화

1. '87년체제'라는 의미망, 그리고 여성운동

1987년 6월 항쟁이 일어난 지 20년이 지났다. 87년의 경험을 객관적으로 분석하고 평가할 수 있을 정도의 시간적 거리를 확보한 셈이다. 최근 87년의 경험을 역사화하려는 움직임이 꾸준히 늘고 있는 것은 이 때문일 것이다. 87년 이후 한국 여성운동의 변화를 살펴보고 그 변혁의 기운이 90년대 여성문학의 행로와 어떻게 조우하는지 가늠해보고자 하는 이 글 역시 유사한 작업의 하나일 것이다.

'87년체제'는 6월 항쟁에서 6·29선언, 3당 합당에 이르는 87년 민주화 이행 이후부터 현재에 이르는 한국 사회의 변화를 총괄적으로 지시하는 용어이다.[1] 익히 알다시피 87년체제는 한국인들에게 긍정과 부정의 상반된 의미를 지닌다. 시민들의 자발적인 연대와 저항을 통해 민주화를 쟁취한 6월 항쟁은 이후 노태우 정권의 등장으로 후퇴했고, 다

---

1) 김종엽, 「분단체제와 87년체제」, 『창작과비평』, 2005년 겨울호, 15쪽.

시 야당의 총선 승리로 진전되는 듯했으나 1992년 3당 합당으로 한걸음 더 물러났다.[2] 그러나 87년체제의 이 양가성에도 불구하고 87년의 역사적 경험이 오늘의 한국을 구성하는 일대 전환점이 되었다는 사실은 부인할 수 없다.

전환점으로서의 87년은 정치·경제·사회·문화 전 부문에서 확인된다. 정치적 측면에서 한국 사회는 87년 이후 권위주의 체제가 종식되고 형식적 민주주의가 정착되는 한편 시민사회가 형성되었다. 경제적으로도 박정희식의 발전체제, 즉 대자본(재벌)과 민중 부문 양자를 국가에서 통제하는 시스템에서 벗어나 자본의 자유로운 흐름에 내맡기는 이른바 신자유주의 체제로 편입되는 계기를 마련한다. 사회·문화적인 부문에서는 87년 이후의 실질적인 소득 증가가 한국 사회를 대중소비사회로 진입하도록 견인했다. 이러한 전환은 매우 급속하게 생활양식의 변화를 가져오면서 90년대 문화담론의 폭증을 유발한다.[3]

87년 이후 한국 사회의 이 총체이고 급진적인 변화는 국제적 변화와 맞물리면서 그 폭을 확대한 측면도 있었다. 1990년대 초 현실사회주의권의 몰락과 전 지구의 자본주의화는 90년대 한국의 상황과 조응하면서 한국의 정치·경제·사회·문화 전 분야에 이르는 변화를 더욱 가속화했고, 이 과정에서 촉발된 근대(성)에 대한 성찰은 포스트모더니즘이나 포스트구조주의와 같은 일련의 포스트 담론들을 확산시키게 된다.

87년 이후의 이러한 변화 과정 속에서 단연 주목되는 것이 새로운 여성운동의 부상이다. 87년을 전후한 일련의 역사적 경험은 한국의 여성운동 역사에도 일종의 분기점을 형성한다. 해방 이후 전개된 여성운동

---

2) 김종엽, 위의 글, 17쪽. 최장집은 87년 민주화 이후 민중주의가 소멸하고 기존의 사회질서를 총체적 시각에서 비판적으로 이해하고자 하는 시도나 관심이 해체되면서, 오히려 87년 이후 한국 민주주의는 위기에 처해 있다고 지적한 바 있다.(최장집, 『민주주의의 민주화』, 후마니타스, 2002, 31~32쪽 참조)
3) 위의 글, 16쪽 참조.

은 대개 중산층 여성에 기반을 두면서, 산업화와 더불어 중요하게 대두된 여성 노동자나 여성 농민들의 고통과 억압상황을 외면해온 측면이 있었다. 때문에 여성 저임금에 기반을 둔 정부의 경제개발정책을 비판하기보다 암묵적으로 지지하는 어용적 성격이 강했다. 80년대 여성운동은 무이념적이고 어용적인 기존의 여성운동을 비판하고 여성 해방의 과제를 분명히 설정하는 한편, 전체 민주화 운동과 조화를 모색하는 등 진보적 성격을 강하게 드러낸다.[4] 이러한 움직임은 1987년 2월 23개 여성단체가 연합한 '한국여성단체연합(이하 여연으로 줄임)'이 출범하면서 여성운동의 힘을 더욱 응집시키는 계기를 마련한다. 여연은 6월 항쟁 이후인 1987년 7월 기관지《민주여성》을 발간하는데, 그 창간사에서 여성 억압의 현실을 만들어내는 사회구조의 개혁을 위해 "민족적 자주화를 이룩하기 위한 반외세 투쟁, 정치적 억압으로부터 민주주의와 남녀평등을 쟁취하기 위한 민주화 투쟁, 인간답게 살 권리를 쟁취하려는 생존권 투쟁"[5]으로 여성운동의 목표를 설정한 바 있다.

물론 이 과정에서 여성운동 진영은 운동의 이념과 방향, 민주화를 향한 변혁운동과의 관계 설정을 놓고 내부논쟁을 벌이기도 했다. 대표적인 것이 '성'과 '계급' 관계에 관한 논쟁인데, 여성 억압구조와 계급구조를 별개의 문제로 파악하는 입장과, 계급 모순 해소를 성 모순 해결로 인식하고 여성운동을 민주화운동의 큰 틀 내에 위치시키려는 입장으로 나눌 수 있다. 전자가 서구의 '사회주의 여성해방론'에 영향을 받은 것이라면, 후자는 '맑스주의 여성해방론'의 입장을 견지한 것이라 할 수 있다.[6] 1980년대 초반 '사회주의 여성해방론'에 무게가 실렸던

---

4) 이미경 · 조옥라 · 정현백 · 김영희, 「좌담: 변화하는 세계와 여성해방 이념」, 『창작과비평』, 1991년 겨울호, 8~10쪽 참조.
5) 문승숙 지음 · 이현경 옮김, 『군사주의에 갇힌 근대』, 또하나의문화, 2005, 159~150쪽에서 재인용.
6) 이미경 · 조옥라 · 정현백 · 김영희, 앞의 글, 8~12쪽 참조.

여성운동은 80년대 중반 이후 민주화를 향한 투쟁이 가속화되면서 '맑스주의 여성해방론'의 흐름을 타게 된다. 남녀평등을 민주주의의 실현과 동궤로 설정한 여연의 창간사는 이를 반영한 것이었다. 80년대 후반 여성운동은 87년 항쟁을 경험하면서 민주정부 수립이 시급함을 인식하고, 변혁 운동의 주체, 즉 민주주의 정치체의 구성원으로서 여성을 적극적이고 참여적인 '시민'으로 새롭게 정의하게 된다.[7]

1960년대 이후 한국의 근대화 과정에 주목한 문승숙은 87년 항쟁 이후를 한국의 근대를 추동한 '군사화된 근대성'이 부분적으로 쇠퇴하는 시기로 파악하고 있다. 그에 따르면 87년 민주화 투쟁을 통과하면서 한국인들은 국가에 의해 동원되고 호명되는 '국민'이 아니라 새로운 역사적 주체인 '시민'으로 성장했다는 것이다. 그런데 시민성을 획득하는 과정에서 남성과 여성은 다른 양상을 보인다. 남성이 '계급'에 따라 시민성 획득 경로가 달랐던 반면,[8] 여성은 노동계급 여성과 중간계급 여성이 서로의 이익과 관심을 함께 지지하는 '범계급적'인 성격이 강했다는 것이다. 이는 여성이 계급과 무관하게 사회·경제적으로 주변화되었기 때문이라고 문승숙은 파악한다.[9]

변혁운동 과정에서 나타난 성 차별을 여성운동 내부에서 본격적으로 문제 삼기 시작한 것은 80년대 말부터였다. 여성운동의 주체들은 독재 권력에 대항하는 남성들이 여성의 성차별에 대한 인식이 없고, 여성의 문제를 부차적인 것으로 취급하거나 초점을 흐린다는 점, 여성이 노동현장과 가정에서 이중적인 노동에 시달리고 있다는 점, 노동운동을 포함한 민주화 운동의 주체로 여성을 온전히 세울 수 없다는 점에 주목

---

7) 문승숙, 앞의 책, 160쪽.
8) 문승숙은 중간계급 남성들은 1987년 이후 성장한 새로운 시민단체를 통해, 노동계급 상층 남성들은 민주노조를 통해 자율적 주체인 시민으로 등장하게 되었다고 파악한다.
9) 문승숙, 같은 책, 207~239쪽 참조. 김영선, 「근대성과 성별화된 시민성 성장 궤도」, 『여성학논집』 제24집 1호, 이화여자대학교, 2007. 6, 273~274쪽 참조.

하면서 여성으로서의 자각과 주체성 회복으로 점차 관심을 옮긴다. 1989년에 발간된 잡지 『여성』에 실린 좌담에서도 이러한 분위기는 감지된다. '민족민주운동과 여성운동'이라는 제목으로 진행된 이 좌담에서 대부분의 여성운동가들은 여성운동을 여전히 민족민주운동 내에 위치시키면서도, 변혁운동에서 그들이 경험하는 성차별을 토로하고 있다. 각각의 직능을 대표하는 논자들이 참여한 이 좌담에서 여성들은 노동운동 과정에서 나타난 남성 노동자들의 차별적 시각, 여성 농민을 농민이 아닌 단순히 주부로 보는 남성 농민들의 시각, 민주화 운동 과정에서 여성을 운동의 주체로 인식하기보다 주변적이고 보조적인 위치로 파악하는 가부장성을 비판한다.[10]

민주화 이후에도 여전히 남는 이른바 '최후의 식민지'로서의 여성에 대한 인식이 힘을 얻고, 페미니즘이 실천성을 담보한 운동으로 대중적 공감을 얻기 시작한 90년대에 이와 같은 문제제기와 성찰은 더욱 확대되었다. 물론 이는 문학도 예외가 아니었다. 예컨대 80년대 문학의 공과를 반성하는 「현단계 노동문학의 여성문제 인식」과 같은 글에서 논자들은 여성에 대하여 진보적 리얼리즘 문학이 보여준 인식 수준을 문제 삼고 있다.

여성노동자들이 겪는 중첩된 질곡에 대한 온당한 관심을 거부하는 작가의식의 다른 극단에서 우리는 여성을 끝내 '보조적'이고 '주변적'인 역량으로만 보려는 완강함을 발견할 수 있다. 여성노동자들이 각성된 주체로 등장하는데 반하여, 대개의 작품에서 노동자 부인

---

10) 「민족민주운동과 여성운동」, 『여성』 3집, 한국여성연구회, 1989, 5~48쪽 참조. 이 좌담에는 이영순(한국여성노동자회 회장), 이미경(한국여성단체연합회 부회장), 최한배(전국노동단체협의회 사무국장), 허훈순(카톨릭여성농민회 총무), 김상희(한국여성민우회 주부분과 사무국장), 유송화(서울지역여학생대표자협의회 의장), 함의숙(여성사연구회 편집부장)이 참석했다.

들은 소시민적 의식의 한계 안에 갇혀 있으면서 남편들의 활동을 가로막는, 노동운동에 나선 이가 극복해야 할 속성을 대변한다. 그들은 남편들의 소시민적 심리갈등을 드러내는 계기가 되거나 노동자들의 빈핍한 살림살이를 표현하는 감상적 도구로 이용된다.[11]

80년대 내내 진보적 여성운동을 전개하고 87년 항쟁에 적극적으로 참여하면서 시민성을 획득해간 여성들은 이념의 쇠퇴, 목적의식의 부재 속에서 허무주의, 타협주의, 비판 없는 상대주의가 난무하던 90년대 이후 '여성'이라는 자신들의 성별 정체성에 주목하고 본격적으로 목소리를 내기 시작한다. 이는 80년대 여성운동, 그리고 87년의 역사적 투쟁에 적극적으로 참여하면서 여성들이 자의식을 획득한 결과이기도 할 것이다. 여성이라는 타자적 위치에 대한 자각은 민주화가 형식적으로 실현된 90년대 이후 더욱 선명해졌고, 페미니즘 운동은 의미의 부재에 시달리는 90년대에 가장 실천성 강한 운동으로 전개되었다. 여성해방문학의 본격적인 등장과 전개, 그리고 여성문학[12]이 90년대 내내 한국 문단을 주도한 상황은 이러한 역사적 과정 속에서 가능한 것이었다.

---

11) 강미숙 · 김성희, 「현단계 노동문학의 여성문제 인식」, 『여성과사회』 1호, 한국여성연구회, 1990, 231쪽.
12) '여성문학'은 사실 그 정확한 의미 규정이 여전히 합의되지 않은 용어이다. 이 글에서는 일반적으로 통용되고 있는 여성문학의 개념, 즉 여성작가가 창작하고 여성문제를 초점화한, 여성들의 이야기를 다룬 작품이라는 의미로 사용했다. 여성해방문학 혹은 여성주의문학(페미니즘문학)은 여성문학 중에서도 여성주의적 시각을 더욱 분명히 한 작품을 의미하는데 여성문학이라는 큰 범주 속에 들어가는 것으로 파악했다. 때문에 이 글에서는 여성문학과 여성해방문학을 엄격하게 구분하여 사용하지는 않았다.

2. 87년 이후 문학 장의 변화와 여성문학의 부상

부정적 함의에 기반한 '여류문학'의 외피를 벗고 본격적인 '여성문학'이 대두된 것은 대개 80년대 중반 무렵이었다. 1987년 2월 여성단체연합과 같은 여성문제 연구 단체들이 결성되고, 『또하나의문화』(1984), 『여성』[13](1985) 등 여성문제 전문 무크와 『여성운동과문학』[14](1988) 등의 여성(해방)문학 전용 매체들이 출간되면서, 여성문제 연구는 80년대 중반 이후 전문적이고 조직적인 형태로 진행되기에 이른다.[15]

민족 · 민중주의 문학의 범주 내에서 진행되던 여성문학이 80년대 중반 이후 독자적 목소리를 분명히 한 것은 변혁을 지향하는 기존의 문학이 여성의 입장을 효과적으로 대변하지 못한다는 인식 때문이었다. 80년대 중 · 후반 여성운동과 여성문학을 주도했던 이들은 80년대의 이른바 삼민(三民)문학[16]이 여성의 사회적 · 성적 모순을 전면적으로 제기하지 못한 채 여성 문제를 단순히 소재적 차원에 국한시키거나, 남성 노동자의 심리적 갈등 및 소시민적 의식의 동요를 폭로하는 수단으로 활용할 뿐이라는 한계에 직면한다. 80년대 중반 여성문제를 극복해야 할 사회적 문제로 제기하게 된 데에는 이러한 자각이 전제되어 있었다.

80년대 대표적인 페미니즘 저널인 『또하나의문화』와 『여성』은 이와 같은 자각을 공유하면서도 또한 각기 다른 입장을 견지하고 있었다. 『여성』은 반민족적 · 반민중적 성격이 필연적으로 반여성적 성격까지 배태한다는 전제 아래 그 출발에서 여성해방문학과 민족민중문학의 관계가 그 본질을 공유한다는 입장을 취한다. 80년대 말 이후 『여성』은

---

13) 『여성』은 1990년부터 『여성과사회』로 제호를 바꿔 발간된다.
14) 『여성운동과문학』은 민족문학작가회의 여성분과에서 1988년 1월 발간했다.
15) 이명호 · 김희숙 · 김양선, 「여성해방문학론에서 본 80년대 문학」, 『창작과비평』, 1990년 봄호, 48쪽.
16) 삼민문학이란 80년대 민족주의 · 민중주의 · 민주주의를 이념으로 내세운 문학을 지시한다.

계급적 · 민족적 · 성적 억압의 삼중고에 시달리는 '하위층 여성의 시각', 그 가운데서도 여성노동자의 입장에 서야 하는 것으로 그들의 입장을 정리하며, 여성 노동자 계급의 시각을 올바른 여성문학의 준거로 제시하게 된다.[17]

『또하나의문화』 동인들은 여성문제의 원인을 자본주의 생산양식과 독자적 체계로 형성되어온 가부장적 사회체제에서 찾으며, 여성해방문학의 지향을 가부장제를 타파하고 여성의 경험을 복원하는 여성문화 창조에 두었다. 진정한 여성성의 발견과 여성 간의 자매애를 통한 여성문화의 창조운동을 주장한 이들은 여성해방문학을 여성을 억압하고 유린해온 모든 체제(사회주의든 자본주의든)에 반대하는 '안티테제로서의 문학'으로 규정한다. 다양성, 평등성, 열린 문체, 유연한 문장 등은 이들이 정립한 여성해방문학의 형식이었다.[18]

여성 문제와 여성문학에 대한 새로운 고민이 반영되기 시작한 소설이 80년대 말 발표된 윤정모의 『고삐』(1988), 이경자의 『절반의 실패』(1988), 박완서의 『그대 아직 꿈꾸고 있는가』(1988), 김인숙의 『함께 걷는 길』(1988)과 같은 작품들이다. 이들 작품은 여성에 대한 성적 · 계급적 차별을 본격적으로 문제 삼았다는 점에서 그 의의를 인정받기는 하지만, 진보운동의 가부장성을 여성주의적 시각에서 철저하게 비판하는 데는 실패했으며, 젠더 문제를 계급 문제로 환원하는 계급 환원주의적 편향을 극복하는 데도 역부족이었다는 평가를 받았다. 또한 이경자나 박완서 등의 작품은 여성의 문제를 남녀의 견고한 대립구도 속에서만 단순하게 파악하는 한계를 노정하기도 했다.[19]

---

17) 원영선, 「올바른 여성해방문학을 위하여」, 『전환기의 문학론』, 세종출판사, 2001, 153~155쪽, 정미옥, 「페미니즘의 한국적 수용과 지식 생산 문제-페미니즘 저널을 중심으로」, 『문화과학』 34호, 234~235쪽 참조.
18) 원영선, 위의 글, 149~152쪽 참조.
19) 이명호 · 김희숙 · 김양선, 앞의 글, 64~68쪽 참조.

90년대 새로운 여성문학은 80년대 후반의 이러한 여성문학과 상당 부분 문제의식을 공유하면서도 또한 차이를 드러내게 된다. 90년대 초·중반 이른바 신세대[20] 여성작가들이 주도한 여성문학은 여성을 무역사적인 존재가 아닌 사회·역사적 관계망 속에 위치시키면서도 여성의 문제를 더욱 견고한 여성주의적 시각으로 조망하면서 여성을 자율적 주체로 정립하려는 지향을 내보인 것이다.

한편 90년대 여성문학을 견인했던 공지영이나 공선옥·김인숙·신경숙·은희경·전경린 등은 모두 80년대를 경험했던 작가들이되 그 경험의 방식은 각기 달랐다. 신경숙이 구로공단 노동자로 산업체 야간학교를 다니면서 80년대를 경험했다면, 공지영·공선옥·김인숙 등은 이른바 운동권으로 80년대 민주화 투쟁에 나섰던 이들이다. 이들 운동권 출신의 여성작가들이 80년대의 역사적 경험과 지난 시대에 대한 부채의식을 그들 문학의 출발점으로 삼은 데 반해, 이들보다 등단 시기가 늦은 신경숙이나 은희경, 전경린 등의 작품에는 80년대의 경험이 배경으로 물러나 있다.

이렇듯 다양한 계급적 배경과 경험의 차이에도 불구하고, 90년대 여

---

20) 90년대 내내 '신세대' 또는 '신세대문학'이란 용어는 일종의 유행어처럼 사용되었다. 80년대 문학과의 단절을 첨예화하는 비평용어로 이 용어에 대한 부정적 시각이 만만치 않으나, 90년대 문학의 장 안에서 신세대 문학이란 용어는 보편적으로 사용된다. 권성우는 우리 문단에서 '신세대문학'이란 대체로 두 가지 범주로 사용된다고 지적한다. 그 하나는 주로 60년대 이후에 출생하여 90년대에 들어와서 의식적으로 혹은 무의식적으로 80년대의 지배적인 문학적 경향과는 상반되는 작품을 쓰는 일련의 젊은 작가들의 문학적 성과를 일컫는다고 할 수 있다. 일반적으로 신경숙, 장정일, 이인화, 윤대녕, 박상우 등의 소설가와 유하, 함민복, 허수경, 박용하 등의 시인들이 이 범주에 속한다. 두 번째는 문학적 내용과 이념에 관계없이 일반적으로 주로 60년대에 출생하여 80년대적 경험을 내화하고 대개 80년대 말에 등단했으나 90년대에 들어와서 주목할 만한 활동을 보인 젊은 문인들의 문학적 성과로 '신세대문학'을 규정하는 경우이다. 이 범주를 따를 경우 공지영, 김인숙, 김소진, 공선옥 등의 소설가와 몇몇 진보적인 시인들이 신세대 문학의 범주에 추가될 수 있다.(권성우, 「다시 신세대문학이란 무엇인가」, 『창작과비평』, 1995년 봄호, 266쪽 참조) 그럼에도 불구하고 신세대라는 용어나 신세대 문학을 명쾌하게 정의하기란 사실상 힘든 일이다.

성작가들이 80년대를 경유하면서 공통으로 확인한 것은 여성들이 항상 남성들을 통해서 역사와 관계 맺어왔으며, 역사의 주체가 되지 못하고 의사소통의 공간에서 결국 배제되었다는 사실이다. 남성은 역사적 실천 행위의 주체로 구성되는 반면 여성들은 역사적 고통의 미학적 대상으로 머물게 되는 상황, 80년대 사회변혁 운동에서도 이러한 성별의 위계질서는 여전했으며 또한 체제에 대항했던 세력들 역시 체제만큼 성차별적이었다는 각성이 이들 여성작가들이나 90년대 고등 교육의 세례를 받은 젊은 여성들을 중심으로 분명하게 인식된다. 이러한 자각을 바탕으로 90년대 여성문학은 남성들의 역사를 비로소 젠더의 관점에서 성찰할 수 있는 전환점을 마련하게 되었다.[21]

여성주의적 인식을 직·간접으로 내장한 90년대 여성문학의 부상은 87년 이후 여성문제에 집중하게 된 여성운동 진영의 방향 전환 이외에도 87년 이후, 특히 90년대 문학 장의 변화와도 맞물린 것이었다.

90년대 문학 장의 변화는 '문학위기론'과 더불어 80년대 문학 행위에 대한 '반성'을 불러온다. 민족주의·민중주의·민주주의와 같은 강렬했던 80년대의 이념이 90년대 문학에서 퇴조하고 창작방법론으로서 리얼리즘이 후퇴하는 양상을 보이자 민족·민중주의 문학 진영을 중심으로 문학위기론이 확산되었다. 문학위기론자들은 소위 신세대를 중심으로 한 90년대 문학을 문학이 '현실 속으로 도주해' 간 상황이라고 진단한다. 말하자면 문학이 타협주의나 성찰 없는 다원주의, 상업주의와 결탁해 문학의 진정성을 상실하고 '참을 수 없는 가벼움'의 문학으로 전락했거나 또는 전락할 위험에 처해 있다는 것이다. 홍정선의 표현에 따르면, "90년대 문학은 80년대 문학에 이르기까지 확실하게 이어진 '문사(文士)'적 전통을 상실하고 우리 문학을 점차 삶의 자잘한

---

21) 임옥희, 「누가 이제 여성문학을 두려워하랴?」, 『문학수첩』, 2006년 봄호, 26~30쪽 참조.

일상성을 소재로 하는 흥미 위주의 일회용 이야깃거리로 바꾼"[22] 형국이 된다.

이러한 위기론과 더불어 주목되는 것이 80년대 문학 행위에 대한 반성이다. 80년대 문학의 출발점은 광주의 비극이었고, 80년대 세대는 문학의 밑자리에 팔십년 오월의 광주를 깔고 있었다. 광주에 대한 부채의식을 감당하면서 억압적 권력에 대항하는 전위에 서야 했던 80년대 문학은 한 논자의 지적대로 문학을 민중적 변혁 운동에 복무하는 도구 내지 무기로 협애화하고, 그 외부에 있는 모든 문학 행위를 부르주아적이거나 소시민적 문학주의로 규정, 전면적으로 부정한다.[23] 이와 같이 문학 본래의 다양한 지향과 목소리들을 대부분 봉쇄하거나 유예시킨 채 민중주의나 민주주의와 같은 거대 이념에 몰두한 80년대 한국 문학은 그 지향의 정당성에도 불구하고 단성적(單聲的) 문학만을 양산했던 것이 사실이다. 물론 이와 같은 반성이 80년대 문학에 대한 조급한 청산주의로 흐르거나, 또는 사회의 변혁을 견인한 80년대 문학의 기여를 축소하거나, "탈식민적 문학의 가장 첨예했던 진원지로 80년대 문학을 읽어낼 수 있는"[24] 가능성을 약화시킬 우려가 없는 것도 아니다. 그러나 80년대 문학의 지나친 정치성 및 권력성에 대한 반성은 90년대 이후 한국 문학의 생산적 모색을 위해서도 반드시 필요한 과정이었다.

현실의 총체적 인식 및 재현이라는 80년대 리얼리즘의 강령과 거리를 두기 시작한 90년대 문학은 거대서사에서 미시서사로, 사회사에서 개인사로, 민족·민중의 세계에서 시민이나 대중의 차원으로, 외적 리얼리티에서 내적 리얼리티로 이행하는 87년 이후 한국의 사회 변화와

22) 홍정선, 「문사(文士)적 전통의 소멸과 90년대 문학의 위기」, 『문학과사회』, 1995년 봄호, 53쪽.
23) 성민엽, 「열린 공간을 향한 전환-80년대의 문학사적 의미」, 『문학과사회』, 1989년 겨울호, 1350∼1351쪽 참조.
24) 유성호, 「80년대 문학의 영광과 그늘 1」, 『문학수첩』, 2006년 봄호, 267쪽.

조응하면서 지난 시대 주변부로 밀려나 있던 개인 · 일상 · 여성 등의 재발견 및 복권을 시도한다. 이러한 문학 장의 변화와 더불어 여성문학은 90년대 문학의 주류로 부상하며 대중적인 지지 또한 얻게 된다.

90년대 여성문학이 대중적 성공을 거둔 데에는 무엇보다 80년대 이후 고등교육을 받고 사회로 대거 진출하기 시작한 젊은 여성들을 독자로 확보한 데 있었다. 80년대 이후 여성 고등교육의 확산과 여성의 사회적 영향력 증대는 90년대 신세대 여성작가들의 경험과 감수성에 공감하면서 실제적으로 책을 구입해 읽을 수 있는 경제적 여유와 교양을 겸비한 중산층 여성 독자를 형성하는 기반이 되었다. 이들은 남성 주도의 역사 진행 속에서 주변부의 위치로 내몰려야 했던 자신들의 소외와 상처를 고백하기 시작한 90년대 여성문학에 공감하면서 탄탄한 독자층을 이룬다.[25] 물론 이러한 90년대 여성문학의 대중화가 출판자본과 결탁한 '대량상품화'에 지나지 않는다는 비판은 주목할 부분이다. 그러나 90년대 여성문학이 여성들의 사적 세계에 보인 관심, 가부장적 문학제도 속에서 오랫동안 폐기되었던 여성들의 미시적 생활체험과 내면세계를 복원하기 위해 기울인 노력, 이를 여성적인 언어와 문체로 표현하기 위해 시도한 다양한 언어적 실험들의 의미는 크다.[26]

그렇다면 80년대 여성운동의 전개, 87년 항쟁 이후 사회 · 정치 · 문화적 변화나 문학 장의 변화를 지반으로 삼은 90년대 여성문학의 새로움이란 과연 무엇인가. 광범위한 텍스트를 망라한 논의가 필요하겠으나, 이 글에서는 80년대 민주화 운동에 직접 참여했고 그 경험을 문학의 출발점으로 삼았으나 이후 여성문제에 집중하면서 90년대 여성문학의 변화를 주도했던 김인숙 · 공지영 · 공선옥의 90년대 전반기 소설

---

25) 박혜영, 「신자유주의 시대의 한국 여성문학」, 『문학수첩』, 2006년 봄호, 65~66쪽 참조.
26) 이명호, 「2000년대 한국 여성의 위상과 여성문학의 방향」, 『문학수첩』, 2006년 봄호, 85~87쪽 참조.

을 통해서 이 문제에 접근해보고자 한다.

3. 87년 이후 여성문학의 행로

김인숙·공지영·공선옥은 공통점이 많은 작가들이다. 1963생인 이들은 80년대 초반 대학을 다닌 80년대 학번이며 민주화 운동에 참여했고, 등단 시기는 각기 달랐지만 민중적 민족주의 문학을 그들 문학의 출발점으로 삼았다. 1983년 〈조선일보〉 신춘문예에 「상실의 계절」이 당선되면서 등단한 김인숙은 80년대 내내 노동소설 창작에 주력했고, 공지영은 1988년 『창작과비평』 복간 첫 호에 87년 6월 항쟁을 경험하면서 사회현실에 눈뜬 여대생이 노동운동에 투신하는 과정을 그린 「동트는 새벽」을 발표해 작가의 지위를 얻었다. 변혁운동이 방향을 잃고 리얼리즘 문학이 급격히 퇴조해가던 1991년 「씨앗불」(『창작과비평』, 1991년 가을호)로 등단한 공선옥은 광주를 트라우마로 안고 사는 이들의 현재를 서사화해 잊혀져가던 광주의 기억을 되살린다.

90년대 들어 이들 세 여성작가의 작품 경향은 변화한다. 광주 후일담으로 시작한 공선옥은 물론 김인숙이나 공지영 역시 80년대 변혁운동에 몸담았던 이들의 후일담을 소설화하면서 지난 시대를 환기하는 한편, 90년대적 일상을 살아가는 다양한 계급적 배경을 지닌 여성에 초점을 맞춰 한국에서 여성으로 산다는 것의 의미를 본격적으로 묻기 시작했다. 이른바 '노동소설'에서 '여성소설'로 전환한 셈이다. 80년대의 기억을 환기하는 그들의 후일담 문학 역시 그 언술의 주체를 대부분 여성으로 설정하거나 서사의 중심에 여성을 배치함으로써 여성의 시각에서 80년대를 다시 쓰는 작업을 수행한다. 이들이 응시한 것은 이념과 열정으로 충만했던 거대서사로서의 80년대가 아니라 그 거대서사가 놓친 개인과 일상, 내면과 같은 미시적인 것들이다. 80년대의 변혁운동과 여성해방운동이 탄생시킨 이 신세대 여성작가들은 여성이라는 주변부의 시선으로 80년대가 누락한 역사의 주변부를 복구했던 셈이다.

90년대를 배경으로 80년대의 의미를 되묻는 이들의 소설은 미래에 대한 전망 '과잉'으로 문학을 종종 정치적 계몽의 장으로 변질시킨 80년대 문학과, 과도한 전망 '상실'로 문학에서 현실을 탈각시키고 급격히 사물화되어간 90년대 문학 모두와 거리를 둔다.[27] 그 거리란 다른 측면에서는 80년대 문학과 90년대 문학을 매개하고 단층을 메우는 긍정적 지점일 수도 있었다. '사인화(私人化)'와 '사물화'로 대표되는 90년대 문학의 전위에 섰으면서도 자신들에게 작가의 지위를 부여한 80년대적 문제의식을 놓치지 않았던 김인숙·공지영·공선옥의 소설은 그래서 80년대적인 동시에 90년대적이라 할 수 있을 것이다.

이 여성작가들이 현실과 긴장을 유지할 수 있었던 주요 계기가 바로 '여성'이었다. 김인숙·공지영·공선옥은 80년대를 통과해 90년대로 왔으나 여전히 미해결의 장으로 남아 있는 지점이 '여성'이며, 때문에 새로운 문제의식과 실천이 필요한 영역임을 자각한다. 이러한 자각으

---

27) 류보선은 87년 이후 한국문학을 대표하는 작가로 1995년에 등단한 김영하를 꼽는다. 김영하의 소설을 통해 90년대 문학은 80년대 문학과 온전히 결별한다는 의미다. 류보선은 김영하가 인식하는 1995년의 한국문학의 전회에 주목한다. 김영하에 따르면 90년대 초반까지도 한국의 현실은 '무협지적 세계'였으나 1995년, 곧 90년대 중반으로 접어들면서 갑자기 모더니즘적 세계가 되었다는 것이다. 무협지적 세계에서는 선과 악의 경계가 분명했기 때문에 패배할 줄 알면서도 어떤 큰 목적과 필연성에 목숨을 걸고 행동하는 삶이 가능했지만, 모더니즘적 세계에서는 오로지 자동차나 컴퓨터, 삐삐와 같은 물질이 인간의 의식을 결정하기 때문에 민족, 민중, 분단, 계급 모순 같은 것들은 현존재들에게 아무런 구속력도 의미도 없어졌다는 것이다. 이제 오로지 현존재들은 문명이라는 억압기제 속에서 목적 없이 살아가고, 그 무의미와 공허를 채우기 위해 거울 없는 나르시시즘, 상대 없는 섹스 등에 병적으로 탐닉하고, 급기야 죽음 충동에 붙들려 산다고 파악한다. 그러므로 김영하의 소설에서는 정치적인 것이 배제되고 그 빈자리를 사물이 메우게 되며, 이러한 김영하의 인식과 문학이 90년대 이후의 문학을 대표하는 특징이라고 류보선은 설명한다.(류보선, 「우리 시대의 비극」, 『문학동네』, 2008년 봄호, 393~398쪽)

로부터 90년대 여성문학은 출발하고 있다. 새로운 여성문학을 견인한 김인숙 · 공지영 · 공선옥의 소설은 90년대 중반 이후 등단한 여성작가들의 소설과도 구분되는 점이 있다. 변혁의 80년대를 현장에서 직접 경험한 세 작가의 소설이 개인이나 여성의 문제를 역사나 현실과 매개하려는 욕망이 강했다면, 김영하의 표현처럼 '무협지적 세계'가 종식되고 '모더니즘적 세계'가 급속하게 전개되던 90년대 중반 이후의 여성문학은 이들의 소설에 비해 개인과 내면에 유폐되는 사사화 혹은 사물화의 경향이 더욱 농후했다.

그렇다면 90년대 여성문학의 출발을 알렸던 김인숙 · 공지영 · 공선옥의 소설을 통해서 읽게 되는 87년체제하 한국 여성문학의 변화는 무엇인가.[28]

후일담 형식을 통한 주변부 역사의 복원

김인숙 · 공지영 · 공선옥의 90년대 서사는 대개 후일담의 형식을 취하는 경우가 많다. 후일담을 위한 서사적 장치는 '기억'과 '고백'이다. '일상'이 '역사'를 대체하고 '개인'이 '집단'을 밀어낸 90년대에 기억을 통해 지난 시대를 불러내는 일은 의미심장하다. 전통적으로 남성의 권력이었던 '글쓰기' 권력을 획득한 여성작가들은 기억을 빌려 역사를 불러옴으로써 개인과 일상에 함몰되어 역사의 망각을 종용한 90년대적 분위기와 비판적 거리를 유지한다. 뿐만 아니라 지난 시대가 누락시킨 주변부 역사를 복구하고 억압된 개인의 욕망이나 일상과 같은 미

---

28) 이 글에서 다루게 되는 공지영 · 김인숙 · 공선옥의 작품집은 다음과 같다. 공지영, 『무소의 뿔처럼 혼자서 가라』, 문예마당, 1993; 공지영, 『고등어』, 웅진출판, 1994; 공지영, 『인간에 대한 예의』, 창작과비평사, 1994; 김인숙, 『함께 걷는 길』, 도서출판 세계, 1989; 김인숙, 『칼날과 사랑』, 창작과비평사, 1993; 공선옥, 『피어라 수선화』, 창작과비평사, 1994; 공선옥, 『오지리에 두고 온 서른 살』, 삼선각, 1993.

시적 정체들을 드러냄으로써 거대서사에 몰두했던 80년대와도 일정하게 거리를 둔다. 따라서 기억과 고백이라는 장치를 통해 이들 여성작가들이 서사화한 것은 역사인 동시에 일상이며, 집단인 동시에 개인이고, 이념인 동시에 욕망이며, 남성인 동시에 여성인 셈이다. 더욱이 주목할 것은 이들 소설에서 기억과 고백의 주체가 되거나 중심에 배치된 인물이 대부분 여성이라는 점이다.

후일담 서사를 대표하는 공지영의 『고등어』(1994)는 지난 시대 변혁운동의 중심에 있었으나 현재는 지극히 90년대적 일상을 살아가는 인물인 명우 앞에 돌연 은림이 나타나면서 시작된다. 자본가의 자서전을 대필하고 "노란 할로겐 스탠드를 켜고 흰 포도주를 마시며 여경과 안락한 섹스를" 나누는 명우의 일상 속으로 은림이 들어오면서 잊고 있던 80년대의 기억이 출몰한다. 소설은 남성인 명우의 시선으로 은림과 80년대의 서사를 복원해가지만, 은림의 서사를 통해 더욱 문제로 떠오르는 것은 명우의 서사다. 지난 시대 역사의 중심에 서 있던 명우는 세상을 변혁하겠다는 희망이 있었고, "그 희망을 여자와의 스캔들 따위와 바꿀 수 없다고 생각"했으므로 은림을 버렸으며, 다시 그 희망 때문에 노동자 연숙과 사랑 없는 결혼을 했으나 희망의 연대인 80년대가 끝나고 90년대가 시작되자 이혼한다.

은림의 서사를 매개로 명우의 서사가 함께 풀려나오면서, 절망과 무력감이 만연한 90년대뿐만 아니라 변혁의 희망으로 가득했던 80년대 역시 심문당한다. 위대한 희망의 연대인 80년대는 사실 변혁이라는 당위적이고 순결한 지향 아래 개인적 욕망과 일상을 쉽사리 허용하지 않았던, 90년대와는 또 다른 종류의 폭력과 억압이 강제되었던 것이다.

"생각해 보면 대단한 일들도 아니었어. 1990년대 이곳에서 일어났다면 얘깃거리도 안 되는 일들이었겠지. 그래, 아무 일도 아니었어.

정말 아무 일도 아니었는데…… 하지만 그들은 한 번도 이해해 주려고 하지 않았어. 아니 우리들조차 우리 자신을 한 번도 이해해 주려고 하지 않았어. 난 요즘 가끔 생각해. 우린 정말 인생에서 중요한 많은 걸 잃어버린 것은 아닐까 하고…… 모두들 어리석었던 거야"

—공지영, 『고등어』, 39쪽

"대학 일학년 때 헤세의 소설을 읽고 있는데 우리 과 선배가 오더니 날, 비난했어. 그런 낭만적인 소설을 읽고 있다고. 내가 말했었지. 읽지도 않았으니 낭만적인지 아닌지 아직 모르겠군요. 읽고 나서 낭만적이면 치워 버릴게요. 난 그 선배랑 시간만 나면 으르렁거렸어."

—공지영, 『고등어』, 127쪽

80년대 변혁운동의 이면은 지난 시대의 흔적으로 공지영의 소설 곳곳에 남아 있다. 「무엇을 할 것인가」(1993)의 '그 여자' 역시 이념보다는 사랑을, 토론보다는 사적인 이야기들을 나누고 싶은 욕망을 끝내 억압할 수 없었던 인물이다. 때문에 "비과학적"이라는 비판을 받아야 했던 『고등어』의 은림과 같이 「무엇을 할 것인가」의 '그 여자' 또한 "개인주의적"이라는 비판을 면할 수 없었다. 일체의 개인적 욕망이 죄가 되는 80년대의 순결성에 압도돼 『고등어』의 명우가 끝내 은림과 결별할 수밖에 없었듯이, 시위를 하다 불구가 된 동지이자 아내에 대한 책임감과 거대이념으로 무장한 「무엇을 할 것인가」의 정석 역시 '그 여자'의 사랑을 받아들이지 못한다.

공지영은 90년대의 자본주의적 폭력과 절망을 초점화하기 위해 80년대가 남긴 이 상처의 흔적을 지우려 하지만, 그러나 기억과 고백을 통해 텍스트에 기입된 80년대적 억압은 쉽사리 지워지지 않는다. 때문에 예컨대 다음과 같은 '그 여자'(「무엇을 할 것인가」)의 고백은 공지영의 소설을 절망의 90년대를 견디기 위해 희망의 80년대를 향수하는 낭만적 소설로 명쾌하게 해석할 수 없도록 한다.

> 스물네 살짜리 여자가 스물다섯 살짜리 남자를 사랑했어. 그뿐이었어. 그게 죄야? 공부방에 여학생들과 같이 앉아서 고기가 먹고 싶다는 생각을 했었지. 그것도 죈가? 남루한 파카에 무릎이 나온 바지 말고 예쁜 치마를 입고 싶다고 생각도 했어. 그도 아니면 수배자들과 나란히 앉아서 혹시라도 끌려갈까봐 벌벌 떨었어. 그것도 비겁한 건가? 대체 그게 무슨 큰 죄인 거지? …… 아니야, 그도 아니면 이름 한 번 가르쳐달라고 말했어. 가명 말고 진짜 이름…… 대체, 대체 그게 무슨 죄였다는 거야? …… 난 당신의 진짜 이름이 무언지 아는데…… 사실은 당신이 도서관에 매달려가던 그날부터 벌써 알고 있었는데……
> 그에게 그런 말을 했어야 했다. 무식하게, 일자무식하게 대들어야 했었다.
>
> ─공지영, 「무엇을 할 것인가」, 『인간에 대한 예의』, 114~115쪽

개인주의적이라고 비난받았지만 "겨울의 어스름 속에 떨면서 있는다 해도 곧 파란 신호등이 들어올 거라고" 믿는 80년대의 '그 여자'를 "아무것도 믿지 못하고 있는" 90년대의 '나'와 대비시키고, 비과학적이라고 비난받았지만 누구보다 오래 운동에 머물렀던, 그래서 지난 시대의 희망, 열정, 신뢰와 같은 아름다운 덕목을 잃지 않은 80년대적 은림을 자본주의적 일상 속으로 달아난 90년대의 명우와 대질시키면서, 작가는 80년대의 순결성을 부조하고 90년대에 반성을 촉구한다.

그러나 공지영이 배치한 '그 여자'(「무엇을 할 것인가」)의 떨칠 수 없던 '불안'과 죽음에 이르는 은림(『고등어』)의 '불행'은 작가가 설정한 80년

대와 90년대의 이분법을 자주 회의하게 만든다. 은림의 죽음을 배치하는 공지영 소설의 과장된 비극성 혹은 감상성이 한 시대 전체를 통속적인 사랑의 대상[29]으로 만들었다는 비판으로부터 자유로울 수 없지만, 그럼에도 불구하고 공지영식 감상의 서사를 비판적으로만 일갈할 수 없는 이유가 여기에 있다. 80년대를 기억하고 고백하는 공지영의 멜로드라마 속에는 80년대의 희망과 절망이 공존하며, 지난 시대가 삭제한, 그리고 다시 90년대가 망각을 종용하는 '주변적'인 것들의 서사가 기입돼 있는 것이다. 공지영은 이 주변적인 것들을 여성과 자주 매개하면서 8,90년대 어디에도 온전히 발붙일 수 없는 타자적 존재인 여성을 환기한다. 그러므로 여성을 초점화해서 『고등어』를 다시 읽을 때, 80년대에는 "운동이라는 이름으로" 명우에게 버림받고, 90년대에는 명우의 절망 뒤에 내쳐져 죽음에 이르는 은림의 존재는 매우 문제적이다. 어쩌면 은림은 남성들의 희망과 패배의 역사 속에서 이리저리 찢긴, 80년대와 90년대 그 어느 시공간에서도 온전하게 생을 영위할 수 없는 여성 현실에 대한 알레고리일지 모르기 때문이다. 그렇다면 공지영 소설의 후일담 형식은 감상과 빈번하게 뒤얽힘에도 불구하고, 과거(80년대)를 불러와 현재(90년대)를 균열하고 주변을 현재화해 중심을 성찰하는 의미 있는 서사적 기제로 재검될 필요가 있지 않을까.

공지영보다 한층 더 의식적으로 주변적 존재인 여성의 역사를 다시 쓰기 시작한 작가가 공선옥이다. 등단작 「씨앗불」(1991)에서 80년 오월 시민군으로 참여했던 남성의 시각으로 광주 후일담을 썼던 공선옥은 이후 소설에서는 여성을 서술의 주체 및 서사의 중심에 두고 80년 오월의 광주와 그 이후를 이야기한다. 다시 말하면 공선옥의 소설은 여성을 매개로 광주를 현재화하고, 광주라는 상처에 연루되어 살아가는 여성

<hr>

29) 임진영, 「80년대를 보는 90년대 여성작가의 눈」, 『실천문학』, 1996년 봄호, 241쪽.

들의 이야기를 본격적으로 형상화한 것이다. 1994년에 발표한 첫 소설집 『피어라 수선화』에 실린 「목마른 계절」, 「불탄 자리에 무엇이 돋는가」, 「목숨」 등과 같은 작품에서 광주의 흔적은 역력히 살아 있다.

「목마른 계절」(1993)의 '나'는 혼자 아이를 키우는 서른한 살의 이혼녀이며 소설가이다. 끊임없이 소음이 들려오는 영구임대아파트의 "끔찍한 리얼리티"를 견디며 사는 나는 어느 날 유정이라는 옆집 아이를 돌보게 되면서 유정의 엄마인 현순씨를 만나고, 다시 현순씨가 운영하는 카페 소정의 미스 조를 알게 된다. 미스 조의 애인은 오일팔 당시 시민군이었으며, 감옥에서 나와 십 년을 앓다가 끝내 죽는다. 애인이 죽자 나와 현순씨가 사는 영구임대아파트에 세 들어 살던 미스 조 역시 자살한다. 소설은 미스 조의 죽음을 통해서 80년 광주가 종결형이 아니라 "현재진행형"이며, 남성들만의 역사가 아니라 여성들의 역사이고, 남성들의 비극인 동시에 여성들의 비극임을 환기한다.

> "그만 얘기하고 그만 덮어두고 그만 울고 그만 그만하고 싶어도 할 수 없어. 역사란 그런 거야. 갑오년이 따로 없고 기미년이 따로 없다구. 그러드키 오일팔이 따로 있는 게 아냐. 기미년의 삼일운동은 임신년에도 삼일운동으로 이어지듯이 경신년의 오일팔은 계유년의 오일팔로 새로 시작되는 거라구. 역사는 귀신이여. 귀신은 상관 있는 놈도 물고 늘어지지만 상관 있는 놈하고 끈이 맺어진 상관 없는 놈들도 끌고 가거든. 그것이 바로 역사귀신이거든. 상관 없는 년이 어쩌다 상관 있는 놈을 만나 덜커덕 물린 게라고. 그 귀신한테, 배곯은 귀신한테 잡아먹힌 거거든. 거 멋이냐, 역사 앞에서 자유로운 사람은 없는 거거든. 그런 거거든."
> —공선옥, 「목마른 계절」, 『피어라 수선화』, 32쪽

오일팔이라는 역사 귀신에 들린 것은 남성뿐만이 아니라 여성이기도 한 것이다. 공선옥은 절망을 깊숙이 앓는 남성의 아내이자 아이의 어미로 "목숨 붙이고 산다는 일의 끔찍함"을 이중 삼중으로 감당해야 하는 존재들이 여성들임에 주목한다. 때문에 「목마른 계절」을 비롯한 90년대 공선옥의 소설에서 광주는 90년대적 망각을 가로질러 되살아오는 기억이 된다. 공선옥의 소설은 광주 혹은 역사가 이미 끝났다는, 그래서 "아직도 광주? 웬 광주"라고 반문하는 90년대적 거짓된 믿음의 체계를 부정한다.

「불탄 자리에 무엇이 돋는가」(1994)에서 17살 불량소녀 해희가 응시하는 아랫방 여자의 삶이나 「목숨」의 주인공 서혜자의 불행 역시 광주와 깊이 연루되어 있다. 「불탄 자리에 무엇이 돋는가」의 여자는 여섯 살 난 아이와 서른셋의 "늙어가는 아이"를 부양하며 신산스러운 삶을 살아가고 있다. 대학생이던 여자의 언니는 80년 시위에 참가했다 머리를 다쳐 현재는 서른셋의 '아이'가 되었고, 언니를 책임져야 했던 여자는 결국 남편에게 버림받고 이혼녀가 된다. 오일팔 시민군으로 언니와 같은 20대를 경험한 남자를 우연히 만나 여자는 다시 새로운 사랑을 꾸려보려 했으나 남자는 자신의 상처 때문에 끝내 여자를 떠난다. 열여섯 살에 서울에 올라와 미싱공장 노동자, 영등포 쇳공장 노동자, 술집 작부를 전전하던 「목숨」(1992)의 혜자 역시 노동자 재호를 만나 새로운 공동체를 이루는 희망을 품어보지만 80년 오월에 '폭도'였던 재호는 결국 광주의 상처를 극복하지 못하고 역시 혜자를 떠나게 된다.

공선옥이 후일담 형식을 통해 광주의 비극을 현재화하고 그에 매개된 여성들의 고통스러운 삶에 주목했다면, 80년대 노동소설을 썼던 김인숙은 「한 여자 이야기」(1990)와 같은 작품을 통해서 여성의 비극적 개인사를 기록한다. 이 소설의 여성인물인 영주의 서사는 어릴 때부터 한 동네에서 자라고 영주의 삶을 곁에서 지켜본 젊은 노동자 승기의 기억

을 통해 재현된다. 아비가 죽고 영주의 어미는 의붓아비 한갑수와 결혼
했으나 어미와 영주에게 한없는 애정을 베풀던 한갑수가 공산주의 사
상범으로 장기복역하게 되면서 영주의 짧은 행복은 끝나고 이후 녹록
치 않은 삶이 전개된다. 어미는 한갑수의 아이를 배고 다른 남자와 재
혼했고, 영주는 두 번째 의붓아비의 폭력에 시달리다 집에서 도망쳐 나
온다. 이후 승기의 도움으로 영주는 공장 노동자가 되지만 빨갱이 딸이
라는 오래된 상처가 덧나면서 공장을 떠나 결국 창녀로 전락한다.

「한 여자 이야기」는 80년대 김인숙의 소설과는 변별되는 지점이 많
다. 작가는 의붓아비 한갑수를 통해서 분단문제를 꺼내놓고, 승기와 주
변의 노동자들을 통해서 노동문제를 소설에 들여놓지만, 그러나 이 소
설에서 분단문제나 노동문제는 배경으로 후퇴해 있다.「한 여자 이야
기」에서 김인숙은 남성들의 역사 주변에서 슬픔을 겹겹이 떠안은 채
살아가는 여성의 역사에 집중한다. 한갑수는 기회가 있었음에도 불구
하고 전향서 쓰기를 거절했고, 한갑수의 빈자리가 만들어낸 고통은 어
미와 영주가 고스란히 감당해야 할 몫이 되었다. 한갑수는 자신의 의지
를 주체적으로 결행한 존재가 되었으나, 그의 아내와 딸인 여성들은 남
성의 결단에 삶 전체가 온통 휘둘릴 수밖에 없는 존재로 남은 것이다.

이 타자적인 여성들의 역사를 재현하면서 김인숙은 80년대 노동소
설의 구도를 바꾸어놓는다. 말하자면 남성 노동자를 통해 여성이 역사
에 매개되는 방식이 아니라 여성을 통해서 남성이 현실에 눈뜨게 되는
계기를 마련하는 것이다.「한 여자 이야기」에서 영주를 바라보는 승기
의 시선이 결코 영주를 대상화하는 일방적이거나 낭만적인 시선이 될
수 없는 이유가 여기에 있다. 승기는 영주라는 "한 여자의 고통과 타락
의 역사"를 응시하며 비로소 역사와 현실에 접근하고 영주를 향해 일
방적으로 질문하고 답하기를 요구하는 자가 아니라, 스스로에게 "나는
그 여자의 타락한 삶까지도 악착같은 끈기로 끌어안을 수 있을 것인

가" 를 질문하고 답하려는 윤리적 주체로 성장하는 것이다.

이상에서 살펴보았듯이, 공지영·공선옥·김인숙의 90년대 소설들에서 후일담의 형식, 혹은 여성을 매개로 한 기억과 고백은 지난 시대를 단순히 향수하거나 여성의 내면을 스펙터클화하는 장치가 아니다. 오히려 이러한 서사 형식은 망각을 강제하고 대규모의 절망에 치명적으로 감염된 90년대적 현실에 대한 도발인 동시에, 지난 시대 거대서사의 바깥으로 밀려나거나 잊힌 주변부 서사를 다시 쓰는 매우 전략적이며 정치적인 서사 기제로 다시 읽어낼 수 있는 것이다.

사랑의 탈낭만화, 혹은 자율적 여성 주체의 탄생

민족·계급 등 거대서사에 몰두했던 80년대에 전경화되기 힘들었던 것이 개인의 욕망이나 일상과 같은 미시영역이다. 서구에서 68혁명 이후 여성해방론자들이 부르짖었던 '사적인 것이 정치적인 것' 이라는 페미니즘의 구호는 90년대 한국의 여성소설에서도 관철되고 있다. 90년대 여성소설을 견인했던 김인숙·공지영·공선옥의 작품에서 발견되는 두드러진 특징 중 하나는 바로 성 억압과 성모순의 현실이 적나라하게 드러나는 사적 영역의 소설화이다. 90년대 여성작가들의 작품에서 욕망이나 일상은 결코 현실이 밀폐된 진공의 영역이 아니다. 이들은 '사랑(연애)–결혼–행복한 가정' 으로 이어지는 낭만적 사랑의 신화가 지닌 허상을 폭로하며, 그 신화에 바쳐진 여성들의 욕망을 되살림으로써 스스로의 목소리를 내는 자율적인 여성 주체, 나아가 여성주의적 주체[30]의 탄생 가능성을 타진한다.

---

30) '여성주의적 주체' 란 타율적으로 구성된 성적 주체, 호명된 주체임을 거부하고 자율적인 목소리와 의지를 지닌 의식화된 여성 주체, 새로운 가능태로서의 주체를 의미한다. 여성이라는 육체가 떠맡은 경험의 역사와 그에 부과되어 있는 기억과 습관, 그리고 이것이 갖는

90년대 들어 주로 중산층 여성들이 경험하는 가정 내의 성차별과 성모순을 부조했던 작가가 김인숙이다. 1993년에 발표한 「칼날과 사랑」에서 김인숙은 두 여성의 서사를 겹쳐놓거나 대비시키면서 "삔지르르한 포장"에 불과한 "화려찬란한 식탁"의 기만을 공격한다. 서사의 한 축을 이루는 이모의 삶은 술과 노름과 여자, 폭행 등 이모부의 '악행'을 지독히도 무던하게 견디는 삶이었다. 이모와 이모부의 관계는 마치 지난 시대 '계급' 간의 억압과 모순을 가정 내로 치환시켜놓은 듯하다.

불행을 인내한 보상처럼 이모부는 어느 날 갑자기 개심하고 기념일을 꼬박꼬박 챙기는 성실한 남편이 되었으며 자식들 역시 성공한다. 사람들은 이모가 발휘한 "인내의 미덕에 칭송을 아끼지 않"는다. 그러나 이모의 불행을 곁에서 지켜본 나는 그녀의 삶을 결코 이해할 수가 없으며 이해하기를 거절한다. 도리어 "어머니 형제들 사이의 피물림일지도 모르"는 "끝없는 참을성"에 지긋지긋해진 나는 결혼 이후 남편과 벌이는 사소한 말다툼에도 도전적인 자세를 취했고, "절대로 참지 않고 절대로 타협하지 않았다."

그러나 이토록 결연한 의지에도 불구하고 남편과 똑같이 대학을 나왔고 함께 맞벌이를 하는, 이모와는 전혀 다른 조건을 지닌 나 역시 가정 내에서 불평등을 경험하기는 마찬가지이다. "남편을 진보적인 남자라고 철석같이 믿었던" 나의 믿음은 결혼 이후 여지없이 무너지고, 나는 불임의 원인과 책임을 여성인 자신에게만 일방적으로 묻는 시어머니와 이를 방관하는 남편의 비겁함에 분노한다. 어머니나 이모가 살아왔던 진부한 여성의 서사는 나에게도 유사하게 재연되는 것이다.

사회적 의미를 점검하고 성찰하는 과정에서 태어난 새로운 사회적 주체를 뜻한다.(고갑희, 「여성주의적 주체 생산을 위한 이론 1-성계급과 성의 정치학에 대하여」, 『여/성이론』 통권 제1호, 여성문화이론연구소, 1998, 24~26쪽 참조. 김선아, 「여성주의자, 그 불순한 이름에 대하여」, 『여/성이론』 통권 제1호, 61쪽 참조)

소설의 후반부에서 작가는 이모가 자신의 불행을 견딜 수 있도록 했던 '칼날' 같은 진실을 배치한다. 15년 전 이모부의 악행에 견디다 못해 집을 나온 이모는 우연히 한 남자를 만났고 그 남자에게 자신의 욕망을 쏟아냈으며, 이모는 그 하룻밤의 불륜을 "가슴 속에 비수 하나를 숨겨놓"은 듯 간직하면서 이모부에게 "매순간 통렬한 보복"을 했던 것이다. 하지만 이모부를 향한 이모의 도발과 저항은 끝내 성공하지 못한다. 이모의 분노는 결국 이모부와 적당히 타협하면서 서둘러 수습된다. 나는 이모의 그 "교묘한 타협"에 "격렬한 배반감"(「칼날과 사랑」, 59쪽)을 느끼며, 사랑이나 행복과 같은 추상적인 믿음의 체계를 재차 심문한다.

> 내 눈앞에는 헤어질 이유도 미워할 이유도 없는 한 사내가 있었다. 나는 이 사람을 사랑하는 것일까. 아니, 사랑이란 뚜렷한 실체가 아니다. 그것은 그렇게 믿기로 작정하는 것으로부터 생겨나는 추상일 뿐이다. 나이 서른넷에 불현듯 온 가슴이 저린 사랑이 필요한 것은 아니다. 내가 원하는 것은 오직 우리가 결혼했기 때문에 같이 사는 것이 아니라 서로가 필요하기 때문에 같이 산다는 믿음이었다.
>
> —김인숙, 「칼날과 사랑」, 『칼날과 사랑』, 61쪽

사랑은 실체가 아닌 추상이며, 여성에게 인내를 강요해온 허상일지 모른다는 사랑에 대한 재인식은 곧 30대인 내가 어머니에서 이모로, 여자에서 여자로 대물림되던 인내와 침묵의 사슬을 끊고, 다음과 같이 자신의 목소리를 분명히 내는 여성 주체로 거듭나는 계기이기도 하다.

> 나는 갑자기 열렬한 전의를 느낀다. 나는 그와 싸울 것이다. 그의 얼굴에 손톱자국을 긁어가면서 치열하게 싸울 것이다. 그와 내가 여자와 남자로서가 아니라 부부의 한 쪽과 한 쪽으로 살아가기 위해, 나

는 내 가슴의 피를 흘리며 싸울 것이다. 나는 절대로 양보하지 않을 것이며, 내 인생의 완성이 그의 인생을 더불어 완성시킬 것이라고, 그렇게 기고만장한 믿음을 갖기로 할 것이다. (…) 차는 점점 더 빨리 달린다. 그리고 이 숨가쁜 속도의 끝에 그와 나의 집이 있을 것이다. 나는 뒤늦게 안전벨트를 맨다. 그리고 다시 한 번 마음을 다잡는다.

—김인숙, 「칼날과 사랑」, 『칼날과 사랑』, 61쪽

김인숙의 「당신」 역시 자본주의 사회에서 가정주부로 살아가는 중산층 여성들의 현실에 주목하고 여성의 정체성에 대한 고민을 내보인 작품이다. 주인공 윤영은 교사인 남편과 꽤 행복한 가정을 꾸리고 있는 결혼 10년차 전업주부이다. 고등학교를 졸업한 자신에 비해 명문대를 나온 남편의 학벌이 윤영의 결혼 결심 이유이기도 했지만, 더 결정적인 계기는 살벌한 자본주의 사회에서 우린 절대 부자로 살지 말자는 남편의 감동적인 프러포즈였다. 한때 학생운동에 참여하기도 했던 젊은 시절의 남편은 무척이나 순수한 휴머니스트였다. 윤영 역시 남편의 순수함과 소박한 사랑에 만족했다. 하지만 이는 "아주 오래 전의 이야기"일 뿐, 10년이 지난 지금은 남편이나 윤영 모두 "아이를 키우는 사람들이었고, 세상을 견디며 살아가는 사람들"일 뿐이다.

그런데 결혼 10년차 윤영이 누리던 중산층 여성의 행복은 남편이 전교조와 관련된 사건에 우연히 휘말려 해직당하면서 무너지기 시작한다. 전교조가 아니었던 남편은 해직 사건을 계기로 진짜 전교조가 되었으며, 결혼 10년 동안 제어했던 자신의 욕망을 본격적으로 드러내기 시작한다. "남편의 자리와 아내의 자리가 엄격히 구분되어온 세월"에 길들여진 윤영은 자신의 꿈을 좇아 성실한 가장의 자리를 이탈해버린 남편의 비겁한 이기심에 화가 난다. 남편과 아내의 견고했던 역할 구도가 깨어지면서 윤영의 가정도, 윤영 자신도 위태롭게 흔들리는 것이다.

김인숙은 1988년 발표했던 「함께 걷는 길」(『선비』, 1988년 여름호)에서 이와 유사한 여성의 갈등을 그려낸 바 있다. 가정을 외면하고 노동운동에 투신한 남편을 아내의 입장에서 서술해간 이 소설에서 작가는 아내의 갈등과 혼란을 남편의 성스러운 투쟁을 지켜보는 가운데 해소한다. 그러나 「당신」에 와서 작가는 그 미온적인 봉합을 풀고 오히려 윤영의 소시민성이 발원한 경로와 갈등하는 윤영의 내면을 섬세하게 그려낸다. 가족의 뜻을 저버리고 불교집안에서 신부가 된 오빠, 아들의 선택에 좌절해 술을 마시다 죽은 아버지, 아들과 남편을 잃은 후 악착같이 돈놀이로 치부를 하는 어머니, 자신의 욕망만을 좇는 가족들 틈에서 딸인 윤영은 자신의 욕망을 줄곧 포기해야만 했다. 대학을 가지 못한 윤영이 학벌 좋은 남편에 매료되고, 절대 부자로 살지 말자는 남편의 말에 감동할 수 있었던 이유가 여기에 있다. 자신의 욕망을 제어할 줄 아는 성실한 남편에 부응해 윤영 역시 "세상에 대한 비판적 안목"을 갖추고 "교양을 지키고" 싶다는 욕망을 억압하며 모범적인 아내가 되었다. 그러나 남편이 결혼 10년 만에 "참교육이 설 수 있는 세상"을 만들겠다는 비장하고 고고한 욕망을 드러내자, 윤영은 가족의 행복을 위해서 교양을 포기하고 십년 동안 오로지 가계부만 열렬히 써왔던 자신의 삶을 되돌아보게 된다. 그 성찰의 지점에서 윤영은 남편의 "인생에 덤처럼 얹혀서 그가 가는 대로 흔들리며 살아야 하는 나"를 발견하고 자신에게 처음으로 다음과 같은 질문을 던진다.

　묻고 싶은 것이 남아 있다면 바로 자신에 대한 것, 나는 도대체 무엇이란 말인가. 나의 하늘은 무엇이며 나의 고통은 무엇을 위한 것일까. 내가 함께 하고 싶은 사람들은 누구인가. 나의 세속은 어디에 있으며 나의 하늘은 어디에 있는가.

—김인숙, 「당신」, 『칼날과 사랑』, 39쪽

자신의 정체성에 대해서 고민하기 시작한 윤영은 이제 "자기 몫의 세상 현실을 분간하고 싶은" 소망을 품게 된다. 그것은 윤영이 더 이상 남편에 의해서 좌우되거나 규정되는 존재가 아니라 스스로의 정체성을 획득해가는 존재로 변신할 수 있는 가능성을 내보인 것이기도 하다.

공선옥이 1993년에 발표한 『오지리에 두고 온 서른 살』 역시 낭만적 사랑의 신화를 탈신비화하는 작품이다. 소설 속에는 '오지리'라는 고향 마을에서 20년 이상 함께 성장해온 은이와 채옥이 있고, 이들의 욕망을 자극하는 남상훈이 등장한다. 『오지리에 두고 온 서른 살』은 이세 인물의 사랑과 갈등, 삼십 년에 걸친 애증관계를 중심에 둔다. 공선옥이 그리는 이들의 사랑은 결코 역사 밖에 존재하지 않는다. 작가는 낭만적 사랑이라는 환상을 벗겨내고 사랑이라는 감정 속에 연루된 사회적 사실들, 사랑에 잠입해 있던 인물들의 욕망의 정체를 드러낸다.

은이와 채옥, 상훈의 사랑을 관통하고 있는 핵심은 계급 관계이며 80년대를 달구었던 이념이다. 상훈은 오지리의 전통적 지주 집안의 아들이며, 채옥은 상훈네 땅을 얻어 농사를 지어온 소작인의 딸이다. 거기에 상훈의 집에서 머슴을 살아온 진산의 딸 은이가 있다. 계급적 배경이 다르긴 하지만, 이들 모두는 자신의 계급 조건을 하나의 한계 내지 구속으로 생각하고 있다는 공통점이 있다. 상훈이 자신의 계급에 대한 막연한 '죄의식'을 느꼈다면, 은이와 채옥은 계급적 '열등감'을 지니고 있었다. 채옥을 사랑하면서도 머슴의 딸 은이와 결혼하고 운동권에 투신하는 상훈의 선택이나, 상훈을 향한 은이와 채옥의 욕망은 바로 이러한 구속으로부터 자유롭고자 하는 열망에서 비롯되었다. 때문에 이들의 사랑은 처음부터 실패가 예견된 것일 수밖에 없다. 공선옥은 남상훈을 통해 80년대 지식인 운동권이 지닌 모순의 일단을 비판하는 동시에, 그들이 품은 환상 속에 함께 투신했던 여성인물들의 욕망 역시 문제 삼고 있다. 작가는 오히려 후자에 초점을 맞추면서, 각자의 욕망에 골몰했던 사랑의 허상을 가로질러 이제 자신의 삶을 스스로 헤쳐 나가야 하는 오은이와 박채옥, 두 여성 인물을 소설의 중심에 위치시킨다. 그러므로 은이와 채옥이 고향 오지리로 돌아오는 것은 매우 의미심장하다. 똑같이 서른 살이 되어 오지리를 찾아온 그들은 20대에 품었던 남상훈에 대한 환상, 그와 결부된 그들의 거짓된 욕망의 부질없음을 깨닫는다. 오지리로 상징되는 자신의 절망으로부터 끊임없이 도주했던 그들이 이제 다시 돌아와 그 절망의 정체와 과감히 마주하는 것이다. 먼 길을 돌아서 그들은 마침내 자신과 화해하며, 다시 '찾는 자'의 모습으로 자신이 잃었던 것, 그리고 지켜가야 할 것들을 향해 출발한다. 은이에게 그것은 자기 자신이며, 채옥에게는 자신의 분신인 아이이다.

> 서른 살의 절망은 또 다른 희망이 아니겠니. 너는 이제 이곳 오지리에 절망을 두고 떠나는 거야. 서른 살의 절망은 그 얼마나 휘황하고 값진 절망인 것이냐. 이제 너는 너의 온전한 희망을 향해 앞만 보고 달려가라구. 달려가라구.
>
> ─김인숙, 『오지리에 두고 온 서른 살』, 210쪽

"가니?"

"응."

"너는?"

"나도."

"어디로?"

은이가 채옥에게 어디로 가느냐고 물었다. 채옥이 뒤를 돌아보며 말했다.

"저기로."

은이는 채옥이 가리키는 쪽을 바라보았다. 채옥의 아이가 한 남자

의 품에 안겨 있었다.

"너는 어디로 가니?"

채옥의 어디로 가느냐는 물음에 은이는 잠시 허둥대고 있는 자신의 손을 내려다보았다. 가리킬 방향이 없었다. 그러나 잠시 후 은이는 확실하게 손가락의 방향을 정했다.

"나에게로."

—김인숙, 『오지리에 두고 온 서른 살』, 210~211쪽

공지영의 『무소의 뿔처럼 혼자서 가라』(1993) 역시 새로운 여성 주체의 탄생을 여실하게 보여주는 작품이다. 소설은 80년대에 같은 대학을 다니며 20대를 함께 보냈던 혜완·영선·경혜 세 여성이 경험하는 90년대의 삶을 다루고 있다. 공지영의 소설이 항상 그러하듯, 세 여성들의 80년대와 90년대의 삶은 대비되고 있다. 열정과 신념으로 충만했던 80년대에 20대였던 혜완·영선·경혜는 경쟁적으로 시집이나 평론집을 사들였고 금지된 김지하의 시들을 몰래 읽었으며, "운동이론에 대한 열띤 토론을 벌이기도 했"다. "여성문제 세미나에서 활발하게 토론"하며 "자신의 삶을 자기 것으로 당당히 살아나가는 여자들을 위한 잡지"를 만들자고 의기투합하기도 했었다.

그러나 90년대 서른한 살이 된 그들에겐 "'절대로' 일어나지 않을 거라 굳게 믿었던 일들, 이혼, 자살, 그리고 사랑 없이 남편과 살며 가끔 그를 살해하고 싶다고 느끼"는 비현실 같은 상황들이 현실이 된다. 80년대 운동이론을 함께 공부하던 동지 경환은 남편으로 그 역할이 바뀌자 혜완에게 어머니와 아내이기만을 요구하고, 아이의 죽음을 전적으로 일하는 어미인 혜완에게만 묻는 비겁함을 드러낸다. 남편을 성공한 영화감독으로 만들기 위해서 시나리오 작가가 되고 싶은 자신의 꿈을 포기한 영선은 남편이 자신의 "인생 전체를 도둑질" 해갔다는 박탈

감과 배신감으로 "스스로 짐승 같아지는" 시간을 보낸다. 남편과 시집의 요구로 자신의 일을 포기하고 전업주부가 된 경혜는 끊임없이 외도하는 남편과 사랑 없는 결혼생활을 지속한다.

　전설적인 운동권 선배가 노처녀의 연애담이나 이혼녀의 스캔들을 다룬 소설로 돈 벌기를 작정하고, "5공 시절 수위 높은 기사를 실었다고 정간을 당한 잡지가 여자의 누드를 실어 다시 판매부수를 올리고 있는" 90년대답게 동지이자 연인이라 믿었던 남성들 역시 강퍅하고 이기적인 가부장으로 탈바꿈해 있다. 그러므로 혜완·영선·경혜에게 90년대는 사랑을 둘러싼 낭만적 신화가 무너지고, 혐오하고 부정했던 어머니의 삶을 고스란히 답습하고 있는 자신을 발견하는 고통의 연대(年代)이기도 하다. 어머니의 일생이 새삼 그들에게 무게를 가지고 다가오는 것은 이 때문이다.

　하지만 어머니의 서사를 재연하고 있다는 이들의 자각은 여성이라는 자신의 위치에 눈뜨고 이들이 자율적인 주체로 이행할 수 있는 긍정적 계기를 제공하는 것이기도 하다. "넌 니 힘으로 살아가는 여자"라는 혜완 어머니의 말처럼 그들은 어머니들과는 다른 삶을 살아갈 수 있는 힘을 지니고 있었다. 이 힘에 대한 긍정이 『무소의 뿔처럼 혼자서 가라』를 통속한 낭만적 서사나 일방적인 여성 연민의 서사로 추락시킬 위험을 물리친다. 한때 사랑이 행복을 담보할 것이라 믿었으나 이제 사랑을 의심하고 행복의 이면을 응시하는 그녀들은 사랑이나 행복을 재정의하는 동시에, 스스로를 희생자로 인식하는 자기연민 역시 비판의 대상으로 삼는다. 소설을 쓰는 혜완에게 이 대부분의 역할을 맡긴 공지영은 혜완과 선우의 사랑을 낭만적으로 배치하기보다 그 부재를 다시 확인시키며, 혜완이 스스로의 모순을 성찰하는 계기로 활용한다. 혜완을 통해 남성인 선우의 모순이 조명되듯이, 선우를 통해 여성인 혜완의 모순 역시 드러나는 것이다.

넌 여자들의 아픈 삶에 대해 나에게 누누이 역설했고 우리들의 몸에 밴 봉건성에 대해 성토했지만 넌 한 가지는 간과했어. 그건 바로 그런 점이야. 그렇게 불완전한 여자와 남자가 만나서 애쓰지 않으면 문제는 남을 수밖에 없다는 거…… 넌 그걸 잊었었어. 넌 남자가 홀연히 여성해방의 깃발을 들고서 나타나주기를 바랬던 거야……. 그게 너의 함정이었어……. 그건 신데렐라의 왕자님이 유리구두 대신 깃발을 들고 나타나는 것과 다르지 않아…… 그래서 내가 그 깃발을 쭈뼛거리며 들까 말까 망설였을 때 너는 그 깃발을 들고 망설이는 나의 손을 같이 잡아주는 대신 날 비난하기 시작했지……. 너 역시 왕자님을 기다렸던 거야……. 니가 경멸해 마지않던 그 신데렐라와 조금도 다르지 않은 거지.

—공지영, 『무소의 뿔처럼 혼자서 가라』, 256~257쪽

소설 종반에 공지영은 혜완과 선우의 낭만적 결합을 포기하거나 유예시키고 영선의 죽음을 배치하면서, 혜완이나 그녀로 대표되는 신세대 여성들의 자각과 성찰을 이끌어내고자 한다. 이 성찰하는 여성들, 즉 낭만적 사랑의 신화가 지닌 허위를 들여다본 불온한 여성들은 이제 더 이상 아버지나 남편, 애인과 같은 남성들의 서사를 베껴 쓰거나 그들의 목소리를 흉내 내지 않는다. 오히려 그것을 배반하고 나와 자신의 의미를 스스로 규정하고 새로운 삶의 가능성을 타진하는, 무소의 뿔처럼 혼자서 가는 자율적이고 의식적인 여성 주체로 거듭나는 것이다.

누군가와 더불어 행복해지고 싶었다면 그 누군가가 다가오기 전에 스스로 행복해질 준비가 되어 있어야 했다. 재능에 대한 미련을 버릴 수가 없었다면 그것을 버리지 말았어야 했다. 모욕을 감당할

수 없었다면 그녀 자신의 말대로 누구도 자신을 발닦개처럼 밟고 가
도록 만들지 말았어야 했다.

혜완은 어린아이처럼 맨손으로 눈가의 눈물을 닦아내면서 그 공
허한 뒤뜰을 빠져나와 혼자서 산을 내려가기 시작했다.

―공지영, 『무소의 뿔처럼 혼자서 가라』, 294쪽

자매들의 연대, 새로운 모성성의 출현

김인숙 · 공지영 · 공선옥의 90년대 소설에는 여성의 정체성을 구성
해오던 '큰 타자'로서의 남성이 부재한다. 이들의 소설 속에서 가부장
적 남성 권력은 의심의 대상이 되거나 심각하게 도전받는다. 강한 가부
장으로부터 구원받기를 욕망하면서 의도하지 않게 남성 권력과 공모
해온 여성의 자기모순 역시 성찰의 대상이 되기는 마찬가지이다. 실제
적으로든 상징적으로든 남성이 약화되거나 부재하는 가운데, 90년대
여성작가들이 등장시킨 의심하고 성찰하는 여성들은 이제 새로운 출
발을 모색해야 하는 '혼자'가 된다. 주목할 것은 바로 이들 홀로 된 여
성들이 다시 삶을 영위해가는 방식이다. 그것은 대개 '자매애'로 명명
될 수 있는 홀로 된 여성과 여성이 연대하는 방식이거나, 또는 여성을
구속해온 모성 이데올로기[31]를 해체하고 여성 스스로가 모성을 재생의
긍정적 계기로 재규정하는 방식이다. 이 재전유된 모성을 통해서 아이
와 여성의 관계 역시 새롭게 설정된다. 여성에게 오직 어머니이기를 강
요해온 강고한 가부장적 메커니즘 속에서 여성을 속박하는 질곡이 아

---

31) 모성 이데올로기란 여성의 위치가 가정이며 여성의 임무는 가족구성원을 돌보고 이들에게
정서적 안정을 제공하는 것이라는 사회적 통념을 말한다.(이연정, 『모성론에 관한 비판적
고찰』, 서울대학교 사회학과 석사논문, 1994, 42쪽; 김은하, 「90년대 여성문학의 새로운 가
능성(2)-공선옥론」, 『여성과사회』 6호, 1995, 116쪽에서 재인용.

이였다면, 90년대 여성작가들의 소설 속에서 이제 아이와 여성은 서로의 생명을 담보하고 있는 존재, 남루한 현실을 함께 견딜 수 있게 하는 일종의 동반자로 새롭게 관계 맺는다. 여성과 여성이 만나는 방식이든, 여성과 아이가 만나는 방식이든, 그것은 남성중심적 사회가 주변화한 오래된 타자들의 조우인 셈이다.

『무소의 뿔처럼 혼자서 가라』를 통해 공지영은 자신의 언어와 목소리, 곧 자기 욕망을 가진 주체가 아닌 오직 좋은 딸-아내-어머니라는 역할에 순응하기를 강요당한 여성들의 연대 가능성을 내보인 바 있다. 혜완, 영선, 경혜는 각기 다른 30대를 살고 있다고 생각했지만 여성으로서 그들의 삶은 결코 다르지 않았다. 때문에 공동의 경험을 고백하고 이에 공감하는 세 여성은 친구 이상의, 상처받은 여성으로서 자매애를 느끼기도 한다. 그러나 이 소설에서 여성의 연대는 어디까지나 가능성으로만 남는다. 각자의 절망과 상처에 집중하게 되면서 여성인물들은 서로의 아픔을 보듬어주지 못했고 이는 결국 영선의 자살로 귀결된다.

공지영이 여성의 연대가능성을 조심스럽게 타진해본 작품은 오히려 1991년에 발표한 「절망을 건너는 법」이다. 이 작품은 1991년 『여성과 사회』로부터 여성 농민의 현실을 취재해 달라는 부탁을 받고 그 경험을 바탕으로 쓴 일종의 르포소설이다.[32]

공지영은 이 작품에서 일과 가정 사이에서 남편과 불화를 경험하는 지식인 중산층 여성인 '나'의 상황과 현이 어머니나 순임 엄마와 같은 농촌 여성의 현실을 겹쳐놓는다. 새벽부터 밤까지 거의 24시간 노동체제를 살아가면서 성적, 육체적 고통을 견디며 살아가는 농촌 여성의 현실을 단순한 연민으로 바라보던 '나'의 시선은 소설의 후반부로 갈수

---

32) 공지영은 1991년 『여성과사회』 2호에 전북 순창의 여성 농민들의 일상을 취재한 내용을 「부엌에서 우루과이라운드까지-여성농민의 하루」라는 제목으로 실었다. 이 경험을 바탕으로 쓴 소설 「절망을 건너는 법」은 같은 해 『샘이깊은물』 4월호에 실렸다.

록 흔들린다. 병든 남편을 대신해서 가족의 생계와 자식들의 교육을 책임지고 있는 순임 엄마 앞에서 나는 내가 경험하는 고통과 절망이 전부가 아님을 알게 된다. 자신이 지닌 절망의 크기에 짓눌렸던 내가 현이 엄마나 순임 엄마와 같은 여성들, 이른바 우리 사회의 하위층 여성들이 감당하고 있는 삶의 무게에 눈을 돌리게 되면서, 그들을 대상화하고 명쾌하게 해석하려는 일방적 시선 역시 거두게 되는 것이다. 오히려 이 하위층 여성들의 삶을 통해서 나는 스스로가 조율되는 경험을 한다. 비록 이후의 삶을 예측할 수는 없으나 그녀는 자신의 절망을 청산하고 새롭게 시작하려는 의지를 내보이는 것이다.

"내일은 장날이라 마중 못허겄네. 시장으로 들를쳐?"
어제는 생각해보겠다고 말했으나 나는 순임이 어머니에게 들르지 않기로 결심했다. 나는 갑자기 불행 앞에서 그녀가 그토록 행복할 수도 있는가 하는 따위의 생각이 얼마나 잘못된 것이었는지를 깨달았던 것이다. 내가 들르든 그렇지 않든 그녀는 그녀의 방식대로 살아갈 것이다. 그녀는 행복했던 것이 아니고 말할 수 없이 꿋꿋했던 것이다. 절망 따위의 말 같은 건 그녀에게 아무런 도움도 되지 않았다.
—공지영, 「절망을 건너는 법」, 『인간에 대한 예의』, 189~190쪽

나는 멀어져가는 순안마을의 모습을 보면서 이제 다시 절망이라든가 하는 말은 결코 쓰지 않으리라 결심했다. 하지만 이제 그 절망을 버리고 어디로 가는지 알 수는 없었다. 나는 서울로 가는 직행버스를 타기 위해 순창읍에서 내렸다.
—공지영, 「절망을 건너는 법」, 『인간에 대한 예의』, 190쪽

스피박은 하위층 여성의 의식을 특권화하지 않으면서 그것에 다가

가기 위해서는 엘리트주의, 관념론, 대상화의 경향을 경계하는 지식인 여성이 스스로 말할 수 없는 하위층 여성, 곧 하위주체에게 말을 걸어 그들로 하여금 말하게 하고 이를 담론과 문화영역으로 견인해야 한다고 주장한다.[33] 침묵하거나 중얼거리는 하위주체들, 그리고 이들에게 말을 건네면서 여성으로서의 경험을 공유하는 윤리적 주체의 등장을 공지영보다 더욱 뚜렷하게 알렸던 작가는 공선옥이다.

공선옥 소설의 여성인물들은 공지영이나 김인숙의 여성인물과는 다른 의미에서 '혼자됨'을 경험하고 있다. 공지영과 김인숙의 여성인물들이 대개 남편의 가부장성에 좌절하고 더 이상 그들의 착한 아내가 되기를 거절하면서 '혼자'를 당당히 선택하는 중산층 지식인 여성들이라면, 공선옥 소설의 여성들은 80년 광주와 같은 거친 역사에 상처받고 절망해 현실에 발붙이지 못하거나 현실로부터 도피해 간 남성을 대신해서 "홀로 목숨 붙이고 사는 일의 끔찍함"을 감당하는 하위층 여성들이다. 이들에게 말을 걸어 그 경험을 이끌어내는 지식인 여성들 역시 경제적으로 안정된 중산층이 아니라 「목마른 계절」의 '나'처럼 영구임대아파트의 끔찍한 리얼리티를 견디고 살아야 하는 하위층으로 내몰린 여성들이다. 그러므로 하위주체의 위치만큼 낮아져 하위주체와 조우하는 이들의 시선은 결코 일방적이거나 관념적일 수 없다. 이들이 만나는 하위층 여성들의 삶은 곧 자신들의 생생한 현실이기도 하기 때문이다.

「목마른 계절」에는 홀로 아이를 키우는 서른한 살의 이혼녀이자 소설을 쓰는 '나'가 등장한다. 나는 영구임대아파트의 거택보호자가 되

---

33) 하위주체란 가야트리 스피박이 가부장적 자본주의 사회에서 착취당하는 제3세계 여성들을 가리켜 사용한 말이다. 임노동 중심의 프롤레타리아 계급 개념을 확대한 용어이며, 대개 가부장제와 결탁한 전지구적 자본주의 사회에서 여성을 포함한 빈곤층을 지시하는 말로 사용되고 있다.(태혜숙, 「성적주체와 제3세계 여성문제」, 『여/성이론』 통권 제1호, 110~113쪽 참조)

면서 같은 영구임대아파트 주민인 마흔한 살의 이혼녀이자 카페 소정의 주인이며 말 못하는 큰딸 잔디와 어린 유정이를 키우는 현순씨, 그리고 오일팔 시민군으로 참여했다가 병을 얻은 애인과 두 명의 동생을 뒷바라지하는 카페 소정의 종업원 미스 조와 만나게 된다. "50년대와 90년대가 별반 차이가 없는 세월"을 사는 이들 영구임대아파트 여성 거택보호자들은 남성 부재의 현실 속에서 홀로 가장의 역할을 떠안은 채 위태로운 삶을 살아가는 존재로 동질감을 느낀다. 이러한 동류의식은 서로가 서로의 목숨을 담보하고 있을 만큼 강하고 친밀한 것이다. 나, 현순, 미스 조, 그리고 나와 현순의 아이들이 이 끈끈한 연대를 이루어가고 있다. 때문에 갑작스러운 미스 조의 자살은 이 하위주체들의 연대와 그 구성원들의 삶을 심각한 위험에 빠트린다. 미스 조의 자살을 막지 못했다는 자책과 절망으로 나는 심한 자살충동을 느끼게 된다. 그러나 죽음을 향한 나의 충동을 막아내는 이들 역시 '913호의 앉은뱅이 남자'와 같은 나보다 더 비루한 현실을 묵묵히 견디는 이들이다.

미스 조의 목소리. 나는 확실하게 미스 조의 목소리를 들었다. 그리고 느꼈다. 그녀의 딱딱한 플라스틱 다리가 내 등을 툭툭 차고 있는 것을. 죄가 있다면 살아 있다는 것이야. 살아 남음이 죄라구. 싸늘한 추위가 내 등뒤를 훑고 지나갔다. 나는 복도 난간을 붙잡았다. 더 이상의 죄를 짓지 않기 위하여. 그때, 913호의 문이 왈카닥 열리며 거기 앉은뱅이 남자가 눈을 부릅뜨고 앉아 있었다. 아니 그는 서 있었다. 방바닥을 짚은 팔뚝에 푸른 힘줄이 파득거렸다.
그는 눈을 부릅뜨고 내게 소리쳤다.
"못난 짓거리 하지 말아요! 나도 살아요. 나 같은 인간도 산다구요."
나는 쫓기듯 9층 복도를 내려왔다. 뒤에서 앉은뱅이 남자가 계속 소리질렀다. 내려가, 한정없이 내려가. 내려가서 살라구. 기를 쓰고 살라구. 밑바닥을 박박 기어서라도 살아내라구.

—공선옥, 「목마른 계절」, 『피어라 수선화』, 31쪽

이 장면에서 자매들의 연대는 여성들을 포함한 모든 하위주체들의 연대로 확대될 가능성을 내보인다. 밑바닥을 박박 기어서라도 세상에 발붙이고 서로를 세상에 살게 하는 존재들이 바로 그들이며, 따라서 이 하위주체들의 연대는 서로의 목숨을 덜미 잡고 있는 '생명의 연대'이기도 한 것이다.

1993년에 공선옥이 발표한 「피어라 수선화」에도 이와 유사한 연대가 목격된다. 주인공 이영심의 살의(殺意)에 대한 기억으로부터 시작되는 이 소설 역시 "공장지대가 가까운 재개발지역"에 거주하는 가난하고 상처받은 이들의 이야기이다. "주택개량지구 한 뼘 방에 세 들어 사는" 영심은 한 번의 결혼 경험이 있고 남편은 없으며, 홀로 아이를 임신 중이고, "남편이 가버렸으므로 당연히 뱃속에 들어찬 그 씨를 죽여버려야만 할 신세"에 놓여 있다. 아이를 지우는 "살인"을 꿈꾸면서 자신과 세상에 대한 살의 역시 강하게 느끼던 영심은 문득 옆집에서 감지되기 시작한 살의의 기운에 관심을 갖게 된다. 매일같이 들려오는 싸우는 소리에 섞여 어느 날부터인가 옆집에서 칼 가는 소리가 들려오기 시작했고, 영심은 그 소리의 정체가 학교 선생과 바람이 나고 그 사내의 아이까지 낳아 기르는 부정한 어미를 향한 공고생 아들의 살의라고 판단한다.

그러나 작품의 후반부에서 영심의 이 자의적 해석은 무너진다. 칼 가는 소리는 옆집 공고생의 금속공작 숙제를 위한 것으로 밝혀지고, 오히려 칼 가는 소리를 살의라고 오해할 만큼 반복되던 가난한 이웃들의 투닥거림은 자신과 아이를 살해하려는 영심을 다시 살게 하는 아이러니한 계기를 마련한다. 사라진 아이를 찾기 위해 영심의 집 문을 두드렸

던 옆집 모자는 스스로를 살해하고 맥을 놓아가는 영심을 발견하고 여자를 구하게 된다. 자신과 아이, 그리고 세상을 향한 영심의 살의는 이렇게 청산되고, 영심은 살의의 기원이었던 최초의 기억과도 화해한다. 기실 영심에게 최초로 살의를 품게 했던 큰엄마는 "나쁜 년이라고 서슴없이 욕설을 내뱉던 나를 안아다 목욕시키고 쑤루메국을 끓여주던", "악감정에 치받혀 끝내는 아파버린 나에게 감미로운 '잠밥'을 먹여주던" 존재이기도 했다. 살의와 연결된 존재들이 실은 영심의 생명을 지지해준 힘이기도 하다는 역설이 「피어라 수선화」에서는 무리 없이 관철된다. 부모를 대신해서 영심을 키워낸 큰엄마가 그러하고, 반복되는 싸움과 살의의 기운으로 영심을 더욱 위태롭고 불안하게 만들던 이웃집 모자가 그러하며, 또 태어나지 않은 영심의 아이가 그러하다. 영심을 "죄지은 것 없이 죄스럽고" 부끄럽게 만들어 차라리 죽음을 결심하게 했던 아이, 아직 태어나지 않은 그 생명은 오히려 영심을 죽음이 아닌 삶을 향한 충동으로 이끈다.

> 어둠이 좁은 방안에 밀려든다. 어둠속에서 나는 꿈틀한다. 무엇인가가 꿈틀한다. 그곳은 깊고 어두울 것이다. 모든 생명이 움트는 그곳은 어디나 다아 한가지로.
>
> ―공선옥, 「피어라 수선화」, 『피어라 수선화』, 112쪽

모성을 여성이 지닌 선험적인 본질로 규정하려는 전통적 모성 이데올로기가 무너지는 장면을 공선옥의 소설에서는 자주 목격하게 된다. 모성 이데올로기가 비판과 성찰의 대상이 되면서 여성과 아이의 관계는 재정의된다. 「피어라 수선화」와 마찬가지로, 공장노동자와 창녀를 전전해야 했던 「목숨」의 서혜자에게 아이는 여성이 책임져야 할 대상이나 여성을 구속하는 존재가 아니라 여성이 다시 살 수 있는 재생의

계기가 된다. 오일팔의 상처를 안고 떠난 재호의 빈자리에서 혜자가 발견하는 것은 "재호는 떠났지만 아이가 남았다"는 사실이며, 이는 혜자가 다시 삶에 희망을 걸어보는 이유이기도 하다.

> 혜자는 새삼스럽게 아랫배를 슬며시 눌러본다. 바로 그것인가. 뜬금없이 들어차서 얼마간 혜자를 놀래켜주기도 하고 슬픔에 빠지게도 했던 생명. 이제부터는 제가 있어줄 테니 절대로 쓸쓸해하거나 눈물짓지 말라고 가만히 혜자 자궁 속에서 속삭여오는 또하나의 목숨. (…) 혜자는 제 배를 따스하게 감싸안고 잠이 들었다. 잠속에서 꿈을 꾸었다. 뱃속에 아이가 이미 태어나 조잘대었다. 아이가 둘이었다. 큰아이, 작은아이. 홍이와 홍이 동생이었다. 혜자는 두 아이를 끌어안고 더 깊은 잠속으로 빠져들어갔다. 꿈속에서 혜자는 행복했다.
> ―공선옥, 「목숨」, 『피어라 수선화』, 157쪽

목숨이라는 끈으로 이어져 있는 여성과 아이는 공선옥이 만들어내고 있는 또 하나의 새로운 연대일 것이다. 그 연대는 모성 이데올로기의 해체, 모성의 재구성을 가능하게 한다. 공선옥 소설에 와서 모성은 주어진 것, 즉 여성에게 '어미이기'만을 강요하는 구속이 아니라, 여성 스스로가 갈등과 방황 끝에 '어미 되기'를 수락한 것이 된다. 공선옥 소설의 이 새로운 모성성이 더욱 의미 있는 것은 그것이 여성과 모성의 갈등 자체를 무화시킨 것이 아니라, 치열한 고민과 방황 이후에 긍정한 것이기 때문이다. 이 방황과 갈등의 모습을 여실히 보여주는 작품이 「그들이 사라진 저쪽」(1993)과 「우리 생애의 꽃」(1994)이다.

「그들이 사라진 저쪽」에서 유부남의 아이를 낳은 서른 살의 나와 남편이 원하지 않는 아이를 지웠으나 남편과 결별을 예감하는 필순, 미혼모 수용소에서 아이를 낳고 입양시킨 스물넷의 희아는 운주사에서 우연히 만나게 된다. 위태롭게 하루하루 생을 버티는 이 여성들은 자신들이 "살 곳", "영원한 안식처"인 "저쪽"을 갈망하지만, 그러나 안식처로서의 저쪽은 마치 내가 끝내 찾지 못한 고향마을 '구창촌'처럼 좀처럼 찾을 수 없다. 그러므로 아기둥지에서 어미를 오래 기다리고 있을 아이와, 자신을 사랑하지 않는 남편과, 자신이 낳아 버린 아이의 기억을 뒤로 하고 결코 찾을 수 없을 저쪽으로 사라져간 '나'와 '필순' 그리고 '희아'의 마지막 모습은 비애로 가득 차 있다. 이들이 사라져간 저쪽이 "숲그늘"이나 "어둠속"과 같은 어둡고 우울한 이미지로 그려지는 것은 이 때문이다.

존재하지 않는 저쪽을 향해 어둠 속을 헤매는 여성들의 이야기는 「우리 생애의 꽃」에서도 반복된다. 그러나 「우리 생애의 꽃」에 와서 안식처인 '저쪽'을 향한 여성들의 설명되지 않는 욕망은 마침내 설명될 수 있는 길을 찾고, 현실과 접속할 수 있는 방법을 모색한다.

「우리 생애의 꽃」에 등장하는 '나'는 순직 공무원의 미망인이며, 죽은 남편의 연금에 의지해 불안하고 혼란스러운 일상을 살아가고 있다. 깨어진 벽돌과 최루탄 잔해가 널려 있던 대학시절 여자는 데모파도 연애파도, 그리고 도서관파도 아닌 "이유없음"파였다. 거대하고 정의로운 하나의 목표를 향해 달려가던 그 시절에도, 여자는 그 정당하고 이유 있는 목표가 미처 해소시켜주지 못하는 "이유 없는 것들의 궐기"를 경험했고, 때문에 부도덕하다거나 타락했다는 비판 속에 대열에서 제외되었다. 이러한 "의식의 반란"은 결혼 이후에도 계속된다. "치도곤을 당해도 쌀" 아내이자 어미임을 알면서도, 나는 "우리 생애의 지리멸렬함 속에 가끔씩 고개를 드는" 반동의 기운을 어쩌지 못하고 남편이나 아이로부터 벗어나 도망치곤 했다. 공선옥은 「우리 생애의 꽃」을 통해 이 이유 없는 반란을, 아내나 어미임에도 어쩌지 못하는 여성의 욕망을 부도덕이나 타락이 아닌, 생의 지리멸렬함을 거부하는 '반동의 기운', 혹은 '우리 생애의 꽃' 으로 명명한다.

> 나는 나의 이유 대지 못하는 형태들을 잘 알고 있었다. 그것 때문에 어머니가 절망했고 남편이 절망했으며 그리고 지금 나의 아이가 절망하고 있다. 그러나, 남편의 후배이자 내 친구였던 그 남자에게 나의 이유 대지 못하는 형태들을 도덕과 부도덕이라는 말의 단칼에 맡겨둘 수는 없는 일이었다. 설명되어지지 않는 것, 우리 눈에 보이는 것이 다가 아니고 보이지 않는 것도 존재하듯이 어떻게 이 세상에 이유 댈 수 있는 것만이 존재할 수 있단 말인가. 이유없는 것들의 궐기. 그것들이 일제히 반란할 때, 이유있는 것들은 그 앞에서 얼마나 나약해지는가를 도덕과 부도덕을 운위하는 한 남자 앞에서 어떻게 설명할 수 있겠는가.
>
> 그래, 바람기는 아니지. 그렇게 저속한 것은 아니야. 내가 미리 명명했듯이 그것은 꽃이야. 향기 품은 꽃. 우리 생애의 지리멸렬함 속에 가끔씩 고개를 드는.
>
> ─공선옥, 「우리 생애의 꽃」, 『피어라 수선화』, 175쪽

그러나 여자가 떨칠 수 없었던 이 반동의 기운은 아이 셋을 키우기 위해 "반란하지 않으면 삶이 불가능한 한 생애" 앞에서 문득 성찰의 대상이 된다. 반란이 일상이 된, 말하자면 자신의 여성으로 남자들을 유혹해 생계를 영위할 수밖에 없는 "가슴 큰 여자" 수자씨 앞에서 여자는 자신이 했던 반란의 의미를 새삼 묻게 된다. 그 성찰적 질문 가운데서 여자는 자신이 맞닥뜨린 현실로부터 끊임없이 달아나기 위한 것일지도 몰랐던 그녀의 반란이 더 이상 현실을 놓치지 않고 삶을 향한 욕망으로 전화될 수 있어야 함을 깨닫는다. 이는 이유를 댈 수 없었던 여자의 "허술한 반란" 이 적당히 수습되는 차원이 아니라, 이유 있는 반란으

로, 현실에 맞서는 강한 반동의 기운으로 바뀔 수 있는 가능성을 타진하는 일일 것이다. 「그들이 사라진 저쪽」에서 저쪽을 찾아 '숲 그늘'과 '어둠속'으로 사라졌던 여자들이 다시 돌아와 '자신의 그림자', 다시 말하면 이유 없음의 욕망으로 가득 찬 또 하나의 자기와 화해할 수 있는 이유는 이 때문일 것이다.

> 가슴 큰 여자의 일상이 된 반란 앞에, 반란하지 않으면 삶이 불가능한 한 생애 앞에 내 이유 델 수 없는 반란, 감히 우리 생애의 꽃이라고 이름 붙여버렸던 내 허술한 반란의 나날들이 참혹하게 무릎 꿇는 것을 나는 본다.
> 수자씨는 남강매운탕집으로 갔다. 바람이 차가운 이 새벽에.
> 날은 완전히 밝았고 나는 이제 천천히 걷는다. (…) 이제 마악 떠오른 햇빛은 채전의 수풀 속으로 스미고 내 집 창문으로도 스민다. 그리고 그림자 하나.
> 빛이 스미는 채전과 내 집 창문이 보이는 중간쯤에 내 그림자를 세운다. 그림자 위로 무너진다. 나는 힘껏 팔을 벌려 내 그림자를 포옹한다.
> 해는 밝다.
>
> — 공선옥, 「우리 생애의 꽃」, 『피어라 수선화』, 179쪽

4. 여성을 횡단하는 여성문학의 도래를 위하여

87년 이후 한국 문단에는 신세대 여성작가들이 대거 등장했다. 형식적 민주주의가 정착되고 한국 사회가 반권위주의 시민사회로 나아가기 시작한 90년대 들어 이들 작가들은 여성 문제를 초점화하거나 여성

주의적 시각을 내장한 여성문학 혹은 여성해방문학을 본격적으로 선보이기 시작했다. 이 새로운 여성문학은 90년대 내내 한국 문단을 주도했고 대중 독자들의 지지 또한 획득했다.

90년대 여성문학의 부상은 80년대와 현격한 단절을 경험하는 90년대적 상황에서 가능한 것이었다. 문단 내적으로도 90년대 한국문학은 민족·민주·민중과 같은 거대서사를 지향하고 리얼리즘을 창작방법으로 내세웠던 80년대 문학과는 달리, 개인·내면·일상과 같은 미시적인 것을 천착했고, 포스트모더니즘과 같은 새로운 미학적 방법을 모색했다. 90년대 여성문학의 부상은 이와 같이 80년대가 주변화하거나 억압했던 미시적인 것들의 복권을 시도한 90년대 문학의 전반적 흐름 속에서 파악되었다. 그러나 이는 90년대 여성문학의 변화를 유도한 계기의 하나일 뿐이며, 이러한 단선적 파악이 여성문학의 변화를 견인한 다양한 계기들을 놓치고 변화 자체에만 주목하는 결과를 낳은 것 역시 사실이다. 때문에 필자는 90년대 여성문학의 변화를 해명하기 위해 90년대의 제반 변화를 낳은 기원으로 87년 6월 항쟁에 주목하는 한편, 87년 이후 진보적 여성운동의 전개 및 여성운동의 차원에서 진행된 여성(해방)문학의 활성화를 위한 노력 등 다양한 계기를 추적하고자 했다.

특히 이 글을 통해 살펴본 김인숙·공지영·공선옥의 90년대 소설은 당대의 상황 변화에만 집중하는 기존의 시각으로는 해명될 수 없는 부분이 많다. 김인숙·공지영·공선옥은 80년대에 20대를 보냈고 민주화 운동과 여성해방운동의 세례를 직접 받은 세대이다. 등단 초기에는 주로 87년 전후의 민주화 운동이나 오일팔 광주의 경험을 소설화했다. 그러나 민주화가 진행되고 그들 역시 결혼과 이혼을 경험한 30대로 접어든 90년대 들어 이들의 문학은 거대 이념보다는 여성들이 일상에서 경험하는 성차별과 성 모순의 현실, 이를 감당하고 있는 여성의 내면을 천착한다. 87년 항쟁을 통과하면서 변혁운동 내에 여성운동을 위치시켰던 여성운동 진영 역시 80년대 말 이후 운동의 방향을 여성 문제로 집중하기 시작한다. 민주화가 남녀불평등의 모순을 해결해줄 것이라 믿었던 여성운동 진영은 민주화 이후에도 엄존하고 있는 성차별의 현실에 주목했고, 민주화 운동 내부에 존재했던 성별 정치 역시 문제삼기 시작했다. 90년대 여성문학의 새로움은 이러한 여성들의 자각과 90년대 이후의 제반 변화가 맞물려 가능한 것이었다. 여성이라는 문제영역은 90년대 이후에도 여전히 실천을 필요로 했으며, 따라서 여성문학은 90년대에도 운동의 성격이 살아 있는 소수의 영역 중 하나였다.

이 글에서는 87년 이후 한국 여성문학의 변화를 가늠하기 위해 김인숙·공지영·공선옥의 90년대 전반기 소설을 주목했다. 90년대 전반기는 이들 신세대 여성작가들이 전대와는 다른 차원의 여성문학을 선보이기 시작한 시점이다. 이들이 구성한 여성문학은 남성적 시선으로부터 자유롭지 못했던 전날의 '여류문학'이기를 거절하며, 뿐만 아니라 남성/여성의 위계구도를 전복함으로써 남성을 대상화하고 또 하나의 남성이 되려는 대립과 반목의 여성문학과도 결별한다. 90년대가 낳은 이 새로운 여성문학은 남성뿐만 아니라 '여성' 또한 의심의 대상으로 심문하며, 익숙했던 여성을 횡단하고 전혀 다른 여성의 생성을 상상했던 것이다. 90년대 신세대 여성작가들의 이러한 모험이 비록 절반의 성공이었다 하더라도, 단 하나의 '여성'이 사라지고 수다한 '여성들'이 수런거리는 전혀 낯선 여성문학의 도래를 알리는 분명 역력한 그리고 유의미한 징후였다.

아버지 혹은 가족을 사유하는 세 가지 방식

—2000년대 여성문학의 모험

1. 여성문학, 아버지를 횡단하는 모험

여성문학이라는 명명이 있다. 짝말이 부재하는 이 불안정하고 모호한 단어는 90년대 이후, 여류문학이라는 전통적인 단어를 폐기하고 새로운 보통명사가 되었다. 여기(女氣) 넘치는 여자들의 '여기(餘技) 문학' 혹은 '여가(餘暇) 문학'이라는 여류문학의 부정적 함의를 지우고 여성문학이라는 새로운 조어를 출현시킨 주인공은 단연 90년대 여성작가들이었다. '여류'에 안주하던 선배 여성작가들을 향해 과감히 '우린, 엄마처럼 살지 않겠다'고 선언한 이 당돌한 딸들은 성난 얼굴로 지난 시대를 돌아보기 시작했다. 소금 기둥이 될 위험을 무릅쓰고 돌아본 그 역사 속에서 발견한 것은 그들이 배제되었다는 사실. 역사의 중심부에서 80년대를 치열하게 살았다고 자부했던 그들은 민족 · 민주 · 민중의 삼민(三民)을 외치던 자신들의 아버지, 남편, 혹은 연인들의 주변에 존재한 단지 '여류들'에 불과했음을 발견한다. 그러므로 단단한 것이 모두 녹아내리는 90년대라 해도 그들은 그다지 애도할 것이 없다. '동지' 인 줄 알았으나 사실은 '주인' 이었던 남성들이 연대와 열광의 80년대를 향수하고 이념의 부재나 목표의 상실에 절망할 때에도, 역사의 외부였음을 자각한 여류들은 경험하지 못한 역사나 공유하지 못한 이념의 상실에 절망할 이유가 없었다.

애도하지 않고 절망하지 않는 90년대 여성작가들은 남성들의 역사를 자신의 역사로 오인했던 '여류적' 환상을 가로질러, 그들의 법적 보호자인 아버지·남편의 목소리, 구획하고 배제하고 합법화하고 정상화하려는 단성적인 목소리를 비틀고 저주하고 불경스럽게 도발하면서 '여성들' 의 다중적 목소리를 내기 시작했다. 그들은 외딴방에 묻어두었던 상처를 고백했고, 염소를 몰고 자신들을 유폐시켰던 집을 떠나갔으며, 낯선 남자를 내실로 유인해 불륜함으로써 기꺼이 남편의 집을 더럽혔다. 가부장제 이데올로기에 갇히지 않는 적극적인 모성성을 기획하기도 하고, 위악과 냉소를 연출하면서 가장 메마른 여성이 되기를 두려워하지 않았다. "딸의 생에 대한 진정한 자각이 없는 세상의 모든 아버지" [1]를 양부(養父)로 규정하고, 양부들의 강팍한 질서를 위반하고 나온 90년대의 이 성난 자궁들은 지긋지긋한 남성들의 역사, 그 텅 빈 거대 서사의 주변에 머물기를 거절한 채 진정한 '제자리' 를 찾아 떠돌았다.

그러나 이들이 떠돌다 귀착한 곳은 자신의 내면. 거대 서사를 부정하고 미시적 일상과 내면으로 전략적 침잠을 감행했던 여성작가들은 바로 그 내면에 종종 나포되었다. '주체-이기' 를 향한 그들의 열정은 남성중심적 영토에 균열을 가하고 또 하나의 주체임을 화려하게 선언하도록 하였으나, 그 열정이 강박으로 변질되기 시작하자 여성문학 특유의 복화술과 다성성은 약화되고 그들의 문학은 "내면=사적=여성" [2]이

---

1) 전경린, 『난 유리로 만든 배를 타고 낯선 바다를 떠도네』 2, 생각의나무, 2001, 204쪽.
2) 심진경, 「새로운 여성성의 미학을 찾아서」, 『문예중앙』, 2005년 겨울호, 33쪽.

라는 권태로운 단일성으로 포획되었다. 타인이 배제된 진공의 내면에 재영토화된 그들은 자신들이 위반했던 양부의 공손한 딸, 남편의 착한 여자, 타고난 모성에 투항한 어머니로 퇴행하기도 했다.

2000년대 여성작가들은 90년대 여성문학의 이 정체(停滯)를 심문하면서 등장한다. 다시 '우린, 엄마처럼 살지 않을 거야'를 외치는 이 전복적인 딸들은 여성이라는 생물학적 성에 구속되거나 굳이 여성작가라는 분류에 갇히기를 거부한다. 모든 여성을 단일하게 포괄할 수 있는 여성성을 의심하는 그들은 "육식성의 미학과 야생의 여성성"[3]을 현시하고, 상징계적 질서로 편입하지 않는, 남성도 여성도 아닌 만년 소년과 소녀들을 부려놓으면서, 분자적인 성, 복수적인 정체성을 실험하고 있는 중이다. 이러한 여성작가들의 문학에 '여성문학'이라는 명명은 과연 여전히 유효한 것인가. 모든 이분법적 경계를 훌쩍 월경하여 다양하게 배치하고 실험하는 2000년대 여성작가들의 문학적 모색을 통해서 별다른 합의나 반성 없이 통용된 여성문학이라는 명명을 다시 고민하게 된다.

여성문학이란 도대체 무엇인가. 여성작가가 쓴 문학인가, 여성의 문제를 다룬 문학인가, 그렇지 않으면 둘 다를 포괄하는 것인가. 여성의 고유한 글쓰기가 무엇인가라는 질문에 버지니아 울프는 "여성으로 쓴다는 생각만으로도 소름이 끼친다"고 대답한 적이 있다. 들뢰즈는 이 일화를 언급하면서 생성을 모색하는 모든 작가들은 여성-되기를 경유해야만 한다고 주장한다.[4] 그가 말하는 여성이란 생물학적 성에 입각한 여성이 아니며, 권력화된 다수성을 횡단하는 적극적인 힘이고 생성의 능동적 매체로 기능할 수 있는 소수성의 표지이다. 여성으로 태어났기에 단지 여성은 아니라는 이 혁명적인 선언. 여성-되기는 모든 생성

---

3) 이광호, 「혼종적 글쓰기 혹은 무중력 공간의 탄생」, 『문학과사회』, 2005년 여름, 166쪽.
4) 질 들뢰즈·펠릭스 가타리, 김재인 옮김, 『천 개의 고원』, 새물결, 2001, 523~525쪽 참조.

의 출발점이며, 그러므로 남성도 여성이 될 수 있고 여성도 여성-되기를 해야만 여성이 된다. 버지니아 울프는 여성으로 글을 쓴 것이 아니라 글을 쓰면서 여성으로 거듭난 것이다. 그렇다면 이제 다시 여성문학이란 무엇인가를 자문한다. 작가의 성이나 소재의 차원보다 더 본질적인 여성문학의 조건은 '여성-되기'여야 하지 않을까. 이런 측면에서 90년대 여성문학뿐만 아니라 2000년대의 여성문학 역시 새롭게 재검해야 할 것이다.

2000년대 여성작가들의 문학은 과연 여성-되기를 제대로 실현하고 있는가. 희한한 별종을 상품화하고 인디라는 레벨을 단 주류를 기획하고 새로움이 새로움을 먹어치우는 게걸스러운 자본의 욕망에 나포되지 않고, 새로운 여성문학은 다수성을 횡단하는 불온한 모험을 제대로 전개할 수 있을 것인가. 이 물음을 고민하는 지점에서 우리는 세 명의 신예 여성작가를 만난다. 김애란, 윤성희, 김숨이다. 2000년대 이후 등단해 한두 권의 작품집을 낸 이들 여성작가들의 소설에는 공교롭게도 가족과 아버지의 존재가 도드라져 있다. 아버지와의 싸움에 신물이 난 지난 시대 작가들이 "이젠 제 아버지가 누군지도 몰라들 하는데 어떻게 아빠를 죽이겠느냐"(백민석, 『16믿거나말거나박물지』)고 주문 같은 고백을 한 이후, 한동안 사라지는 듯했던 아버지는 돌연 이들 여성작가들의 소설 속으로 귀환했다. 그들은 개의 목을 사정없이 감나무에 매다는 개 잡는 사람이기도 하고(김숨), "네 개의 둔중한 바퀴가 달린 사과 궤짝만한 가방"[5]을 들고 사막으로부터 돌아온 백치들이기도 하며(김숨), 분홍색 야광 반바지를 입고 스핑크스 발등을 돌고 엠파이어스테이트빌딩을 거쳐 과다라마산맥을 넘어온 이들이기도 하다(김애란). 그들 중 누군가는 매우 낯익기도 하지만 더 많은 그들은 몹시 낯설다. 이 낯섦의 정

---

5) 김숨, 『백치들』, 랜덤하우스, 2006, 7~8쪽. 이하 인용은 페이지 수만 표시함.

체가 무엇일까. 또한 그 강도는 혹여 낯섦을 표절한 낯익음은 아닌지, 그렇지 않다면 진정한 기괴함일 수도 있을 것이다.

이제 아버지와 가족을 사유하는 세 여성작가들의 소설을 통해서 아버지라는 단수성을 횡단하는 그들의 모험 속으로 들어가 보자. 그리하여 다시 여성문학의 의미를 고민해보자.

2. '헛것'을 '별것'으로 만드는 기상천외 아버지 놀이─김애란

김애란의 소설에는 아버지의 시간이 흐르고 있다. 김애란의 텍스트 속을 달리는 아비는 어떤 인간인가. 그는 좁고 구불구불한 계단이 하늘까지 이어지는 똥고개에서 나를 낳은 사람이며(「종이물고기」), 어머니의 부풀어 오르는 배를 보고 얼굴이 점점 하얘지다가 아버지가 되기 전날 집을 나간 후로 돌아오지 않은 사람이다(「달려라, 아비」). 평생 못쓰게 된 물건들을 고치느라 시력과 항문 그리고 허리가 망가졌으나 여전히 옥상 위 무허가 컨테이너박스 안에서 살고 있는 사람이며(「스카이 콩콩」), 『세계의 불가사의』를 내 옆구리에 끼워주고 간 후 내가 그 책을 다 읽도록 끝끝내 나타나지 않은 사람이다(「사랑의 인사」). 매초 삼백만 개의 점이 쏟아지는 화면은 주시하면서 딸이 잠 못 드는 단 한 가지 사실은 알아차리지 못하는 사람(「그녀가 잠 못 드는 이유가 있다」), 오직 내 앞에서 사라져가는 일에만 충실한 사람이다(「사랑의 인사」).

그런데 이 "사소하고, 하찮고, 잊혀졌고, 지나간 것들"[6]인 아버지가, 나타났다 사라진 혹은 사라졌다 나타나는 네스호의 괴물 네시처럼 김애란의 인물들과 작가의 덜미를 덥석 잡고 있다. 이것이 김애란을 포함

---

6) 김애란, 「그녀가 잠 못 드는 이유가 있다」, 『달려라, 아비』, 창비, 2005, 107쪽. 이하 인용은
   소설 제목과 페이지 수만 표시.

한 나와 그, 그녀가 잠 못 드는 이유일 것이고, 그 불면의 밤을 고스란히 새워 작가가 소설을 쓰는 이유인지도 모르겠다. 말하자면 아버지라는 과거에 단체로 붙들려 있는 셈인데, 이들의 불면을 청산하기 위해서는 이 징한 아비에 대한 기억을 적당히 망각하는 것이 최선의 방법일지도 모른다. 그러나 김애란의 이 무책임하고 무능한 아버지들은 망각되기는커녕 거의 네시에 육박하는 괴물성으로 인물들의 잠자리를 지겹도록 어지럽히고 있다.

김애란의 인물들에게 아버지는 항상 최초의 상처이자 여전히 치유되지 않은 상처이다. 그들은 "못난 사람보다는 나쁜 사람이 되겠다고 결심한"(「달려라, 아비」, 11쪽) 이후 스스로 가족을 절단하고 달아났던 자들이다. 이들에 대한 온전한 기억이라고는 "아버지가 아버지였다는 사실"(「사랑의 인사」, 156쪽)뿐. 그럼에도 김애란의 인물들은 이 불량 아비들을 편리하게 절단하지 못한다. 작가는 인물들의 입을 빌려 이 아비들이 어떤 인간인가를 매번 정의하려 하지만 그들은 좀처럼 규정되지 않는다. 사라졌다 나타나고 망각되었다가 다시 기억되는 그들은 부재도 현존도 아닌 마치 유령 같은 존재들이다. 이 유령 아비들을 작가는 '괴물'이라고 명명한다.

그런데 괴물과 등치시킨 이 아비의 존재가 영 의심스럽다. 괴물이란 정의되지 않으므로 끔찍하고 공포스러우며 또한 정의되지 않기 때문에 불가해한 존재이며 숭고한 대상일 수 있다. 김애란의 괴물 아비들 역시 끔찍하고 공포스러운 존재로 사라졌으나 매번 숭고한 존재로 다시 돌아온다. 처음은 초라했으나 이들의 끝이 이토록으로 창대할 수 있는 이유는 아비로부터 버림받은 김애란의 아이들이 아버지를 애도하는 데 끝내 실패했기 때문이다. 자신이 이미 상실한 것과 결별하지 못하는 그들은 내겐 아버지가 없다고 말하는 대신 아버지는 "여기 없다는 것뿐이다. 아버지는 계속 뛰고 계신다"(「달려라, 아비」, 15쪽)라고 상상하거나 또는 다음과 같이 믿는 것이다.

> 순간 나는 한 가지 중요한 사실을 깨달았다. 그것은 '나는 버림받았다'는 사실이 아니었다. 그것은 단순하고 모호한 문장, 먼 곳에서 수백 년 전 출발해 이제 막 내 고막 안에 도착하는 휘파람 소리, '아빠가 사라졌다'는 말이었다. 정말이지 아버지는 실종된 것이 틀림없었다. 그렇지 않고서야 이렇게, 이런 곳에, 이런 식으로 나를 버릴 리 없었다.
>
> ─김애란, 「사랑의 인사」, 145~146쪽

나를 버린 아버지를 사라진 아버지로 상상하는 일은 김애란의 인물들에게는 맹목적인 믿음에 가깝다. "나는 그렇게 믿기로 했다"(「달려라, 아비」, 15쪽)는 말은 매우 강력한 주문처럼 김애란의 소설을 지배한다. "사라지는 것들은 이유가 있다"(「사랑의 인사」, 144쪽)거나, "아버지가 비록 세상에서 가장 시시하고 초라한 사람이라고 할지라도─그런 사람도 다른 사람들이 아픈 것은 같이 아프고, 다른 사람들이 좋아하는 것을 같이 좋아할 수 있다"(「달려라, 아비」, 28쪽)는 믿음은 착하고 건강한 것이지만, 그러나 이 시종일관 착하고 순진무구한 믿음으로 인하여 이미 텅 빈 내용물인 아버지는 다시 그럴듯한 존재로 둔갑하고, 인물들의 상처는 어설프게 봉합된다.

"후꾸오까를 지나, 보루네오섬을 건너, 그리니치 천문대를 향하고, 스핑크스 발등을 돌아, 엠파이어스테이트빌딩을 거쳐, 과다라마산맥을 넘어"(「달려라, 아비」, 28쪽) 달리고 달리느라 내게 돌아올 겨를이 없는 아비를, 혹은 거대한 성기에서 나온 불꽃들이 민들레씨처럼 밤하늘로 퍼져, 그 반짝이는 씨앗들이 고독한 우주로 방사된 나머지 멀리 스칸디나비아반도에 사는 형제들을 있게 한(「누가 해변에서 함부로 불꽃놀이를 하는가」) 위대한 아비를 상상을 넘어 믿음의 차원으로 아름답게 긍정해야만 한다면, 김애란의 아비들은 확실히 괴물이나 신화임에 틀림없다. 김애란은 "진담의 세계이며 범인(凡人)들의 세계"(「종이물고기」, 194쪽)를 이렇듯 간단히 '신화의 세계이며, 이인(異人)들의 세계'로 바꾸어놓는다. 그러나 1980년대 생 작가의 이 매혹적인 상상력이 만들어낸 세계는 분명 "오해의 세계"(「종이물고기」, 194쪽)이기도 하다.

그래서 감히 단언하건대, 이 젊은 작가의 상상력은 자칫 독(毒)이 될 수도 있다. 「종이물고기」에서 규칙도 순서도 없는 불완전한 문장들이 하나의 질서정연한 완결된 문장을 만들어내는 사면 포스트잇 방은 내가 본 어떤 소설의 공간보다 아름다웠지만, 그러나 그 포스트잇들은 "그동안 벽면에서 서서히 진행되던 균열을 모두 가리고 있었다"(「종이물고기」, 218쪽). 결국 신비로운 종이물고기 방은 무너지고 포스트잇들은 바람 속으로 흩어진다. 아비를 달리게 하는 김애란의 기발한 상상력 역시 이 포스트잇과 같은 운명에 처해지지는 않을까 염려스럽다. 자폐적인 공간에 들어앉아 "세계의 소란스러움을 등지고"(「스카이 콩콩」, 65쪽) 고독하고 우아하게 세계를 상상하는 일은 멋진 것이지만, 이는 현실의 모순을 가리거나 그것과 쉽사리 타협하는 위험한 상상력이 될 수도 있다. 이런 식의 현실 초월이라면 스카이 콩콩의 도약만큼이나 빈약하고 경박한 것이 될 것이다. 작가 역시 이 사실을 모르지 않기에 다음과 같이 언급하는 것은 아닐까.

하지만 내가 스카이 콩콩을 타며 본 것, 혹은 느낀 것들에 대한 이야기는 잘못되었다. 왜냐하면 스카이 콩콩은 코오오오—옹 하고 뛰어올라 코오오오—옹 하고 착지하는 것이 아니었다. 그것은 말 그대로 '콩콩' 타는 것이었다. 스카이 콩콩에 장착된 스프링의 탄력은 형편없었다. 스카이 콩콩에 오른 뒤 그 자세를 그대로 유지하려면,

정신없이 콩콩콩콩콩콩—거려야 했다. 그리고 그 모습은 우아하지
도 아름답지도 않았다. 자세를 유지하려고 버둥대는 몸짓은 경박하
고 우스워 보일 정도였다.

—김애란, 「스카이 콩콩」, 80쪽

'코오오오—옹'이 아닌 '콩콩'의 도약. 그 형편없는 탄력에 의지해
짧은 순간 우아하고 고독하게 현실을 초월한 뒤에도 우리에게 여전히
남는 것은 전혀 우아하지도 아름답지도 않은 남루한 현실이다. 그러므
로 김애란의 상상력이 '콩콩'의 현실을 외면하고 '코오오오—옹'의 환
상으로 도피하기 위해 동원된 것이라면, 그것은 분명 허방이다.

분홍색 야광 반바지를 입고 달리는 우스꽝스러운 존재, 종일 텔레비
전을 보고 또 보는 의사(擬似) 하체 상실의 비루한 인간, 공원에 아이를
버리고 사라지는 미스터리한 괴물, 술 취한 채 비틀거리며 가로등과 씨
름하는 남루한 수리공 등, 아버지를 이미 '헛것'으로, '텅 빈 기원'으
로 만들었던 작가의 상상력은 "가로등이 뭔가 슬쩍 눈감아주는 시간"
(「스카이 콩콩」, 79쪽)에 아버지를 다시 "입맞춤을 기다리는 소년"(「달려라,
아비」, 29쪽), 제대로 날아보지는 못했으나 더 오래, 더 아름답게 낙하하
는 존재, 내게 단 한 번 사랑의 인사를 하러 온 불가해한 사람, 진짜보
다 더 아름다운 거짓말로 나를 꿈꾸게 하는 '별것'으로 둔갑시키는
"기적"을 행한다. 이 기적을 행하는 김애란의 상상력은 아무리 생각해
도 귀엽지만, 그러나 "이젠 좀 현실을 생각"(「사랑의 인사」, 154쪽)해야 하
지 않을까.

아비에 들려 있는 김애란의 인물들은 성장을 멈춘 지 오래다. 그들은
만년 소년, 소녀들이다. 게다가 이 아이들은 착하고 유쾌하기까지 하
다. 착하고 유쾌한 아이들은 아비의 치부를 응시하는 나쁘고 섬뜩한 아
이들과는 절대 어울리지 않는다. 허나, 이 착한 아이들의 세계는 어쩐

지 권태롭다. 그리고 솔직히 "지겹다는 생각이 든다"(「사랑의 인사」, 161
쪽). 아버지 놀이는 이제 그만하자. 김애란의 소설에는 이미 아버지가
너무 많다. 그래서 하나도 없다.

3. 퇴행하는 아비들, 그 기괴한 역행의 징후—김숨

김숨의 소설은 기괴하다. 기괴함이란 익숙한 것 속에 들어 있는 타자
이자 이방인이며, 단일한 목소리, 단일한 실재에 대한 재현을 전복하고
균열하는 것이다. 그러므로 기괴함은 지극히 정치적이다. 김숨의 전복
적 상상력은 가장 낯익은 공간인 집을 낯설고 불길한 공간으로, 따스하
고 친숙한 관계인 가족을 잔혹하고 섬뜩한 관계로 역전시킨다. 이 전도
가 촉발하는 기괴함은 물론 김숨의 전략일 것이며, 그 독(毒)의 전략은
투견하는 아버지로 상징되는 육식성·야수성·폭력성의 세계를 일관
되게 겨냥하고 있다.
농담으로 나를 키우고 "아버지보다 더 빨리 달리기 위해"(「달려라, 아
비」, 20쪽) 택시기사가 된 김애란의 엄마와는 달리 김숨의 어미들은 절
룩거리는 왼쪽 다리를 끌며 너무 느리게 걷거나(「느림에 대하여」), 이미
죽어 머릇빛 비석으로 남았거나(「투견」), 남편이 떠난 후 스스로를 중세
의 시간에 가두거나(「중세의 시간」), 셀 수 없이 많은 접시를 닦다가 결국
집으로부터 도망친다(「유리 눈물을 흘리는 소녀」). 머릇빛, 느림, 따뜻함,
눈물 등으로 표상되는 식물성의 모성은 죽거나 떠나거나 어느 날 갑자
기 증발하고 없다. 그래서 김숨 소설의 집은 죽어가는 개의 오줌과 핏
물로 질척이고 개 노린내가 항상 가시지 않으며(「투견」), 자정을 넘기지
못하고 매일 밤 검은 금붕어가 죽어 물 위로 떠오르고, 유폐된 자들을
흡혈하는 육식성의 박쥐들이 떼 지어 몰려다니는(「지진과 박쥐의 숲」), "좁

고 어둔 골목들이 미로처럼 얽혀 있는 15번지"[7]에 황폐하게 자리 잡고 있다. "아무와도 놀지 않는"[8] 박제된 천재가 살았던 이상의 '33번지'를 연상시키는 김숨의 15번지는 "밤이 되면 무엇인가를 집어 던지는 소리, 아이들의 겁에 질린 울음소리, 여자의 날카로운 비명소리"(「유리 눈물을 흘리는 소녀」, 288쪽)로 낭자하다.

이 불모의, 차갑고 섬뜩한 15번지적인 공간을 지배하고 있는 것은 "개 잡는 사람이 되지 않았다면 아마도 사람 잡는 사람"(「투견」, 11쪽)이 되었을 육식성의 아버지와 그 아버지에 깊이 연루된 육식하는 어머니이다. 김숨의 아이들은 육식성이 독재하는 아버지의 공간에 감금된 채 「투견」의 '영식'과 같이 아버지를 대리하는 '알파수컷'으로 거듭나거나 아니면 성장을 유린당한 '소녀들'이 된다. 아버지의 폭력적 사육에 제대로 저항할 수조차 없는 이 딸들은 「투견」의 여자애처럼 간질 발작을 일으키거나, 「유리 눈물을 흘리는 소녀」의 여자아이처럼 수면제 열두 알을 털어 넣고 죽음에 이르는 잠을 청한다. 김숨의 소설은 이 고갈된 아이들, 특히 발작하고 몸으로 절규하고 죽음으로 거부하는 소녀들을 통해서 수컷의 야만성을 현시하고 단성적인 목소리로 육박해오는 아버지의 폭력적 질서를 공격한다.

김숨의 첫 장편소설 『백치들』은 또 다른 방향에서 이 기괴함의 정치성을 실험하고 있다. 개 오줌과 핏물과 절규와 죽음이 난무하던 김숨의 소설은 『백치들』에 와서 일종의 무혈혁명을 통한 본격적 '생성'을 모색하는 것으로 보인다. 김숨은 개의 목을 감나무에 매달고 죽은 개의 피를 마시는 아버지, 아내와 딸을 숲에 가두는 아버지, 어린 여자아이를 강간하는 굶주린 사내 대신에 백치가 된 아버지를 등장시킨다. 말하

---

7) 김숨, 「유리 눈물을 흘리는 소녀」, 『투견』, 2005, 267쪽. 이하 인용은 소설 제목과 페이지 수만 표시함.
8) 이상, 「날개」, 『이상문학전집 2-소설』, 김주현 주해, 소명출판, 2005, 255쪽.

자면 아버지를 통해서 아비지를 내파(內波)하는 섯이며, 궁극적으로는 이 아비들의 성장과 몰락을 주재한 더 큰 아버지와 대결하려는 의도다.

『백치들』의 아비는 과연 누구인가. 월북한 큰아버지의 이력 때문에 소방공무원도 되지 못한 가난한 집안의 장남인 그는 집에 담을 두르고 싶다는 아버지의 오랜 소망에 부응하고, 그를 위해 서울 청계천 평화시장의 시다로 젊은 시절을 보내야 했던 누나와 형제들을 위해서 중동으로 떠났던 사람이다. 가족과 국가를 위해 사막으로 날아간 그는 한때 '모래'의 불모성을 '담'의 가능성으로 바꾸어놓은 근대화의 주체였으나, 6년 만에 근대화의 타자, 국가적 비체(卑體)가 되어 집으로 돌아온다. "대낮에 할 일이 없"[9]는 "무료하고 막막한 표정"(32쪽)으로 석유풍로에 붙어 앉아 식빵을 경건하게 굽는 이 아비는 "이름과 나이밖에 내세울 것이 없"(15쪽)으며, "자랑하고 뽐낼 만한 '빛나는' 어떤 부분들이 없"(15쪽)는 '구장동 15번지'의 다른 백치들과 동류가 된다.

고층 아파트가 신기루처럼 들어선 구장동 16번지와 달리 "낮은 양옥집과 슬레이트 지붕을 얹은 집들이 장롱 밑 바퀴벌레들처럼 납작하게 누워 있는"(30쪽) 구장동 15번지를 어슬렁거리는 이 백치 아비들은 아비의 권위가 깡그리 말소된 잉여인간들이다. "사하라사막 저 밑에는 물이 고여 있다"(69쪽)는 비밀을 알게 된 후, "거대한 물의 기운"(20쪽)으로 불의 기운을 잠재운 그들은 이제 '눈물' 흘리는 자들이며, 남성이 아닌 존재들이다. 구장동 15번지라는 비가시성의 게토에나 겨우 존재할 수 있는 "무위"(77쪽)의 그들은 변화와 발전이라는 아버지의 신화를 훼손한 죄로 재현 불가능한 타자들이 되며, 때문에 '환상'을 통하지 않고서는 표상될 수 없다. '백치들'이 모두 환상을 걸치고 있는 이유는 여기에 있다. 사막으로부터 귀환한 아버지는 황폐한 모래의 기운에 점

---

9) 김숨, 『백치들』, 랜덤하우스, 2006, 32쪽. 이하 인용은 소설 제목과 페이지 수만 표시함.

령당하고, 소진아저씨는 지나치게 큰 발을 지니고 있으면서도 나무늘 보처럼 느리며, 희야아저씨는 두려움을 잊기 위해 "동굴처럼 깊고 어두한 잠"(58쪽) 속으로 빠져들고, 열여섯에 청계천 평화시장에 발을 들여놓은 이후로 난쟁이처럼 왜소해진 국경아저씨는 매일 "입술을 뾰족하게 내밀고 체중의 10퍼센트에 이르는 실을 뽑"(54쪽)아내고, 아내가 설암으로 죽은 뒤 허기에 지친 아내의 혀와 하나가 된 도식아저씨는 음식으로 자신의 몸피를 불리면서 스스로를 방 안에 가둔다.

네스호의 괴물 네시처럼 슬쩍 나타났다 재빨리 사라지는 김애란의 아비들과는 달리 구장동 15번지의 누추한 집들에 질기게 들어앉은 이들은 "빈곤이나 질병"과(87쪽) 같은 백치성을 가족들에게 '전염' 시킨다. 『백치들』에서 가장 문제적인 대목이다. 소설집 『투견』에서 아들에게 '유전' 혹은 '세습' 되는 아버지의 '폭력성' 에 주목했던 김숨은 『백치들』에서는 '전염' 또는 '증식' 되는 아버지의 '백치성' 을 폭로한다. 아비의 백치성이 전염된 아들은 혹에 물을 가득 담고 사막을 건너는 "한 마리의 단봉낙타"(172쪽)가 된다. 멈춘 듯 한없이 느린 단봉낙타가 된 그는 이제 더 이상 변화·발전·진보의 속도를 살 수 없다. 그는 진보를 향하여 질주하던 단선적인 시간을 절단하고 다른 시간을 살기 위해 사막으로 떠난다. 마치 마라톤 완주 도중 코스를 이탈해 사라진 "카니쿠리"(109쪽)처럼, 자발성이 내재된 아들의 백치-되기 혹은 단봉낙타-되기는 단순한 퇴행이 아니라, 아비의 "퇴화"(106쪽)를 방조하거나 견인한 더 큰 아버지의 법을 위반하려는 '역행' 의 불길한 징후처럼 보인다. 동생을 죽음으로 내몰고 어머니가 평생 분노를 "심장에 박아 넣"(187쪽)은 채 살도록 한 '백치성' 을 김숨이 다음과 같이 긍정할 수밖에 없는 이유는 여기에 있다.

나는 한때 백치들의 이름을 한없이 경멸하며 잊기 위해 노력했다.

그래야만 내가 어른다운 어른으로 성장할 수 있다고 믿었다. 백치들의 이름을 잊어야 한다는 것은 내게 일종의 강박이었다. (…) 그러나 내가 서른을 넘기면서 백치들의 이름은 자주 시(詩)의 한 구절처럼 머릿속에 명징하게 떠올랐다. 밤늦게 버스를 타고 가거나, 혼자 극장에서 영화를 보거나, 침침한 식당에 들어가 주문한 음식이 나오기를 기다리거나, 9시 뉴스를 시청하다가 백치들 중 누군가의 이름을 가만히 불러보곤 하는 것이다. 무딘 돌멩이를 들고 서툴게 일생일대의 들판으로 달려 나간 백치들의 이름을 불러보곤 하는 것이다.

—김숨, 『백치들』, 27~28쪽

구장동 15번지의 폭력적 현실에 날것의 폭력성으로 대응하는 벽돌공이 되지 않기 위해서, 차라리 열아홉 켤레의 나막신을 만들었던 자들이 백치들이다. 이 백치들을 응시하는 김숨이 궁극적으로 겨냥하는 것은 그들을 서툴게 일생일대의 들판으로 내몰았던 이 '아비들의 아비'일 것이다. 이 큰 아비를 위반하고 전복하려는 김숨의 의지는 소설의 내용과 형식을 낯설게 했다. 『백치들』은 성장소설의 형식을 빌려 '퇴행'을 말하는 성장소설의 패러디이며, 아비들을 "오로지 먹고살기 위해 사막의 건설 현장으로 가거나, 군인이 되어 월남의 전쟁터로 가거나, 광부가 되어 서독으로 날아가"(28~29쪽)도록 명령했던 진보의 신화에 대한 패러디이다. 현실의 모순을 천착하는 이 불온한 패러디는 기법으로서의 '환상'을 채용하면서 소설이 지닌 동일성의 환상마저 가로지른다. 그리하여 『백치들』은 시를 닮은 소설, 소설이 아닌 소설, 소설 너머의 소설을 향한다. 아비들의 '퇴행'을 통해 아비에 '역행'하는 이 기괴한 소설을 통해서 우리는 여성문학의 새로운 가능성을 확인한다. 권력적 다수성을 균열하는 김숨의 도발, 한 겹 없는 난쟁이의 불온한 모험이 시작된 것이다.

4. 고아들의 반란, 신(新) 가족의 탄생 – 윤성희

윤성희의 소설에 가족이 없다는 지적[10]은 부분적으로 옳고 부분적으로는 틀리다. 윤성희 소설의 인물들은 대개 혼자 살아간다. 그들은 실제로 고아이거나 또는 유사 고아들이다. 그러나 이들에게 가족이 없다는 말은 옳지 않다. 다만 가족이 존재하는 방식이 다를 뿐인데, 말하자면 이들에게 가족은 부재로 존재한다. 부재한다는 것은 두 가지 의미이다. 실제로 부재하거나 또는 존재하지만 소통하지 못한다는 의미에서의 부재이다. 그러나 어떤 경우이든 그들은 부재를 통해서 확실하게 존재를 증명하고 있다.

윤성희 소설의 가족들 중 누군가는 대개 어느 날 갑자기 떠나거나 죽거나 실종된다. 가령 「레고로 만든 집」의 어머니는 아버지가 집을 날리고 쓰러지자 15평 아파트 전세금을 가지고 사라진다. 그리하여 병든 아버지와 정신지체자인 오빠는 고스란히 주인공의 몫이 된다. 「유턴지점에 보물을 묻다」의 아버지는 편지 한 장을 남겨놓고 집을 나간 후 기차간에서 심장마비로 죽는다. 「거기, 당신?」에 등장하는 남자의 아버지는 어느 날 홀쩍 미국으로 떠나고 어머니는 남자가 고등학생이 되자 자살한다. 「어린이 암산왕」의 어머니는 이모에게 다녀온다고 집을 나간 후 남자의 담임선생과 달아나고, 「누군가 문을 두드리다」의 주인공 역시 동생들을 위해 자신의 삶을 희생하지만 유학 간 남동생에게서는 소식이 없고 시집 간 여동생의 휴대폰은 결번이다. 그런가 하면 「계단」에서 104호 남자의 어머니는 남자의 쌍둥이형이 실종된 이후 아들을 기다리며 20년 동안 한결같이 거실에서 잠을 잔다. 어머니는 죽고 남자는 어머니의 흔적이 묻어 있는 집에서 벗어나길 바란다.

---

10) 방민호, 「그늘에서 자라는 작은 꽃 같은 주인공들」, 『레고로 만든 집』, 민음사, 2001, 256쪽.

윤성희의 인물들에게 가족은 위안이기는거녕 "면도칼이 순식간에 가슴을 훑고 지나간 것처럼"[11] 고통스러운 상처의 기원이다. 그들은 대개 아버지가 없거나 어머니가 없거나 아니면 둘 모두가 없다. 부재하기 이전의 그들도 소위 행복한 가정을 담보하는 아버지나 어머니의 계보는 아니었다. 그들은 할아버지 앞에서 말을 더듬는 아버지이거나(「유턴지점에 보물을 묻다」), 바람피우는 어머니이거나, 사과상자에 아이를 넣어버리는(「이 방에 살던 여자는 누구였을까」) 부모들이었다. 그들이 사라지고 난 후 남겨진 가족들 역시 전혀 소통하지 못한다. 예컨대 「레고로 만든 집」에서 "아버지는 늘 부릅뜬 눈으로 오빠를 대하고 오빠는 그 보복으로 아버지에게 등을 보이"(17~18쪽)며, '나'는 "복사기가 작동할 때마다 뿜어져 나오는 빛"(13쪽)에서나 온기를 느낀다. 「누군가 문을 두드리다」의 여동생은 오빠가 흰색을 싫어하는 것을 끝내 알지 못하고, 「거기, 당신?」에서는 편두통을 앓는 어머니가 고무망치로 머리를 두드리는 날이 많아질수록 아버지가 집에 들어오지 않는 날 역시 늘어간다.

　　이 부재하거나 불통(不通)하는 가족들로 인하여 윤성희 소설의 인물들은 아프고 외롭고 "자신이 얼마나 외로웠는지 잊고"(「누군가 문을 두드리다」, 96쪽) 살 만큼 삶이 버겁다. 그러나 이들은 이 징하고도 징한 가족의 기억을 쿨하게 망각하지 못한다. 그들은 저녁 열시면 잠이 들고, 퇴근하고 집에 돌아오면 아주 오랫동안 샤워를 하고(「그 남자의 책」, 198쪽), 회사를 가기 위해 매일 370번 버스를 타는(「길」) 일상에 붙들려 있듯, 상처뿐인 가족의 기억에 덜미 잡힌다. 마치 「어린이 암산왕」의 C시 주민들처럼 윤성희 소설의 닮은꼴 인물들은 10분쯤 느리게 가는 시계에 그들의 시간을 맞추고 더디게 살아가는 셈이다.

---

11) 윤성희, 「거기, 당신?」, 『거기, 당신?』, 민음사, 2004, 96쪽. 이하 인용은 소설 제목과 페이지 수만 표시함.

언제부턴가 C시는 고장 난 시계를 닮기 시작했다. 사람들은 느리게 걸었다. 공원에서 해바라기로 하루를 보내는 노인들처럼. 젊은이들은 고개를 들어 시계탑의 시간을 확인하지 않았다. 지금이 몇 시인지 알아야 할 이유가 그들에겐 없었다.

—윤성희, 「어린이 암산왕」, 34쪽

「어린이 암산왕」에서 시청 임시직 공무원인 주인공은 한때 자신이 '어린이 암산왕'이었다는 사실을 기억함으로써 남루한 현재를 잊고자 한다. 그러나 남자를 견디게 하는 이 영광스러운 과거에는 실은 갖가지 비루한 사실들이 뒤얽혀 있다. 암산왕이 되기 위해 정육점 아이의 눈을 새총으로 쏘았던 남자의 부끄러운 행위, 어머니와 담임선생의 치정, 어머니의 가출, 자살 시도로 의심받던 아버지의 사고, 무능한 아버지에 대한 남자의 미움이 이 과거의 이면이다. 소설은 '어린이 암산왕'이라는 빛나는 기억의 후광에 가린 남자의 그림자 같은 과거를 찬찬이 복원한다. 누락된 기억이 복원되면서 주인공의 과거는 빛을 잃는다. 불을 켜지 않으면 "검붉은 얼룩들이 쉽게 보이지 않"(「어린이 암산왕」, 44쪽)을 정도로 변색된 어린이 암산왕 '메달'이나, 한때는 C시의 상징이었으나 이제는 고칠 수 없이 고장 나버린 '시계탑'은 이 빛 바랜 과거의 은유이다. 정확히 말하면, 남자가 기억하는 과거의 찬란함이란 진짜 금을 흉내 낸 조악한 모조품 메달의 광채처럼 처음부터 가짜였으며 시한부였다. 소설은 남자를 "아무 곳에도 끼울 데 없는 나사"(53쪽)로 만든 이 텅 빈 과거와의 결별만이 새로운 삶을 가능하게 하는 조건임을 일깨운다. 능동적 망각을 통한 또 다른 생의 가능성 타진. 이 지점에서 기억과 가족에 붙들려 있던 윤성희의 소설은 훌쩍 도약한다. 윤성희의 인물들은 이제 자신을 잊은 남동생의 책상과 여동생의 텔레비전을 중고품 전문점에 팔고(「누군가 문을 두드리다」), 어머니와 아내의 기억이 배인 각자의 집을 맞바꾸며(「계단」), 자살한 친구인 W의 휴대폰 단축번호를 지우고(「잘가, 또 보자」), 과거의 집을 향하던 "45번 버스의 노선을 따라 밤길을 달"(「거기, 당신?」, 84쪽)리지 않는다.

과거를 망각함으로써 윤성희의 소설은 복사기에 자신의 슬픔을 복사하던 '자기 연민'의 서사에서 흔쾌히 유턴 지점에 보물지도를 묻는 '유머'의 서사로 전환한다. 유턴 지점에 "촘촘하면서도 묵직한 어둠"(「잘가, 또 보자」, 251쪽)이었던 아버지를 묻고, 어머니를 묻고, 동생과 형을 묻고, 친구와 연인을 묻고, 정상적 가족이나 행복이라는 환상마저 묻어버리자, 윤성희의 인물들은 마침내 자기를 객관활 수 있는 유쾌한 유머의 힘을 내장하게 된다.

'기억'과 '환상'을 가로지른 윤성희의 소설은 이 유머의 내공으로 새로운 가족 연대를 모색한다. 혈연이 아닌 공동체, 필연이 아닌 우연으로 결합된 윤성희의 신(新) 가족에는 아버지가 없고, 어머니가 없고, 남자의 유년을 유린한 실종된 형이나, 패러글라이딩을 배우고 싶은 남자의 욕망을 자전거 타기로 추락시킨 동생들이 없다. 370번 버스인 줄 알고 잘못 탄 730번 버스의 종착지에서 우연히 만난 윤성희의 고아들 혹은 유사 고아들은 이 전통적인 가족 구성원인 아버지, 어머니, 형, 누나, 동생을 대체한다. 자신의 열차로 뛰어들어 자살하는 사람들의 절망을 견딜 수 없었던 전직 지하철 기관사 Q와 "어머니가 유명해질수록 유령 같은 존재가 되어갔"(「유턴지점에 보물지도를 묻다」, 19쪽)던 W와 가출한 고등학생과 "오 년을 일하는 동안 한 번도 여행을 가지 않았"(「유턴지점에 보물지도를 묻다」, 15쪽)던 전직 여행사 직원인 '나'는 함께 만두와 "미친 쫄면"을 만들어 팔면서 신나게 살아간다. 연인을 잃은 여자와 딸을 잃은 봉자 엄마는 함께 '봉자네 분식집'을 차리고(「봉자네 분식집」), 죽은 어머니와 형의 기억 때문에 괴로운 104호 남자와 떠난 아내의 기억 때문에 상심한 504호 남자는 집을 바꾸고 물건을 공유하면서 서로를 위안한다(「계단」). 「누군가 문을 두드리다」의 1205호 남자와 1305호 여자 역시 가족들로부터 잊히거나 남겨진 동류들로서 소통한다. 그러므로 '거기' 있는 '당신'을 발견한 윤성희 소설의 인물들은 이제 더 이상 "혼잣말"을 하지 않는다. 그들은 「거기, 당신?」의 그 여자와 그 남자처럼 대화하고 연대한다.

> 그녀는 그에게 커다란 성냥갑을 주었다. 이걸로 집을 태워요. 이 집은 이제 내 집이 아니에요, 은행으로 넘어갔죠. 저 집 안에 있는 물건들을 잊을 수 있어요? 그는 성냥을 꺼내 불을 댕겼다. 하지만 불꽃은 일지 않았다. 어때요, 진짜랑 똑같죠? 선물이에요. 어! 고마워요, 하하. 정말 맘에 들어요. 그는 성냥 모형을 품에 안았다. 그녀는 그의 머리카락에 붙어 있는 타다 만 종잇조각을 떼어냈다. 그녀는 다시 자전거 뒷자리에 앉았다. 그는 그녀에게 곧 미국으로 떠날 것이라고 말했다. 47번 버스가 버스 정류장에 서 있었다. 저 버스를 따라가 볼까요? 그가 말했다. 그의 허리를 꽉 잡고, 그녀는 어머니 뱃속에 있었던 여덟 달 동안 얼마나 외로웠는지에 대해 이야기해주었다. 그녀는 가만히 그의 등에 귀를 대보았다. 난 당신의 말을 믿어요. 그의 몸속에서 그런 말들이 들려왔다.
>
> ─윤성희, 「거기, 당신?」, 104~105쪽

여자는 남자에게 모형 성냥갑을 선물하고 남자는 그 성냥갑의 성냥으로 상처의 기원이었던 기억 속의 집을 태운다. 그들은 이제 함께 자전거를 타고 낯익은 45번이 아니라 낯선 47번 버스를 따라가며 그들의 오랜 외로움에 대해서 이야기한다. 타자이면서 동류인 그들은 이렇게 만나 서로를 환대하고 배려하는 새로운 가족 연대를 실현한다. 윤성희의 소설은 이렇듯 낯설지만 유쾌한 신가족의 탄생을 알린다. 아주 우아하고 부드럽게 이 거짓말 같은 가족의 출현 가능성을 설득하는 윤성희의 소설을 즐기는 규칙 하나. 그것은 다음과 같은 생소한 가족의 풍경을 보고 "정말이야"(「고독의 의무」, 204쪽)라고 묻지 않는 것이다. 윤성희의 유머에 전염되려면 우리 역시 한 번쯤은 그의 Q나 W, 고등학생이나 혹은 그 남자와 그 여자가 되어야 한다. "거짓말을 믿는다고 해서 세상이 망하지는 않"(「유턴지점에 보물지도를 묻다」, 21쪽)는다는 Q의 결론처럼, '믿음'은 윤성희가 꿈꾸는 신가족의 출현, 그리고 그 가족이 정상이 되는 '멋진 신세계'를 실현하는 첫 번째 조건일 것이기 때문이다.

> 고등학생은 저녁에 일을 시키지 않았다. 대신 검정고시학원에 보냈다. 일 년 만에 고등과정을 마치더니 그 다음해에 대학에 입학했다. 날 닮아서 머리가 좋은 거야. 나와 W와 Q가 서로 우겼댔다. 우리 셋은 돈을 모아 대학등록금을 대주었다. 우리와 비슷한 이름을 내건 만두가게들이 생겨나기 시작했다. 하지만 맛을 따라오지는 못했다. 고등학생이 대학을 졸업하던 해에 우리의 재산은 작은 아파트 네 채와 소형차 네 대로 불어났다. (…) 사람들은 일출을 보러 동해로 향했다. 나는 다음 톨게이트에서 유턴을 한 다음 집으로 돌아왔다. 내일은 서해안고속도로를 달려볼까. 어느 휴게소의 어묵이 맛있을까. 이런 생각을 하면서.
>
> —윤성희, 「유턴지점에 보물지도를 묻다」, 28~29쪽

5. 아버지의 종언, 그리고 여성문학의 시작

진정한 아버지는 사라지고 새로운 아버지는 아직 도래하지 않았다는 근대 이후, 소설은 수없이 많은 아버지를 부정하고 아버지를 욕망하

고 아버지를 위반하고 아버지와 타협하면서 서사를 구축해왔다. 진정한 아버지, 결핍이나 모순 없는 절대적 아버지란 신화에 불과하다는 탈근대적 인식이 확산된 이후, 소설은 과감히 아버지의 종언을 선언하였으나 이미 죽은 아버지의 망령을 좇는 무모한 시도들 역시 허다했다. 이 시대착오적인 시도들 속에서 아버지는 때론 영웅의 이름으로 호출되기도 하고 연민과 보살핌이 필요한 남루한 존재로 등장하기도 한다. 죽어도 죽지 않는 좀비처럼 아버지의 망령이 여전히 소설 속을 배회하고 있는 셈이다.

김애란, 김숨, 윤성희, 이 세 명의 신세대 여성작가들이 좀비 아비들을 퇴치하는 만만찮은 모험에 뛰어들었다. 이 모험에서 김애란은 헛것인 아버지를 선언하려다 아비를 별것으로 만들었으며, 육식하고 사육하는 아버지를 통해서 아비의 폭력성을 응시하던 김숨은 진보의 신화에 흠집 내는 백치 아비들을 새롭게 현시함으로써 아버지의 신화를 내파하고자 했다. 윤성희는 아버지와 그 아버지의 피를 이어받은 혈연가족을 망각하고 건강가족을 훼절함으로써 아버지를 중심으로 일사불란하게 움직이던 홈 스위트홈의 신화를 거부한다. 그들 중 누군가는 실패하고 또 누군가는 성공했다.

우리는 아버지 혹은 아버지적인 것을 과감히 역행하고 망각하고 훼절하는 데 성공한 "나쁜 마음 못생긴 얼굴"(황병승)의 딸들을 통해서 또 다른 생성의 가능성을 엿본다. 아버지를 거침없이 횡단하는 이 용감한 딸들은 명령하고 규율하고 처벌하는 아버지의 종언을 재차 고할 것이며, 아버지의 망령으로부터 풀려난 아비들 역시 아비 아닌 아비들로서 좀더 자유로울 것이다. 그리고 무엇보다 이 딸들의 과감한 도전은 작가의 성별이나 소재의 차원을 넘어 '여성-되기'가 여성문학의 진정한 조건이 되어야 함을 보여준다. 아버지를 가로지르기, 혹은 아버지의 종언, 그것은 여성-되기가 반드시 통과해야 할 지점이며, 여성문학의 새로운 출발을 알리는 유쾌한 선언이다.

황진이의 재발견,
그 탈마법화의 시도들

1. 영웅, 반쪽짜리 호명

소설과 드라마를 막론하고 새삼 영웅이 호출되고 있다. 1200년 전 장보고에서부터 500년 전 이순신에 이르기까지, 뿐만 아니라 과거 재벌 총수들까지 영웅의 반열에 올랐다. 호출된 영웅들의 외장도 구태를 벗고 21세기형으로 맞춤되었다. 장보고는 동북아 중심 국가를 이끌어갈 도전정신의 모범으로, 이순신은 위기를 기회로 바꿀 개혁지도자로 외피를 달리하였다.

주지하다시피 요지부동의 영웅 이순신은 벌써 그 외장재를 수없이 갈아치웠다. 조선시대 충군의 모범이었던 그는 신채호에 의해서 영웅으로 호명되더니, "소수의 선인",[1] "전 민족 개조의 발단이요 기초가 되는 일인(一人)"[2]을 오매불망하던 이광수에 의해서는 "조선 오백 년

---

1) 이광수, 「민족개조론」, 『이광수 전집』 17권, 삼중당, 1962, 188쪽.
2) 이광수, 앞의 책, 211쪽.

에 처음이요, 나중인 큰 사람"[3]으로 지시된다. 그뿐인가. 이순신과 나폴레옹을 그토록 존경했다는 박정희는 이순신에게 '성웅'의 호칭을 부여하고 마침내 광화문 네거리와 현충사에 박제했다. 그러다 김훈의 『칼의 노래』(2001)를 탄핵 중에도 처연하게 읽었다는 노무현 정권하에서 이순신은 다시 혈연·지연·학연에 얽매이지 않고 원리원칙에 투철한 개혁지도자로 거듭났다. 영웅들은 이른바 그들을 호명하는 시대와 집단의 코드에 맞게 고단한 변신과 재탄생을 거듭하였다.

그런데 이 분열하며 불멸하는 영웅의 계보학에는 여성이 부재한다. 근대가 발견한 영웅이란 민족주의 담론이 호출한 '진정한 아버지' 혹은 '상상적 아버지'에 다름 아니기 때문이다. 근대계몽기와 식민지 시기 근대 기획자들은 자신을 낳은 직계 아버지인 조선을 부정하고 대신 시원의 아버지를 진정한 아버지로 상상하게 되는데, 이 진정한 아버지의 호명이 바로 영웅이었다.[4] 그러므로 신채호는 "영웅의 종자를 박멸한"[5] 조선왕조를 거짓 아비로 규정하고 단군, 을지문덕, 광개토왕, 장수왕, 연개소문, 강감찬, 최영, 이순신 등과 같은 시원의 아버지를 진정한 아버지, 곧 영웅의 계보에 기입한다. 말하자면 근대가 발견한 영웅은 '소년성'에 충만했던 계몽 주체들이 재구성한 초남성성(超男性性, hypermasculinity)의 형상이며 강한 가부장의 표상인 셈이다. 계몽 주체들은 이러한 아버지–영웅과의 상상적 동일시를 통해서 민족과 국가를 이끌어갈 새로운 영웅으로 변신하고자 했다. 따라서 근대 민족주의

3) 이광수, 「이순신」, 『이광수대표작선집』 9권, 삼중당, 1978, 286쪽.
4) 권명아, 『가족이야기는 어떻게 만들어지는가』, 책세상, 2000; 공임순, 『우리 역사소설은 이론과 논쟁이 필요하다』, 책세상, 2000 참조. 최근 근대 초기 영웅담론을 가족로망스에 입각해 해석하는 작업이 설득력을 얻고 있다. 초기 근대 기획자들은 자신들을 근대적 주체로 형성하는 과정에서 정치적 고아의식을 지니게 되고 영웅을 호출하게 되는데, 이는 아비를 부정하고 스스로를 고아 또는 서자로 규정하는 가족 로망스의 형태로 설명될 수 있다는 것이다.
5) 신채호, 「천개소문전 서론」, 『근대계몽기 학술문예사상』, 민족문학사연구소 엮음, 소명출판, 2000, 141쪽.

담론이 생산한 영웅의 서사는 필연적으로 '순결한 남성의 형식'일 수밖에 없으며, 여성 영웅이란 당연히 불가능한 조합이다.

신채호의 표현을 빌면 "영웅을 수놓는 존재"[6]인 여성은 근대계몽기를 통과하면서 철저히 영웅의 의미망 속에 포획되는 형국이다. 남녀평등, 여성해방 담론의 범람에도 불구하고 여성은 여전히 새로운 남성-영웅과의 관계 속에서만 의미를 부여받는 부차적이고 기능적인 위치를 벗어나지 못한다. 이 타자적 위치에 대한 기만적 호명이 바로 '상등여자'[7]다.

여성은 영웅을 잉태한 또는 잉태할 자궁이거나, 논개, 라란(롤랑부인), 약안(잔다르크) 등과 같이 애국으로 정념을 무화하고 순결한 민족의 어머니로 탈성화(脫性化)될 때에만 비로소 '상등여자', 곧 근대적 '국민'의 지위를 부여받을 수 있었다. "동양이 미약하고 진흥하지 못함은 실로 여자의 교육이 없음이라. 여인이 무식하고 어찌 그 소생된 남자가 명철하기를 바라리오"[8]라는 제국신문의 논설이나, "여자교육은 모성교육이라야 한다"[9]는 이광수의 주장, "장래 조선을 잉태하여 줄 조선 여성들은 좋은 어머니, 새 국민의 어머니라는 것을 명심하라"[10]는 이은상의 명령은 '상등여자-되기'의 실체가 무엇인지를 보여주는 전형적인 언설이다. 이제 모성은 문명의 기초요 민족주의의 근간이며, 여성 교육이 강조될수록 모성성은 한층 더 신성한 가치로 부각되기에 이

6) 신채호, 앞의 글, 141쪽.
7) '상등여자'는 〈대한매일신보〉(1909. 8. 2) 「시사평론」에 실린 글에서 발견한 말이다. 이 글은 논개, 춘향, 월향, 황진이 등을 상등여자로 표상하며, 기생들에게 이들을 본받아 "나라 일에 성공하고 동포에게 생색 내는" 상등여자가 될 것을 주문하고 있다.
8) 「매화나무와 송백거사」, 〈제국신문〉(1901. 4. 5), 고미숙, 『한국의 근대성, 그 기원을 찾아서』, 책세상, 2001, 107쪽에서 재인용.
9) 이광수, 「모성중심의 여성교육」, 『신여성』, 1925. 이광수와 이은상의 글은 『가부장/제/국 속의 여자들』(이득재, 문화과학사, 2004) 33쪽에서 재인용했음을 밝힌다.
10) 이은상, 「조선의 여성은 조선의 모성」, 『신여성』, 1925.

른다.[11]

이와 같이 모성 민족주의가 강화되면서 여성은 모성을 제외한 일체의 여성성을 표백하고 오로지 무성적(無性的, asexual)인 어머니로 퇴행해야 했으니, 그 본질은 결국 '웅녀 죽이고 웅녀 살리기'에 다름 아니다. 다시 말하면 상등여자–되기란 억누를 수 없는 정욕을 발산하고 무능한 가장을 대신해 생활에 분투하던 '웅녀'를 부정하고 영웅 생산자인 '웅녀'를 유일한 여성으로 인정하는 방식인 것이다. 가정을 넘어 국가라는 거대서사 속에 여성을 기입하는 표면적인 환대의 이면에, 기실은 웅녀를 견인했던 여성들의 솔직한 욕망, 유교 질서의 외부를 사유하던 여성들의 다양한 욕망을 일체 봉쇄하는 기만이 내재되어 있었던 셈이다.

그런데 이 무소불위 상등여자 이데올로기의 자장 안에서 현모도 양처도 열녀도 그렇다고 논개와 같은 애국 기생도 아닌 '황진이'가 근대 계몽기부터 최근까지 상등여자의 반열에 올라 있다. 〈대한매일신보〉의 「시사평론」에서 이 계보에 이름을 올리기 시작한 황진이는 1936년 이태준에 의해 서사 내부로 호출되더니, 그 서문을 썼던 이병기에 의해서는 급기야 '위인'으로 호명된다. 이후 박종화와 정비석, 정한숙, 최인호에 의해 거듭 발견된 황진이는 최근 영웅 서사물의 유행 속에서 세 사람의 남북 중견작가들에 의해 다시 소설화된다. 김탁환이 『나, 황진이』(2002)를, 전경린이 『황진이』(2004)를, 북한 작가 홍석중이 『황진이』(2002)를 발표한 것이다.

왜 황진이인가. 기생이라는 신분과 그녀의 분출하는 육체성은 상등여자라는 무성적 어머니에 대한 요구와는 결코 합치될 수 없어 보인다. 그럼에도 불구하고 황진이를 성녀(性女)가 아닌 성녀(聖女)로 구상하

---

11) 고미숙, 앞의 책, 107쪽.

고자 하는 욕망은 백 년의 시공간을 가로지르며 반복과 변주를 거듭하고 있다.

이 탈성화(脫性化)적 욕망을 배태한 기원으로서의 황진이에 대한 탐색은 필수적이다. 황진이가 조선의 남성 권력으로부터 용인되는 방식을 추적함으로써 우리는 근대 초기 민족주의 기획 속에서 황진이가 상등여자로 매김되는 욕망의 정체를 확인할 수 있을 것이다. 아울러 이러한 계보학적 탐색은 최근 소설에서 이루어진 황진이를 탈마법화하려는 시도들, 황진이를 둘러싼 그 다양한 욕망의 정체를 해석하는 데도 분명 유용한 통로가 될 것이다.

2. 황진이의 발견, 그 계보학적 탐색 – 이인, 상등여자, 위인

역사에 기록되는 여성은 누구일까. 정사이든 야사이든 남성이 주도하고 남성이 기록해온 역사에 흔적을 남길 수 있는 여성은 많지 않다. 예외적인 그들의 한 부류는 '위험한 여성들'이다. 왜 위험한가. 그녀들은 대개 공적 영역으로 진입해 남성의 권력을 훔쳐내고 그들을 파멸시켜 가부장적 질서를 교란시킨 죄목을 가지고 있다. 이 위험한 여성들의 단일한 이름은 '악녀/요부'이며, 일찍이 『시경』에는 "어지러움은 하늘에서 내려오는 것이 아니라 부인에게서 나오는 것"(「대아(大雅)」·「첨앙(瞻仰)」)이라 하여 악녀/요부의 탄생을 경계했다. 흥미로운 것은 이 위험한 여성들이 권력을 훔쳐내는 방식인데, 남성들의 역사는 한결같이 '음란함'을 그들의 표지로 기록한다. 그들은 대개 "얼굴은 아름다웠으나 덕이 없고 난잡하며 무도할 뿐 아니라 여자임에도 장부의 마음을 품고서 칼을 차고 관을 쓴"[12] 여성들이다. 말하자면 남성들에게 악녀/요부란 비자연적인 여성, 즉 '여성–남성'의 혼성적 존재[13]로 표상된다.

이 위험한 여성의 반대편에 '성녀/현모'가 위치한다. 남성들의 응시를 통해서 구성된 이들 여성은 남성의 권력에 도전하던 악의 표상 여'성'을 지워낸 '여'성들로서 일종의 '무성적(無性的) 존재들'이다. 기록하는 권력을 통해서 남성들은 악녀/요부를 경계하고 그들의 정욕을 타락과 혼돈의 징표로 환기하는 한편, 금욕주의적 여성, 즉 성녀/현모의 계보를 만들고 기억하도록 정치했다.

그런데 매우 예외적으로 이 두 여성 형상의 외부에 있는 '황진이'가 야사의 형식을 빌려 발견된다. '혼성성'의 표지를 지닌 악녀와 '무성성'을 내화한 현모의 형상 바깥에 있는 그녀의 호명은 특이하게도 '이인(異人)'[14]이다. 서녀(庶女)라는 조선 사회의 계급적 모순을 담지하고 남성 권력에 밀착되어 있었던 불온한 조건에도 불구하고, 황진이는 '선녀', '국색(國色)', '천하절색'이라는 여성적 매력을 환기하는 수사와 '걸걸하고 호협한 사람', '뜻이 크고 기개가 있으며 남자처럼 용감하다'는 남성적 수사가 긍정적으로 공존하고 있다.[15]

이 예외성은 어디에서 기인하는가. 그 의문을 해소하는 지점에 '기생'이라는 황진이의 신분적 조건이 있다. 주지하듯 봉건사회에서 규방이라는 사적 영역 밖으로 나와 남성들과 공식적으로 관계할 수 있었던 유일한 여성은 기생이었다. 그러므로 기생이라는 신분은 황진이에게 다양한 일탈을 가능하게 한 계기이자 남성 권력이 황진이의 일탈을 용인하는 근거로 작용한다. 대부분 권력 상층부에 속해 있었던 소위 악녀들이 남성들에게 현실적 위협이 된 존재라면, 남성의 위선을 폭로하고

---

12) 「얼폐전(孽嬖傳)·하걸말희(夏桀末喜)」, 『열녀전(列女傳)』. 송진영, 「칼을 차고 장부의 마음을 품다—동아시아의 악녀」, 『동아시아 여성의 기원』, 이화중국여성문학연구회 편, 2002, 311쪽에서 재인용.

13) 린 헌트, 조한욱 역, 『프랑스 혁명의 가족 로망스』, 새물결, 2000, 169쪽.

14) 허균, 「성옹지소록」, 『조선해어화사』, 이능화 저, 동문선, 1992, 340쪽.

15) 이능화, 앞의 책, 335~340쪽 참조.

냉소하던 '기생' 황진이의 미적 권력은 이미 뇌관이 제거된 것이었다. 그러므로 조선조의 남성 권력은 황진이의 낯설음을 용인하고 즐길 수 있었으며, 분출하는 그녀의 성적 욕망은 파괴력이 제거되어 있으므로 전혀 음란하지 않았다. 이렇듯 근본적으로 악녀가 될 수 없었던 황진이는 남성들의 판타지가 투사된 매혹적인 아니마로 이상화되었고, 시와 음악은 그녀의 아우라를 강화하는 장치가 된다. 이것이 황진이가 악녀/요부가 아닌 '이인'으로 남성의 역사 속에 매끄럽게 편입할 수 있었던 이유다. 그러므로 '이인'이란 모호한 규정은 황진이라는 한 여성에 대한 공포와 환상이 뒤얽힌 수사라기보다 좀 더 매력적인 노류장화에 대한 기만적 헌사에 불과하다.

이와 같이 남성적 응시를 통해 위험하기보다는 위안을 주는 "여자 중에 빼어난 여자"(허균)로 기록될 수 있었던 황진이는 근대계몽기 민족주의 계몽 주체들로부터도 거부감 없이 '상등여자'로 호출된다. 근대를 통과하면서 기생이라는 황진이의 불온한 조건은 시문을 짓는 '예술가'라는 근대적 형상 속에 해소된다. 조선조의 남성 권력이 현실적 위협이 되지 않는 황진이의 육체성과 기행(奇行)을 용인하고 다시 그들의 상상 속에서 황진이를 이상적으로 재구성하는 방식을 취했다면, 근대계몽기 모성 민족주의는 황진이의 육체성을 철저히 지우는 탈성화(脫性化)를 통해 그녀를 고결한 예술가적 천품을 지닌 상등여자로 표상하는 방식을 선택한다. 말하자면 '상등여자'라는 근대의 의미망 속에 나포된 황진이는 전근대의 이인(異人) 혹은 기녀(奇女)라는 모호한 수사마저 지우고 시문을 짓는 예술가로 완전히 투명해짐으로써 "새 국민을 잉태할 좋은 어머니"의 모델이 될 수 있었던 것이다. 이렇듯 이인, 상등여자로 표지를 바꾸던 황진이는 1930년대 이태준에게 재발견됨으로써 '위인'이라는 또 하나의 닮은꼴 기표에 포획된다.

『황진이』(1936)의 서문에서 이병기는 황진이를 "험한 역경에 있으면서도 그걸 정복하고 벗어난 놀라운 천품을 타고난 위인"[16]으로 규정한다. 이 위인 프로젝트에 따라 구상된 황진이는 '오몽녀' 만큼 치명적이거나 파괴적이지 않다. 『황진이』에서 이태준은 확실히 그의 등단작이었던 「오몽녀」(1925)와는 다른 방식으로 욕망을 사유한다. 오몽녀를 통해서 욕망의 거침없는 표출에 대담했던 이태준은 황진이에 와서는 '험한 역경' 과 같은 욕망의 초월, 혹은 욕망으로부터의 도피에 집착하고 있다. 성녀(性女)–오몽녀에서 성녀(聖女)–황진이로의 비약, 성녀(性女)–황진이에서 성녀(聖女)–황진이로 도피해간 이 위인의 논리를 견인한 것이 무엇인가. 여기에 이태준의 '동양주의' 가 자리한다.

  1930년대 이태준은 서구 근대에 대한 저항으로서 정신적 동양주의를 견지했다. 서양을 물질과 생활에 기반한 속(俗)으로 규정한 이태준은 그 대척점에서 아(雅)를 본질로 하는 정신으로서의 동양(조선)을 구상한다. 동양–정신이라는 동일성을 구성하기 위해 그는 불교철학과 노장의 도, 시 · 서 · 화에 기반한 예술과 같이 반자본주의적인 동양의 사상과 미를 호출한다.[17] 동양의 아(雅)는 서양의 속(俗)과는 비교할 수 없이 우수한 것이지만 현대의 승리는 서구의 것이다. 그러므로 "하시(下視)는 하면서도 저들의 뒤를 슬금슬금 따라야 하는 데 동양의 탄식"[18]이 있다. 이것은 또한 이태준의 탄식이기도 하다. 조선의 식민지적 특수성을 제대로 파악하지 못한 이태준은 식민주의의 정체를 단지 서구 근대로 오인하고 그에 대응하는 논리로 동양적인 아(雅)를 구상하지만, 서구의 위력 앞에서 정신으로 대항하는 동양주의는 왜소하며 패배와 소멸의 위협에 직면할 수밖에 없다. 그러므로 기실 오리엔탈리

---

16) 이태준, 「황진이」, 『한국근대장편소설대계』 20권, 권영민 외 엮음, 태학사, 1988, 2쪽.
17) 김재용, 「동양주의에서 국제주의로」, 『이태준 문학의 재인식』, 소명출판, 2004, 150~163쪽 참조.
18) 이태준, 「동방정취」, 『무서록(이태준 문학전집 15)』, 깊은샘, 1994, 57쪽.

즘의 다른 이름인 이태준의 동양주의에는 필연적으로 비애가 깃든다.

황진이는 이렇듯 이태준의 오인된 역사인식과 오리엔탈리즘이 발견하고 윤색한 일종의 '고완품(古翫品)'[19]이다. 정신적 동양주의라는 표상공간을 통과하는 순간 황진이가 담지하고 있던 조선사회의 신분적 모순과 그녀를 매개로 읽히는 권력의 위선은 대부분 배경으로 후퇴한다. 현실에 대한 황진이의 분노와 그녀의 육체가 뿜어내는 파괴적 욕망은 "정(情)에 애달팠던"(『황진이』, 215쪽) 일탈 정도로 수습된다. 대신 황진이는 아(雅)와 소멸의 비애로 채색된 동양적인 혹은 조선적인 것의 알레고리로 재탄생한다. 황진이의 기생(妓生)은 바로 이 초월을 위한 극적 전사(前史)에 불과하다. 이와 같이 이태준의 황진이는 스스로의 욕망을 부정하고 조선적인 것의 표상이 됨으로써 온전하게 '위인'으로 호명될 수 있었다. 그러나 이러한 위인의 논리, 즉 황진이로 재현된 조선적인 것의 심미화는 여성성을 신비화하고 낭만화하여, 계급과 식민지 현실의 모순 및 갈등을 은폐하고 동질성의 허상을 만들었다는 비판을 피해갈 수 없을 것이다.[20] 이태준은 타자(식민주체)의 시선을 내면화한 정신적 동양이라는 허상 속에서 비루한 식민지 조선의 현실을 잊고자 했던 왜소한 기억상실증자였는지도 모른다. 황진이는 이와 같은 이태준의 망각의 정치학이 용인한 부분적이고 불완전한 기억이었던 셈이다.

이태준 이후로 박종화, 정비석, 정한숙, 최인호로 이산을 거듭하던 황진이는 드디어 21세기 세 명의 남북한 작가에게 재발견되었다. 지금-여기의 감정구조와 김탁환, 전경린, 홍석중의 욕망이 뒤얽혀 황진

---

19) 이태준은 '골동품(骨董品)' 대신 '고완품(古翫品)'이란 말을 사용한다. 그에 따르면 "고완품(古翫品)들이 골동(骨董), 골(骨)자로 불리워지기 때문에 생명감을 삭탈당하고 있다"는 것이다.(이태준, 「고완품과 생활」, 앞의 책, 141~143쪽 참조)

20) 공임순, 「황진이, 거울에 비친 조선 그리고 조선적인 것」, 『식민지의 적자들』, 푸른역사, 2005, 46쪽.

이는 다시 학인, 도인, 민중으로 변신한다. 황진이를 둘러싼 이들 모험과 욕망의 경로를 따라가보자.

3. 근대주의적 욕망과 학인(學人) 황진이—김탁환의 『나, 황진이』

김탁환의 소설에서 뚜렷하게 감지되는 것 중의 하나는 진실(진리)을 전유하고자 하는 욕망이다. 이 욕망의 과도함은 예컨대 "누구나 황진이를 알지만 아무도 황진이를 모른다"[21]고 말하는 것을 서슴지 않는다. 진실을 알고 말할 수 있다는 김탁환의 논리는 그런데 이미 소설가로서의 욕망을 넘어서는 것처럼 보인다. 롤랑 바르트를 굳이 인용하지 않더라도 우리는 이미 사실(진실)이 단지 '사실(진실)–효과'에 불과하며, 더욱이 소설이 환기하는 진실이란 작가와 독자의 계약에 기반한 텍스트 내에서의 진실성임을 알고 있다. 작가와 독자는 이 합의와 계약의 틀 안에서 소설을 쓰고 읽는다. 그런데 이 기본적인 계약을 망각하는 혹은 위반하려는 김탁환의 소설에서는 불현듯 소설을 통해 현실 변혁을 꿈꾸던 근대 계몽주의자들의 욕망이 우울하게 읽힌다. 그렇다면 작가가 힘주어 부정함에도 불구하고 김탁환의 소설은 더 이상 정치소설이 가능하지 않은 시대에 쓰는 시효 끝난 정치소설이며, 소설로 쓰는 '현실개조론'은 아닐까. 그러므로 김탁환이 중세를 복원하는 궁극적 이유는 문학이라는 미시적인 차원을 넘어 현실이라는 거시적 차원을 욕망하는 것일지 모른다. 『나, 황진이』를 읽으면서 이태준과 유사한 욕망이 감지되기보다 차라리 『이순신전』을 쓴 신채호나 『이순신』을 쓴 이광수의 욕망이 읽히는 것은 이런 이유일 것이다.

---

21) 김탁환, 『나, 황진이』, 푸른역사, 2002, 291쪽.

진실에의 의지로 충만한 김탁환의 근대주의적 욕망은 『나, 황진이』
가 채용하고 있는 '고백'이라는 형식을 통해서 더욱 뚜렷하게 나타난
다. 진실을 안다고 믿는 자만이 고백할 수 있으며, 진실이 온전히 존재
한다는 확신이 고백이라는 형식을 가능하게 한다. 흥미로운 것은 이 고
백이 지배자가 아니라 패배자의 발화라는 점이다. 진실을 감추는 지배
자들과 달리 패배자는 적어도 고백함으로써 윤리적 정당성을 확보하
며, 따라서 진실 혹은 진리를 말했다는 것은 아무도 두말 못하게 하는
권력이다.[22] 고백을 통해 진리에 다가가려는 의지는 왜곡된 또 하나의
권력의지인 셈이다. 그런데 이 권력의지에는 필연적으로 분할과 배제
의 원리가 작동한다. 말하자면 진이란 이름으로 위(僞)를, 이성이란 이
름으로 광기를, 진정한 철학자란 이름으로 소피스트를 배제하고 축출
하려는 욕망이 꿈틀대고 있는 것이다.[23]

　『나, 황진이』는 진실과 거짓을 가르는 이 확연한 이분법적 논리가 지
배하는 세련된 계몽소설이다. 서경덕이 죽고 현실 변혁을 꿈꾸던 권력
의 주변부 화담서클이 와해되는 지점에서, 소설은 그 서클의 일원이었
던 황진이의 우울한 고백으로 채워진다. 죽음을 앞둔 황진이는 세상에
떠도는 허깨비 같은 자신의 이야기를 불식시키고 오직 진실만을 말하
겠다는 의지로 충만해 있다. 그런데 정작 고백을 통해서 풀려나오는 진
실이란 조선 사회의 모순을 담지한 "얼녀"(서녀) 황진이가 화담서클의
일원이 되는 필연적인 과정, 그리고 권력의 아웃사이더로 끝내 소멸할
수밖에 없었던 화담서클의 진정성에 대한 확인이다. "열정도 사그라들
고 틈만 나면 도린곁(외진곳)에서 신음만 삼킬 뿐"인 황진이에게 굳이
고백을 강요한 김탁환의 욕망은 결국 화담 서경덕과 그에게 투신한
"학인의 무리"들이 전유했던 진리와 진정성을 재전유하겠다는 의지

---

22) 가라타니 고진, 박유하 옮김, 『일본 근대문학의 기원』, 민음사, 116~117쪽 참조.
23) 미셸 푸코, 이정우 해설, 『담론의 질서』, 새길, 1993, 13~21쪽 참조.

다. 그러므로 황진이의 고백록인『나, 황진이』는 실은 실패한 화담서클의 후일담인 셈이다. 김탁환은 이 사실을 굳이 감추지 않는다. 그는 황진이의 고백을 통해『나, 황진이』가 "꽃못에 모인 이들의 못다 이룬 꿈에 대한 아쉬움으로 읽히기를 바란다"고 고백한다. 황진이는 결국 화담서클을 불러내기 위한 매개였으며, 궁극적으로는 이 방외자 집단의 대표인 서경덕을 '진리를 표상하는 진정한 아버지'로 세우기 위한 제물(祭物)이었다. 그러므로『나, 황진이』의 진정한 주인공은 텍스트 내에 존재하는 황진이가 아니라, 말씀으로만 존재하는 화담 서경덕이다.

작가는 서경덕을 진리와 진정성을 담보하는 큰 타자요 황진이의 유일한 아버지로 만들기 위해서 철저한 부정과 배제를 기획한다. "비망은 더 많은 잊음을 통해서만 획득되며, 완벽한 한 권의 서책을 쓴다는 것은 완벽하지 못한 수만 권의 서책을 버리는 것과 같다"고 복화술사 김탁환이 자인하듯이,『나, 황진이』가 화담서클을 기억하고 화담이라는 "단 한 사람에게 바치는 자줏빛 꽃향유 다발"이 되기 위해서는 황진이를 구성하고 있는 여타의 자질들은 위험하고 불온한 표지들로 부정되거나 망각되어야 한다.

이 견고한 부정과 배제의 논리에 억울하게 희생되는 것이 바로 황진이의 어미들이다. 화담이라는 진정한 아버지를 찾아가는 황진이는 먼저 자신의 기억 속에서 혈연의 아버지를 지우고 "처음부터 아버지가 없었던 존재"로 스스로를 규정하며, 그 아버지를 기르고 그 아버지가 기반한 "을사대전(乙巳大典)"이나 "대명률(大明律)"과 같은 현실의 법 또한 거짓 질서로 부정한다. 그런데 이 부정의 논리가 가장 확실하게 관철되는 대상은 생부(生父)도, 현실의 법도 아닌 황진이를 낳고 기른 '어머니'와 '새끼 할머니', 즉 황진이의 어미들이다. 김탁환의 황진이는 그녀들을 거침없이 위(僞)로 축출한다. "술로 붉은 마음을 달래고 거짓말로 모든 절망의 두릿그물을 빠져나가던" 그녀들의 최후는 자살이거나 성병에 걸려 비참하게 죽는 것이다.

이렇듯 서경덕의 충실한 딸은 그녀의 어머니들을 육체와 감성과 광기의 기호로 비체(脾體, abject)화하고 모친을 살해한 이후에만 출현 가능하다. 어미들을 비천한 존재로 부정하고 서경덕에 완전히 투신함으로써 황진이는 더 이상 그녀의 어미들처럼 "손과 발, 가슴과 등, 마음으로 비비고 깨물고 꼬집는 것이 아닌, 눈으로 세상을 읽는" 인간이 된다. 이것이 바로 김탁환이 구상한 '학인-황진이'이며 온전한 인간의 모습이다. "완전한 자유를 구하며, 제 뜻대로 밀고 나가는 삶"을 열망하던 황진이의 귀착점이 서경덕의 딸이라니, 허망하기 그지없다.

서경덕을 "스스로 완전한 자", "위대한 도"요 "근원"인 자로서, 참된 담론의 유일한 표상으로 상상하는 이 학인의 논리는 어김없이 하나의 권력이며 또한 항상 권력을 욕망한다. 학인의 무리가 구하는 위대한 도는 기실 "세상을 바꿀" 권력과 언제나 호환 가능한 것이다. 때문에 황진이라는 외피를 입은 학인-김탁환은 삼봉 정도전으로 표상되는 경세의지, 곧 권력의지에 쉽게 동조하게 된다.

> 경세에 뜻을 둔 학인이라면, 선인교에서 자하동으로 흘러드는 물소리에 눈물 흘리는 이들보다 뒤돌아보지 않고 곧장 앞으로 나아갔던 삼봉에게 마음을 빼앗기는 것은 당연합니다.(183쪽)

역사를 재구성함으로써 진실을 전유하고 현실 변화를 욕망하는 김탁환의 소설에는 필연적으로 권력의지가 작동하며 또한 권력의지를 내장한다. 『나, 황진이』를 통해서 우리는 근대주의적 욕망이 오롯하게 살아 있는, 아주 확실한 '반페미니즘 서사'[24]를 읽었던 셈이다.

---

24) 김탁환은 「작가의 말」에서 『나, 황진이』를 "페미니즘과 미시사를 이야기하는 재료"로 읽어달라고 주문한다.

4. 몽환의 논리와 도인(道人) 황진이—전경린의 『황진이』

전경린과 황진이가 절묘하게 삼투하거나 전경린의 '황진이—되기'
를 기대했다면 전경린의 『황진이』(이룸, 2004)는 분명 당혹스러운 작품
이다. 전경린의 『황진이』는 오히려 황진이의 '전경린—되기' 또는 '전
경린의 양딸—되기'가 제대로 실현된 소설이다. 무엇이 이러한 전도를
발생시킨 것인가.

작품의 첫머리에 쓴 「작가의 말」에서 전경린은 황진이를 "실종된 여
성성의 공백을 메울 수 있는 존재론적 자유혼"으로 표상한다. 황진이
가 담지했던 여성성 혹은 전경린이 황진이를 통해서 구상한 여성성의
정체가 자못 궁금해진다. 그런데 좀 더 읽어가다 보면 '자결적 생애'와
'자애'란 대목에 방점이 찍힌다. 전경린에 의하면 황진이는 중세에 태
어나 자결적 생애를 살았으며 자애를 실천한 인물이다. 자결적 생애란
대략 납득이 가는 바인데 자애(自愛)는 낯설다. 황진이의 유언에서 작
가가 유독 주목하고 있는 부분이 자애인데, 흥미로운 것은 이에 대한
전경린의 해석이다. 그는 자애를 "자신을 버리고 다른 것과 바꾼 사람
이 얻는 삶의 궁극적 조건이며, 그로부터 세계와 타자를 향한 진정한
사랑과 실제적 삶이 실현되는" 전제라고 규정한다. 제도와 습속을 위
반하는 사랑으로 '양부(養父)'들의 법과 질서를 현란하게 부정하던 전
경린이 자애를 해석하는 방식은 돌연 구도자의 역설적 언어를 연상시
킨다. 자기를 완전히 버린 자가 완성하는 것이 자애이며, 이 특정한 자
애만이 세계와 타자를 향한 진정한 사랑의 전제라니. 도대체 전경린이
황진이를 통해서 보여주는 이 역설적 사랑의 정체는 무엇이며, 황진이
의 욕망을 비워낸 자리에 들어앉은 전경린의 욕망은 무엇인가. 이를 확
인하기 위해서는 무엇보다 전경린의 황진이가 표상하는 "실종된 여성
성"의 실체를 밝히는 것이 필요하겠다.

전경린 스스로가 밝히고 있듯이 그의 소설을 추동하는 것은 이른바 '양부의식'이다. "딸의 생에 대한 진정한 자각이 없는 세상의 모든 아버지는 양부이며 우울하게도 세상의 딸들은 대부분 양부의 딸"[25]이다. 전경린의 황진이 역시 마찬가지다. 출생의 비밀을 알기 이전부터 황진이에게 아버지 황진사는 "차갑고 알 수 없는 분노와 원한과 기름진 욕심과 계산이 꽉 엉겨 있는" 인물이다. 이러한 아버지의 반대편에 "인삼 향과 따스한 살 냄새와 뭉클한 정이 고여 있는 넉넉하고 깊숙한 가슴"의 어머니 신씨 부인이 있다. 그러나 황진이가 황진사의 서녀가 되기까지 신씨 부인의 비정한 역할을 알게 되면서, 그녀는 전경린이 누누이 비판해온 어머니, 즉 "부권 문화에 잠식되어 이의 없이 양부의 현실에 순응해온"[26] 어미의 위치로 강등당한다. 양부의 지배구조는 이러한 어미들과의 공모 내지 담합을 통해 강화된다는 것이 전경린의 인식이다. 신씨 부인은 실제적으로든 상징적으로든 '양모'일 수밖에 없는 것이다.

이제 "천애고아"로 스스로를 규정한 황진이는 전경린의 양딸들이 늘 그렇듯이 "세상의 도덕과 규제와 관습을 버리고 오직 스스로의 경험 속에서 윤리를 발견하며 제 뜻으로 살기 위해" 양부–양모의 집을 떠난다. 기생은 이 자결적 삶을 위한 방편이다. 황진이는 스스로 가출함으로써 "첩첩이 막힌 벽과 거미줄 같은 세상의 제도와 관습과 규율을 훌쩍 뛰어넘는" 본질적인 사랑을 찾아 여행을 시작한다. 이 여행은 "세상이 자신에게 허용하지 않았던 것의 핏빛 정체를 극명하게 드러낼" 것이라는 황진이의 의지로 충만해 있다.

그런데 소설에 느닷없이 운명론이 끼어들면서 전경린의 황진이가 추구하는 사랑의 정체는 이내 모호하고 의심스러워진다. 사랑을 통해서 양부의 현실을 내파(內波)하고 다른 생의 가능성을 찾겠다는 황진

---

25) 전경린, 『난 유리로 만든 배를 타고 낯선 바다를 떠도네』 2권, 생각의나무, 2001, 204~205쪽.
26) 전경린, 앞의 책, 204쪽.

이의 월경(越境) 의지는 과장된 출사표이거나 일종의 포즈에 불과했다는 혐의를 지울 수 없다. 황진이가 기생으로 나아가는 과정이 자결(自決)이 아니라 "천하에 고루 사랑을 나누어주고 천하의 사랑을 모두 받으라는 운명"에 값하는 것이라고 할 때, 황진이의 사랑은 전혀 다른 모습을 할 수밖에 없는 것이다. 전경린은 허구적 인물인 승려 '진관'을 통해서 황진이가 추구해갈 사랑의 본질이 결국 "상처를 싸매고 아픔을 더는 사랑, 무엇이든 누구라도 구하는" 사랑임을 확인한다. 이 사랑이 궁극적으로 환기하는 것은 두말할 필요 없이 '위대한 모성'이다. 이렇듯 모성으로의 환원이 운명적으로 결정된 황진이의 사랑은 더 이상 음란하거나 위험하지 않다. 송도 유수와 이사종, 소세양을 비롯해 허구적 인물인 홍경화와 수근을 거치는 화려한 사랑 행각 속에서, 황진이는 남성 권력을 넘보는 팜므파탈이기보다는 줄곧 순종적인 아내이자 관대한 어머니의 모습을 하고 있다. 양부들의 현실과 더 이상 갈등하지 않는 황진이는 다만 "군자의 꽃"이거나, "사랑하는 남자의 어머니를 존경하여 살갑게 모시는" 효부, 그리고 최종적으로는 남성의 "몸을 닦아주며 누워 잠들 때까지 장한가를 나직나직 불러주는", 혹은 욕망에 다급해진 남성에 "저항하지 않고 오히려 그를 끌어안는" 어머니인 것이다. '정난정'을 의식적으로 부정하고 '웅녀'를 여성의 진정한 근원으로 세울 만큼 전경린은 모성성에 강한 집착을 보인다.

"설화에 나오는 웅녀도 어쩌면 움에서 나온 여자라는 움녀가 변형되었는지 모르오. 고대인은 모두 움에서 살았으니 말이오. 움은 생산적이고 모성적인 말이오. 우물도 실은 움에 고인 물이라는 뜻에서 나온 이름이오. 물은 옛날이나 지금이나 생명과 직결되는 것이니 우물은 얼마나 고마운 존재겠소. 그래서인지 고맙다는 말도 그 유래는 단군신의 어머니에게로 거슬러 간다오. 모신의 이름이 바로 고마이고 고마는 물의 신이라는 의미요. 우리가 서로에게 고맙다고 말할 때마다 근본적으로 물의 신께 감사하게 되는 것이오." 진이 감탄하여 고개를 끄덕였다.(2권, 52쪽)

"그 여자는 한을 풀어내는 방식이 틀렸습니다. 신분으로 인해 생긴 한을 어찌 신분의 상승으로 이기려 하겠습니까? 그것은 곧 모순된 신분제도의 타당성과 권위를 긍정하며 자기에게 고통을 주는 부조리에 가세해 부질없는 탑을 쌓는 짓이니 스스로 속이는 것입니다. 그것이 있는 것 자체를 실천적으로 부정할 수는 없을까요? 아니면, 적어도 모순된 세속에 마음을 비우고 자기 정화에 이를 수는 없을까요? 난정의 세속적 욕망이 흉하고 위험합니다. 그 여자를 가까이하지 마십시오."(2권, 196쪽)

"모순된 세속에 마음을 비우고" "자기 정화"라는 상상적 초월을 감행한 전경린의 황진이는 마침내 '아무 곳에도 없는' 어머니가 되어 돌아온다. 아니, 떠난 적이 없으므로 '돌아온다'는 표현은 맞지 않겠다. 여행은 처음부터 없었으며 전경린의 『황진이』는 한바탕 와유(臥遊)의 기록인 셈이다. 너무나 일상적으로 호출되어 차라리 그 존재감마저 느껴지지 않는 모성성이 전경린이 거창하게 광고했던 "실종된 여성성"의 정체라니. 오래고 익숙한 것의 허망한 재탕이다. 그런데 전경린은 욕망을 잠재우고 어머니가 된 황진이에게 주저 없이 '도인'의 지위를 부여함으로써, 자신이 구상한 모성성이 얼마나 현실감 없는 '몽환의 논리'에 불과한지 스스로 노정한다.

"스스로 진리를 말하면서 그 진리를 알지 못하고 오히려 부정을 배우려 하니 배우려는 모습이 가상하여 눈물겹구나. 너의 지금 그대로가 도이니, 그것을 그대로 안고 직시하거라. (…) 흔히 황홀을 미의 극치이며 존재 상태의 극치라 하는 것은 그것이 도의 본질적 상태이기 때문이다. 너는 지금 스스로 그 자리에 든 것이다.”(2권, 219쪽)

현실과 맞서지 않고 모성성으로 초월하는 전경린은 “현실을 이야기로 옮기는 작가가 아니라 현실의 상상적 초월을 이야기로 옮기는 90년대 가장 몽환적인 작가 중 한 사람”[27]이라던 어느 비평가의 지적을 씁쓸하게 환기시킨다. 이제 전경린은 이 몽환의 논리가 자신이 일관되게 부정해온 가부장적 부권 문화와 의도하지 않게 공모하는 길은 아닌지 심각하게 되물어야 할 때다.

5. 인민주의적 상상력과 민중 황진이–홍석중의 『황진이』

계급이나 민족과 같은 거시적 차원의 문제를 동질적 형식에 담아 천편일률적으로 생산해온 북한문학의 풍토에서 홍석중의 『황진이』(대훈, 2002)는 확실히 예외적인 작품이다. 기생과 화적 간의 비극적인 사랑을 그리며 미시적 차원의 인간 감성에 호소하는 내용도 문제적이지만, 표현에 있어서도 이 작품은 그동안 북한사회가 설정한 금기를 훌쩍 뛰어넘고 있다. 과감한 성 묘사나 에로틱한 사랑 표현, 작가의 개성적인 문체 구사 등은 남한 소설에 결코 뒤지지 않는다. 작품의 내용뿐만 아니라 표현이나 어휘 하나조차도 당 차원의 개입을 통해 이루어지는 북한문학의 현실을 고려할 때 이는 매우 이례적인 것이라 하겠다.

---

27) 방민호, 「제도를 넘어선 사랑, 혈연을 넘어선 가족에의 꿈」, 『문명의 감각』, 향연, 2002, 361쪽.

여타의 『황진이』와 비교해서 홍석중의 『황진이』는 몇 가지 새로운 지점들이 있다. 우선 홍석중은 황진이를 제외한 대부분의 인물들을 새롭게 창조함으로써 허구의 용적을 최대한 넓히고 있다. 또한 홍석중의 작품에는 민중이나 여성과 같은 하위자 집단의 목소리가 뚜렷하다. 이는 물론 북한 체제의 민중주의 내지 인민주의적 상상력이 일정하게 작용한 결과이겠지만, 그것을 감안하더라도 홍석중의 소설은 황진이라는 주변적이고 문제적인 기표가 담지하고 있던, 혹은 그녀를 매개로 읽힐 수 있는 현실의 다양한 국면들을 놓치지 않음으로써, 황진이를 통해 상상적 아버지를 불러내거나 상상의 어머니로 초월하는 비현실성 내지 관념성을 상당 부분 극복한다.

그럼에도 불구하고 홍석중의 『황진이』가 지닌 이러한 예외성을 북한문학의 정형성을 이탈하거나 위반하는 징후로 곧장 읽어내는 것에는 여전히 신중해야 할 것 같다. 홍석중의 『황진이』는 차라리 북한문학의 정형성을 세련되게 변주한 작품이며, 따라서 이 소설이 지닌 예외성이란 북한문학의 정형성이 용인한 '부분적 예외성'이라는 판단 때문이다.

기존의 북한문학과 마찬가지로 홍석중의 『황진이』는 매우 견고한 선악 이분법에 기반하고 있다. 소설은 지배 계급인 양반과 피지배 계급인 민중의 현실 및 품성을 시종일관 대비하며, 전자를 거짓과 악의 표상으로 후자를 진실과 선의 표상으로 절대화한다. 서녀로 태어나 기생으로 투신하는 황진이는 양반과 민중의 계급성을 공유하며, 두 상반된 계급을 모두 조망할 수 있는 일종의 중도적 주인공[28]이다. 소설은 이 중도적 주인공인 황진이가 자신의 모순적인 계급성을 극복하고 진정

---

28) 최원식은 황진이가 역사적으로 잘 알려진 인물이므로 루카치가 말한 중도적 주인공의 조건에서는 벗어나 있지만, 황진이의 삶이 워낙 박명에 싸여 있어 허구적 설정의 여지가 크며, 따라서 작가의 역사의식에 따라 중도적 주인공으로 재창안될 여지가 충분하다고 보고 있다.(최원식, 「남과 북의 새로운 역사감각들」, 『창작과비평』, 2004년 여름호, 65쪽)

한 민중으로 재탄생하는 과정을 보여준다. 이른바 사회주의적 성장소설의 형식을 취하고 있는 셈이다.

소설은 서녀라는 황진이의 신분이 밝혀지고 혼사가 무위로 끝나는 지점에서 시작된다. 황진이는 서녀라는 자신의 신분에 절망하고, 고결한 군자라고 존경했던 아버지가 실은 자신의 생모를 겁간한 "흉악한 색마"이며, "효자댁, 효자정문댁"으로 이름난 황진사 가문 역시 위선과 거짓이 만들어낸 허방임에 분노한다. 온전한 양반의 지위를 상실한 황진이는 심각한 정체성의 혼란을 경험하지만, 아버지의 위선과 거짓에 대한 강한 분노는 그 혼란을 서둘러 무마하게 하고, 기생이라는 민중적 지위로 스스로를 강등시킨다. 이후 황진이는 "불상을 하잘것없는 흙덩이로 나딩굴게 하는", 위선, 거짓과의 본격적인 대결을 벌인다.

그러나 이렇듯 위반과 공격 욕망으로 가득 찬 기생 황진이가 곧장 민중성을 담보하는 것은 아니다. 민중의 지위를 선택한 것은 단지 싸움을 위한 수단에 불과하며, 황진이는 여전히 민중을 발견하지도 민중성을 획득하지도 못한 상태다. 민중이되 민중임을 자각하지 못하는 황진이는 자신의 집 하인이었던 '놈이'의 사랑을 당연히 받아들이지 못한다. 기생으로 전신하기를 결심하면서 황진이는 놈이에게 자신의 몸을 내어주지만 놈이는 단지 그녀가 불가피하게 선택한 기둥서방일 뿐이다. 민중을 자각하지도 놈이의 사랑을 용납하지도 못하는 황진이는 여전히 양반과 민중의 경계에 어정쩡하게 서 있는 "목석과 같은 녀인"인 것이다.

이렇듯 상층계급의 거짓과 위선을 공격하고 냉소하면서도 반쪽짜리 양반이라는 자신의 계급성을 완전히 극복하지 못한 석녀(石女) 황진이를 진정한 민중으로 거듭나게 하는 인물은 '놈이'다. 그는 이탈과 복귀를 반복하면서 황진이가 민중적 정체성을 획득하는 데 결정적인 역할을 한다. 따라서 홍석중의 『황진이』에서 놈이의 위상은 사실상 주인공 황진이만큼이나 높다. 홍석중은 서경덕이나 이사종, 소세양과 같은 실제인물들을 주변인물화하거나 아예 텍스트 밖으로 몰아내고 황진이가 갈망하던 도덕적 인간이자 진정한 민중적 영웅으로 놈이를 형상화한다. 놈이는 특히 송두 유수 '김희열'과 대비되면서 더욱 뚜렷하게 부조된다. 소설은 "수컷의 허세는 있지만 거짓과 위선이 없는" 인물로 황진이의 마음을 움직였던 김희열을 실은 "혐오감을 자아내는 위선자이자 수컷의 교만성으로 가득 찬" 인물로 강등하며, "무지막지하고 우악스러운 무뢰배"로 황진이가 오인했던 화적패 두목 놈이를 "인의례지를 갖춘 출중한 인물이요 불같은 사랑과 열정을 지닌 사내 중의 사내"로 격상시킨다. 극에서 극으로의 상반된 이동을 통해서 더욱 도드라진 놈이는 북한문학이 관습적으로 표상해온 긍정적 영웅의 면모를 지니고 있다. "도덕적으로 고상하고 높은 자각성과 강인함을 갖추고 있는"[29] 진정한 영웅의 면모를 지닌 놈이는 '괴똥이'나 '이금이'와 같은 민중적 표지를 달고 있는 소설 속 인물들을 감응시키며 최종적으로 황진이를 감화시킨다. 더욱이 작품의 종반부에서 놈이는 괴똥이를 구하고 황진이를 보호하기 위해 자발적으로 김희열의 계략에 희생됨으로써 감응의 정점에 이른다. 놈이의 영웅성은 희생자요 순교자가 됨으로써 더욱 극대화되는 것이다.

황진이는 이러한 놈이를 통해서 민중을 발견하고 진정한 민중으로 거듭난다. 그러나 황진이가 놈이를 "진실한 도덕과 행검의 주인"으로 발견하고 민중의 기표에 전일적으로 포획되는 순간, 다음과 같이 수컷의 교만성을 공격하고 낭만적 사랑의 환상을 냉소하던 '여성-황진이'

---

29) 북한문학에서는 이와 같은 품성을 민족(민중)적 천품으로 강조하고 있다. 민족(민중)은 이를 온전히 구현하고 있는 긍정적 영웅에 감응하면서 자신 속에 내재한 고유한 품성을 자연스럽게 발견하게 된다는 것이다.(신형기, 「북한문학과 민족주의」, 『민족이야기를 넘어서』, 삼인, 2003, 272~274쪽 참조)

는 슬그머니 자취를 감춘다.

　　당신들 사내들은 저보다 더 랭혹하게 날마다 녀인들의 넋을 희롱
하면서도 눈썹 하나 까딱하지 않는 담대한 분들이 아닌가요? (…) 사
랑이라구요? 원 웃기지 마세요. 사랑이란 두억시니와 같은 것이예
요. 말들은 많이 하지만 제 눈으로 직접 본 사람은 아무도 없으니까
요. 또 당신의 말처럼 사랑이라는 것이 정말 있다고 하더라도 그것
이 당신들의 그 뻔뻔스러운 계집질과 다른 것이 뭔가요? 당신들이
그것을 무슨 이름으로 부르던 간에 자식을 점지하는 삼신할미의 눈
으로 보면 그것은 한갓 아이를 만들기 위한 한 과정에 지나지 않는
것이예요.(1권, 277쪽)

　결국 위선도 거짓도 없는 순결한 민중-남성을 발견함으로써 '여성-
황진이'를 '민중-황진이'로 대체해가는 홍석중의 『황진이』는 여전히
북한문학이 견지해온 가부장성의 지반 위에 서 있다. 따라서 놈이의 죽
음 이후 송도를 떠난 황진이의 기행(奇行)으로 마무리된 이 작품을 "체
제와 반체제의 텍스트 바깥으로 황진이를 이탈시킴으로써 자본주의는
물론이고 현존 사회주의 너머를 사유한다"[30]고 해석하는 것은 좀 더
신중해야 하리라 생각된다. 홍석중은 작품의 최후까지 황진이를 "권력
과 세도를 휘두르던 폭군들과는 다른" 위대한 민중으로 상상하고 있는
것이다.

　　권력과 세도를 휘두르던 폭군들의 웅장한 돌무덤은 흐르는 세월
과 함께 무너지고 바사져 모래와 흙이 되였으나 길가에 앉은 진이의

---

30) 최원식, 앞의 글, 66~67쪽.

나지막한 봉분은 400여 년이 지난 오늘날까지도 그 모습 그대로 남아 있어 오가는 길손들에게 애절한 마음을 불러일으키고 있으니 뉘라서 그의 짧은 한생을 불우한 것이라고만 이르랴.(2권, 317~318쪽)

6. 상등여자 황진이, 그 신성한 폭력

역사 속의 여성 이야기라 하면 항상 왕실 여성의 암투만을 보여주던 TV 드라마가 어느 날 조선시대 여형사와 여의사 이야기를 들고 나왔다. 〈다모(茶母)〉(2003)와 〈대장금(大長今)〉(2004)이다. 강고한 가부장적 이데올로기가 지배하던 조선시대에 '채옥'과 '장금'이라는 두 하위자 여성은 과감히 남성 영역에 뛰어들어 그들과 함께 분투한다. 모처럼만에 사극에 등장한 적극적이고 건강한 여성들이었다. 그런데 비슷한 모습으로 출발했던 이 두 여성들은 그들이 지녔던 욕망의 내용물에 따라 극과 극의 전혀 상반된 운명에 처해진다. 〈다모(茶母)〉에서 의리보다는 사랑을 선택하는 채옥의 솔직한 욕망은 근친상간으로 몰려 죽음으로 징벌되는 반면, 최고 권력자인 남성을 음식으로 의술로 먹이고 치유하던 구원의 어머니 장금은 대장금의 칭호와 함께 사랑하는 남자도 덤으로 얻게 되는 것이다.

이 대중 드라마가 보여주는 극과 극의 결말을 통해서 우리는 다시 성녀(性女)를 성녀(聖女)로 구상하던, 혹은 옹녀를 죽이고 웅녀만 살리던 근대 초기 상등여자 이데올로기를 만나게 된다. 남성적 응시가 만들어낸 이 상등여자 이데올로기가 21세기까지 끈질기게 전유(傳流)되고 있는 것이다. '상등여자'로 '위인'으로, 그리고 다시 '학인', '도인', '민중'으로 분열하며 불멸하는 황진이를 통해서 동일하게 확인하는 욕망 역시 이 '탈성화(脫性化)'를 통한 성화(聖化)'의 논리다. 특히 21세기에 재구성된 학인–황진이, 도인–황진이, 민중–황진이는 그 외피의 화려함에도 불구하고, 여전히 '성녀(聖女)–황진이'의 논리 안에 갇혀 있다. '학인–황진이'란 어미들의 위험한 욕망과 비천한 육체가 부정된 상상적 아버지의 충실한 딸이며, '도인–황진이'는 운명이 점지한 상상의 어머니이고, '민중–황진이'는 여성이 지워진 자리에서 상상된 진실한 도덕과 행검의 인민이다. 황진이를 둘러싼 그 다양했던 기표 놀이는 이렇듯 '무성적(無性的)인 성녀(聖女)'라는 단 하나의 기의에 봉헌되는 것으로 허망하게 끝난다. 황진이를 둘러싼 이 가학적 욕망 속에서 어김없이 여 '성'은 지워지고 '여'성만 기입되며, 성녀(性女)–황진이는 죽고 성녀(聖女)–황진이만 남는다. 신성한 모든 것에는 이토록 큰 폭력이 웅크리고 앉았다. 성녀(聖女)–황진이가 남성중심적 영토에 연착륙하면서 성녀(性女)–황진이가 가한 세상의 균열은 서둘러 봉합된다. 텍스트 속 세상은 다시 두루두루 평안하고, 군말 없이 "영웅을 수놓는" 성녀(聖女)–황진이들을 욕망하는 세상은 또다시 온전하다. 그런데 이 두루두루 평안한 텍스트를 읽고 여전히 온전한 세상에 거하는 우리는 답답하기만 하다. '성녀(聖女)–황진이'들을 욕망하는 이 세상을 비웃고, 기만적인 평화와 안정을 뒤흔들어 놓을 죽은 '성녀(性女)–황진이'의 부활, 그 공포스러운 여귀(女鬼)가 귀환할 날을 기다린다.

항온과 변온, 그 유동하는 '사이' 의 비평

— 김미현론

1.

　종언을 선언하는 일이 더 이상 낯설지 않은 요즘이다. 근대문학의 죽음을 알린 가라타니 고진의 전언이 한때 한국문단을 과도하게 충격하기도 했으나 어느새 그 강도는 약화되고 이제는 이 생경한 죽음에도 적당히 둔감해진 분위기다. 생각해보면 근대문학의 죽음은 우리가 문학에 대해 품어왔던 익숙한 '믿음' 의 종언은 아니었을까. 굳건히 시라고 믿어왔던 것, 소설이라 의심치 않았던 것, 진짜 문학이라고 지지했던 것, 고진의 선언이 가격한 것은 단지 근대문학이 끝났다는 사실이 아니라 우리를 지탱해왔던 이 오래고 온건한 믿음에 대해 사망선고를 내린 때문인지도 모르겠다. 허나, 그와 같은 믿음이란 또한 근대가 급조한 역사적 구성물에 불과하지 않은가. 돌이켜 보면 우리가 거대한 것, 초월적인 것, 결핍 없는 그 무엇으로 상상해왔던 근대문학이란 기실 얼마나 숱한 죽음과 배제를 통해서 구성된 것인가. 근대문학이 새로운 '법' 으로 등극하기 위해서 그 법 밖으로 내쳐진 것들, 이름을 박탈당하거나 명명될 수 없어 그저 '문학 아닌 것들'이 된 지난날의 '산죽음'들을 떠올릴 때, 근대문학에 대한 '향수'는 돌연 '성찰'로 바뀔지도 모른다. 이러한 성찰을 통해 우리는 근대문학의 종언을 아쉬워하기보다 차라리 근대 이후의 문학을, 아직은 또는 여전히 이름을 얻지 못해 단지 '그것'이라 명명될 수밖에 없는 '다른' 문학의 생성을 준비해야 하는지도 모를 일이다. 들뢰즈의 조언처럼 '되기(becoming)'를 위해서는 '이기(being)'를 절단해야 하며, 생성을 위해서는 망각을 수락해야 하기 때문이다.

김미현의 비평은 향수보다는 성찰을, 이기(being)보다는 되기(becoming)를 감행하는, 결코 만만치 않은 모험을 수행해온 것으로 보인다. 비평가의 지위를 얻은 이후 김미현이 줄곧 시도한 것은 근대문학의 변방으로 내쳐졌던, 남성중심적 문학사가 기꺼이 누락하기를 마다하지 않았던 '여성문학'을 재독하는 작업이었으며, 아울러 오래된 문학을 배반하고 나온 불온한 신세대의 문학을 옹호하는 일이었다. 그 불한당들의 상당수는 여성들이었으며, '남성-보편'의 범주로부터 탈락하거나 도주한 불한당들 모두는 사실상 이미 여성이기도 했다. 김미현의 비평은 바로 소수자 혹은 타자와 동의어인 이 '여성'에 올인해왔으며, 페미니즘과의 조우는 그가 비평을 통해 타자의 정치학을 새롭게 쓸 수 있는 실천적 동력이 되었던 것으로 보인다.

그리고 이제, 비평이라는 매개를 빌어 현실을 부단히 도발해온 김미현은 다시 자기를 도발하는 모험을 결정한 것으로 보인다. 비평가로 살아온 지난 15년 동안 아마도 그의 삶과 비평을 지탱해왔을 '오래된' 페미니즘으로부터의 도주를 새롭게 시작하고 있는 것이다. 『판도라 상자 속의 문학』(2001), 『여성문학을 넘어서』(2002) 이후 6년 만에 출간한 비평집 『젠더 프리즘』(2008)에서 그는 페미니즘 '다시-보기'를 시도함으로써 과거 자신의 비평행위를 근간에서부터 심문하고 있다.[1] 여성은 젠더로, 여성문학은 젠더문학으로, 페미니즘은 포스트페미니즘으로 이행해간 『젠더 프리즘』을 통해 김미현은 페미니즘의 종언이 아닌 '쇄신'을, 페미니즘 '이후의' 페미니즘을, 익숙한 페미니즘의 망각을 통한 페미니즘의 새로운 생성을 상상하고 있는 것으로 보인다. 때문에 그는 "지금까지의 페미니즘 문학은 사실 환상에 불과했고, 지금부터 전개될 페미니즘 문학이 실체에 더 가깝다"(『젠더』, 14쪽)고 선언하는 데 주저함이 없다. 하여, 현실을 민감하게 감각하면서 그 변화에 스스럼없이 몸을 내맡기는 김미현의 비평은 '변온적'인 동시에 또한 '항온적'이기도 하다. 페미니즘과의 결별을 통보하거나 심지어 페미니즘의 죽음을 선언하는 일이 별스럽지 않은 이즈음의 상황에서, 오히려 실체에 가까운 페미니즘 문학의 도래를 주장하는 김미현은 페미니즘이라는 버거운 레테르 달기를 포기하지 않는 소수의 비평가 중 한 사람이기 때문이다.

이 글은 항온과 변온, 혹은 그 사이를 역동적으로 유동하고 있는 김미현 비평의 궤적을 따라가 그 실체에 접근하고자 하는 실현 불가능한 욕망으로부터 시작되었다. 그러니 이 글이 김미현 비평의 의미를 해석하고 평가하는 온전한 비평가론이 될 수 있으리라는 기대를 충족시키는 일은 이미 요원한 것일지도 모르겠다.

2.

'90년대적 전환'을 되짚어 보는 것은 김미현의 비평에 접근하기 위

---

1) 김미현은 1995년 「유산과 불임의 발생학-신경숙의 『깊은 슬픔』」으로 〈경향신문〉을 통해 등단했다. 이후 2001년에 첫 비평집 『판도라 상자 속의 문학』(민음사)을, 다음해 『여성문학을 넘어서』(민음사)를 상재했다. 그리고 6년의 공백기를 지나 2008년에 『젠더 프리즘』(민음사)을 출간했다. 이 글에서는 이 세 권의 비평집에 수록된 비평을 주로 다룰 것이며, 비평집의 내용을 인용할 때에는 편의상 『판도라 상자 속의 문학』은 『판도라』로, 『여성문학을 넘어서』는 『여성문학』으로, 『젠더 프리즘』은 『젠더』로 줄여서 쓸 것이다.

해 가장 먼저 통과해야 할 지점이다. "혁명은 운동으로, 실천은 욕망으로, 정치경제학은 문화연구로, 진보주의는 다원주의로, 지배—피지배 논리는 탈중심주의와 해체주의로, 계급 논의는 기호에 대한 탐구로, 민중은 대중으로, 민족은 세계화로, 맑스는 푸코와 보드리야르로"[2] 전격적인 갈아타기를 시도했다는 1990년대는 다시 한 번 근대가 액체성임을 여실히 증명한 때였다. 반(反), 무(無), 부(不), 탈(脫)이 시대의 지배적 수사가 되고, 탈주, 전복, 저항, 일탈, 위반이 새로운 행동강령이 되었던 전환의 90년대를 김미현은 상실이 아닌 '회복'의 시기로 규정한다. "정신이 아닌 육체, 남성이 아닌 여성, 실재가 아닌 이미지, 현실이 아닌 환상, 역사가 아닌 문화, 생산이 아닌 소비의 중시"(『판도라』, 42쪽)라는 90년대식 전회는 비주류가 주류를, 가벼움이 무거움을, 낯선 것이 낯익은 것의 가치를 능멸하거나 박탈한 것이 아니라 침묵하고 억눌려왔던 것들의 뒤늦은 권리 주장이며 균형을 회복해가는 정당한 과정이라는 것이다. 따라서 그는 '육체(몸), 여성, 환상, 문화' 등이 "새로운 것이라기보다 다시 돌아온 것에 가까웠다"(『판도라』, 42쪽)고 주장한다. '출몰'이 아니라 전적으로 '귀환'인 것이다.

90년대를 읽어내는 이와 같은 김미현의 시대적 감각이 온전히 비평적 무기로 장전된 것이 그의 첫 평론집 『판도라 상자 속의 문학』이다. '성, 악마성, 여성성, 사랑, 대중성'과 같은 90년대 귀환한 주변성을 매개로 김미현은 신세대 문학의 정치성을 적극적으로 독해하는가 하면, 문학성과 길항하는 대중성의 명암을 조명하고, 동일성으로 범주화될 수 없는 차이성의 시각에서 여성작가들의 문학을 해명하고 나선다. 대중과 소통할 수 있는 "읽히는 평론", "문학이란 무엇인가에 대해 말하는 평론이 아닌 그 자체로 문학인 평론"(『판도라』, 7쪽), 하여 평론이 아

---

2) 김병익, 「신세대와 새로운 삶의 양식, 그리고 문학」, 『새로운 글쓰기와 문학의 진정성』, 문학과지성사, 1997.

닌 '소설'을 질투하고 배수아 소설 속의 불행마저도 모방하고 싶었다고 고백함으로써, 대중을 교화하고 작가들을 지도하는 '말씀'으로서의 비평, 문학 위에 군림하는 비평의 혐의로부터 자유로울 수 없었던 전 시대 비평과 단절을 시도한 김미현의 비평이 그러므로 몸, 여성, 악마성, 대중성 등과 같은 귀환한 변방들과 조우한 것은 지극히 당연한 수순이었는지도 모른다. 문학과 비평의 '변태(變態)'를 지향하는 공통된 이들의 욕망이 접속을 맞춤한 셈이다. 90년대적 문제의식과 감수성이 불러온 이 극적인 교감을 통해서 김미현은 위악, 냉소, 폭력, 쾌락의 몸피를 두른 김영하, 백민석, 배수아, 은희경, 조경란 등 마성(魔性)의 문학이 지닌 속살을 응시하고, 이들이 방사하는 야만의 언어가 실은 우리의 짐작과는 다른, 상반된 두 겹의 언어임을 규명해 보인다.

두 겹의 언어로 위장한 90년대 '검은 소설' 혹은 '나쁜 소설'의 정체란 과연 무엇인가. 김미현은 그 정체가, 다시 말해 이들 문학을 지탱하고 있는 힘이 일종의 '아이러니'임을 확인한다. "타락한 사회에서 타락한 방법으로 진정한 가치를 추구하는"(「섹스와의 섹스, 슬픈 누드」, 『판도라』, 38쪽) 네거필름인 이 불한당들의 문학은 그러므로 반드시 거꾸로 읽어야 하는 텍스트가 되는 셈이다. 신세대 문학의 성을 가벼움이나 쾌락이 아니라 "고통의 환유"(「섹스와의 섹스, 슬픈 누드」, 『판도라』, 38쪽)로, 김영하의 마성을 "부정과 저항의 정신"(「불한당들의 문학사」, 『판도라』, 51쪽)으로, 백민석의 폭력을 "억눌려 있었던 욕망의 신나는 배설이 아니라 우울하고도 절망적인 제의"(「불한당들의 문학사」, 『판도라』, 57쪽)로, 도덕적으로 살지 않기로 결정한 배수아의 '반도덕'을 "도덕심"(「불한당들의 문학사」, 『판도라』, 58쪽)으로, 은희경의 위악을 "선보다 착한 위악"(「짐작과는 다른 말들」, 『판도라』, 235쪽)으로 김미현이 다시 읽어낼 수 있었던 것은 그가 이와 같은 불온한 문학의 정체에 접근했기 때문이다. 그러므로 김미현에게 이들 문학의 폭력, 반도덕, 위악은 이성의 몰락이 아니라, "아무것도 괴롭히지 못하면서 그 어떤 것도 생산해 내지 못하"(『판도라』, 235쪽)는 위선, 혹은 한줌의 도덕을 겨냥한 일종의 '전략'으로 해석되며, 그리하여 김미현의 비평을 통과하면서 이들 '야만의 문학'은 '성찰의 문학'으로 재정의된다.

이처럼 현실원칙을 위반하는 전복과 변태를 문학의 '문학다움'이라 믿는 김미현이 90년대 베스트셀러의 대중성을 문제 삼고 나온 것은 당연한 일이었다. 그는 대중적인 텍스트를 본격적인 비평의 대상으로 삼으면서 대중문학에 인색하거나 대중문학을 전면적으로 부정하는 비평의 보수성에 도전하는 한편, 21세기 새로운 권력이 된 대중성을 무조건 긍정하거나 또는 그에 투항하는 낭만적·시혜적 비평과도 거리를 둔다. 텍스트가 지닌 의미를 해석하고 가치를 판단하는 비평의 엄정함은 대중문학 역시 예외가 될 수 없으며, "대중들을 유아기로 퇴행시키거나 수동적 자세에 머무르게 하는"(「Shall We Read?」, 『판도라』, 146쪽) 문학과 그렇지 않는 경우는 구별되어야 한다는 것이다. 대중들을 유인하기 위해 사랑, 가족 등을 신성화한 결여의 텍스트로 김하인의 『국화꽃 향기』와 조창인의 『가시고기』를 지목한 반면, 최인호의 『상도』를 순수소설과 대중소설의 격차를 줄인 '중간소설', 상품을 넘어 '작품'의 면모를 보인 바람직한 텍스트로 평가한 것은 이러한 인식에서 발원한 것으로 보인다. 비현실을 현실로 둔갑시키고 대중들에게 거짓 편안함과 행복감을 제공해주는 사이비 대중문학을 롤랑 바르트의 말을 빌려 '즐거움의 텍스트'로 명명하고, 이를 "독자의 마음을 불편하게 하고 흔들리게 하면서 결핍감과 불행감을 느끼게 하는"(「Shall We Read?」, 『판도라』, 138쪽) '즐김의 텍스트'와 구별한 김미현은 결핍감과 불행감으로 대중들을 불편하게 하는 위악적 텍스트(즐거움의 텍스트)가 아니라, 오히려 대중들에게 달달한 편안함과 행복감을 제공하는 위선적 텍스트(즐김의 텍스트)가 왜 대중들을 기만하는 위험한 텍스트, 나쁜 텍스트가 될 수 있는지를 보여준다. 이는 또한 대중의 감성을 겁탈하는 선정성이 소재의 차원이 아니라 결국 작가의 태도의 문제임을 지적한 것이기도 하다. 김미현이 90년대 여성 소설의 주요 소재가 되었던 '불륜'을 재독하는 이유 역시 이 때문이다. 불륜을 곧장 선정성으로 비난하는 불공평한 혹은 남성중심적인 시선을 걷어내고, 김미현은 여성 소설의 불륜에서 "삶의 일상성에 반대하는 정열이나 저항"(「Shall We Read?」, 『판도라』, 144쪽)을 읽어낸다. 더 이상 남편의 착한 아내 · 어머니 · 연인이기를 거절하는 여성 소설을 단지 대중들의 말초적이고 부절적한 욕망에 동조하거나 이를 자극하는 이른바 '불륜소설'로 폄훼하는 남근적 독해에 대한 불신과 불만은 김미현이 여성 혹은 주변부의 시각에서 90년대 이후 신세대 여성문학은 물론, 근대 여성문학 전반을 다시 읽는 계기를 마련한다. 그의 두 번째 평론집 『여성문학을 넘어서』는 이와 같은 남성중심적 독해에 대한 "교정(revision)"의 의지를 품은 "다시-보기(re-vision)"(『젠더』, 5쪽)에 온전히 바쳐지고 있다.

3.

여성문학에 대한 오해와 폄훼는 어디에서 연유하는가. 김미현은 '남근비평(Phallic Criticism)'을 그 폭력의 진원으로 지목한다. 생물학적인 성을 비평의 절대적 규준으로 발동시키는 남근비평은 "여성 소설에 대해서는 놀라우리만치 무관심과 침묵으로 일관"해왔으며(「이브, 잔치는 끝났다」, 『여성문학』, 33쪽), 여성작가의 작품보다는 "작가의 사생활에 더 관심을 가"졌고(『여성문학』, 33쪽), 여성문학을 "탈여성화되고 친남성화되었을 경우에만 문학사에 편입"시켜왔으면서도, "지나치게 여성답다는 이유로 비난"하는가 하면, 또한 "남성적 특성을 성취했다는 이유로 비난"하는(「주변에서 쓰기, 중심에서 읽기」, 『여성문학』, 44쪽) 이율배반을 노정했다고 김미현은 지적한다. 여성문학적 시각이 전혀 배제된 사시안적 남근비평에 대한 이와 같은 불만은 사실 낯설지 않다. 김미현이 다시보기의 목록에 올리고 있는 여성작가 박화성 역시 여성문인들에게 여자로만 쓸 수 있는, 여자다운 작품을 쓰라고 명령하는 남성중심적 평단의 성차별적 시각을 비판하고, 성에 구애됨 없이 작품다운 작품, 값있고 보람 있는 작품을 쓸 것을 선언하지 않았는가.[3] 2000년대 여성 비평가의 문제의식을 1930년대 여성작가를 통해 미리보기 할 수 있다는 것은 남근비평의 뿌리 깊은 세습을 확인시키는 대목이며, 동시에 '여성'이라는 생물학적 표지가 여전히 여성문학의 원죄로 유전되고 있음을 방증하는 것이기도 하다.

그렇다면 여성문학의 문제는 전적으로 남근비평의 문제로 환원될 수 있는 것인가. 하여, 남근비평의 폭력적 중심성만 분절할 수 있다면 여성문학은 제대로 온전할 수 있는가. 김미현은 여성문학이 비문학이나 결핍의 문학으로 내몰리거나, 또는 '그들만의 문학'으로 게토화되는 책임을 전적으로 남성중심적 비평에만 물을 수는 없다고 지적한다. 페미니즘 진영 내부의 분파적 대립 역시 여성문학의 오독과 오해를 가중시키는 원인이며, 때문에 여성문학의 문제는 남근비평뿐만 아니라 소모적인 이론적 쟁투를 벌이고 있는 페미니즘 비평 내부에서도 찾아야 한다는 것이다. 김미현이 90년대 여성문학의 성과와 한계에 대한 냉정한 진단과 평가가 필요하다고 주장하고 "성찰적 페미니즘"(『여성문학』, 6쪽)을 촉구하고 나선 것은 이와 같은 판단에서 연유한 것으로 보인다.

---

3) 박화성은 잡지 『삼천리』(1936. 2)가 주관한 여류작가좌담회에서 여성작가에게 여성다운 작품을 쓰라고 노력하라는 요구가 의미불통이라 비판하고, 작품다운 작품, 값 있고 보람 있는 작품을 쓸 수 있도록 노력하는 것이 문인(文人) 공통의 희망이라 주장한 바 있다.

주지하다시피 90년대 페미니즘이나 여성문학의 부상은 포스트모더니즘이나 포스트구조주의와 같은 각종 포스트 담론의 전성(全盛)과 무관할 수 없다. 페미니즘에 대한 자각이 분명해지고 페미니즘이 본격적으로 운동의 성격을 띠기 시작한 것은 80년대부터라고 할 수 있지만,[4] 그러나 80년대 페미니즘은 독자적 노선을 걷기보다 변혁운동과 행보를 같이하면서 민주화라는 공동의 목표를 실현하는 데 진력하게 된다. 물론 여기에는 민주화가 여성해방을 담보할 것이라는 믿음이 전제되어 있었다. 그러나 절차적·부분적 민주화가 진행된 90년대 이후에도 여성해방은 요원하며 여성은 '최후의 식민지'로 여전히 남아 있음을 확인하게 된다. 때문에 의미의 부재, 운동의 실종을 심각하게 앓고 있던 90년대에 페미니즘은 분명한 목표와 지향성이 살아 있는 소수의 실천 영역 중 하나가 될 수 있었다. 아울러 90년대 페미니즘의 전성에는 포스트 담론의 확대 역시 중요하게 작용한 것으로 보이며, 김미현은 그 이유를 "억압되었던 것이나 주변적인 것의 복귀라는 포스트 모더니즘적 감각과 가부장적 헤게모니에 대한 도전이라는 페미니즘적 인식 사이에 교차점이 있었기 때문"(「이브, 잔치는 끝났다」, 『여성문학』, 39쪽)이라 해석하고 있다. 90년대 페미니즘이나 여성문학의 확대에 한몫을 한 계기로 90년대 상업주의 혹은 대중주의의 영향 역시 간과할 수는 없을 것이다. 여성작가들의 의도와는 무관하게 새로운 것, 낯선 것을 갈급하는 자본의 눈에 띄어 여성문학은 때로 신종 상품으로 전시되는 상황이 발

---

4) 임옥희, 『채식주의자 뱀파이어-폭력의 시대, 타자와 공존하기』, 여이연, 2010, 9~10쪽. 임옥희는 여성들이 삶을 꾸려나가는 자율적이고 자유로운 주체가 되려는 움직임은 끊임없이 있어왔지만 그것을 '페미니즘'이라는 언어로 자각하고 독자적으로 움직인 것은 1980년대부터라고 지적한다. 또는 이후부터 현재까지 한국 사회에서 여성운동, 곧 페미니즘의 변화 과정을 3기로 나누어, '제1기 1989~1997년: 민주화투쟁과 여성운동의 독자성 추구, 제2기 1997~2007년: 좌파정권 십년 동안 여성운동의 제도화와 협상과정, 제3기 2007년 MB정권 이후 여성운동의 생존과 다변화 모색'으로 설명하고 있다.

생한 것 또한 사실이다.

김미현은 이와 같은 계기들이 중층적으로 작용하면서 페미니즘이 90년대 가장 유력한 담론으로 부상했고, 여성문학 역시 어느 정도의 특수를 누려왔다고 판단한다. 더욱이 이러한 분위기 속에서 90년대 페미니즘이나 여성문학은 여성의 복권을 넘어 종종 특권을 주장하기도 했으며, 여성을 일방적인 '피해자'로 남성을 '가해자'로 지정하는 이분법적 도식에 의지해 여성 차별의 현실을 기소하는 소극적·방어적인 "피해자 페미니즘"으로 자족하거나, 또는 남성과 자리만 바꿔 여성의 우월한 위치를 주장하는 "전투적 페미니즘"으로 비약하는 우를 범했다는 것이다. 그렇다면 피해자 페미니즘이나 전투적 페미니즘의 한계를 극복할 수 있는 페미니즘의 진정한 방향이란 무엇인가. 김미현은 이를 "파워 페미니즘"이라 명명한다. 파워 페미니즘이란 여성의 차별이 아닌 '차이', 곧 "여성의 힘과 다름을 강조하는"(「신화(神話), 여성을 위한 신화(新話)」, 『여성문학』, 75쪽) 것이며, 차이로서의 여성을 '지양'하지 않으면서 남성과의 조화나 통합을 '지향'하는 것이다. 이와 같은 문제의식을 바탕으로 김미현은 두 번째 평론집 『여성문학을 넘어서』를 통해 여성의 차이를 해명하고 여성과 남성의 조화로운 공존을 모색하는 데 주력한다.

그렇다면 김미현이 지시하는 차이로서의 여성, 곧 '여성성'이나 '여성적 글쓰기'의 본질이란 무엇인가. 여성성의 정체(正體)에 접근하기 위해 그는 먼저 "수동성·소극성·우유부단성·순응성"(「주변에서 쓰기, 중심에서 읽기」, 『여성문학』, 56쪽) 등과 같은 자질들이 전통적으로 여성성을 구성해온 방식을 추적한다. 김미현이 박화성, 최정희, 장덕조, 김말봉, 이선희, 백신애 등 해방 이전 여성작가들의 작품을 재독하는 이유가 여기에 있다. 이러한 다시-읽기를 통해서 김미현은 이들의 소설 속을 흘러넘치는 여성인물들의 '침묵'이나 '광기'에 귀 기울이며, 이들 여성들의 언어가 실은 '두 겹'의 층위로 구성돼 있음을 간파해낸다. 말하자면 그것은 침묵을 통해 발언하는 '복화술'의 언어이며, 광기를 통해 정상에 가닿으려는 '아이러니'의 언어인 것이다. 그러므로 여성의 언어, 여성의 글쓰기에서 발견되는 "묵종, 의존, 힘없음"(『여성문학』, 50쪽)을 의미하는 침묵이나 광기는 실은 남성 가부장의 억압이 새겨진 흔적일 수 있으며, 따라서 김미현은 "왜곡된 여성성은 흔히 왜곡된 남성성과 동전의 양면처럼 서로 결합되어 있다"(『여성문학』, 56쪽)고 지적한다. 이는 여성의 언어가 자기를 되비추는 "거울의 언어"가 아니라, 기존의 언어, 즉 남성의 언어를 변형시킨 "반사경의 언어"기 때문이라는 것이다.

> 여성의 언어는 거울(mirror)의 언어가 아니라 반사경(speculum)의 언어가 된다. 거울의 평면은 남성 중심적인 상징 질서나 충만한 자기 이미지만을 되비춰준다. 그러나 반사경의 볼록한 표면은 남성 중심적 언어를 변형시킨다. 세상이나 남성들이 원하는 이미지만을 그대로 비춰주는 것이 아니라 그것을 비틀고 재구성한다. 여성들은 이런 반사경을 통해 오히려 여성 언어라고 주장할 수 있는 언어를 탐색할 수 있다. 기존의 언어가 아니면서도 기존의 언어를 벗어날 수 없는 이중성과 기형성을 그대로 보여주는 것이 반사경의 언어이기 때문이다. 여성작가들은 이런 반사경의 언어를 무기로 기존의 언어와 전면전이 아닌 게릴라전을 펼친다.
>
> ─「여성, 말하(지 못하)는 타자」, 『판도라』, 68쪽

자신의 언어를 갖지 못한 여성들이 '말하기' 위해서는 남성의 언어를 비틀고 재구성한 반사경의 언어를 구사하는, 일종의 '게릴라전'을 수행할 수밖에 없다는 해석이다. 이는 비단 여성뿐만 아니라 침묵을 강

요당한, 모든 말할 수 없는 타자들의 발화 전략이자 또한 생존 전략으로 읽히기도 한다. 김미현 역시 은희경의 소설을 분석하면서 "보임/숨김, 공격/순응, 앎/모름"이 동서(同棲)하는 이중의 언어, 반사경의 언어, 아이러니 언어인 여성의 언어는 "보호 기능과 해방 기능을 동시에 획득하려는"(「다시 쓰는 소설, 덧칠하는 언어」, 『여성문학』, 112쪽) 전략이라 해석하고, 이러한 여성의 글쓰기를 "사이의 시학"이라 명명한다. 여성작가들이 응시하는 것은 "서로 대립하면서도 끊임없이 길항작용을 하는 현실/이상, 억압/해방, 순응/반항, 소극/적극, 분열/종합, 은폐/폭로 '사이'의 시공성"이며, 어느 일방을 선택할 수 없는 여성들의 취약한 상황이 양자를 유동하는 경계의 시학, 즉 "사이의 시학"(「여성, 말하(지 못하)는 타자」, 『판도라』, 100~101쪽)을 잉태했다는 것이다.

하여 김미현은 사이의 시학, 곧 '겹'의 언어로 말하는 여성 소설에 말을 건넴으로써 침묵이나 광기, 혹은 위악 너머 겨우 존재하는 여성의 목소리를 읽어내고자 한다. 가령 강경애를 통해서 그는 여성 성장소설이 결국 반성장 서사임을 독해하고(「계급 속의 여성, 현실 속의 여성」, 『여성문학』),[5] 김말봉을 통해서는 여성 연애소설이 실은 "현실의 '포기'가 아닌 '승화'를 보여주는 것"(「여성 연애소설의 (무)의식」, 『여성문학』, 235쪽)임을 역설하며, 강신재를 통해서는 "남성 작가들의 소설에 나타나는 서정성이 낭만적, 이상적 경향을 띠면서 총체화나 조화, 동일화에 대한 향수나 복귀를 지향"하는 반면 여성작가의 소설에서는 "파편화, 부조화, 분리감에 대한 자각이나 강조를 지향"(「서정성·감각성·여성성」, 『여성문학』, 148쪽)하는 '차이'를 확인한다. 그런가 하면 한강과 배수아를 읽어내면서 김미현은 이들 여성작가들이 "가족을 '파괴'하려는 것이

---

5) 강신재의 소설을 성장서사의 관점에서 읽어낸 「여성 성장소설의 위치」에서 김미현은 다시 한 번 '반성장적 성장이 남성 성장소설에서는 '변이형'일 수 있지만, 여성 성장소설에서는 '기본형'에 해당'(『젠더 프리즘』, 260쪽)한다는 사실을 확인한다.

아니라 '변화' 시키려는 것"(「가족(假族), 천국보다 낯선 가족(家族)」, 『여성문학』, 170쪽)이라 번역하고, 공선옥이나 서하진을 통해서는 "자비로운 동시에 무서우며, 창조적인 동시에 파괴적"인, "마리아이자 이브"이며 "하나이면서 둘"인 "괴물".(「태초에 어머니가 있었다」, 『여성문학』, 267~268쪽)인 어머니를 긍정한다.

남근비평이 누락하거나 무관심했던 여성의 언어를 이렇듯 건져 올리면서, 남성과는 다른 차이로서의 여성, 여성성, 여성적 글쓰기의 실존(實存)을 부각하고, 그 의미를 새롭게 구성하고자 했던 김미현에게 변온이 감지되는 것은 『여성문학을 넘어서』 이후 6년 만에 출간한 세 번째 평론집 『젠더 프리즘』이다. '여성(문학)'이 아닌 '젠더'라는 프리즘을 통과할 때 과연 무엇이 새롭게 보이며, 혹은 어떻게 다시-보기가 가능하다는 말인가.

4.

2008년 출간한 『젠더 프리즘』을 통해 김미현은 돌연 자기 비평행위의 교정(revison)을 선언한다. 말하자면 'post-김미현', 'post-『여성 문학을 넘어서』', 'post-페미니즘'으로 전격적인 이행을 결정한 것이다. 김미현에게 'post'란 종래의 김미현으로부터 『여성문학을 넘어서』로부터 페미니즘으로부터의 '탈출'이 아닌, 김미현에 대한 『여성문학을 넘어서』에 대한 페미니즘에 대한 '성찰'이며, 동시에 김미현 이후를, 『여성문학을 넘어서』 이후를, 페미니즘 이후를 사유하는 모험이라 할 수 있다. 성찰과 생성을 위한 능동적인 망각, 그것이 김미현이 감행한 'post', 곧 이행의 의미인 것이다.

『여성문학을 넘어서』를 스스로 다시 읽은 자리에서 김미현은 당시 자신이 상상했던 여성문학이 실은 "(남성)문학과 대립되는 문학, 불행이나 상처만을 강조하는 '상상의 여성문학'이었으며, 때문에 "(무)의식적으로 여성과 남성, 중심과 주변, 외부와 내부를 이분법적으로 대립시키는 환원주의와 본질주의"에 빠지는 오류를 범했다고 고백한다. 피해자 페미니즘, 전투적 페미니즘에 덜미 잡힌 여성문학을 넘고자 했으나 실은 자신의 비평행위 역시 수동적, 방어적 페미니즘의 한계 안에 머물러 있었다는 얘기다. 때문에 자신이 응시한/구성한 여성은 남성을 반드시 전제하는, 남성에 대한 여성이었고, 여성은 "움직이지 않았고, 변하지 않았"으며 "단수였고 대문자"(「젠더의 커튼, 젠더라는 커튼」, 『젠더』, 5쪽)였다고 성찰한다.

이러한 자기심문을 경유하면서 『젠더 프리즘』을 통해 김미현은 본격적으로 단수나 대문자로 상상된 '여성'이 아닌 소문자나 복수로 실존하는 '여성들', 더하여 남성–여성의 이분법적 구도를 조롱하는, 남성도 여성도 아니며 남성이자 여성인 익명의 성 '들'을 포괄하는, 젠더 정체성을 끊임없이 패러디하고 집적거리며 교란하는 신생(新生)의 페미니즘을 상상한다. 그것이 바로 페미니즘을 보다 전복적으로 탈구축한 '포스트페미니즘'이다. 김미현에게 포스트페미니즘은 여성을 폐기한 '여성 없는' 페미니즘이 아니라, 의식/무의식적으로 '여성'이라는 게토 안에서 자족해온 "순수" 혹은 "항온"(「변온(變溫)의 소설」, 『젠더』, 319쪽)으로서의 페미니즘을 넘어 현실의 기운을 부단히 감각하는 변온의, 혼종적인 페미니즘이라 할 수 있다. 그러므로 김미현에게 페미니즘에서 포스트페미니즘으로 이행하는 것은 페미니즘의 포기가 아니라 전략의 수정인 셈이다. 남성(성)과 다른 '여성(성)'을 강화하는 것은 남성–여성의 이분법적 구도를 의도하지 않게 용인하거나, 또는 개별적인 복수의 여성들을 '여성'이라는 집합적 단수(범주)로 환원하는 결과를 초래할 수 있다. 따라서 포스트페미니즘은 '여성(성)'을 견고하게 구축하는 데 진력하기보다 여성(성)·남성(성)을 발본적인 차원에서 의심하고 젠더 정체성에 트러블을 냄으로써, 남성-여성의 이분법적 위계 구도를 더욱 온전히 하려는 아버지의 법 즉 남성중심적 지배담론을 전복하고자 한다. 김미현은 이를 위해, 다시 말하면 "젠더를 없애기 위해" "젠더를 말"하는 "젠더 패러독스"(『젠더』, 7쪽)를 수행하며, 두 입술의 성차를 강조했던 루스 이리가라이를 넘어 안티고네를 여성이자 남성으로 다시 읽은 주디스 버틀러와 조우한다.

아버지이자 오빠인 오이디푸스에게 끝까지 충성을 보였으며, 삼촌 크레온으로 대표되는 국가법을 위반하고 오빠인 폴리네이케스를 매장함으로써 친족법을 따른, 그리하여 마침내 국가에 의해서 희생된 안티고네는 이리가라이에게는 '페미니스트 투사'였으나, 버틀러에게는 의리, 충성, 명예 등과 같은 남성적 코드를 수행한 여성, 즉 '명예 남성'이며, 따라서 국가법/친족법, 공적/사적, 남성/여성 등의 이분법적인 구획을 교란시킨 모호하고 불확실한 '잉여'가 된다.[6] 남성을 패러디한 여성, 곧 혼성적 정체성의 안티고네를 통해서 버틀러는 젠더 정체성이 선험적, 근본적이거나 고정된 것이 아니라 움직이는 것, 구성된 허구이며 하나의 '가면'이자 '행위(연기)'이고 '키치'라는 사실을 선언한다.[7] 주디스 버틀러의 이와 같은 포스트페미니즘적 정치성을 김미현역시 공유하고 있다. 때문에 김미현은 젠더라는 프리즘을 통과해 텍스트를 다시 보며, "교차, 공존, 혼합"(「페미니즘이 포스트페미니즘에게」, 『젠더』, 342쪽)하는 젠더의 불확실성, 모호성을 읽어냄으로써 남성(성)이나 여성(성)이 단지 허구이고 환상이며, 그러므로 결국 '젠더는 없다'는 사실을 확인하고자 한다.

김미현이 김승옥의 소설에 등장하는 여성인물들을 근대로부터 배제

---

6) 임옥희 지음, 『주디스 버틀러 읽기』, 여이연, 2006, 205~211쪽.
7) 주디스 버틀러 지음, 조현준 옮김, 『젠더 트러블』, 문학동네, 2008, 21~33쪽.

되거나 근대의 '밖'에 존재하는 것이 아니라 근대의 '안' 혹은 '중심'에 있으며, 남성인물들이 근대(성)의 이면(어둠)이 기입된 이들 여성들을 통해 여성을 보는 것이 아니라 실은 환멸의 근대를 경험하는 '남성'을 보는 것이라 해석하거나(「근대성과 여성성–김승옥 소설을 중심으로」, 『젠더』, 193~211쪽), 또는 남근적 텍스트로 평가받는 황석영의 초기소설 속 여성들을 "남성을 구원하려는 것이 아니라 스스로를 구원하려는 여성"(「젠더 (무)의식의 역설–황석영의 초기소설을 중심으로」, 『젠더』, 224쪽)으로, 혹은 "근대 남성 경험의 '전유'가 아닌 '공유'를 통해 남성과 동등한 근대적 주체로서의 자신의 입지를 마련"(『젠더』, 230쪽)하거나 "탈근대적인 주체"(『젠더』, 235쪽)로 읽어내는 이유가 여기에 있다. 김승옥이나 황석영과 같은 남성 작가들의 소설 속에서 김미현은 여성이 기입된 남성, 남성이 기입된 여성을 부조함으로써, 이들의 소설을 (무)의식적으로 남성/여성, 원본/복사본의 경계 혹은 위계가 무너지는 균열적 텍스트로 재독한다.

　김미현의 포스트페미니즘적 문제의식은 『젠더 프리즘』 전체를 관통하고 있지만, 특히 천운영과 조경란 그리고 한강의 소설을 만나면서 가장 확실히 살아난다. 때문에 이들의 소설 「그녀의 눈물 사용법」(천운영), 『혀』(조경란), 「채식주의자」(한강)를 다룬 평문 「페미니즘이 포스트페미니즘에게」는 『젠더 프리즘』의 결론처럼 맨 마지막에 배치되어 있다. 이 글에서 김미현은 천운영, 조경란, 한강을 페미니즘과 포스트페미니즘의 '사이'에 위치시킨다. 이들은 신경숙, 은희경, 공지영, 전경린 등으로 대표되는 1990년대 페미니즘적 여성 소설의 끝인 동시에 정이현, 김애란, 편혜영, 한유주와 같은 2000년대 포스트페미니즘적 여성 소설의 처음에 놓이며, "페미니즘에서 페미니즘 '들'로의 변화를 주도하는 여성작가들"(「페미니즘이 포스트페미니즘에게」, 『젠더』, 324쪽)이라는 것이다. 이 '경계'의 작가들을 긍정적으로 평가하는 이유를 김미현은 다음과 같이 설명하고 있다.

> 최소한 이들은 여성의 우월성을 본질주의적으로 가정하면서 '페미니즘 중의 페미니즘'을 추구하는 '페미니니즘(femininism)으로부터 자유롭다. 여성성 자체를 완전히 거부하지 못하기에 여성이라는 범주를 '필요한 오류(necessary error)'나 의도적인 '범주' 착오(category mistake)'로 소환하면서 전략적 혹은 일시적으로 여성성을 설정하고 있기 때문이다. 이 작들의 소설에서는 젠더를 없애기 위해 젠더를 사용하는 '젠더 패러독스'를 활용하고 있다.
>
> —「페미니즘이 포스트페미니즘에게」, 『젠더』, 324쪽

본질적인 범주로서의 여성을 상정하면서 여성성 내지 여성의 우월성을 주장하는 종래의 '페미니니즘' 서사나, 여성을 지우고 아예 젠더로부터 자유로운 신종의 '포스트페미니즘' 서사 모두와 일정하게 거리를 두고 있는 천운영, 조경란, 한강이 쓰는 '사이'의 서사를 김미현은 '페미니니즘'이나 본격적인 '포스트페미니즘' 소설보다 오히려 더욱 강한 애정으로 품어내고 있다. 아마도 그것은 이들의 소설이 젠더를 삭제하기 위해 젠더를 설정하는 역설을, 그 모순과 긴장을 온전히 감당하고 있기 때문일 것이다. 달리 말하면 이들 텍스트들은 마치 죽어버린 남동생을 분리될 수 없는 '나'로 받아들인 천운영의 '그녀'처럼, '여성적 남근'인 조경란의 '혀'처럼, 동물성을 자신의 내부에 합체하고 있는 한강의 '채식주의자'처럼 부정되어야 할 구성적 외부를 내부에 포함하고 있는 이질적인 혼성물(우울증적 주체)로 존재함으로써 그 어떤 서사보다 젠더가 허구임을 강렬하게 발언하는 윤리적, 정치적 텍스트이기 때문일 것이다.

그리고 이러한 균열의 정치성을 내장한 '사이성' 혹은 '경계성'은

또한 김미현 비평이 기대고 있는 지점이기도 하다. 그의 비평은 줄곧 하나의 영토에 선선히 정착하지 않는 유동하는 과정이었으며, 자기조차 심문하고 부정하는 과정 중인 비평이었다. 때문에 김미현은 『젠더 프리즘』 이전에 자신이 단일한 여성, 여성성, 여성적 글쓰기의 구축을 욕망했으며 본질주의나 환원주의의 위험에 취약했다고 고백하였으나, 기실 그는 단 한 번도 이러한 동일성 속에 정착한 적이 없었던 것으로 보인다. 첫 평론집 『판도라 상자 속의 문학』에서 여성의 글쓰기가 "비고정성·가변성·미완결성·복합성"의 액체의 언어, 갈림의 언어를 지향하며 "천 개의 혀로 말하는", "사이의 개방성과 불확정성을 강조하는"(「여성, 말하(지 못하)는 타자」, 『판도라』, 101쪽) 사이의 시학임을 강조할 때, 『여성 문학을 넘어서』에서 여성들의 언어가 "남성들의 언어 속으로 틈입해서 그것들을 전복시키거나 균열시키는"(「다시 쓰는 소설, 덧칠하는 언어」, 『여성문학』, 119~200쪽) 패러디의 언어임을 읽어낼 때, 김미현의 포스트페미니즘은 이미 시작되고 있었던 것이다. 말하자면 그의 비평은 언제나 '사이(in-between)'였으며 또한 사이를 지향해왔다.

그러므로 『젠더 프리즘』이 그의 비평의 끝이 아니듯이 포스트페미니즘 또한 김미현의 최종적인 정박지가 되리라 생각지는 않는다. 자신의 근거 자체를 부단히 되묻는 김미현의 비평은 포스트페미니즘에, 그리고 자신의 비평행위에 다시 'post' 붙이기를 마다하지 않을 것이며, 매순간 '사이'로 존재하는 역동적인 긴장을 놓치지 않을 것이다. 이것이 가령, 김별아의 미실을 여성주의의 발현으로, 소설 『미실』을 여성이 가지지 못한 것에 초점을 맞춘 것이 아닌 '가진 것'을 강조하는 행복한 페미니즘 서사로 독해하며, 양귀자의 『천년의 사랑』을 '페미니스트 유토피아' 소설로 평가하고, 황석영의 소설에서 탈근대적인 여성주체의 탄생을 확인하는 김미현의 독법에 여전히 동의할 수 없다 하더라도, 내가 김미현을 지지할 수밖에 없는 이유이다. 또한 페미니즘의 '나쁜 죽음'이 운운되는 이 흉흉한 시대에 "페미니즘 문학이 쇠퇴했다는 엄살조차 환상사지(幻想四肢)에 대한 환상통"에 불과하며, "페미니즘 문학에서 결론이나 해답은 그 자체로 환상"(『젠더』, 14쪽)이라 주장하는, 그래서 페미니즘(문학)은 언제나 다시 시작되는, 해답이 아니라 질문임을 믿어 의심치 않는 페미니즘 비평가 김미현을 내가 흔쾌히 긍정하는 이유이기도 하다.

21세기 신(新) 계몽소설의 출현
— 공지영의 『우리들의 행복한 시간』

1. 상투성의 힘

언젠가 공지영의 소설집 『존재는 눈물을 흘린다』에 붙인 김명인의
서평을 읽은 적이 있다. "진지함이 결코 미덕으로 인정받지 못했던 위
악의 시대 1990년대를, 마치 그것을 놓치면 영영 나락으로 떨어지기라
도 할 밧줄이라도 쥐듯, 진지함이라는 작가적 자세를 모두 쥐고 힘겹게
건너온 작가"[1]라는 첫머리가 무척이나 인상적이었던 것으로 기억한
다. 이후로 공지영의 소설을 읽거나 작가와 관련한 소식을 접할 때마다
자기 세대의 소설가에게 바치는 김명인의 이 헌사가 떠올랐다. 눈물과
곧잘 뒤엉키는 공지영 소설의 진지함에 대해서는 동의할 수 없지만, 그
러나 공지영표 진지함에 종종 투항한 경험이 있는 나로서는 전염성 강
한 공지영표 눈물, 감상과의 경계가 모호한 공지영표 감동, 상투성을
걸친 공지영표 진지함이 지닌 힘의 정체를 고민하지 않을 수 없다.

---

1) 김명인, 「감상에서 성찰로」, 『실천문학』, 1999년 가을, 538쪽.

『우리들의 행복한 시간』(이하 『행복한 시간』)을 읽으면서도 나는 예의 그 공지영 소설의 힘과 맞닥뜨렸다. 그 힘은 여전히 강해서, 비록 천이백만 관객을 극장으로 몰아넣은 〈괴물〉의 힘에는 미치지 못하나, 문학의 종언이 선언되는 탈문학의 시대에 한국소설을 다시 베스트셀러 상위에 올려놓는 '괴물스러운' 힘을 발휘했다. 그리고 작가는 이제 더 이상 주뼛거리지 않고 이 힘을 과감히 긍정하는 것처럼 보인다. '존재는 눈물을 흘린다'고 나지막하게 독백하던 공지영은 5년 만에 돌아와 "나는 네가 좀 울었으면 좋겠다"[2]라고 완곡하게, 그러나 좀 더 직접적으로 요구하는 것이다. 작가는 자신의 소설 특유의 감상성을 한계가 아닌 소설적 정체성으로, 또는 일종의 전략으로 승인할 태세이다. 그래서 다음과 같은 부분은 매우 의미심장하게 읽힌다.

"위선을 행한다는 것은 적어도 선한 게 뭔지 감은 잡고 있는 거야. 깊은 내면에서 그들은 자기들이 보여지는 것만큼 훌륭하지 못하다는 걸 알아. 의식하든 안 하든 말이야. 그래서 고모는 그런 사람들 안 싫어해. (…) 고모가 정말 싫어하는 사람은 위악을 떠는 사람들이야. 그들은 남에게 악한 짓을 하면서 실은 자기네들이 어느 정도는 선하다고 생각하고 있어. 위악을 떠는 순간에도 남들이 실은 자기들이 착하다는 것을 알아주기를 바래. 그 사람들은 실은 위선자들보다 더 교만하고 더 가엾어……. (…) 착한 거, 그거 바보 같은 거 아니야. 남 때문에 우는 거, 자기가 잘못한 거 생각하면서 가슴 아픈 거, 그게 설사 감상이든 뭐든 그거 예쁘고 좋은 거야. 열심히 마음 주다가 상처 받는 거, 그거 창피한 거 아니야……." (159~160쪽)

2) 공지영, 『우리들의 행복한 시간』, 푸른숲, 2005, 22쪽. 이후 인용은 페이지 수만 표시함.

위악과 파격을 걸치고 세상을 냉소하던 주인공 문유정에게 그녀의 정신적 어머니인 모니카 수녀가 하는 이 말은『행복한 시간』을 통해 공지영이 추인하는 진실일 것이다. 자살을 세 번이나 시도한 서른 살 여교수 문유정과 세 명의 여자를 강간 살해한, 정확히는 그 죄를 온통 뒤집어쓴 사형수 정윤수의 극적인 조합을 통해서 작가는 이들의 위악·파격·냉소를 부정하고 위선·진부함·눈물의 진정성을 일깨운다.『행복한 시간』은 이 탕아들의 감동적인 교화극이며, 참을 수 없는 위악의 시대를 눈물없이 살아가는 숱한 유사(類似) 문유정과 정윤수들의 교화를 목적으로 한 21세기판 계몽소설이다. 때문에 개심(改心)과 교화라는 작가의 의도를 군말 없이 수행하는 이 소설에서는 공적 살인인 사형제의 모순을 지적하는 작가의 날선 목소리보다, 사랑·용서·화해라는 지고의 가치를 전달하는 초월자적 목소리가 더욱 진중하게 울려 퍼진다. 이 초월적인 단성성에 봉사하는 서사답게『행복한 시간』은 처음부터 모든 것이 예정되어 있다. 자살과 살인을 선택할 만큼 현실에 대한 인물들의 독한 환멸과 분노는 화해의 대단원을 마련하기 위한 극적 장치에 불과한 것으로 보인다. 이 작품에서 가장 이상적 인물로 그려지는 모니카 수녀도 말하지 않던가. 자신과 문유정을 보고 차갑게 몸을 돌리는 정윤수에게 "괜찮아, 첨엔 다 저래…… 저게 희망의 시작이야"(53쪽)라고. 모든 길은 용서와 화해라는 이상으로 통하고, 이 길을 의심 없이 따라가는 독자라면 아마도 낯설지 않게, 불편함 없이 이 소설의 진지함을 즐길 수 있을 것이다. 그러나 만약 위악과 냉소를 쉽게 청산하지 못하고 이 선하디 선한 소설이 빠진 함정을 보거나, 이 소설이 설교하는 진리에 침묵당한 자잘한 목소리를 듣는 독자라면『행복한 시간』은 내내 불편하게 읽힐지 모른다. 이 글은 바로 이 후자의 독자, 즉『행복한 시간』이 가리키는 길이 아닌 다른 한 갈래의 길을 줄곧 흘끔거린 한 탕아—독자의 삐딱한 책읽기의 기록이다.

2. '연대=연민=사랑' 의 정체

20세기의 초입, 사랑이라는 외피를 씌워 근대의 공리를 계몽한 이광수는 소설 『사랑』(1938)에서 진짜 사랑과 가짜 사랑을 구분하는 획기적인 검증법을 도입한다. 혈액을 과학적으로 분석한 주인공은 애욕으로 번민하는 인물의 피에서는 고약한 냄새가 나는 취소(臭素)를, 정신적 사랑을 수행하는 인물의 피에서는 금이온으로 구성된 아우라몬을 검출해내는 것이다. 이광수는 취소로 증명된 '성적(性的)'인 사랑을 가짜로 규정하고, 아우라몬이 발견된 '성화(聖化)'된 사랑을 진짜로 천명한다.

『행복한 시간』에도 이광수의 소설만큼이나 사랑은 편만해 있다. 그것도 모두 순도 높은 아우라몬이 검출될 만한 사랑이다. 이 사랑을 표상하는 정점에 문유정의 고모인 모니카 수녀가 있다. 그녀는 "나 자신을 위해 살았고, … 나만을 위해 존재하다가 심지어 나 자신만을 위해 죽고자 했"(15쪽)던 문유정과, 인생의 첫 기억을 살의로 시작했고 결국 살인으로 인생을 마감하는 정윤수가 서로 사랑하도록, 더 정확히는 연대하도록 매개한다.

『행복한 시간』이 정의하는 사랑은 매우 다의적이다. 사랑은 우선 연대와 동의어이며, 관심·정의·연민·이해와 동일한 카테고리로 묶인다. 때문에 이 소설에서 사랑의 반대말은 미움이나 증오가 아니라, "모른다"라는 무관심, 혹은 연대의식의 부재이다.

> 그러므로 모른다, 라는 말은 어쩌면 면죄의 말이 아니다. 사랑의 반대말인지도 모른다. 그것은 정의의 반대말이기도 하고 연민의 반대말이기도 하고 이해의 반대말이기도 하며 인간들이 서로 가져야 할 모든 진정한 연대의식의 반대말이기도 한 것이다.(248쪽)

『행복한 시간』은 인물들이 '무관심'을 청산하고 '관심=정의=연민=이해=연대'가 합체된 성화(聖化)된 사랑을 획득해가는 이른바 대사랑의 서사라 할 수 있다. 80년대의 토양에서 성장한 작가답게 공지영은 이 사랑의 이상이 완벽하게 구현될 수 있도록 극과 극, 즉 전혀 다른 두 계층 간의 연대를 기획한다. 부잣집 막내딸이자 교수인 문유정과 하류 인생을 살아온 사형수 정윤수의 불가능한 조합은 이리하여 가능해진다. 영민한 작가는 이 비현실적인 설정에 현실성을 가미하는 장치로 상처와 죽음을 배치한다. 열다섯 살에 친척 오빠에게 강간당한 문유정은 죽음을 욕망하며, 부모에게 버림받고 거리에서 동생을 잃은 정윤수에게도 죽음은 차라리 구원이다. 가족 내 이방인인 문유정과 사회의 이방인인 정윤수는 상처와 죽음이라는 동류의식으로 조우하고, 마침내 "신의 영광"(10쪽)을 구현하는 "진정한 사랑"(10쪽)을 획득한다. 공지영이 기획한 이 신성한 사랑을 충실하게 실천하는 정윤수는 급기야 2000년 전 사형수인 예수와 겹쳐지고, "아무 남자하고도 사랑할 수가 없"(283쪽)던 문유정 역시 석녀(石女)의 표지를 지운다. 성스러운 연대로서의 사랑은 쌍방을 구원하는 일종의 윈윈전략인 셈이다.

그러나 작가의 의도가 제대로 관철된, 단 일 퍼센트의 취소(臭素)도 검출되지 않을 이 찬란한 사랑의 내장(內粧)은 사실 평등하지 않다. '연대'와 사랑의 구별을 없애버린 공지영식 사랑은 '연민'과 사랑의 차이 역시 지워버린다. 연민인 사랑은 사랑의 '시혜자'인 주체와 '수혜자'인 타자의 위계가 분명하며, 또한 그 위계가 보증하는 사랑이다. 때문에 연민과 사랑을 동일시하는 주체는 자신이 보듬어야 할 타자를 재빨리 이해하고, 그와 공감하고, 연대하고, 사랑하지만, 그러나 그의 사랑은 어디까지나 '네 헐벗은 이웃을 사랑하라'는 초월적 명령을 수행하는 사랑, 정의구현으로서의 사랑, 그러므로 주체와 타자가 결코 동등할 수 없는, 다분히 독백적인 사랑이다.

사랑하는 과정보다 사랑의 효과에 집중하는 이 결과중심적 사랑은 타자의 남루한 현실을 누락하기 일쑤이다. 『행복한 시간』 역시 처참한 하류인생, 위험한 인간 정윤수의 존재를 애써 지운다. 소설에는, 엄마의 유방 복원술에 드는 이천만 원을 "영치금 한 푼도 없는 수용자들에게 영치금 만 원씩, 몇 명에게 넣어줄 수 있을까"(118쪽)를 고민하거나, "아이들에게 바다를 보여주고 싶다는 윤수의 소원"(263쪽)을 대신해주거나, 검사인 오빠에게 윤수의 재심을 부탁하거나, 또는 자신의 상처를 고백하면서 윤수의 "진짜 이야기"(198쪽)를 이끌어내는 문유정의 온정주의적 시선에 나포된 정윤수만이 존재할 뿐이다. 때문에 『행복한 시간』은 문유정과 정윤수의 이야기가 아닌 문유정과 '문유정화된 정윤수'의 이야기, 혹은 온전히 문유정의 이야기이다. 이는 작가의 전작(前作)인 『봉순이 언니』와도 유사해 보인다. 『봉순이 언니』에서 자신의 집 식모였던 '봉순이 언니'를 응시하는 어린 '짱아'의 태도는 정윤수를 읽어내는 문유정의 태도와 닮아 있다. '봉순이 언니' 역시 짱아의 일방적인 시선에 포착된 봉순이 언니이며, 하여 『봉순이 언니』는 온전히 봉순이 언니의 이야기일 수 없는 것이다.

1999년의 짱아는 2005년의 문유정으로 외형을 바꾸었지만, 문유정 혹은 몸집 커진 짱아는 특유의 온정주의적 시선 속에서 여전히 자족하고 있다. 공지영을 대리하는 이 인물들의 시선이란 자신이 속한 계층의 속물성과 자신의 진정성을 구별하는 시선이며, 자신들이 속물성으로 충만한 그들 "집안의 이방인"(14쪽)이거나 "사생아"(14쪽)임을 증명하는 시선이다. 공지영의 인물들은 줄곧 이러한 시선의 담지자들이었으며, 이와 같은 응시를 통해서 자신의 계급적 혹은 계층적 부채의식을 덜어내고자 했다. 문유정 역시 공지영이 만들어낸 이 '예외적 개인' 중 한 명일 것이다.

"위선을 행한다는 것은 적어도 선한 게 뭔지 감은 잡고 있는"(158쪽)

것이라는 말로 위선의 논리를 옹호하듯, 적어도 역사적·계급적 부채의식을 느끼는 일의 정당성이나 의미를 강조하는 것은 물론 옳다. 그것은 이제껏 공지영 소설을 지탱해온 힘이며, 그의 소설이 진정성을 획득하는 이유이기도 하다. 그러나 이는 또한 공지영의 소설이 매번 구체적 현실을 탈각하는 원인이 되기도 한다. 소설을 통해서 부채의식을 탕감받고자 하는 공지영의 욕망은 대상을 감상적 연민으로 감싸고 그들을 쉽사리 낭만화하는 비약을 감행하도록 한다. 사랑은 이 비약을 그럴듯하게 포장하는 수사적 장치이다. 비루하고 악취 나는 현실을 가리는 이 탈취기능형 포장 덕분에 공지영의 소설은 매번 지고지순하고 아름답다. 『행복한 시간』 역시 마찬가지이다. 이 소설에서 공지영이 구상하는 관심, 정의, 이해, 연민, 연대가 모두 합체된 사랑이란 이른바 사랑의 이데아일 것이다. 그러나 플라톤의 말을 빌린다면, 우리가 발 디딘 현실은 그 이데아의 모방일 뿐이며, 더구나 문학은 이데아로부터 두 단계나 떨어진 모방이다. 그래서 문학은 부질없는 것이라 하였지만, 그러나 어찌하겠는가. 우리는 이데아의 결핍인 현실을 살고 있고, 작가는 결핍의 형식인 문학을 빌어 다시 결핍의 현실을 담아내야 하는 천명을 부여받은 것을. 이 슬픈 천명을 긍정하지 않는다면 공지영의 착하디착한 소설은 매양 현실의 과녁을 비껴갈 수밖에 없을 것이다.

3. 기도하는 성녀, 피아노 치는 악녀

『제인에어』의 로체스터 백작에게는 두 명의 여자가 있었다. 제인에어와 다락방의 미친 여자. 이들은 극과 극의 여성들이다. 로체스터의 아이를 가르치고 돌볼 뿐만 아니라 눈멀고 초라해진 최후의 로체스터를 보듬는 '성녀—제인에어'가 있고, 그 반대편에 남편을 파멸시키고 그의 목숨을 빼앗으려다 도리어 자신이 죽는 '광녀'이자 '악녀'인 로체스터의 아내가 있다.

『행복한 시간』의 문유정에게도 성녀와 악녀로 가름될 수 있는, 질적으로 다른 두 엄마가 있다. 문유정과 같은 가족 내 이방인이고, "용서와 사랑이라는 큰 가치"(130쪽)를 실천하며, 상처받은 영혼을 위해 기도하는 '모니카 수녀'와, 그 반대편에 사촌오빠에게 강간당한 열다섯 살 딸의 상처를 외면한 채 우아하게 '피아노를 치는 엄마'. 문유정은 이 피아노 치는 엄마를 부정하고 기도하는 모니카 수녀를 진정한 어머니로 승인한다. "엄마가 한 번도 보내지 않았던 따스한 모성"(24쪽)을 보여준 존재, 개인적인 욕망을 버리고 "모든 엄마 잃은 가엾은 사람들의 어머니"(306쪽)가 된 존재가 모니카 수녀이다. 공지영이 모니카 수녀로 표상하는 '모성'이란 관심·정의·연민·이해·연대의 일체인 공지영표 "사랑의 다른 이름"(220쪽)이며, 욕망하고 분노하고 광기어린 '여성'의 반대편에 있다. 그래서 공지영이 구상하는 모성의 영토는 여성이 틈입할 자리가 없는 매우 금욕적인 영토이다. 문유정의 모니카 고모가 자신의 성(性)을 철저히 억압해야 하는 '수녀'인 것은 얼마나 상징적인가!

이러한 '성녀-어머니'와 시종일관 대비되면서 영락없이 히스테리컬한 악녀로 전락하는 것이 피아노 치는 문유정의 엄마다. 문유정의 불행과 그 불행을 구원하는 모니카 수녀에 집중하는 작가는 문유정의 엄마가 경험하는 불행이나 절망에 대해서는 시종일관 함구한다. 그녀가 왜 피아노를 칠 수밖에 없는지, 일류여고를 나온 부유한 집안의 여자가 왜 상고 출신의 남자와 결혼했는지, 왜 그녀는 딸에게 가해진 폭력을 외면한 엄마가 되었는지. 문유정의 엄마는 자신의 상처나 불행에 대해 발언하거나 자신의 과오를 변명할 기회를 허락받지 못했다. 오로지 허영심과 이기심, 속물성으로 충만한 '피아노 치는 악녀'로 문유정의 기억 속에 감금되어 있는 것이다. 작가는 모성을 상실한 이 황폐한 어미의 역사를 소설에서 삭제한다.

소설의 종반부에서 비록 용서와 화해의 포즈를 취하고는 있으나, 피아노 치는 엄마에 대한 공지영의 태도는 일관되게 냉정하다. 공지영 소설에서 흔하디흔한 연민은 유독 이 여성을 지나친다. 예컨대 다음과 같이.

> 칠십이 다 된 엄마가 쇼팽의 〈피아노 콘체르토 제1번〉을 치고 있는 걸 보자 나는 묻고 싶었다. "신경 쓰이게 하지 마라! 이 곡은 머리가 쭈뼛거리게 집중해야 하는 곡이야." 내가 다가서자 엄마는 언제나처럼 익숙하게 말했다. 그러자 어릴 때의 한 풍경이 생각났다. 손님들도 많은 날, 엄마는 손님들을 주욱 앉혀놓고 예쁜 연주회용 연보라 드레스를 입고 아마도 이 곡을 치다가 울며 뛰쳐나갔다. 뭐라고 중얼거린 거 같은데, 누군가가, 대체 왜 그러시는 건가요? 묻자 다른 사람이 멀뚱한 얼굴로 대답했었다. 더 못하겠다고, 슬퍼서 더 이상 못하겠다고, 하셨어요. 아버지는 우리 집 사람이 예술을 해서 좀 예민해요. 시만 읽어도 울거든요…… 하며 웃었다. …나는 창피했다. 아버지는 피아니스트였던 아내에 대한 짙은 피로감을 느끼고 있는 거 같았다. …고모가 어머니를 멀리하는 건 아마도 그런 자신의 오빠에 대한 연민이었을까.(120~121쪽)

> 엄마는 뜻밖에도 내게 부드럽게 대꾸했다. "젊어서는 무식한 네 할머니 노망 다 받아주면서 모셨지, 네 아버지 사업 부도 날까 조마조마했지, 사내 녀석들 셋이나 키우다가 다시 피아노 시작하려고 하는데 너 덜컥 들어서서 결국 피아노도 포기했지, 너 속 썩이지……" … 한숨이 조금 나오려고 했다. 또 시작이었다. 엄마에게는 좋은 게

없었다. 세상의 좋은 걸 다 가졌으면서 그랬다. (122쪽)

　아버지와 고모의 전지적 시선에 맞춰 피아노 치는 엄마를 바라보는 문유정의 시선은 일방적이고 단호하다. 그것은 결국 작가의 시선일 텐데, 눈물에 그토록 큰 의미를 부여하던 공지영임에도 그는 이 여성이 흘리는 눈물의 행간을 읽지 않는다. 그녀의 눈물은 우스꽝스러운 감상으로 치부되고 그녀의 도발적인 목소리는 유한부인의 배부른 투정 정도로 수습된다. 여성을 포기하고 모성만 강요당한 어머니의 분노는 이해할 수 없는 광기가 되고, 아버지는 어머니의 불가해한 욕망에 희생당한 존재로 연민의 대상이 된다.

　"무소의 뿔처럼 혼자서 가라"를 외치던 작가의 페미니즘적 인식을 의심할 만큼, 여성을 응시하는 공지영의 태도는 상당히 보수적이다. 『행복한 시간』에서 여성 인물들은 성녀와 마녀, 모성과 여성, 금욕과 욕망의 견고한 이분법적 분류표에 따라 소속이 결정된다. 물론 두 편으로 나뉜 여성들 중 한 편은 진(眞)으로 긍정되고 다른 한 편은 가차 없이 위(僞)로 축출된다. 서사가 진행될수록 성녀의 편에는 더 많은 여성들이 줄을 서고, 악녀의 편에는 문유정의 엄마만이 덩그러니 남아 있다. 엄마는 철저히 왕따당하는 형국이다.

　성녀와 악녀, 진짜 엄마와 가짜 엄마의 편을 가르고 줄을 세우려는 공지영의 의지는 작위적인 인물 설정도 마다하지 않는다. 문유정의 셋째 올케로 등장하는 서영자가 바로 그런 인물이다. 그녀는 한때 잘나가는 영화배우였는데 대학교수인 유정의 오빠와 결혼하면서 배우 '서리나'의 삶을 포기하고 아내이자 어머니인 '서영자'로 살아간다. 서리나의 정체성을 지우고 서영자로 살아가는 그녀를 가식적이라 생각했던 문유정에게 큰오빠는 서영자 역시 진정한 모성의 구현자라는 사실을 일러준다. 화려한 화장을 지우고 맨얼굴을 드러낸 그녀는 동네에서 유명한 여자가 되어 있다. 배우 '서리나였기' 때문이 아니라 "거지 지나가면 불러다 목욕시키고 밥 차려주고 동네 인부들 공사하다가 땅바닥에서 노가다 밥 먹구 있으면 불러다 자기 집 식탁에다 차려주"(222쪽)고, 뿐만 아니라 은혜를 도둑질로 갚은 꼬마의 선처를 호소하는 '자비로운 어머니' 서영자이기 때문이다. 공지영은 서리나라는 '예명'을 폐기하고 서영자라는 '본명'으로 살아가는 문유정의 셋째 올케를 통해 '모성'이 여성의 진정한 정체성임을 확인한다.

서영자나 모니카 수녀와 더불어 가장 극적으로 성녀에 편입하는 인물이 문유정이다. 자신의 목숨을 담보로 할 만큼 강한 분노와 광기를 쏟아내던 문유정은 윤수와의 사랑을 확인하고 절망을 청산하면서 모성을 내장한다. 소설은 성스러운 어머니인 모니카 수녀를 임종하던 문유정이 "아이를 낳고 싶다"(306쪽)는 내밀한 욕망을 감지하는 것으로 끝이 난다. 사랑과 용서, 화해를 실천하는 또 한 명의 '동일자 어머니'의 탄생을 예고하는 것이다. 그러나 이 공지영표 어머니가 탄생하는 순간 분노하고 도발하던 문유정이라는 여성은 슬그머니 자취를 감춘다. 여성을 지운 자리에서 태어나는 위대한 존재, 그녀가 바로 공지영이 승인하는 어머니이기 때문이다.

허나 우리는 이미 다양한 어머니의 탄생을 목격했다. 예컨대 신산스러운 삶, 그저 돌리고 돌리면서 자신의 '여성'을 눈물 나도록 신나게 발산하던 '남달구'와 같은 어머니를. 통속한 KBS 주말드라마도 긍정한 남달구식 어머니를 탈속한 공지영의 소설은 왜 보듬지 못하는지……. 공지영의 소설에서 모성으로 충만한 '동일자' 어머니만이 아닌 여성과 모성이 혼입된 '잡종'의 어머니를 만나기 위해서 우리는 또다시 기다려야 할 것 같다.

4. 진짜 이야기의 함정

『행복한 시간』은 사랑과 용서라는 큰 가치를 감동적으로 실현하면서 대단원의 막을 내린다. '블루노트'의 마지막 장에서 정윤수는 자신을 살인자로 내몬 이들을 용서하고 문유정에 대한 사랑을 확인하면서 세상과 화해한다. 문유정 역시 소극적이긴 하지만 엄마를 용서하고 정윤수와 진정한 연대를 이루며, 그 변화의 증표로 눈물을 흘린다. 이리하여 교화는 완성되고 인물들은 사랑하고 용서할 줄 아는 '진짜 인간'으로 거듭난다.

소설은 이 교화극의 완성을 위해서 '고백'이라는 장치를 마련하고 있다. 고백을 통해서 "진짜 이야기"(198쪽)를 말하겠다는 작가의 의지가 『행복한 시간』을 견인한다. 고백은 사실상 이 소설의 지배적 형식인 셈이다. 문유정의 독백, 문유정과 정윤수가 나누는 대화, 정윤수의 진실고백장인 "블루노트"에 이르기까지 고백의 세부 장치들이 작품에 빈틈없이 배치되어 있다. 이 면밀한 고백의 장치를 통해서 작가는 진실만을 말할 것을 인물들에게 요구한다.

그러나 이 진실은 오로지 작가가 긍정하는 사랑과 용서라는 큰 가치에만 봉사하는 독백적 진실이며, 또한 이 절대적 가치가 승인하지 않는 진실을 쉽사리 망각하거나 폐기하는 권력적 진실이다. 사형제 폐지와 같은 『행복한 시간』이 제기하는 주장에 동의하고, 소설이 추구하는 사랑과 용서의 가치를 인정하면서도, 이 숭고한 가치에 이르기 위한 '진짜 이야기'에는 선선히 공감할 수 없는 이유가 이 때문이다. 말하자면 『행복한 시간』이 마련한 '진짜 이야기'란 작가가 승인하는 진실만을 말하라는 정언명령을 수행하는 셈이다.

문유정이나 정윤수가 하는 진짜 이야기의 내장은 어떠한가. 그것은 자신의 상처에 대한 기억, 즉 '남의 탓'에 대한 분노로 시작했다가 한

결같이 '내 탓이오'로 귀결되는 것이다. 타인의 죄를 증오하던 인물은 진짜 이야기의 발설을 통해서 마침내 "대지에 입을 맞추고 저는 사람이 아니었습니다. 저는 살인자입니다"(288쪽)라고 스스로 죄인임을 고백한다. "선한 것"(158쪽)에 대한 공지영의 강박은 "우리가 만나던 그 시간, 우리가 마셨던 인스턴트커피, 우리가 나누었던 작은 빵"(289쪽)과 같이 '우리'라는 이름으로 행하는 일체의 상투적 배치를 빌려 작가가 원하는 진짜 이야기를 발언하도록 한다. 이 강요된 고백을 통해서 세 번이나 자살을 시도하고 세 사람의 살해에 가담할 만큼 위험한 인간들이 "원수를 용서할 수 있고, 자신의 죄를 진정으로 신께 뉘우치며 참회하는"(290쪽) 선량한 "천사"(80쪽)로 순순히 거듭난다. 먼저 죄인임을 인정한 연후에 사랑·용서·화해가 뒤따르고, 보상으로 비인간이었던 죄인들이 인간으로, 혹은 진짜 인간으로 승인받는 일련의 과정이 진짜 이야기의 줄거리인 셈이다.

그러나 이 감동적인 교화의 기적에 집착하는 소설은 사랑과 용서의 반대편에 있는 진실, 즉 문제 인물로 하여금 자살이나 살인에 이르게 할 만큼 강퍅한 현실을 쉽게 잊는다. 문유정을 강간하고 정윤수의 삶을 유린했던 폭력적 현실은 '진짜 이야기'의 감동적 연출을 위한 극적인 전사이거나 배경으로 물러나 있다. 위악을 행하는 사람보다 "더 싫어하는 사람들은 이 세상에 아무 기준도 없다고 생각하는"(159쪽) 상대주의자들이라 천명한 공지영은 이 불편한 진실을 서둘러 봉합하면서, 역설적으로 '너나 나나 모두 죄인'이라는 또 다른 상대주의를 용인한다.

'나의 죄'를 부조하면서 '너의 죄'를 배경화한 이 상대주의는 공지영의 의도와 전혀 무관하게 나를 죄인으로 만든 아버지의 법과도 쉽사리 타협 가능하다. 용서와 화해라는 선한 의도에 압도된 작가는 부정과 모순이 없는 정의로운 아버지와 문유정이나 정윤수를 죽음에 이르게 한 폭력적인 아버지를 엄격히 구별하지 못한다. 아버지의 발아래 무릎을 꿇고 자신의 죄를 인정하는 아들과 그 아들에게 손을 내미는 아버지, 즉 용서하고 용서받는 감동적인 대단원에만 집중한 결과이다. 이러한 상황을 정확히 재현하고 있는 것이 램브란트의 〈돌아온 탕아〉이다. 문유정과 정윤수가 만나던 방에 걸려 있던 그 그림은 『행복한 시간』의 알레고리로 읽힌다.

> 나도 모르게 벽에 걸린 램브란트의 그림을 힐끗 보았다. 아버지에게 자기 몫의 유산을 먼저 달라고, 행패를 부리던 그 작은아들. 그 아들이 그 재산을 탕진하고 돼지먹이통을 기웃거리다가 아버지에게 돌아온다. 그는 다시 아들이 될 자격조차 없다는 것을 안다. 그가 돌아와 "아버지, 저는 아버지와 하늘에 죄를 지었습니다"라고 말한 것도 진심이었을 것이다. 그 모티프를 성서에서 따온 그림이었다. 램브란트의 그림은 아들을 용서하는 아버지의 사랑과 무릎 꿇은 아들의 참회를 표현하고 있었다. 램브란트의 그림 속에서 아버지의 두 손은 다르다. 하나는 남자의 것이고 하나는 여자의 것, 그것은 신이 여성성과 남성성을 동시에 가지고 있다는 것을 표현한다고 미술사 시간에 배운 게 떠올랐다. 그런데 하필이면 이 방에 저 그림을 걸어둔 의도가 너무 뻔했다.(53~54쪽)

'만남의 방'에 〈돌아온 탕아〉를 걸어둔 '뻔한 의도'를 문유정은 냉소하지만 소설이 진행될수록 그녀의 냉소는 차츰 공감으로 바뀐다. 램브란트의 그림과 같이, 스스로 죄인임을 인정한 문유정과 정윤수는 여성성과 남성성을 동시에 지닌 전지전능한 아버지의 질서 내부로 편입한다. 그러나 이 돌아온 탕아들의 존재는 전지전능한 아버지의 엄존을 환기할 뿐만 아니라, 그들을 탕아로 내몰았던 현실적인 아버지의 질서 역시 공고히 한다. 일그러진 아버지의 질서에 치명적 균열을 낼 듯 현실을 현란하게 냉소하던 그들은 때 이른 용서와 화해의 포즈 속에 어물쩍 그들을 승인하는 셈이다. 섣부른 휴머니즘에 입각한 작가의 미약한 현실 인식은 '선한 것'의 구현인 전지전능한 친부(親父)가 아니라 모순과 폭력을 내장한 의부(擬父)들에 반항했던 '작은아들들'을 쉽사리 '탕아'로 규정하고, 그들이 돌아와 용서를 구하는 아버지가 친부의 외장을 한 의부일 수 있다는 사실을 의심하지 않는다. 이는 분명 사랑과 용서의 큰 가치를 구현하려는 21세기 신(新) 계몽서사, 『우리들의 행복한 시간』이 빠진 치명적 함정이다.

5. 공지영의 힘

2000년대 들어, 박민규의 말마따나 한 시대를 풍미했던 '운동권'이라는 단어는 "누구나 아는 단어지만, 누구도 모르는 단어"[3]가 되었다. 거대 서사가 이렇듯 요란하게 들썩이는 사이, 80년대 운동권 커플은 맞벌이를 해서 신도시에 아파트를 얻고, "세상이 변하기보다는 직급이 변하길 바라는"[4] 이른바 '코리언 스텐더즈'가 된다.

'운동권'이 '코리언 스텐더즈'로 변신하고 80년대가 〈7080 콘서트〉 같은 TV 프로그램의 낭만적인 향수거리가 되는 사이 문학의 위상 또한 달라졌다. 맑스의 말대로 세상의 모든 견고한 것은 대기 속에 녹아버리는 것이다. 80년대의 과도한 역사적 · 사회적 하중을 벗어놓은 문학은 그 해방감을 온전히 누릴 사이도 없이, 이제 왜소해질 대로 왜소해진 육체로 이종격투기 같은 문화의 장에서 무한경쟁해야 하는 상황이다. 이 야만적 경쟁의 장에서 그래도 문학은 굳건히 살아남을 것이라는 기

---

3) 박민규, 「코리언 스텐더즈」, 『카스테라』, 문학동네, 2005, 182쪽.
4) 앞의 책, 184쪽.

대는 차라리 낭만적으로 들리며, 문학은 끝나고 그 잔영만이 남았다는 가라타니 고진의 선언은 울림이 크다.

문학이 더 이상 사회를 움직일 수 없고 그 기대조차도 부질없어 보이는 이 부박한 탈문학의 시대에 여전히 문학이 무언가를 할 수 있고 또 해야만 한다는 공지영의 믿음은 매우 소중하다. "한 문장 한 문장 읽을 때마다 가슴에 손톱으로 긁는 것처럼 붉은 상처자국이 주욱주욱 그어질 것같이 아픈, 그러면 안 되지만 잃어버리고 만 삶의 이면(裏面)을 일깨워주는, 그러나 결국은 사랑이고 믿음이고 희망인 그런 소설"[5]을 쓰겠다는 공지영의 의지, 문학에 대한 그의 한결같은 진지함은 읽는 사람의 마음을 움직이기에 충분하다.

다만 '사랑이고 믿음이고 희망인 소설'을 쓰겠다는 당위에 짓눌려 '잃어버리고 만 삶의 이면'을 서둘러 외면하거나, '붉은 상처 자국'을 쉽사리 지우지 않기를 바란다. '당위'에 대한 지향으로 개인의 문제를 손쉽게 폐기했던 80년대 소설, 혹은 지난 계몽소설의 과오를 우린 보지 않았던가. 그러므로 계몽소설의 시효가 끝난 지점에서 출발하는 공지영의 2000년대 소설은 작가의 정당한 의도를 담아낼 합당한 방식을 새롭게 찾아야 할 것이다. 문학은 아직 끝나지 않았다는 공지영의 믿음이 그에 값하는 외장과 결합할 때, 우리는 '공지영의 힘'을 주저 없이 긍정할 수 있을 것이다. 그러나 『우리들의 행복한 시간』이 보여준, 비루한 현실을 지워내고 흠도 티도 없는 '사랑·믿음·희망'이 '환상'이나 '가상' 속에서 현실을 망각하려는 대중의 욕망을 견인한 것일 때, 공지영 소설의 힘은 여전히 미덥지 못한 것일 수밖에 없다. 그래서 그를 아끼는 한 사람의 독자로서 나는 진정한 공지영의 힘과 조우할 '우리들의 행복한 시간'을 아직도 기다리고 있다.

---

5) 공지영, 「섬」, 『별들의 들판』, 창작과비평사, 2004, 107쪽.

비체들의 사(史), 혹은 고통과 공포의 기록

— 천운영의 『명랑』

1.

『명랑』은 천운영의 두 번째 소설집이다. 『명랑』은 매우 밝고 경쾌한 색채의 표지로 포장되어 있으나 그 겉표지를 넘기는 순간 '명랑(민간에서 유통되는 진통제의 일종)'을 먹어야 버틸 수 있을 만큼 전혀 명랑하지 않은 인물들이 웅크리고 앉았다. 천운영은 전작 『바늘』에서와 마찬가지로 『명랑』에서도 비루하고 위험한 인간들을 작품 가득 부려놓는다. 혐오스러움과 공포를 동시에 가져다주는 그들은 이른바 비체(卑體, abject)들이다. 주변화되고 통합되지 않으므로 체계와 질서에 잠재적인 위협이 되는 비체는 정상과 비정상, 질서와 무질서, 남성과 여성의 선명한 경계를 위반하며 흐른다. 정형화되지 않는 그들은 그러므로 '卑體'인 동시에 '非體'다. 천운영은 『명랑』을 통해 왜곡되고 강퍅한 현실이 만들어낸 이 卑體요 非體인 인물들의 비극적 생활사를 그리고 있다.

익숙해지지 않는 삶의 고통은 우선 『명랑』에 등장하는 인물들의 몸에 뚜렷한 흔적을 남긴다. 삶이 고통스러운 만큼 인물들의 육체는 일그러지고 비틀려 있다. 여인 삼대의 갈등과 화해를 그린 단편 「명랑」에서 죽은 남편을 대신해 집안의 가장이 된 여자는 늘상 "부기가 가시지 않는 얼굴과 상처투성이의 두툼한 손과 무좀에 너덜너덜해진 발바닥"(17쪽)을 견디며 살아간다. 여자는 자신과는 다르게 평생 일을 모르고 살아온 시어머니의 "저승도 세월도 침범하지 못하는, 여린 풀냄새가 풍기는 가슴"(16쪽)을 동경하지만, 이미 시어머니보다도 늙어 있는 여자는 철저히 남성화된 여성, 혹은 무성적(無性的) 인간으로 변모해 있다. 현실의 광포함에 휘둘린 그녀의 몸에선 여린 풀냄새 대신 "사내들의 콧바람에서 묻어나오는 역겨운 냄새"(30쪽)가 난다.

천운영의 『명랑』에는 대개 이렇듯 무성적 인간들이 등장한다. 「늑대가 왔다」의 '소녀' 역시도 이런 부류의 인물이다. 소녀는 자신이 태어나자마자 떠나버린 아버지, 생활에 지쳐 있는 어머니로부터 철저하게 외면당하고 잊힌 존재다. 이 심각한 무관심 속에 방치된 소녀를 위협하고 조롱하고 유린하는 사내들이 있다. 작가는 이들을 늑대로 표상한다. 소녀는 이 늑대들의 틈바구니에서 서서히 늑대의 육식성을 배워간다. "고기를 씹을 때마다 살짝살짝 송곳니가 드러나는"(45쪽) 소녀는 사내들의 술을 받아 마시고 송곳니를 세워 고기를 씹으면서 늑대가 나타나기를, 급기야 자신이 늑대가 되기를 소망한다. "양치기 소녀"였던 아이는 "늑대 소녀"가 됨으로써 늑대들의 모멸과 폭력으로부터 자유로워지기를 갈망하는 것이다.

「멍게 뒷맛」에서는 늑대 소녀보다 훨씬 왜곡되고 부정적인 모습으로 무성성(無性性)을 체현해가는 인물이 등장한다. 1인칭 시점으로 서술된 이 소설에서 시선과 목소리의 주인공인 '나'는 아이러니하게도 타인의 시선과 말에 치명적으로 장악돼 있는데, 자신의 육체에 대한 주인공의 과도한 열등감은 이를 여실하게 보여준다.

나를 눈여겨보는 사람은 아무도 없었다. 누군가 나를 오래 쳐다보면 나는 불안해졌다. 그 사람은 분명 내 얼굴을 거북이 같다고 생각하고 있을 것이었다. 그 사람은 내 얼굴에서 파충류의 눈과 비늘을 상상하고 있을지도 몰랐다. 나는 거리를 걸을 때도 얼굴을 들지 않는다. 나는 세상 모든 것과 관계 맺지 않으려는 듯 눈을 내리깔고 재빨리 걷는다.

—「멍게 뒷맛」, 76쪽

　비루한 육체의 감옥, 타자의 시선에 구속된 여자는 자신과는 대조적으로 "슬픔이 한 번도 침범한 적이 없는 듯한 얼굴"(72쪽)을 지닌, 그래서 자신을 보는 남자들의 시선에 언제나 당당한 이웃집 여자의 몸을 갈망하고, 질투하고, 과도하게 그녀의 불행에 집착한다. 이 과도한 집착이 급기야 남편의 폭력으로 죽음에까지 내몰린 여자를 외면하게 만드는데, 이로써 타자의 폭력적 시선에 포획되어 있던 '나'는 여자의 남편과 일종의 공범 관계로 묶이며, 가학적인 주체로 질적 전회를 하게 된다.

　천운영은 이렇듯 폭력적인 현실의 중압으로 비틀리고 일그러진 육체와 그 육체만큼 왜곡된 정신을 담지한 무성적(無性的) 인간들을 형상화하고 있다. 뚜렷한 정체성을 파기하고 단일한 이름으로 규정되지 않는 이 비체들은 대개가 온전한 가족의 일원, 나아가 사회의 정상적인 구성원이 되지 못하는 '돌린 자'들이며 '업둥이와 같은 존재들'이다. 강요된 자폐에 시달리는 그들은 존재하되 존재하지 않는 일종의 '그림자 인간들'이라 할 수 있다. 자폐의 굴레를 벗어나지 못하고 세상과 불통(不通)하는 그림자 인간들에게 현실과 환상, 삶과 죽음의 경계는 더 이상 선명하지 않다. 그들은 매우 위험하게 그 경계 지점을 서성인다.

2.

『명랑』의 인물들은 마치 몽유병 환자처럼 "잠과 현실의 중간쯤, 그 틈새에 머물고 싶어 하며 그 틈에서만 어떤 존재감이 느껴지는"(「입김」, 217쪽) 이들이다. 세상이 지시하는 '바른' 삶의 방식에서 벗어나 '다르게' 살아가는 이들은 현실에 매끄럽게 기입되지 못하며 현실의 막다른 지점까지 내몰려서는 결국 자폐적 환상 속으로 도피해간다. 그들은 현실과 제대로 대결하거나 박투하지 못한다. 어떤 측면에서 천운영의 인물들은 세계와의 거리 조정에 실패한 이들이거나 세계와의 거리를 받아들이는 성숙함이 결여된 인물들이다. 이들의 유아적인 인식이 세계에 대한 환상을 낳는다.

> 한 건물에 거주한다는 것은 그 속에서 온몸으로 느끼며 살아가는 것이라고 그는 생각했다. 수도꼭지를 돌리고 거기서 흘러나오는 물로 제 몸을 적시고 창으로 들어온 바람으로 몸을 말리고, 숨을 내쉬고 들이마시는 그 삶의 과정을 함께해야 했다. 그것이 집 안에서 사는 것이었다. 그는 그 속에서 살고 있는 것이 아니었다. 집과 그곳에 사는 사람이 순환을 공유하는 것, 그것이 사는 것이다. 그는 차라리 건물과 하나가 되고 싶었다.
>
> ─「입김」, 218쪽

집 혹은 세계에 대한 이러한 인식은 물론 당위적인 것이긴 하나 그 당위가 현실에 온전하게 관철될 수 없다는 사실을 『명랑』의 인물들은 인정하지 못한다. 인간과 세계의 불가피한 거리를 받아들이지 못하는 그들은 현실에 대한 객관적 인식에 도달하지 못하고 늘상 당위의 환상 속에 자신을 가둔다. 거리의 부재는 비판의 부재로 이어지고 세계와의 대결은 어정쩡하게 끝나버리거나 또는 아주 엉뚱한 방향으로 선회한다. 인물들이 세상과 대결하기 위해서 품었던 '칼'은 부정과 모순으로 가득 찬 현실을 매번 비껴나며, 아이러니하게도 그 현실의 폭력에 한없이 짓눌리던 바로 그들 자신이거나 혹은 그의 동류들을 겨냥한다.

　늑대와 같은 존재들의 틈에서 홀로 자신을 지켜내기에 역부족이었던 「늑대가 왔다」의 소녀는 결국 환상 속의 늑대를 따라가다 교통사고로 목숨을 잃는다. 「멍게 뒷맛」에서 남편의 폭력에 대책 없이 당하기만 하던 여자는 단 한 번도 남편에 대항하지 못하고 결국 아파트 난간에서 떨어져 죽는다. 남편의 폭력을 사랑의 극단적 표현쯤으로 생각하는 이 문제적 여성은 남편에게 흠씬 맞은 다음 날이면 언제나 다듬어진 멍게를 먹으며 "신맛 뒤에 단맛"이 느껴지는 멍게의 맛처럼 자신의 불행 또한 끝날 것이라 믿는다. 그래서 "멍게 뒷맛"은 어쩌면 여자를 폭력에 견디게 하고 길들이는 환각제의 일종인지도 모르겠다. 폭력에 대한 이 속수무책의 순응성이 결국 남편에 대한, 궁극적으로 현실에 대한 냉철한 인식을 방해하고, 사랑이라는 낭만적 환상 속에 현실의 모순을 얼버무리게 한다. 천운영은 그녀를 가엾은 희생양처럼 재현하고 있지만, 그녀의 죽음은 남편의 광기를 응징하지도 그의 현실에 균열을 가하지도 못한다. 후회에 몸서리치는 것은, 가학의 외피를 두르고 있으나 실은 세상의 폭력적 시선에 희생당하는 주인공에 불과하다. 여자의 남편과 공모 아닌 공모를 해 그녀의 죽음을 용인한 주인공의 회한 역시 대단히 소극적인 방식을 취하는데, 그녀의 방식이란 고작해야 여자가 떨어진 동백나무 그늘에 앉아 그녀의 존재를 고통스럽게 기억하는 것뿐이다. 여자의 죽음은 다만 주인공을 또 하나의 미궁 속에 빠트렸을 뿐, 자폐를 청산하고 세상과 대결하도록 적극적으로 견인하지 못한다.

　아버지의 법이 지배하는 세계에서 그 법을 충실히 수행하지 못한

「세 번째 유방」의 '나' 역시 그의 '칼'은 자신을 패배자로 규정하고 가족에서 삭제해버린 아버지가 아닌, 엉뚱하게도 그에게 새로운 세계의 문을 열어준 "가슴 셋 달린 마녀", 즉 자신과 같이 아버지의 질서에 순응하지 못하는 이방인 부류의 여자를 겨냥한다. 따뜻하고 평온했던 할머니의 젖가슴을 향수하는 그는 솔직한 욕망을 발산해내는 여자의 세 번째 가슴을 용납할 수가 없다. 동성애를 선택하는 여자를 죽이는 마지막 장면에서 아이러니하게도 주인공은 아버지의 법을 집행하는 충실한 대리인이 된다.

죽음을 둘러싼 이러한 반전은 「입김」이나 「그림자 상자」에도 나타난다. 사업에 실패한 후 낡은 상가 건물의 경비원으로 일하는 「입김」의 주인공은 자신을 무능력자로 내몬 새 건물주에게 제대로 대항 한 번 해보지 못한 채, 결국 자살로 상황을 종결한다. 그런가 하면 가족들에게 잊혀 은둔자처럼 혹은 유령처럼 "냉장고 속을 파먹으며" 살아가는 「그림자 상자」의 주인공은 배꼽을 칼로 찌르는 행위를 통해 가족이라는 유대를 끊어내고 그들로부터 자유롭고자 하지만, 새로운 삶을 위한 이 죽음의 연출은 허구가 아닌 치명적인 현실이 되어버린다.

이처럼 천운영의 소설에 편만해 있는 죽음은 "다른 세상의 문을 열기 위한 버튼"(152쪽)과 같은 의미를 지닌다. 또 다른 삶, 새로운 삶에 대한 인물들의 열망이 역설적으로 죽음을 부른다. 그러나 이들의 죽음이나 살해에서는 현실의 모순을 직시하고 상처를 극복해가는 성숙한 모습도, 강고한 현실에 돌이킬 수 없는 균열을 내는 비장한 강렬함도 보이지 않는다. 그들의 죽음은 힘겨운 현실을 외면하고 도피해가다 어느 막다른 지점에서 느닷없이 이루어지는 증발, 혹은 어정쩡한 해프닝과 같다. 그저 너무 많은 죽음이 허망하기 그지없게 텍스트를 채우고 있는 것이다.

3.

    천운영의 소설에서 가족은 언제나 상처의 근원이다. 'home sweet home'의 단란한 가족의 판타지가 무너진 자리에서 그의 소설은 출발한다. 『명랑』에서 그려지는 가족은 늘 누군가의 부재에 시달리며 그 부재는 남은 가족들의 현실을 어둡게 장악하고 있다. 더욱 척박한 현실로 내몰린 가족들은 서로에게 상처를 내며 냉랭하게 돌아서서는 좀처럼 화해하지 못한다. 그러므로 천운영의 가족은 항상 '보류된 가족'이다. 단편 「명랑」은 이를 두드러지게 보여주는 작품이다.

    「명랑」은 아들 · 남편 · 아버지의 존재가 부재하는 여인 삼대로 이루어진 가족 이야기를 다루고 있다. 그들은 부재를 공유하되 그 부재가 가져온 상처를 서로 보듬지 못한다. 아들을 잃은 시어머니는 '명랑'을 먹으며 현실을 견디고, 아버지를 잃은 딸은 담배를 피우며 아버지의 냄새를 그리워하고, 남편을 잃은 여자는 "회를 뭉개놓은 듯 딱딱하고 울퉁불퉁한"(28쪽) 남편의 발을 닮아갈 만큼 억척스럽게 생활에 매달리지만, 그들은 각자의 방식대로 현실을 인내할 뿐 전혀 불통(不通)한다. 가족이라는 유대로 묶인 이 비(非)가족들에게 가족이란 차라리 "내 살을 파먹고 사는 버러지들"(17쪽) 같이 각자의 삶을 고통스럽게 유린하는 존재일 뿐이다.

    이러한 가족 형상은 「늑대가 왔다」나 「아버지의 엉덩이」에서도 재연된다. 「늑대가 왔다」에서 소녀의 아버지는 그녀가 태어나자마자 집을 떠나 돌아오지 않으며, 아버지의 부재를 대신하는 어머니는 소녀를 잊을 만큼 생활에 지쳐 있다. 때문에 고아 아닌 고아가 된 소녀는 홀로 늑대가 우글거리는 현실을 위험하게 떠도는 것이다.

    「아버지의 엉덩이」에는 할머니의 죽음이 자리한다. 어머니의 부재를 대신했던 할머니의 죽음은 나와 아버지의 갈등을 증폭시킨다. 부자의 갈등을 중재하는 일종의 조정자였던 할머니가 사라지자 나의 내면에 잠재되었던 무능력하고 이기적인 아버지에 대한 환멸과 분노가 풀려 나오는 것이다. 의식의 차원에 국한된 것이긴 하지만 이는 급기야 아버지를 부정하는 상황으로까지 나아간다.

> 삶에 대한 터무니없는 집착. 아버지에 대한 연민과 분노가 한꺼번에 몰아쳤다. 할머니는 여태 도둑고양이를 길렀다. 냉정한 데다 고마워할 줄도 모르고, 추억이나 존경심 따위는 없는 이기적인 고양이. (…) 새벽 찬바람이 젖은 내 몸을 싸늘하게 휘감는다. 고아가 된 기분이다. 나는 완전히 혼자다.
>
> ─「아버지의 엉덩이」, 168~169쪽

이렇듯 『명랑』의 인물들은 고아나 혹은 업둥이들이다. 그들은 가족이 없거나, 가족과의 의식적 단절을 시도하거나, 가족으로부터 분리되어 있거나, 또는 잊혀진다. "가족들은 이전부터 그들을 불청객 대하듯 불편해하며"(「그림자 상자」, 231쪽), "모두가 한꺼번에 기억상실증에 걸린 것처럼"(「그림자 상자」, 231쪽) 쉽사리 그들을 잊어버린다. 그런가 하면 이들은 또한 "제대로 된 이름을 가져본 적이 없는, 호적 또한 존재하지 않는, 그래서 사회에서만 보자면 없는 사람"(「그림자 상자」, 250쪽)과 같은 존재들이다. 이러한 업둥이 의식 혹은 고아 의식이 인물들로 하여금 결국 자신 속의 "빈집"에 들어앉게 한다. 그들은 이 '빈집' 속에 스스로를 유폐시키고 세상을 향한 칼날을 벼린다. 그러나 그 매서운 칼날은 매양 자신을 향하는 비극으로 끝난다. 세계는 그들을 아랑곳하지 않고 다시 견고하게 유지된다.

한편 이 그림자 인간들의 어둡고 치명적인 생활사를 이야기하던 천운영은 좀 생뚱맞게도 "날계란보다 더 비린 행복한 결말"을 슬쩍 끼워

넣고 있다. 「명랑」이나 「아버지의 엉덩이」가 그와 같은 작품이다. 「명랑」의 여인 가족은 할머니의 돌연한 죽음으로 화해의 실마리를 마련하며, 「아버지의 엉덩이」에서는 주인공이 초등학교 동창인 여성을 우연히 재회함으로써 새로운 가족 구성의 가능성을 마련한다. 그녀는 "어쩌면 할머니에게서 잃어버린 부드러운 음감을 되돌려줄지도 모를"(181쪽), 즉 부재하는 할머니의 모성을 다시 느끼게 해줄 존재로 의미화된다. 때문에 그녀를 만나고 난 후부터 나는 "모든 것이 다 순조롭게 느껴지기에"(181쪽) 이른다. 또한 그녀가 환기한 모성은 "할머니의 죽음과 함께 시작된 아버지의 야비한 탐식"(173쪽), 즉 자신과 마찬가지로 어미를 잃은 상실감에 더욱 삶에 집착하는 아버지의 이기심을 이해하는 계기가 된다.

> 어미를 잃고 쭈그려 앉은, 눈곱이 덕지덕지 끼고 힘이 빠진 슬픈 짐승이 나를 쳐다보고 있다. 아버지 얼굴 같기도 하고 내 얼굴인 것도 같다. 문득 아버지와 함께 얼굴을 맞대고 한 뚝배기에 숟가락을 담그며 식사를 하고 싶어진다.
>
> —「아버지의 엉덩이」, 182쪽

천운영이 보여주는 이 극적인 화해가 마치 '명랑'을 먹은 것처럼 기분 좋은 안도감을 주는 것이긴 하나, 그 화해는 너무나 우연하고 손쉬워서 작가의 표현을 빌려 말한다면 날계란보다 더 비릿하게 느껴진다.

더욱 주목해야 할 것은 이러한 서사를 통해 천운영이 여성성을 모성성으로 환원하며, 또한 그 모성성을 매우 편협하게 규정하고 있다는 점이다. 그가 환기하는 모성이란 "저승도 세월도 침범하지 않는 여린 풀 냄새가 풍기는 가슴"(「명랑」)이며, "평온했던 할머니의 품속"(「세번째 유방」)이며, "손끝에 달콤한 치자 향기가 묻어날 것 같은 솜이불"(「아버지의 엉덩이」)이며, "아내의 선량한 엉덩이"(「입김」)와 같은 것이다. 이러한 모성은 아버지의 법에 짓눌린 상처받은 아들들을 위로하고, "무좀에 너덜너덜해진 발바닥을 지닌, 비에 젖은 개털 냄새, 찬바람에 노출된 가죽점퍼 냄새, 사내 냄새"(「명랑」)가 나는, 또는 자신을 낡고 추레하고 하찮게 보이게 하는 옆집 여자의 고통을 즐기던(「멍게 뒷맛」) 여성을 이른바 모성이 충만한 온전한 여성으로 귀환시키는 조건이 된다. 그러나 그와 같은 모성은, 더 정확히 모성에 대한 신화는 또한 여자의 "세 번째 유방"을 찌르는 무기, 즉 솔직한 여성의 욕망을 부정적인 것, 비본질적인 것, 마녀적인 것으로 규정하는 폭력적 근거로 작용한다. 단편「세 번째 유방」에서 이에 대한 성찰을 잠시 보여주었던 천운영은 그러나 그 밖의 작품에서는 이 같은 성찰을 제대로 이어가지 못하며, 오히려 여성성을 모성성에 가두는 위험을 노정하고 있다.

4.

천운영은『명랑』을 통해서 그림자 인간들의 이야기를 다양하게 풀어놓았다. 주변화되고 통합되지 않는 이 비체들은 "괴물처럼 거대하고 유령처럼 희미한"(246쪽) 존재로 현실의 체계와 질서를 냉소한다. 때문에 이들의 존재와 그들의 어두운 독백은 아버지의 법을 위협하는 공포스러운 힘이다. 천운영의『명랑』에는 현실이 봉합해버린 이 모순과 부정의 존재들이 스멀거리고 올라와 있다. 그러나 천운영의 텍스트로 귀환한 이 어둡고 비루한 존재들은 체계에 균열을 내는 섬뜩한 힘으로 작용하기에는 너무나 가볍고 미미하다. 대개 현실과 거리를 둔 외딴방 혹은 빈집에서 떠도는 이들은 동정과 연민을 자아낼 수 있을지는 모르나 아무리 보아도 현실에 능동적인 위협이 되기에는 역부족이다. 힘이 부족한 그들은 그래서 쉽게 환상에 빠지거나 죽음으로 증발하거나 현실과의 느닷없는 화해를 시도한다.

천운영은 젊은 작가다. 물론 생물학적 나이를 의미하는 것은 아니다. 불합리한 현실과 박투할 수 있는 치열함, 갈등을 서둘러 미봉하지 않는 질긴 근성이 작가를 젊게 만든다. 나는 천운영이 이 젊음을 계속 유지할 수 있기를 바란다. 부디 『명랑』의 인물들처럼 자신만의 빈집에 갇혀 주절주절 독백하지 않기를, 더 이상 몽유병 환자처럼 현실도 환상도 아닌 불분명한 지점을 떠돌지 않기를, 그러다 어설프게 현실과 타협하지 않기를 바란다. 『명랑』의 인물들이 가슴에 품었던 그 '칼' 또는 '낫' 의 날을 이제 천운영이 세상의 모순을 겨냥해 제대로 벼릴 수 있기를 진정으로 기대한다.

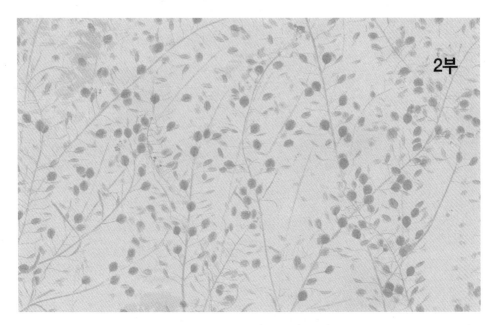

2부

타자/지역이라는 접경

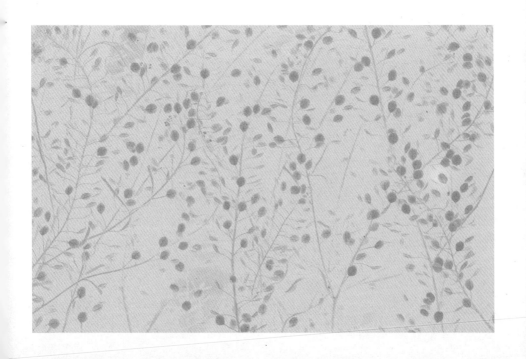

경계를 횡단하는
탈국(脫國)의 서사를 위하여

1. 프롤로그–〈믿거나 말거나, 찬드라의 경우〉[1] 혹은 윤리적 도약

네팔 여자 찬드라 꾸마리 구룽, 그녀는 돈을 벌기 위해 한국으로 왔다. 어느 날 기숙사 동료와 싸운 찬드라는 홧김에 숙소를 나왔다가 길을 잃는다. 무언가를 먹기 위해 분식집으로 들어가던 찬드라는 잠시 멈춰 바지 주머니에 넣어둔 지폐 몇 장을 확인한다. 여자의 손에 쥐어졌던 지폐는 그러나 이내 바지춤에서 흘러내린다. 라면을 먹고 돈을 내려던 찬드라는 난감해진다. 분식집 주인은 영 알아들을 수 없는 말로 항변하는 그녀를 경찰서로 넘긴다. 경찰이 여자의 이름을 묻는다. 찬드라 꾸마리 구룽. 그러나 생소한 찬드라의 말은 미친 여자의 중얼거림처럼 들린다. 경찰은 여자를 행려병자 수용소로 보내고 수용소 관리는 찬드라를 다시 정신병원으로 넘긴다. 이후, 네팔 이주노동자 여성 '찬드라 꾸마리 구룽'은 이름도 모르고 성도 모르는 정신분열증 환자 '선미아'

---

1) 〈믿거나 말거나, 찬드라의 경우〉는 여섯 명의 감독이 참여한 옴니버스 영화 〈여섯 개의 시선〉(2003)에 수록된 박찬욱의 영화다.

가 되어 6년 4개월 동안 한국의 정신병원에 감금된다.

실화를 바탕으로 한 박찬욱의 영화 〈믿거나 말거나, 찬드라의 경우〉는 대부분 찬드라의 시선으로 한국을 응시한다. 찬드라가 된 관객들은 한국이라는 어둡고 칙칙한 흑백의 세상 속으로 들어간다. 찬드라의 답답함과 공포가 고스란히 전해진다. 답답함과 두려움은 한국이라는 낯선 정체가 자행하는 어처구니없는 폭력에 대하여 분노로 바뀐다. 그 분노가 절정에 달할 즈음, 미친 여자 '선미아' 는 다시 순박한 네팔 여자 '찬드라 꾸마리 구룽' 이 되어 고향으로 돌아간다. 흑백의 화면은 컬러로 바뀌고, 영화는 웅장한 설산이 보이는 아름다운 네팔의 자연 속으로 찬드라를 안착시킨다. 그러나 찬드라가 경험한 한국을 낱낱이 추적하던 박찬욱의 카메라는 네팔의 자연을 낭만적으로 포착하는 순간 갑자기 긴장감을 잃는다. 스스로를 이방인화하는 윤리적 시선으로 낯익은 한국을 낯설게 응시했던 박찬욱은 전형적인 이방인의 시선으로 낯선 네팔을 익숙하게 향수한다. 날것의 현실을 포착하지 못하는 이 상투적인 시선은 '네팔' 의 찬드라를 순순히 비껴간다. '풍경' 으로서 네팔을 화려하게 채색하면서 영화는 끝나지만 흑백인 찬드라의 현실은 여전히 계속된다. 그 현실은 네팔 '여성' 찬드라가 고향을 떠나 한국이라는 낯선 현실 속으로 들어온 이유이며, 숱한 '찬드라들' 이 오늘도 국경을 넘는 이유일 것이다. 박찬욱의 영화 〈믿거나 말거나, 찬드라의 경우〉에는 한국 속의 '이방인' 찬드라는 있으나, 네팔 속의 '여성' 찬드라는 없다. 다만 우는 것도 웃는 것도 아닌 찬드라의 미소만이 네팔의 신비한 풍경으로도 지울 수 없는 상흔처럼 남는다.

박찬욱의 영화를 보면서, 나는 국경을 넘어 한국으로 흘러온 '이방인' 의 현실과 이방인이라는 규정 속에 쉽사리 지워지는 '여성' 의 위치를 다시 고민한다. 또한 이들을 재현하는 것이 언제나 도전이고 모험이며, 그 재현물을 독해하는 작업 역시 마찬가지임을 깨닫는다. 결국 문제는 '도약'일 것이다. 나의 현존을 구성하는 영토로부터 도주하여 완전한 이방인 혹은 타자가 되는 윤리적 도약 없이는 중얼거리거나 침묵하는 이 타자들의 언어를 이해하기가 불가능할 것이다. 이 타자들과 조우를 기다리는 나는 그리고 당신은 과연 얼마나 윤리적일 수 있는가.

2. 신종 유령들의 탄생 – 국경을 넘는 여자들, 그리고 코시안

수많은 찬드라들이 동남아시아, 구 소련, 아프리카 혹은 중국에 있다. 그들은 빵을 벌기 위해 부단히 국경을 넘는다. 그러나 이 여성들에게 국경의 안과 밖은 모두 강팍하다. 국경 안쪽에는 성적·계급적 억압이 있으며 국경 바깥에는 성적·계급적·인종적 억압이 있다. 물론 자본주의적 착취는 국경의 안과 밖을 넘나든다. 가중되는 억압과 착취 속에서 가난한 가부장의 아내이자 딸인 그들은 가족의 빈곤을 전적으로 떠안은 채 자국의 노동현장이나 국경 밖으로 내몰린다.

예컨대 박범신의 『나마스테』에 등장하는 '사비나'는 이러한 이주노동자 여성의 전형이다. 네팔 여성 '사비나'에겐 전기도 들어오지 않는 방에 해골처럼 누운 아버지와 허리를 다쳐 몸을 일으키지 못하는 어머니, 제대로 먹지 못하는 일곱 명의 동생들이 있다. 아홉 명분의 가난을 한 몸에 짊어진 채 사비나는 카트만두의 카펫 공장에서 최소 하루 열네 시간씩 일한다. 지문이 닳아 없어질 정도로 카펫을 짠다. 그리고 한 달에 500루피, 채 15달러가 되지 않는 돈을 번다. 6,70년대 한국 구로공단의 여공이나 청계천 평화시장의 시다를 떠올리게 하는 가난과 희생과 착취의 풍경이 지금-여기 네팔 여성노동자들에게 재연되고 있다.

여성의 자기희생을 부추기는 가부장제와 자본주의의 합작품인 이 빈핍한 사비나들은 다시 6,70년대 독일로 떠났던 한국의 간호사들처럼 자국의 경계를 넘는다. 전 지구적 자본주의의 흐름을 타고 그들은 이제 국제적인 인프라 노마드가 되어 1세계 국가들, 혹은 1세계도 3세계도 아닌 어정쩡한 위치의 한국과 같은 나라로 흘러든다. 국경을 넘으면서 그들의 레테르는 '노동자 여성'에서 '이주노동자 여성'으로 바뀐다. 이 새로운 레테르가 필요했던 것은 더 많은 빵을 얻기 위해서였겠지만, 여성의 탈국(脫國)은 그 이유가 단지 빵 때문만은 아니다.[2] 국경을 넘는 사비나들에겐 '빵(생존권)'과 '장미(행복추구권)' 둘 다 필요하다. 그들은 자국의 성적·계급적 억압으로부터도 해방되기를 욕망한다. 『나마스테』에서 불가촉천민(不可觸賤民)인 수드라 계급의 사비나가 '노루보'라는 크샤트리아 계급의 이주노동자 남성을 욕망했던 것은 "신분 상승에 대한 남다른 욕심"[3] 때문이 아니라 자신의 계급적 한계를 지우려는 열망의 표현일지 모른다.

그러나 빵과 장미를 찾아 '노동자 여성'에서 '이주노동자 여성'으로 표지를 바꾸어도 그들의 실존은 변하지 않는다. 오히려 억압과 착취는 강화되고 실존은 더욱 악화된다. 이주노동자 여성이 되면서 그들은 성적·계급적 타자일 뿐만 아니라 인종적 타자가 된다. 삼중 억압을 경험하는 이 타자들은 이른바 인류 '최후의 식민지'인 셈이다. 안식을 의미하는 7일에도 노동하는 '제7의 인간'이자 '최후의 식민지'인 이 여성들은 한국의 공장에서, 가정에서, 그리고 유흥업소에서 하루 열여섯 시간 혹은 그 이상 노동한다. 여성을 성적 대상으로 인식하는 남근중심적인 한국 사회에서 이들은 노동자인 동시에 엔터테이너로, 노동자가 아닌 엔터테이너로, 또는 아내이자 엔터테이너로 유통되고 소비되는 상

---

2) 여성의 이주 원인은 자국의 만성적인 가난을 벗어나기 위한 것이기도 하지만, 가부장적인 법과 관습이 지배하는 자국의 억압적 환경으로부터 탈출하는 것 역시 주요한 동기가 된다고 한다.(김현미, 「'친밀성'의 전 지구적 상업화」, 『여/성이론』, 2004년 겨울, 73~74쪽 참조.
3) 박범신, 『나마스테』, 한겨레신문사, 2005, 288쪽.

황을 피해갈 수 없다. 때문에 직장 상사에게 처녀를 유린당한 『나마스테』의 '사비나' 나 결혼과 동시에 단란주점, 유흥업소를 전전하면서 남편을 부양하는 베트남 여성 '탄타우'(박정윤, 「길은 생선 내장처럼 구불거린다」),[4] 민속무용단원이었으나 윤락녀로 전락하는 러시아 여성 '쏘냐'(김재영,「아홉 개의 푸른 쏘냐」)와 같이 한국 남성에게 속수무책 유린당하는 이주노동자 여성들은 클리셰처럼 생산된다. 한국 사회에서 이들이 온전히 아내이거나 노동자일 수 있는 것은 차라리 축복처럼 보인다. 그러나 그 축복이 허여되든 그렇지 않든 이주노동자 여성들은 이미 불법체류자이거나 잠재적 불법체류자의 삶을 면할 수 없다.

한국 사회의 다층적인 폭력을 경험하는 이주노동자 여성들은 이 열악한 상황 속에서 코시안[5]을 꾸리고 코시안을 낳는다. 부모가 한국 국적이 있거나 또는 취득한 경우이면 몰라도 그렇지 않은 대부분의 코시안들은 '미등록(불법체류) 이주노동자'의 아이들, 약자 중의 약자들이다. '튀기'라는 오염된 명명을 지우려 '코시안'이란 신조어를 동원하고, 다시 그 단어가 지닌 차별적 함의마저 께름칙해 '다문화 가정 아이들'이란 세련된 호명을 급조하지만, 그 현란한 명명의 놀이에도 불구하고 미등록 이주노동자의 아이들은 출생과 동시에 '무국적자'가 되는 상황을 피할 수 없다. 이 무적자(無籍者) 아이들은 한국 국적을 지닌 또래 아이들이 학교를 가는 시간에 공원을 배회하거나, 운이 좋아 학교에 가더라도 학생이 아닌 '청강생'이다. 물론 유국적자 청강생들도 있다. 이주노동자인 부모를 따라 한국에 온 또 다른 코시안들이다. 국적도 이름도 분명한 그들이지만, 한국 정부가 베푸는 청강생의 지위라도

---

4) 박정윤, 「길은 생선 내장처럼 구불거린다」, 『작가세계』, 2005년 겨울호.
5) 코시안이란 통상 아시안(Asian)과 코리언(Korean) 사이에서 출생한 자녀를 의미하나, 최근에는 한국인과 이주노동자가 결합한 가정, 한국에서 이주노동자들끼리 꾸린 가정, 이미 결혼한 상태로 한국에 와서 잡고 사는 가정 등의 의미로 사용된다. 코시안을 대체할 '다문화가정'이라는 용어가 사용되기도 한다. ('코시안의 집' 홈페이지 http://kosian.urm.or.kr 참조)

온전히 유지하기 위해서 그들은 한국인들이 부르기 좋은 이름으로 '창씨개명' 한다.[6] 코시안 아이들이 한국 땅에 존재가능한 방식, 그것은 '무적자'이거나 '분열자'이거나 아니면 그 둘 다인 셈이다. 작업장 안에만 있고 작업장 밖에는 없는, 그들의 게토 내에만 존재하고 게토 밖에는 존재하지 않는 '유령' 부모들이 잉태한 이 불가사의한 아이들 역시 '없는 존재', '안 보이는 존재', 어김없이 유령들인 것이다.

이 겹겹의 유령을 생산한 신식민주의적 자본주의는 최근 들어 이들을 날렵하게 소비하기 시작했다. 그들은 소재가 바닥난 한국 멜로드라마의 새로운 여주인공이 되고, 오락 프로그램의 패널이나 개그 프로의 신선한 소재가 되어, 새로움을 갈급하는 한국 시청자들의 욕구를 충족시킨다. 비가시성의 유령인 타자를 거칠게 재현하는 각종 대중문화 상품 속에서 이들은 명쾌하게 해석되고 투명해지고 상투화된다. 그들은 대개 착하고 순진하며 가난하고 불쌍하다. 그래서 눈물이 나고 그래서 우스꽝스럽다. 그러나 눈물과 웃음을 섞어 그들을 소비하는 이 재현물들 속에 이미 그들은 없다. 보는 자들의 욕망이 투사된 내국인의 시선은 항상 그들을 비껴간다. 불평등한 시선이 비껴간 자리에 존재하는 그들을, 부주의하고 권력적인 내국인의 시선을 겨냥하는 타자들의 응시를, 소설은 과연 포착할 수 있는가. 월경(越境)한 그들을 통해서 소설 역시 월경하는 것은 또한 가능한가. 이주노동자라는 명명 속에 쉽게 지워지는 이주노동자 여성과 코시안들, 이 타자의 타자들을 소설은 또 어떻게 품을 수 있는가. 신종 유령들이 흘러 다니는 텍스트 속으로 들어가 보자.

---

6) 정재현·고영규, 「'출생 벌금' 물어야 하는 이주노동자 자녀들」, 월간 《말》, 2004년 12월, 159~160쪽 참조.

3. 아이 · 영웅 · 민중이라는 표상, 그 위험한 동정의 욕망

　그는 주인이었다. 몽골 노동자 바썽을 부리는 그는 "바다에 매인 짐 승"[7])처럼 무서운 주인이었다. 주인은 바썽을 본다. 주인은 서툴고 굼뜨고 침묵하는 노예 바썽이 "눈엣가시"(295쪽) 같다. 그래서 주인은 그에게 "욕사발"(295쪽)을 퍼붓고 "된고함"(295쪽)을 지른다. 오로지 주인만이 볼 수 있고 주인만이 말할 수 있으므로 노예는 "자물쇠마냥"(295쪽) 입을 닫고, "전염병에 걸린 사람처럼"(299쪽) 주인을 피한다. 그런데 주인의 눈에 불현듯 바썽의 절룩이는 다리가 들어온다. 그 "굼뜬 낙지걸음"(295쪽)이 주인에게 다리를 저는 딸 강희를 떠올리게 한다. 절룩이는 바썽과 장애를 지닌 딸 강희가 중첩되면서 이상섭의 「수평선, 그 가깝고도 먼」은 비약한다. 바썽이 강희가 되고 강희가 바썽이 되자, 주인 이씨와 바썽의 관계는 '주인과 노예의 관계'에서 느닷없이 '아버지와 아들'의 관계로 바뀐다. 바썽을 주시했던 냉혹한 '주인'의 시선은 한없이 자비로운 '아버지'의 시선으로 돌변하고, 욕사발과 된고함을 퍼붓던 주인은 "수평세상"을 웅변하는 정의로운 아버지, 노예를 아들로 보듬는 자비심 넘치는 아버지가 된다.

　　수평을 회복한 바다는 질펀한 안개를 햇살에 한창 말리는 중이었다. 그런데도 바썽과 장씨는 일어날 줄 몰랐다. 그는 서로 난로처럼 안고 잠든 모습을 오랫동안 지켜보았다. 바썽은 눈두덩과 볼이 올 때보다 더 팬 느낌이다. 장씨도 약한 몸으로 물일을 해내느라 힘겨운지 숨소리가 거칠다. 아내의 치료비를 벌기 위해 낯선 곳에 와 고생하는 장씨. 공장에서 쫓겨나 지금도 고함 소리만 들으면 숨이 덜

---

7) 이상섭, 「수평선, 그 가깝고도 먼」, 『실천문학』, 2005년 가을호, 294쪽.

컥 막힌다고 했던가. 그리고 돈이 뭔지 초원을 버리고 무작정 낯선 땅을 밟았다는 바썽. 그에게 죄란 것은 돈을 벌기 위해 이 나라에 온 것밖에 더 있겠는가. 강물이 끝내 바다에 이르듯이 어쩌면 일자리를 찾아 두 사람도 이 수평의 바다까지 흘러들었을 것이다. 그렇게 본다면 강희도 다를 바 없다. 수평세상을 꿈꾸며 산에 올랐을지도 모른다. 그러다가 끝내 저렇게 지친 몸으로 잠이 들었을 것이다.

—이상섭, 「수평선, 그 가깝고도 먼」, 294쪽

아버지로 변신한 주인은 "식구 같은 고기"(298쪽)를 잡아 바썽과 장씨에게 주는 의식을 행하며, 그 고기를 꼼짝없이 먹어야 하는 노예들은 이제 주인의 결정에 따라 그의 아들, 그가 거느리는 '식구'가 되어야 한다. 그러나 이 식구 만들기 프로젝트는 어디까지나 아버지/주인에 의한, 아버지/주인을 위한, 아버지/주인의 기획일 뿐이다. 이 기획은 합의도 요구도 아닌 오직 '명령'으로 실현된다. 주인이자 아버지의 정의로운 명령에 이의제기란 불가능하다. '노예-바썽'도 침묵하지만 '아들-바썽'도 침묵할 수밖에 없는 이유가 여기에 있다. 그러나 냉혹한 주인도 동정심 많은 아버지도 바썽이 침묵하는 이유를 끝내 알지 못한다. 주인은 노예를 아들로 수락한 자신의 자비로움에 흡족하고, 소설은 약자인 이방인을 통해서 수평세상을 역설했다는 소박한 휴머니즘에 만족할 뿐이다. 이 자족적인 시선에 나포된 이방인들은 결국 주인이자 아버지인 동일자의 정당성을 입증하는 알리바이에 불과하며, 단지 알리바이를 위해 동원된 것이라면 그들이 꼭 외국인 노동자일 필요는 없다. 외국인 노동자라는 특이성이 법이요 질서로 군림하는 아버지 또는 아버지적인 것을 균열하지 못한다면 외국인 노동자라는 형상은 단지 새로운 차원의 소재에 불과하다. 이상섭의 「수평선, 그 가깝고도 먼」은 타자를 신선한 소재로 소비하면서 남근적인 아버지를 재확인하는 진부한 서사로 귀착한다. 이 소설이 역설하는 "수평세상"의 실현 역시 공허한 울림으로 남는다.

　동정과 연민으로 가득찬 온정주의적 시선은 언제나 이러한 함정에 빠질 위험이 있다. 그 시선은 항상 타자를 보지만 타자를 지나친다. 그 시선 앞에서 이방인들은 "본성이 환한"[8] 소년으로, "가장 인간적이면서 합법적인"[9] 존재로, 또는 "고통이 깊을수록 오히려 환해지는 이상한 세계에서 온"[10] 사람으로 신비화되는 동시에 탈신비화 된다. 하여, 이 역설적인 시선은 "자본주의의 경쟁논리에 의해 산성화한 사람들"[11] 에게 타자를 바라보는 방법을 가르친다. 그들은 '아이'이거나 '영웅' 혹은 '성자'다. 아이는 무한히 보호해야 하며 영웅이나 성자는 숭배해야 한다. 이상섭의 소설이 외국인 노동자를 아이 또는 자식과 같은 존재로 표상하면서 그를 보듬는 한국인 주인을 아버지로 재현한다면, 박범신의 『나마스테』는 네팔 노동자 카밀을 소년에서 영웅으로, 다시 신성한 아버지로 추대한다. 외국인 노동자를 아이나 영웅적인 아버지로 구성하는 이 상반된 재현은 타자를 낭만화하는 동일한 시선의 작용이다. 이 낭만적인 시선은 지극히 시혜적이지만, 그러나 상이한 입장과 다양한 욕망을 가진 타자들을 성급히 균질화하는 폭력적 시선이기도 하다. 이 정형화에 갇힌 타자는 "이곳에 머무를 수 있게만 해준다면 금지된 일은 하나도 안 할 사람들임을 알아달라는 겸손한 표정을 덧바르고"[12] 매순간 "작은 도마뱀보다도 무력하고 무해한 인간"(「물 한 모금」, 21쪽)임을 내국인들에게 증명해야 한다. 또한 무력하지만 무해한 이 고귀한 아이는 『나마스테』의 카밀처럼 언제든 영웅으로, 흠도 티도 없는

---

8) 『나마스테』, 44쪽.
9) 고금란, 「겨울 강」, 『바다표범은 왜 시추선으로 올라갔는가』, 여성신문사, 1997, 231쪽.
10) 『나마스테』, 136쪽.
11) 『나마스테』, 46쪽.
12) 이혜경, 「물 한 모금」, 『틈새』, 창비, 2006, 21쪽.

신성한 아버지로 이상화될 수 있다.

『나마스테』가 한국이라는 동일자를 훼절하는 힘겨운 모험을 통해서 카밀을 새로운 아버지, 즉 또 하나의 동일자로 부조하자, 두 여성 인물 '신우'와 '사비나'는 영웅을 장식하는 그리 튀지 않는 배경으로 물러난다. 히말라야에서 온 환한 아이였던 카밀을 먹이고 기르던 헌신적인 '어머니' 신우는 이른바 "제의적 퍼포먼스"(138쪽)라 명명된 합방의식을 통해 카밀의 '아내'가 되더니, 최종적으로는 이주노동자 해방을 부르짖다 장렬하게 분신하는 영웅 카밀의 '딸'이 된다. 영웅과 최후를 함께한 신우를 대신해서, 카밀을 성스러운 아버지로 최종 선언하는 것은 딸 '애린'이다. 소설 종반부에 등장하는 애린은 신우와 카밀의 딸이자, 신우를 대리하는 또 하나의 신우로 보인다. 카밀에게서 LA 흑인폭동에 희생된 아버지를 발견한 신우는 그의 어머니–아내–딸이 되면서, 미국에 남거나 한국에 돌아오거나 "무적자"일 수밖에 없는 자신의 위치를 쉽사리 망각한다. 무적자였던 신우는 카밀을 통해서 속죄하는 한국인이 되었다가, "끝내 조국을 버리지 않는"(243쪽) 카밀을 섬기기 위해 다시 한국인임을 포기하겠다는 의지를 보인다. "한국인인가, 네팔인인가, 아니면 미국인인가"(372쪽)를 심각하게 고민하던 애린 역시 아버지 카밀의 흔적을 쫓으면서, 하나의 경계 안으로 포섭될 수 없는 자신의 '무적자성'을 쉽게 청산한다. 신우와 애린이 카밀에 귀의하고 카밀이 자신의 조국에 귀의했다면, 신우와 애린의 새로운 정체성은 과연 무엇인가.

한국이라는 부정한 권력을 훼손하고 카밀의 영웅 만들기에 진력하는 소설은 성소 카일라스 산과는 동떨어진 네팔의 현실을 놓치고, 네팔과 한국의 모순을 담지한 문제 여성 '사비나'의 존재 역시 간과한다. 네팔과 한국의 현실이 기입되고 그 상처를 지우기 위해 욕망하는 사비나는 "성냄과 욕망과 무지"(375쪽)의 독약에 중독된 요부·탕녀의 이미지 속에 봉인된다. 아이도 영웅도 아닌 그녀는 카밀의 영웅성을 강화하기 위한 그의 카르마(업보)가 되고, 헌신적인 어머니 신우와는 "반대쪽"(375쪽)에 있는 '어머니 아닌 여성', 영락없이 '열등한 여성'이 된다. 카밀을 영웅으로 만들겠다는 『나마스테』의 강박은 카밀을 통해서 다시 '탕녀-사비나'를 구원하는 비약을 서슴지 않는다. 비천한 사비나는 영웅 카밀의 씨를 받아 그의 아들 '카밀'을 낳고 기르는 위대한 어머니로 등극하는 것이다. '이주노동자 여성' 사비나는 사라지고 다시 낡은 '어머니'만 남은 셈이다. 카밀이라는 영웅은 신우와 사비나에게 그의 딸과 아들을 잉태시킴으로써 그들을 '자매'로 묶어버리는 놀라운 기적을 행했다. 이상한 가족의 탄생이다.

이주노동자라는 비한국적 존재들을 통해서 탈국적 서사를 꿈꾸던 『나마스테』는 결국 월경(越境)에 실패한다. 국경을 넘은 이주노동자 카밀이나 사비나, 애초 국경이 존재하지 않았던 이주노동자의 딸 신우나 애린 등의 '무적자성'이 모든 경계를 횡단하는 역능임을 작가는 간파하지 못한다. 그리하여 이 무적자들을 통해서 단지 '한국'이라는 경계를 넘은 소설은 또 다른 경계를 생산한다. 경계 안으로 나포된 무적자들은 쉽게 유적자(有籍者)가 된다. 유적자들은 더 이상 근대가 만들어낸 식민의 경계들을 횡단할 수 없다. 그들은 민족이나 국가라는 기원을 삭제할 수 없고, 아버지를 위반할 수 없고, 스스로를 텅 빈 주체, 탈주체적 주체로 만들 수 없다. 결국 『나마스테』는 탈국·탈식민 서사의 포즈 속에서 근대의 공리를 내장한 경계의 서사로 머문 셈이다.

자신의 정체성을 구성하는 민족·국가·계급·성과 같은 각종 경계를 내파(內波)하는 수행 없이 탈국적 서사를 욕망하는 작가는 이주노동자의 현실을 이처럼 소박하게 해석하거나 그들의 동의 없이 일방적으로 연대한다. 공선옥의 「명랑한 밤길」 역시 이런 경우다. 시골 병원의 간호조무사인 주인공은 탈향(脫鄕)을 꿈꾸지만 치매에 걸린 어머니가 그녀의 발목을 잡는다. 이런 그녀에게 도시에서 온 세련되고 지적인 남자가 나타난다. 남자는 여자를 유혹하고 차갑게 버린다. 소설은 이 속물적인 한국 남성의 반대편에 '민중'의 형상을 한 외국인 노동자 남성을 배치한다. 배신의 경험을 통해서, 여자는 조용필이나 윤도현의 노래를 들으며 남루한 현실을 잊는 자신이 빌리 할리데이나 베빈다를 듣는 도시 남자와 결코 동류일 수 없음을 깨닫는다. 대신, 소주에 삼겹살을 먹고 한국 유행가를 들으며 이국의 삶을 견디는 외국인 노동자 남성을 진정한 동류로 승인한다.

속물적인 지식인 형상의 한국 남성을 '가짜'로, 소박한 민중의 모습을 한 이방인 남성을 '진짜'로 가름하는 이 선명한 이분법은 복잡한 현실을 단순하게 도식화하고 현실의 복잡함을 낭만적으로 해소하는 유행가적인 접근 방식이다. 이러한 방식으로는 변두리 여성이나 외국인 노동자의 현실, 그 어느 것도 제대로 포착할 수 없다. 소설을 통한 그들과의 진정한 연대 역시 불가능하다. 소설이 이들과 상호소통할 수 있는 가능성, 그리하여 탈식민·탈근대 서사로 나아갈 수 있는 가능성을 최근 이주노동자 여성을 소재로 한 몇 편의 소설을 통해 타진해보자.

4. 이주노동자 여성의 재현, 소통과 연대의 징후들

한국인 남편의 앵벌이 겸 구타유발자인 영등포시장의 "중국 머저리"[13], 조선족 사내 용칠의 아내였으며, 한국 농촌 총각 기석의 아내였다가, 최후에는 가리봉동 단란주점 가수 허승희가 된 연변 출신 '장명화'(『유랑가족』), 러시아 민속무용단원으로 한국에 왔으나 이태원의 창

___
13) 이명랑, 『나의 이복형제들』, 실천문학사, 2004, 122쪽.

녀로 전락한 시베리아 여자 '쏘냐'(「아홉 개의 푸른 쏘냐」), 이 다국적 "바실리사"[14]들은 '계모와 의붓언니' 같은 그들의 현실을 해결해줄 "마법인형"[15]이 없다. 대신 그들 자신이 "끈에 묶인 인형"[16]들이다. 끈에 묶인 인형은 인형이므로 말할 수 없으며, 끈에 매달려 있으므로 끈을 쥐고 있는 자의 처분에 전적으로 내맡겨진다. 마법인형의 구원이 없는 바실리사들, 혹은 끈에 매달인 인형들은 그들을 쥐고 있는 자의 처분에 따라 『유랑가족』의 장명화처럼 비명횡사하거나, 『나의 이복형제들』의 중국 머저리처럼 남편에게 죽지 않을 만큼 맞거나, 쏘냐처럼 살아 있는 "망자"가 된다. 고귀한 '아이'도, 위대한 '영웅'도 되지 못해 찢기고 훼손된 '마리오네뜨'나 "자신을 보호할 껍데기를 갖지 못한 민달팽이"[17]로 비유된 그들은 인간 아닌 '비인간', 남성 아닌 '여성', 이주노동자 남성도 되지 못한 '이주노동자 여성들'이다.

김재영의 「아홉 개의 푸른 쏘냐」는 전지전능한 마법인형의 유혹을 떨치고, 목소리를 박탈당하고 끈에 매달린 이 '비인간들'의 현실을 날 것으로 재현한다. 이 재현을 위해서 소설은 특징적으로 이중 시점을 활용하고 있다. 비인간인 쏘냐를 역시 비인간인 '달팽이'의 시점으로 포착하는 한편, 한때 사회주의적 이상 실현을 꿈꾸었으나 현재는 자본주의 질서에 순응해 살아가는 '남자'의 시점을 병치시키는 것이다. 「아홉 개의 푸른 쏘냐」는 인간의 역사와 무관한 달팽이의 시점을 통해서 쏘냐를 유린한 폭력의 계보를 추적하고, 인간/남성의 역사에 연루된 남자를 통해서 침묵하는 쏘냐, 헐벗은 타자에 대한 윤리적 시선을 확보한다.

---

14) 김재영, 「아홉 개의 푸른 쏘냐」, 『코끼리』, 실천문학사, 2005, 72쪽. '바실리사'는 러시아 구전동화의 주인공으로 '신데렐라'와 유사한 인물형이다.
15) 「아홉 개의 푸른 쏘냐」, 『코끼리』, 73쪽.
16) 『나의 이복형제들』, 158쪽.
17) 「아홉 개의 푸른 쏘냐」, 『코끼리』, 64쪽.

달팽이가 대리 발화하는 쏘냐는 남성이 주도해온 역사의 오염을 증거하는 존재다. 오염원은 쏘냐의 몸에 들어온 "매부리코, 들창코, 오리코, 하얀 코, 검은 코, 푸르스름한 코"(74쪽)처럼 하나가 아니다. 쏘냐를 훼손한 것은 교활한 자본주의의 폭력이기도 하지만, 사회주의적 이상을 망각한 사회주의 체제이기도 하다. 사회주의 체제의 경직성은 근로영웅이던 쏘냐의 아버지를 알코올중독자로 전락시킨 원인이며, 결국 국가사회주의가 종언한 이유이기도 하다. 그러므로 쏘냐가 국경을 넘어 훈육되고, 소비되고, 훼손되는 몸으로 전락한 원인은 실패한 사회주의 체제와 여성에게 전적으로 가난을 짐 지우는 가부장제, 전 지구적 자본주의가 결탁한 결과인 셈이다. 쏘냐의 비극을 응시하는 작가의 이 엄정한 현실인식은 '타자'를 초월하는 '낭만적 비약'을 극복하고, '자기'를 초월하는 '윤리적 도약'을 가능하게 한다. 달팽이의 시점과 나란히 배치된 남자의 시점은 이 도약을 위해 마련한 장치일 것이다. 역사의 합목적적 발전을 믿어 의심치 않았던 그는 사회주의의 실패 이후 "삶에서 전혀 계산에 넣지 않았던 우연이란 변수"(47쪽)를 의식하게 된다. 남자의 삶에 느닷없이 출몰한 쏘냐도 그러한 변수의 개입이다. 그러나 소설은 이 우연의 개입이 필연을 방해하는 이물(異物)이 아니라, 필연의 모순을 반성하는 능동적 '사건'일 수 있음을 환기한다. 「아홉 개의 푸른 쏘냐」가 이주노동자 문제를 다룬 여타의 소설과 구별되는 점은 여기에 있다. 남자가 예측 불가능한 타자인 쏘냐와 조우하는 것을 통해서 자신 역시 그녀 혹은 '그녀들'의 '찢김'에 연루되어 있으며, 그들의 목소리를 박탈한 또 다른 주체임을 발견한다. 때문에 '쏘냐들'에게 침묵을 강요하거나 그들의 침묵을 방기한 그는 이방인 여자를 낭만적으로 독해할 수 없다. 남자는 오히려 이 번역 불가능한 타자를 통해 스스로를 고통스럽게 성찰함으로써, 침묵으로 발언하는 타자의 복화술을 이해하고 마침내 타자가 스스로 침묵을 깨는 계기를 마련한다.

침묵은 단지 국경을 넘어 유랑하는 여성들의 생존 조건만은 아니다. 한수영의 「번지점프대에 오르다」는 침묵이 여성들에게 강요된 오래고 보편적인 억압의 형태임을 보여준다. 석물공장 노동자인 시평의 '어머니'는 청각장애자이며, 필리핀에서 온 이주노동자 '오로라'는 모국어를 박탈당한 이방인이다. 이들은 서로를 환기한다. 오로라의 어눌한 한국말은 어머니의 수화를 연상시키고, 암으로 썩어가는 어머니의 육체는 오로라의 검은 몸과 겹쳐진다. 그들을 매개한 '침묵'과 '훼손된 몸'은 남성의 폭력이 기입된 흔적이다. 어머니를 강간하고 달아난 아버지는 어머니에게 겹겹의 침묵을 강요하고, 평생 그 아버지를 기다리던 어머니는 암으로 죽어간다. 소작농인 아버지에게 물소 한 마리를, 도시에 나가 있는 남동생에게 지프 한 대를 사주기 전까지 고향으로 돌아갈 수 없는 오로라는 모국어를 잃고 몸은 흉터로 얼룩진다.

그들과 유일하게 소통할 수 있는 인물은 어머니의 수화를 통역하며 오로라의 낮고 느린 중얼거림을 감지하는 시평이다. 아버지에게 버림받아 아버지의 말을 배우기 전에 어머니의 수화를 먼저 습득한 시평은 이미 남성 아닌 존재, 남성을 부여받지 못한 '유사(類似) 여성'이다. 유사 여성인 시평은 말이 아닌 말, 소리를 박탈당한 말, 암호 같은 여성들의 방언을 해독하면서 이들을 '침묵' 속에 방치하고 '검은 몸' 속에 가둔 가부장의 폭력을 현시한다. 그리하여 시평을 통해서 여성들의 억압을 기록하던 소설은 그 억압의 공포로부터 해방되기를 갈망하는 여성들의 외침, 한없이 낮은 그 타자들의 목소리를 채록해내기에 이른다.

시평은 소리를 지른다. 아무런 대답도 들려오지 않는다. 소리가 되어 나오지 않는 어머니의 울음처럼 시평의 목이 막혀온다. 우우웅, 눈보라 속을 달려가는 순록 무리의 발굽 소리처럼 번지점프대가 울린다. "아이 워너 고우 투 씨!" 오로라의 외침 소리가 들려온 것은 한참 후였다. 눈보라 속으로 그녀의 울음소리가 낮고 깊게 깔린다. 시평은 흐느낌 소리를 따라 한발 한발 앞으로 나가기 시작한다. 한없이 낮게 깔리는 흐느낌 소리가 노래처럼 들려온다. 낮은 목소리로, 세상에서 가장 낮은 목소리로 부르는 노래가 어디선가 들려온다. 소리가 가까워졌다 멀어진다. 멀어졌다 다시 가까워진다. 이글루에서 새어나오는 빛처럼 길 저 끝에서 무언가 희미하게 빛을 뿜어내는 것이 보인다. 시평은 눈을 감는다. 오로라다.

— 한수영, 「번지 점프대에 오르다」, 221쪽

　　오로라가 열망하는 '바다'는 더 이상 여성들의 침묵을 강요하지 않는 땅이며, 남성들의 명령이 범접하지 못하는 신성한 해방의 공간일 것이다. 이 멋진 신세계를 갈망하는 여성들의 낮은 목소리는 남성이라는 배타적 경계를 균열하며, 아버지의 영토로부터 쫓겨난 모든 타자들을 해방의 장소로 안내하는 빛이 된다.

　　한수영의 「번지점프대에 오르다」가 '이주노동자'라는 특이성보다는 타자로서의 '여성'에 초점을 맞추었다면, 강영숙의 「갈색 눈물방울」은 '이주노동자'이자 '여성'인 이방인 여성들의 이중적 타자성에 주목한 소설이다. 그러나 「갈색 눈물방울」의 탁월한 성과가 이 여성들이 경험하는 중층적 타자성에 주목한 것만은 아니다. 강영숙의 소설은 '이중적 아웃사이더'를 유사 체험하는 내국인(內國人) 여성 인물을 통해서 타자들과 새로운 소통 및 연대의 가능성을 열어놓는다. 그럼에도 이 소설은 계몽의 욕망을 덜어냄으로써, 소설을 소통과 연대의 당위를 실천하는 '선언'이나 '교시(敎示)'로 변질시키지 않는다. 「갈색 눈물방울」은 오히려 계몽적 위치를 반납하고 타자의 위치만큼 낮아진다. 이 낮아진 위치에서 소설은 타자를 발견하고, 스스로 타자임을 확인하고, 마침내 타자가 되는 능동적 변이를 수행한다. 「갈색 눈물방울」의

'나'는 바로 이 과정을 고스란히 체현한 인물이다.

'나'는 동남아 여성과 두 명의 남자가 동거하는, 이른바 "빌라에 사는 것들"[18]이라 불리는 이들과 같은 빌라에 살고 있다. 도심 한가운데 버려진, 마치 게토와 같은 낡은 빌라의 공동 거주민이면서도 나는 그들과 "같은 계층이라는 연대감도 이렇다 할 교류도 없다"(1517쪽). 연대감도 교류도 없는 그들은 나에게 그저 사람들이 보고 부르는 대로 "저기 빌라에 사는 것들"일 뿐이다. 그들과 무관한 나는 자신만의 고통에 전전긍긍하면서 살아간다. 그러나 어느 날 여자는 "빌라에 사는 것들 속에 내가 포함되어 있다는 사실"(1524쪽)을 발견한다. 그녀 역시 '빌라에 사는 것들'임을 확인하는 이 충격적인 경험은 「갈색 눈물방울」이 본격적으로 도약하는 발판이 된다. 타자가 되는 경험은 타자들과 소통하고 연대하기 위해서 반드시 통과해야 할 과정이기 때문이다. 소설은 이 타자가 되는 계기, 즉 '위반'과 '변형'으로 이어지는 '소외'의 장치를 면밀하게 마련하고 있다. "빌라에 사는 것들"이자 영어수강반에서 유일하게 말더듬과 실어증을 앓는 나는 비로소 "빌라에 사는 것들"이며 모국어를 쓸 수 없는 동남아 여자의 고통을 이해하게 된다. 고통을 통해 또 다른 고통을 알게 되고 억압을 통해 다른 형식의 억압을 이해하게 된 여자는 그리하여 고통의 순위를 다시 매긴다. "치통보다 참기 어려운 건 실연의 아픔, 실연의 아픔보다 참기 어려운 건 치질의 통증"(1533쪽)이라고.

타자의 고통(치질의 통증)을 자신의 고통(실연의 아픔)보다 우위에 놓게 된 여자는 마침내 '스스로' 타자가 되는 변형을 수행한다. "이마에 붉고 굵은 동그라미"(1533쪽)를 찍은 나는 이제 '동남아 여자'가 되어, 그녀의 역사이자 나의 역사를, 남자의 북소리가 들리지 않는 곳으

---

18) 강영숙, 「갈색 눈물방울」, 『문학과사회』, 2004년 겨울호, 1517쪽.

로 언제나 달아나고 있는 '자매들'의 역사를 이야기하는 것이다.

　나는 동남아 여자가 내 방문 앞에 놓고 간 작고 파란 동전 지갑을 항상 가지고 다녔다. 그러던 어느 날 영어 수업시간에 나는 드디어 입을 열어 말하기 시작했다. (…) "내 친구는 스리랑카에 살아요. 스리랑카는 아름다운 곳이래요. 내 친구가 그날 밤 나에게 말했어요." (…) "나는 내 여동생과 목욕하는 걸 좋아해. (…) 우린 그날 처음으로 사랑하는 남자를 생각하며 서로에게 자신의 몸을 보여줬어. 우린 처녀였지만 처녀로 살고 싶지 않았어. 우리는 계속 중얼거렸지. 횃불을 든 그가 방으로 들어온다! 북소리가 들린다! 그가 곧 방으로 들어온다! 그러나 아무리 기다려도 그들은 오지 않았어. 그래서 우리는 서로에게 처녀를 보여주기로 했어. 아주 매운 카레와 쿨을 먹고 난 직후였지. 그때는 그렇게 아프지 않았어. 내가 여기 어떻게 와 있는지 잘 모르겠어. 낯선 사람이 준 사탕을 먹다가 잠이 들었는데 깨어보니까 낯선 곳이었어. 밤마다 뒤를 돌아보는 꿈을 꾸었지. 뒤에는 밀림 천지였고 코끼리 소리와 북소리가 들렸어. 난 거기 서서 생각했어. 북소리가 들리지 않는 곳으로 가보자. 그냥 가보자. 그리고 난 이리로 왔어. 그런데도 난 아직 밀림을 돌아보며 거기 서 있는 것 같아. 난 영원히 거기에 서 있을지도 몰라. 난 스리랑카에서 태어났어.

　　　　　　　　　　　　　　　　　　—강영숙, 「갈색 눈물방울」, 1534~1535쪽

　아무리 기다려도 오지 않는 남자들에게 여자들은 자신의 몸을 보여줄 수 없다. 오지 않는 그들은 타자인 여성들의 고통의 기원이자 또한 영원한 고통의 원인일지 모른다. 그러나 "우리"로 명명된 이 새로운 여성들은 그 고통에 결코 주저앉지 않는다. 기다려도 오지 않는 그들 대신, 이 여성들은 서로에게 자신의 처녀를 보여주면서 고통으로부터 해방을 모색한다. 「갈색 눈물방울」은 동성애를 연상시킬 만큼 강렬하게 이 여성들의 연대를, 서로의 몸속으로 파고드는 소외된 타자들의 연대를 촉구한다. 이 '배반'의 연대를 통해서 여성들이 '침묵하는 타자'가 아닌 '말하는 주체'로 거듭나는 "기적"(1535쪽)은 현실이 되는 것이다.

5. 무적(無籍)의 서사, 소설의 새로운 모험

김재영의 「코끼리」는 네팔 이주노동자인 아버지와 가출한 조선족 어머니 사이에서 태어난 열세 살짜리 꼬마가 주인공이다. 한국 사회가 '코시안'이라고 호명하는 이 아이는 '코시안' 이외에 그를 규정하는 정체성이 없다. 코시안이 유일한 '적(籍)'인 아이는 네팔인 "아버지의 소용돌이 삶 속에서 태어났으니 새끼 외"[19]이며, "조선족 어머니 자궁에서 태어났으니 반쪽 외"(12쪽)이고, 그를 입적(入籍)해 간 곳이 없으므로 원초적 '외(外)'이다. "태어난 곳은 있지만 고향이 없"는(23쪽) 이 '외'이자 '외'는 "아버지처럼 고향 가는 꿈"(22쪽)조차 꿀 수 없고, 그래서 가출한 어머니보다 "지문이 없"(13쪽)는 아버지보다 더욱 불행하다. 아이에겐 "불행이 너무나 흔해 발에 차일 지경"(11쪽)이다.

여성들에게 침묵을 강요하던 적자(籍者)들은 다시 '외들'에게는 그들의 '외'적인 요소를 '표백'하라고 명령한다.

그 뒤로 나는 저녁마다 물에 탈색제 한 알을 풀어 세수했고 저녁이면 내가 얼마나 하얘졌나 보려고 거울 앞으로 달려갔다. 푸른 새벽 공기 속에서 하얗게 각질이 일어난 내 얼굴을 볼 때면 가슴이 설

---

19) 김재영, 「코끼리」, 『코끼리』, 실천문학사, 2005, 12쪽. '외'는 미얀마 말로 '소용돌이'란 뜻이라고 한다.

레었다. 내가 바라는 건 미국 사람처럼 되는 게 아니었다. 그냥 한국 사람만큼만 하얗게, 아니 노랗게 되기를 바랐다. 여름 숲의 뱀처럼, 가을 낙엽 밑의 나방처럼 나에게도 보호색이 필요했다. 남의 눈에 띄지 않고 조용히 살아갈 수 있도록. 비비총을 새로 산 남자애들의 표적이 되지 않고, 적이 필요한 아이들의 왕따가 되지 않고, 달리기를 할 때 뒤에서 밀치고 싶은 까만 방해물로 비치지 않도록. 나는 하루도 거르지 않고 탈색제를 썼다.

―김재영, 「코끼리」, 17~18쪽

적(籍)이 없는 자는 곧 '적(賊)'이므로 외들은 내부자들의 표적(剽賊)이 되지 않기 위한 탈색, 한국 사람만큼만 하얀색, 눈에 띄지 않고 조용히 살아갈 보호색을 욕망한다. 라캉의 말대로 욕망은 언제나 (대)타자의 욕망인 것이다. 때로는 소설 역시 이 표백 혹은 탈색의 미혹에 빠진다. 아니, '소설'은 이 욕망으로부터 탄생했다. 숱한 '외(外)'들을 통해서 내부를 구성해온 근대는 끊임없이 외부자를 필요로 했고 그들을 생산해왔다. 근대는 이들 외부자의 차이를 탈색하거나 표백하는 힘으로 성장했고, 소설은 이 힘과 공모하거나 타협하면서 존재해왔다. 박훈하의 지적처럼, 민족과 국가를 생존의 울타리로 삼고 있는 근대소설이 새로운 외(外)들, 즉 외국인 노동자나 코시안과 같은 비한국적 존재들을 품는 것은 어쩌면 제 존재의 지반 자체를 부인하는 일일지도 모른다.[20] 그러나 태생적 욕망을 청산하지 못한 소설이라면, 단지 부인의 '포즈' 속에서 이 외들을 표백하는 데 공모하거나, 또는 이들에게 '보호색'을 부여하려는 시혜자적 욕망으로 그들을 탈색할 위험 또한 없지 않다.

---

20) 박훈하, 「하위주체와의 조우, 그 힘겨움」, 『작가와사회』, 2006년 여름호, 18~19쪽 참조.

탈색제를 써도 까만 외들은 노란 한국인이 되지 않는다. 또한 그들은 하얀 미국인일 수도 없다. 이미 국경을 넘고 애초 국경이 없는, 어디에도 단일하게 귀속되지 않는 이 외들의 '무적자성'은 표백하거나 탈색해야 할 열등함의 표지가 아니다. 외들의 '복수성', 그들의 '다중적 정체성'은 구획하고 배제하는 경계의 '단일성'을 횡단하는 힘일 수 있다. 그러므로 소설은 그들의 무적자성을 지우는 것이 아니라, 그것이 내장하고 있는 다양한 '차이'를 더욱 섬세하게 재현하는 것이 필요하다. 이 재현의 윤리를 통해서 소설은 자신의 태생적 한계를 극복하고 '무적(無籍)'의 서사로, 진정한 탈식민 · 탈근대 서사로 나아갈 수 있을 것이다. 또한 이러한 재현물을 통해서 나와 그리고 당신은 더 이상 국경에 포획된 수동적인 삶을 반복하지 않고, 탈국(脫國)의 생을, 경계 너머의 새로운 생의 가능성을 사유할 수 있을지도 모른다. 이제, 이 상상적 사유를 현실화하기 위한 소설의 모험이 시작되었다.

"오(O) · 세계"[1]를 횡단하는 유령의 시학

1. 홀로코스트의 기억, 유령들의 귀환

유령들이 출몰하고 있다. 마늘을 먹어도 죽지 않고 십자가도 퇴마할 수 없는, 가장 두려운 한낮의 거리를 활보하는 루마니아 흡혈귀들에서 부터(〈안녕, 프란체스카〉, MBC, 2005), 한국의 열악한 교육 현실에 복수를 다짐하고 나선 여고생 귀신들까지(〈여고괴담〉, 2001~2005), 현실의 더께를 힘겹게 밀치고 나온 그들은 "돌, 나무, 사람들의 데모 행렬"[2] 속을 흘러 다니는가 하면 "한 번에 일곱 가지 표정을 짓고 웃"(김언, 「거품인간」)기도 하고, "공기가 움직일 때 따라 걷"(「유령-되기」)고 있기도 하다. 그뿐인가. 어느 날 갑자기 사람들이 사는 "동네로 굴러들어온"[3] 그들은 "담벼락에 붙어 서서, 좌우 귀퉁이가 닳아떨어진 잿빛 천가방에 연

---

1) '오(O) · 세계'는 황병승의 시에서 빌려 온 말이다. 황병승의 시들은 체계와 규범과 질서의 세계를 '오' 혹은 '오 · 세계'로 명명하고 그것을 '엑스하려는(살해하려는)' 상상력으로 충만하다.
2) 김언, 「유령-되기」, 『거인』, 랜덤하우스중앙, 2005.
3) 백민석, 「구름들의 정류장」, 『장원의 심부름꾼 소년』, 문학동네, 2001.

신 손을 집어 넣어 과자 부스러기를 꺼내 먹는"가 하면, "세수라도 하듯 두 손으로 열렬히, 피부가 벗겨지도록 얼굴을 문질러대는" 불가해한 몸짓을 하기도 한다.

드라마, 영화, 시, 소설 할 것 없이 장르를 가리지 않고 출몰하는 유령들이 이제 더 이상 낯설지 않다. 머리를 풀어헤친 여귀가 TV 화면 밖으로 기어 나오는 영화처럼 텍스트 속의 유령들이 텍스트 밖으로 빠져나와 우리 일상 속을 서성인다 해도 더 이상 공포스러울 것은 없다. 이미 "시체란 우리에겐 수시로 굴러들어와 굴러나가는 것, 동네 시멘트 담벼락에 조그맣게 져 있는 오줌 얼룩이나 똥 자국쯤"(「구름들의 정류장」)이 되었고, 그래서 우리는 가끔 시체와 놀기도 하며 시체는 때로 우리에게 의미심장한 조언을 하기도 한다. "항상, 살펴야 한다고. 우리 이마 위에 어떤 구름이 떠 있는지를. 우리 이마 위로 어떤 구름이 지나가는지를"(「구름들의 정류장」).

그렇다면 살아 있는 시체를 봐도 더 이상 놀라지 않고 심지어 그들과 놀기도 하며, 또한 그들이 서슴지 않고 '우리'라고 부르는 나는, 그리고 당신은 과연 누구인가. 그들과 같은 유령인가, 아니면 죽은 자들의 목소리를 듣고 그들의 뜻을 전하는 영매인가. 나와 당신이 유령인지, 영매인지, 혹은 여전히 인간인지 모호하게 만드는 지금–여기는 또 어디인가. 유령이 되겠다고 선언하는 김언이 살고, 시체와 놀고 시체와 말한다고 섬뜩하게 고백하는 백민석이 살고, 그들과 함께 나와 당신이 사는 지금–여기는 "거품"과 같은, 혹은 "구름"과 같은 유령들의 정류장이 되었는가. 근대가 퇴마하였던 그들이 스멀스멀 되살아 와 어느새 당신과 나의 정착지를 그들의 정류장으로 바꾸면서, 당신과 내가 지녔던 각종 정착지의 환상은 조목조목, 그리고 집요하게 심문당하고 있다. 유령들의 귀환, 그리고 그들의 역습이 시작된 것이다. 주지하듯 근대 이후 영(靈)들에 대한 대규모 홀로코스트가 단행되었다. 주체와 타자를 가르는 견고한 근대의 이분법은 신들 혹은 영들에게도 예외가 아니었다. 신과 자연을 대신해 세계의 새로운 주인이 되겠다고 나선 근대 주체들은 지배의 수단인 도구적 합리성을 위협하는 모든 공포분자들을 '타자'로 분류하고, 그들에 대한 대대적인 감금과 축출, 마침내 절멸을 시도했다. 근대가 기획한 '탈신화화·탈주술화' 프로젝트에 따라 신들과 자연을 포함한 숱한 타자들의 희생번제가 치러지면서 근대의 단성성(單聲性)의 신화는 더욱 강고해져갔다.

이 단성성의 신화는 한국의 근대에도 예외 없이 이식되어 무소불위의 힘을 발휘한다. 산 자의 집에 사당이나 신주와 같은 죽은 자들의 자리를 마련하던 한국인들은 근대가 시작되자 강박처럼 산 자의 영토에서 죽은 자들을 몰아내기 시작했다. 한때는 '신령(神靈)'이었던 죽은 자들은 하루아침에 비–존재로 전락하고 혹세무민하는 '미신(迷信)'의 지위로 강등당했다. 타자로 내몰리는 것은 단지 죽은 자들만이 아니다. 근대의 시작과 더불어 자연 속에 깃든 정령 역시 그 생명을 박탈당하고 자연은 생명 없는 진부한 사물로 전락한다. 그뿐인가. 동화와 배제의 논리는 인간 내부에도 작용해, 이성과 합리성에 배치되는 인간 내부의 자연을 타자로 규정하고 이 타자에 대한 자기감시를 일상화하는 한편, 자기감시와 규율에 실패한 자들을 광인으로 낙인찍었다. 이성·합리성에 집착하는 근대는 스스로 반이성·반합리성의 출현을 강요하는 이율배반을 낳으면서, 안전하게 표상되지 않는 모든 것을 미신이나 유령으로, 또는 환상, 환각, 착시, 신비주의적 공상으로 간편하게 분류했다. 이후 이 불투명한 존재를 경계하는 것은 지배의 지속적인 과업이 되었다.

이렇듯 신들을 정복하고, 애니미즘을 뿌리 뽑고, 이성이라는 일자를 중심에 세우고, 다자를 주변화한 계몽이 근대의 타자로 내몬 숱한 귀신, 마녀, 광인, 괴물, 야수 등의 각종 근대성의 유령들은 이제 '대중취미독

물' 속의 괴담이나 기담, 혹은 공포영화와 같은 B급 장르 속에서 그들을 홀로코스트한 근대의 죄의식과 불안을 자극하며 공포스러운 비–존재로 스멀거리거나, 또는 근대의 전체주의적 횡포로부터 탈주하여 '또 다른 고향'을 찾아가는 예술의 장 속에서 겨우 현현(顯現)해왔다.

대낮 같은 근대성을 피해 다양한 비주류의 장 속에서 위태롭게 생존하던 잉여물은, 그러나 그 어둠의 영역 가운데에서 근대성과 불화하는 다양한 타자와 조우하고 규합하고 공모하면서 마침내 낮의 근대성을 신랄하게 냉소하고 균열하는 밤의 근대성을 기획한다. 지하생활자인 쥐들처럼, 혹은 쥐들과 함께, 타자이며, 유령이며, 거품인 그들은 또 다른 타자이며, 유령이며, 거품인 그들과 만나 김언의 표현처럼 "차분하게 고통스럽게", "과장하며 성장하는" 것이다. 이제 "홀연, 두꺼워진"(김행숙) 그들은 "나쁜 마음 못 생긴 얼굴"(황병승)을 하고 그들을 타자로, 유령으로 명명한 지금–여기로 귀환하여 클리셰(상투구)로 가득 찬 "오·세계"를 씻김하는 주술을 행한다. 그 위반의 주술 속에서 근대성이 정식화한 난공불락의 공리들은 일제히 전도되고 "견고한 모든 것은 대기 속에 녹아버린다"는 맑스의 선언은 다시 한 번 실현될 조짐이다. 더 이상 삶과 죽음, 현실과 환상, 이성과 광기, 과거와 현재, 남성과 여성, 주체와 타자의 경계는 명쾌하지 않다. 위계는 무너지고 이종은 혼종되고 그렇게 세계는 얼키설키 뒤얽힌다. 이 질서정연한 무쇠 같은 세계를 녹이는 "초재미"(황병승) 절정의 혼돈의 굿판 속으로 들어가 보자.

2. 새로운 시간의 출몰, 과거이면서 현재이고 미래인…

"앞만 보면 세상은 화려강산이니? …… 문득, 뒤돌아서서 뭔가 보아야 할 게 있다고"[4], 어느 날 당신 앞에 나타나 말하는 "상고머리의 여자 귀신"이 있다면, 게다가 이미 그인지 그녀인지 정체가 모호해진 '그 것'이 당신 앞에 서서 "너는 십 년 만에 비춰보는 내 거울이야."(김행숙, 「귀신 이야기 1」)라고 말한다면, 당신과 내가 살고 있는 현재는 갑자기 위 태로워질 것이다. 과거가 불현듯 현재에 병치되면서 미래를 향해 흘러 가던 시간은 정지하고, 우리는 심각하게 자문해야 한다. 나는 산 자인 가 죽은 자인가, 나는 현재에 살고 있는가 과거를 살고 있는가, 과연 나 는 나인가 아니면 너 혹은 그것인가를.

"세상의 옆집"(김행숙, 「귀신 이야기 5」)에 속한 그녀들이 "내 입에서 흘 러나"(김행숙, 「여자들의 품」)오고, "이미 이름을 잃은 것들이 꿈길에서 살 아"[5]오고, 재작년에 돌아가신 어머니가 "머리맡에서 검정 쌀을 씻으며 소리 없이 웃고"[6], "더워 못 살겠네 무덤 속에나 있어야 할 아빠가/흙 발을 탈탈 털며 이 방 저 방 들락거리"(황병승, 「존재의 세 가지 얼룩말」)는 상황이라면, 가령 다음과 같은 시간의 전도는 기괴할 것이 없다. "아가 는 없고 아가의 울음소리만 가득"(황병승, 「존재의 세 가지 얼룩말」)하다거 나, 고양이는 사라지고 고양이의 "구름을 흔드는 웃음소리"(황병승, 「Cheshire Cat's Psycho Boots_7th sauce」)만 남는다거나 하는.

이미 절멸되었어야 할 과거가 현재에 침투하고 현재와 과거가 공시 적으로 배치되자, 과거, 현재, 미래로 흘러가던 시간은 갑자기 역류하 고 원인–결과의 인과율은 더 이상 자명하지 않은 것이 된다. '비동시 성의 동시성'이라고 명명된 뒤엉킨 시간성의 양태를 확인하는 지점에 서 시간을 비가역적인 것으로 규정한 근대의 공리는 재차 의심스러워

---

4) 김행숙, 「귀신 이야기 1」, 『사춘기』, 문학과지성사, 2003. 김행숙의 시들은 모두 이 시집에 서 인용했음을 밝힌다.
5) 김혜순, 「1306호」, 『한 잔의 붉은 거울』, 문학과지성사, 2004. 김혜순의 시들은 모두 이 시집 에서 인용했음을 밝힌다.
6) 황병승, 「이파리의 저녁식사」, 『여장남자 시코쿠』, 문학과지성사, 2005. 황병승의 시들은 모 두 이 시집에서 인용했음을 밝힌다.

지고, 우리는 긍정하게 된다. 블로흐의 말대로 우리 모두가 동일한 현재를 점하고 있는 것은 아니며, 현재 역시 "과거와 미래가 동시에 침투하고 있는 현재"[7]라는 것을.

주지하다시피 근대와 더불어 시간은 과거–현재–미래의 일방향으로 흘러가는 것이 되었다. 전근대의 순환론적 시간과 단절한 근대는 시간을 분류하려는 의지로 충만하다. 과거와 현재에 낯선 시간의 양태인 미래를 끼워 넣으면서 시간을 과거, 현재, 미래로 새롭게 기획한 근대는 각각의 시간을 질적으로 판이한 것, 서로 교접할 수 없는 것으로 만들었다. 현재를 점유하고 현재의 의미를 재구하려는 근대적 인간들에게 특히 과거는 이미 소비해버린 무용한 시간이며 되돌아 갈 수 없는 단절된 시간이다. 그런데 이 단일하고 균질적인 현재에 느닷없이 과거가 스며들면서 시간은 더 이상 규칙적인 리듬에 맞춰 호흡하지 않는다. 과거와 현재, 혹은 미래가 혼입된 불안정한 잡종의 현재는 근대가 해소하지 못한 이질적인 시간성과 다양한 역사를 환기시킨다.

서정주가 『질마재 신화』에서 보여준 "영통(靈通)과 혼교(魂校)"[8]가 가능한 신화적 세계의 상기(想起, anamnesis)는 시간의 비동시성을 소환하는 가장 전통적인 방식이다. "인간과 자연이 하나가 된 경지"[9], "인과의 현실적 속박을 벗어난 자유롭고 초월적 세계"[10]인 '질마재'를 통해서 서정주는 이른바 '대과거(大過去)'를 상상한다. 대과거는 적대와 갈등이 일체 배제된 진공의 과거이며 근대가 구상한 현재만큼이나 균질적인 과거이다. 근대에 대한 부정이 시인에게 과거로의 탈주를 야기하고, 급기야 과거를 '정신주의' 또는 '영원주의'라 명명되는 반근

---

7) 프랑코 모레티, 조형준 역, 『근대의 서사시』, 새물결, 2001. 78쪽.
8) 서정주, 「짝사랑 歷程」, 『서정주문학전집』4, 일지사, 1972. 152쪽.
9) 김우창, 「한국시의 형이상학」, 『세대』, 1968.
10) 김준오, 「신화주의와 결속성」, 『시론』, 문장, 1982, 317쪽.

대주의 이데올로기의 숭고한 대상으로 만든다. 그러나 이러한 신화적 차원의, 결핍과 분열을 모르는 판타지로서의 과거는 지극히 안정적이어서 현재를 균열하기에는 역부족이다. 우리가 오래전 잃어버린 순수하고 완벽한 그 무엇으로서의 '질마재'는 오히려 철두철미하게 근대적인 시선과 욕망이 상상해낸 시공간이라 할 수 있다. 안타깝게도 한 번도 존재해본 적이 없는 '질마재'라는 과거에 대한 향수는 그래서 의심스럽다. 현재의 부재와 틈을 봉합하고 안정성을 추구하려는 근대인들의 욕망을 위한 욕망이 향수[11]라고 할 때, 향수의 대상이 된 '질마재'의 주술적 힘들은 민족이라는 근대적 관념을 환기하는 낯설지만 흥미로운 수사의 차원을 벗어나지 못한다.

과거를 근대적으로 전유하는 방식인 향수와는 다른 차원에서 과거를 재전유하려는 의지들이 있다. 향수가 불러오는 비역사적이고 안정적인 과거가 아닌 역사적 상처가 각인된 과거와 접속하거나 비-정체의 과거를 현재와 병치시킴으로써 과거는 단일한 현재를 해체하는 전략적 힘으로 작동한다. 예컨대 김혜순의 시에서 과거는 '나'의 몸으로 들어와 육화된 과거이며, '나'라는 현재를 구성하고 있는 과거이다. 시인은 이 특정한 과거와 합체함으로써 접신하고 환신하고 신들린, 혹은 과거들린 '영매'가 된다.

그녀가 온다. 북을 둥둥 치며 온다. 하늘의 고막을 둥둥 울리며 온다. 벼락을 안고 오는지 대문이 저절로 무너진다. 그녀가 온다. 한 발자국 한 발자국 내디딜 때마다 그녀의 마음이 내게로 온다. 내 마음이 둥둥 울린다. …… 그녀의 쓰라린 맨발이 둥둥 내 빈 가슴을 울린

11) John Frow, "Tourism and the Semiotics of Nostalgia", *October 57* (Summer, 1991), 136쪽. 존 프로우의 논의는 최정무, 「한국의 민족주의와 성별구조」, 『위험한 여성』(일레인 김·최정무 편저, 박은미 옮김), 삼인, 2001, 40쪽에서 재인용.

다. 내 몸속 우물이 촬촬 넘쳐흐른다. 아, 아버지, 이 북을 찢고 그를 만나리, 그녀가 울면서 온다.

—김혜순, 「낙랑공주」 부분

과거의 '그녀'가 현재의 내 몸 속으로 들어오면서 과거와 현재는 하나가 되고, 현실을 규율하던 아버지의 질서는 낙랑공주가 찢은 북처럼 찢겨나간다. 아버지로 표상되는 상징적 질서를 위반하고 '그'를 만나겠다는 낙랑공주의 욕망은 "벼락을 안고 오는지 대문이 저절로 무너질" 만큼 강렬하다. '내'가 이 욕망하는 여성들과 적극적으로 접신하고 과거의 그녀들이 나라는 매개를 빌어 다시 현재화되는 초현실이 빚어지면서, "아기를 가졌다고 아버지에게 잡아 뜯겨/한정 없이 입술이 풀어진 여자"(김혜순, 「유화부인」)를 가두는 억압적인 현실의 질서는 위태로워진다. 시인이라는 영매를 빌어 귀환한 과거는 시를 통해 폭력적 현실의 상처를 씻김하려는 굿판을 벌이고, 현실의 질서는 이 신성한 의례의 희생 제물로 바쳐진다. "나는 그 여자의 손을 잡은 것처럼 내 손을 잡기도 하고/나는 그 여자를 숨긴 것처럼 내 얼굴을 어루만지기도"(「유화부인」) 하는 의식 속에서 현실은 비현실에 압도당하고, 직선적으로 순조롭게 흘러가던 시간은 방향을 잃고 떠돌기 시작한다. "언제나 같은 여자 늙지도 않는 여자"와 내가 하나 되는 의례는 곧 나 역시 근대적 시간의 운행으로부터 일탈한 '늙어도 늙지 않은 여자', 반합리적이고 주술적인 인간으로 전회하는 것을 보여준다.

지금—여기의 인간을 매개로 흘러드는 과거가 있는가 하면 그 어떤 매개도 없이 출몰하는 과거도 있다. 김행숙의 「귀신 이야기」 연작에서는 그야말로 뿌리도 정체도 없는 유령의 과거들이 현재를 부유하면서 자신들의 이야기를, 귀신이 하는 진짜 귀신 이야기를 들려준다. 원한을 해소해줄 정의로운 인간을 기다리던 전통적인 귀신들이 아니다. "잠깐

죽었다 깨어난"(김행숙, 「8월의 사랑」) 김행숙의 귀신들은 과거가 될 수 없는 과거들이며 현재의 그림자이거나 현재와 쌍둥이인 과거들이다. 현재가 존재하는 한 사라지지 않을 이 과거들로 하여 완벽하게 새로운 시간이 탄생한다. 과거이면서 동시에 현재인 시간이.

이 유령 같은 시간의 존재들은 "하루에 두 번, 五臟六腑를 통과하는 협궤열차"(「귀신 이야기 1」)를 타고, "사람의 몸을 그냥 통과"하면서 "정말 神이 된 기분이야, 얼레리꼴레리"(「귀신 이야기 2」) 인간을 조롱하기도 하고, 당신의 그림자로 "천천히 당신을 회전하"면서 "당신이 보지 못한 것", 예컨대 "당신과 무관하게 버스 한 대가 노선을 이탈"해서 그 "당신과 무관한 버스가 5초 후", "당신이 문득 서 있는"(「귀신 이야기 6」) 방향을 향해 달리는 상황을 미리 보기도 한다. 그리고 기다린다. 죽기 전에 시간이 많지 않은 인간들과는 달리 귀신들은 얼마든지 기다린다. 5초 후 삶에서 죽음으로 미끄러져갈 인간들의 전향을.

그렇다면 영매와 귀신으로 하여 전향된 시간, 과거인 동시에 현재이면서 미래이기도 한, "죽은 자들의 목소리가 너무 커서 산 자들이 시름시름 앓는 13월에서 14월"(황병승, 「앨리스 맵(map)으로 읽는 고양이좌」)의 이 생뚱맞은 시간의 정체는 무엇인가. 비록 5초 후의 전향을 미리 알지 못하는 나와 당신이지만, 그럼에도 불구하고 우리는 이 낯선 시간이 우리가 살고 있는 시간과는 확연히 다른 절대적인 '차이의 시간'이라는 것만큼은 감지할 수 있다. '질마재'라는 대과거를 능동적으로 망각하고 현재를 균열하면서 현재에 포섭되지 않는 미래를 상상하는, 순환적이거나 직선적인 운동의 마디들에서 모두 벗어난 이 "부작용의 시간"(황병승, 「주치의 h」)은 이쪽의 현재, 저쪽의 과거 모두를 부정하며 생성한 난장의 시간, 곧 '생성의 시간'이다. "허공에서 장미를 따고/품속에서 비둘기를 데려오는 시간", 세상에 더 큰 죄를 짓기 위하여 다시 태어날 "다섯 번째 계절"인 그 시간에 불현듯 "12시를 지나는 다음 생"은 가능할지도 모른다. 그래서 오·세계를 살해하려는 의지로 충만한 귀신들, 유령들, "나쁜 마음"의 소년, 소녀들은 망설이고 또한 기다린다. 그 생성의 "첫" 시간을.

> 소년은
> 들락날락
> 구멍 밖을 살피는 쥐
> 대가리처럼
> 망설이고
>
> 다리가 다 무슨 소용이람,
> 장판 밑에 납작 엎드린
> 쥐며느리처럼
> 소녀는
> 기다린다
>
> 톡 탁 톡 탁
>
> 시계 초침 소리는
> 둘의 이마를 번갈아 쥐어박으며
> 탁구공처럼
> 오가고.
>
> —황병승, 「첫」 전문

3. 시각을 투시하는 시각, 얼굴을 해체하는 얼굴

하루는 당신에 대해서 쓰겠다고 누군가가 온다. 그 경우 당신은 어떻게 반응할지 모르나 김언 같으면 대답은 단호히 이러하다. "우선 당신 눈부터 뽑으시오. 당신 눈을 뽑아 있는 힘껏 던지시오. 당신 눈알이 떨어진 자리에 내가 서 있겠소."[12]

'나는 생각한다. 고로 존재한다'라는 명제가 '나는 본다. 고로 존재한다'나 '나는 본다. 그러므로 안다'라는 명제와 별반 다르지 않다는 것을 알고 있는 우리에게 김언은 '보고 안다'고 자부하는 그 전지적 눈부터 당장 뽑아버리라고 요구한다. 뽑아버린 다음에는 가령 다음과 같은 것이 가능하단다. 내가 당신의 나를 쓰고, 당신이 나의 당신을 쓰는 것이. 왜냐하면 나는 당신이 뽑은 "눈알을 씹어 먹으며", 나에 대해서 "더듬이 당신의 눈을 빌려 내가 쓰는"(「하루는당신이와서나에대해서쓰겠다고했다」) 것이 가능해지므로.

시간에 이어 시각성마저 교란하는 강력 주술은 여전히 오·세계에 발 딛고 있는 우리를 혼란스럽게 한다. 그러나 이 혼란을 감수하면서도, 아니 혼란을 더욱 자극하고 조장하면서 "그것"이라 불리는 그들, 유령들은 다시 한 번 이 시각중심주의 '오·세계'의 질서를 지칠 줄 모르고 횡단한다. 시각의 한계를 투시한 그들은 드디어 그에 대한 환멸의 기록을 시작한 것이다.

근대 이래로 시각은 늘 힘이 세다. 청각·촉각·후각·미각과 더불어 육감까지 타–감각을 주변화하고 중심으로 도약한 시각에는 힘에 대한 의지가 꿈틀거린다. 근대 이후 인간은 보는 시선을 통해서 대상을

---

12) 김언, 「하루는당신이와서나에대해서쓰겠다고했다」, 『숨쉬는 무덤』, 천년의시작, 2003. 이후에 인용된 「호수여행」, 「신체포기각서」, 「나는 밖이다」의 시들은 이 시집에 수록되어 있으며, 그 외 인용된 김언의 시들은 『거인』에 수록된 것임을 밝힌다.

해석하고 장악하고 통제하는 관찰자–주체로 변신하였고, 시각적으로 표상될 수 있는 것만을 맹신하게 되었다. 존재란 곧 표상된–존재로 환원되며, 대상을 가시화하는 이 전지전능한 시각은 푸코의 지적처럼 결국 타자를 감시하고 규율하는 전제적이고 권력적인 시선으로 작동했다. 철두철미 가시화된 이미지들로 구성된 현란한 스펙터클의 지금–여기는 시각중심주의 혹은 망막중심주의의 절정을 구현한다.

그런데 이 강고한 시각중심주의를 공격하고 나선 "나쁜 마음 못생긴 얼굴"(황병승)의 "세븐틴"들이 있다. 그들이 지금–여기를, 즉 오·세계를 창조하고 오·세계를 지탱해온 전능한 시각의 신화를 "엑스엑스"하겠다고 나선 것이다. 사태 파악 못 하는, 아니 안 하는 이 겁 없고 무모한, 그래서 언제나 영락없는 "세븐틴"들일 그들은 이제 '시각의 탈신화화' 라는 대단한 도전을 수행한다. 도전은 항상 오·세계의 일부였던 스스로에 대한 도전으로부터 시작되고, 오·세계에서 앞만 주시하던 그들은 이제 "방향을 틀기 위해" 마침내 "뒤돌아본다"(김행숙, 「삼십세」). 뒤돌아보기 시작한 그들은 나를 알려거든 "우선 당신 눈부터 뽑으시오"라고 요구하고, "나는 나의 뾰족한 두 눈을 어디에 두었나"(황병승, 「검은 바지의 밤」), 이미 뽑아버린 자신의 눈의 행방 역시 알지 못한다.

뒤돌아보고, "지층 높이의 눈을 가진/나"(김언, 「뱀사람」)가 되고, 스스로 눈을 잃고, "매일 밤 눈을 감으면서 세상이 덮이는 걸 느끼고" 혹은 "세상이 바뀌는 걸"(김행숙, 「기억은 몰래 쌓인다」) 경험한 그들은 더 이상 보고 해석하고 판단하고 권력을 행사하는 주체이기를 포기한다. 주체화의 그물망 속에 포획되지 않기 위해서 '보는 자' 이기를 거부한 그들은 한 발 더 나아가 자신의 정체를 증명하던 얼굴의 절멸을 시도한다. 그들에게 얼굴은 진실이 아닌, 그럼에도 진실을 가장하던 기만적인 표피에 불과하다. 타자에 대한 명령어를 방사(放射)하던, 효과를 겨냥해 계산되고 조직된 표정을 연출하던, 권력 혹은 정치로서의 얼굴이 진실이 아님을 폭로한 그들은 이제 "얼굴을 맨바닥에 갈아버리고", 나의 진짜는 차라리 '뒤통수' 이거나 '항문' 이라고 과감하게 말한다.

> 나의 진짜는 뒤통순가 봐요
> 당신은 나의 뒤에서 보다 진실해지죠
> 당신을 더 많이 알고 싶은 나는
> 얼굴을 맨바닥에 갈아버리고
> 뒤로 걸을까 봐요
>
> 나의 또 다른 진짜는 항문이에요
> 그러나 당신은 나의 항문이 도무지 혐오스럽고
> 당신을 더 많이 알고 싶은 나는
> 입술을 뜯어버리고
> 아껴줘요, 하며 뻐끔뻐끔 항문으로 말할까 봐요
>
> —황병승, 「커밍아웃」 부분

진짜는 얼굴이 아니라고 커밍아웃한 이들이 자신의 얼굴을 맨바닥에 갈아서 "마멸하고 없는 순진한 돌덩이"(김언, 「불멸의 기록」)로 만들자 이상한 가역반응이 일어난다. 얼굴이 사라지자 표정이 사라지고 팔이 지워지고 몸이 사라지면서 마침내 그들은 "사라진 사람", "없는 사람", "탁족 몇 개"로 남은 행불자(行不者), 비–인칭의 "그것", "귀신", "유령"이 되는 것이다.

비누 거품을 칠하면서 문득 팔이 지워진 것을 목격한다.
그러기 전에 처음 며칠 동안은 전화가 오지 않는 것이 이상했다.

무언가 착오가 있으니 뒤늦게 배달된 피자조각을 씹으면서
입이 없는 것을 발견한다. 무언가 착오가 있으니
아직 눈은 남아 있고 거울 속에서 반쯤은 지워진
달력을 넘긴다. 걷다 보면 몇 번이고 긁힌 자국이 있는

다리였다. 뒤꿈치 들고 내려다보면 난간에 기대어
윤곽만 남은 달이 떠다니는데, 고고하게
물 위에도 도장을 남길 줄 아는 솜씨는 하체가 사라지고
이튿날부터다. 나는 아직 걷고 있다. 다만,

계단을 오르면서 턱을 신경 쓰지 않아도 되니까
부딪히지 않으니까 한결 마음 편한 것은 다른 사람 같았다.
—김언, 「사라진 사람」 부분

그렇다면 얼굴이 생길 때도 되었는데
얼굴 다음에 표정이 사라집니다
윤곽이 사라진 다음에 드디어 몸이 나타났어요
내 몸이 없을 때 더없이 즐거운 사람

......

감정의 동료들은 여전히 집이 되기를 거부하지요
돌, 나무, 사람들의 데모 행렬엔 한 사람쯤
흘러다니는 내가 있어요

허공과 바닥을 섞어가며

흙발과 진흙발을 번갈아가며

공기가 움직일 때 나도 따라 걷는 사람

—김언, 「유령-되기」 부분

'주체-이기'를 거부하고 가시성의 영역 밖으로 탈주해간 그들은 단호히 '유령-되기'를 선언한다. 그들의 유령-되기는 신비주의도 퇴행이나 역행의 징후도 아니다. 그들은 매우 전략적으로 스스로를 비가시성의 차원으로 몰고 가면서 은밀하게 된다. 유령이 됨으로써 "동시에 수십 군데에 앉아"(김언, 「바람의 실내악」), "사람을 우회할 필요 없이"(김행숙, 「귀신 이야기 2」) 사람을 그냥 통과하면서 신이 된 기분을 만끽하는 그들은 "안 보이는 힘"(김언, 「불멸의 기록」)으로 불멸하면서, 표상에 감금되어 있는 진부한 가시성의 세계를 조롱한다.

부재를 통해서 존재를 증명하는 그들의 부재는 또 다른 생성을 위해서 반드시 통과해야 할 지점이다. 그러므로 이들의 부재는 힘이 강하다. 부재를 경유하면서 그들은 대상을 나포하던 권력적인 눈과 정치적인 얼굴을 해체하고 새로운 눈과 다른 종류의 얼굴을 만들어낸다. 그들의 눈은 "숨어서 기회를 엿보는 너를/숨어서 노려보려는 눈"(김언, 「쏜다」)이며 "신음하는 벌레들의 눈을 들여다보는"(김언, 「이명(耳鳴)」) 눈이고, "보이지 않는 당신의 밑바닥"으로 내려가 당신의 빛깔을 느끼고 귀가 아픈 침묵을 느끼고 "당신이 자두나무 꼭대기를 붙잡고 우는 소리"를 듣는 눈이다. 그들의 눈은 촉각적이고 청각적이다. 아니 촉각이고 청각이다. "부상당한 내면"(김언, 「서 있는 두 사람」)을 투시하는 눈이기 위해서 그들은 시각의 단성성을 미련 없이 포기하고 다성적인 시각을 획득한다.

나 오늘부터 호수여행을 떠나요 당신의 아픈 호수 속으로 내 몸을 밀어 넣어요 …… 당신의 밑바닥으로 보이지 않는 당신의 밑바닥으로 한 덩어리 내 삶의 무게를 달고 내려가요 내려갈수록 한 옥타브씩 가라앉는 당신의 목소리가 들려요 나 거기서 깊고 푸른 당신의 빛깔을 느껴요 귀가 아픈 침묵을 느껴요 가만히 들어보면 호수를 지탱하는 당신의 육중한 숨소리를 잡아먹는 내 영혼의 숨소리도 들려요 또 들려요 내가 그토록 증오하는 내 목소리가 또 들려요 당신의 밑바닥에서 보이지 않는 당신의 밑바닥에서 육중한 당신이 자두나무 꼭대기를 붙잡고 우는 소리가 또 들려요

—김언, 「호수여행」 부분

청각이며 촉각인 다성적인 시각, 혹은 상식 너머의 새로운 감각을 만들어낸 유령들의 힘은 다시 새로운 얼굴을 실험한다. 얼굴이 정치라면 그것을 해체하는 그들의 새로운 얼굴 만들기 역시 정치다. 그들이 만들어낸 얼굴이란 예컨대 '다리의 얼굴'. 그것은 오·세계의 상식적 감각으로는 도저히 지각 불가능한, 그래서 다만 기괴하다거나, 난해한, 또는 엽기적이란 수식어로밖에는 표현할 수 없는 '얼굴 아닌 얼굴' 혹은 '반-얼굴'이다.

다리는 오지 않고 서 있다. 미안하지만 다리는 발로 가면서 땅을 본다. 다리 밑에는 또 얼굴이 있으니까 잊어먹지 말고 다리로부터 출발하는 다리를 보자. 얘기는 하지 말고 다리를 걷어차는 다리는 필요할 때만 부르자. 다리는 걸어서 오니까. 안 그래? 묻는 말에는 대답하지 말고 다리만 남은 사람의 얼굴을 들여다보자. 어디 있냐고 올려다보거나 내려다본다면 글쎄, 한 사람의 이름쯤은 댈 수가 있다.

—김언, 「다리의 얼굴」 부분

'-되기' 위해 '-이기'를 거부한 그들은 시각이 아닌 시각, 얼굴이 아닌 얼굴을 만들면서 상식이 지배하는 진부한 오·세계를 가로질러 새롭게 시작한다. 그들이 생성한 청각이면서 촉각이고 시각이기도 한 생경한 감각과 다리의 얼굴을 이해하기 위해서는 우리 역시도 '-이기'로부터 도주하여 '-되기'를 감행해야 할지 모른다. 그것은 그들이 행한 것처럼 '텅 빔' 혹은 '죽음'을 경유해야 하는 모험이다. 그러므로 이 모험은 결코 만만치가 않다. 더욱이 동일한 제목의 시 두 편을 한 권의 시집 속에 배치한 황병승의 교란작전[13]에 한참을 헤매 다니는, 그래서 여전히 오·세계의 착한 주체들인 나와 혹은 당신이라면.

4. 타자들린 타자들의 시, 그 소란스러운 밤의 장르

유령들은 타자이면서 또한 타자에 들린 자들이다. 아니 타자에 들린 자들이므로 영락없는 타자다. 여하튼 명백한 것은 타자에 들렸다는 사실. 그러므로 이들은 가령 다음과 같이 중얼거린다. "자다가도 너의 열원을 감지하고"(김혜순, 「끓다」), "내 입에서 그녀들이 흘러나오고"(김행숙, 「여자들의 품」), 어느 날 갑자기 "느닷없이 내 몸 속을 물로 된 사람이 슥 지나가고/그러면 또 내가 그걸 못 견뎌서/내 몸 속에서 춤추는 사람 천 명이 쏟아져 나오"(김혜순, 「흐느낌」)고, "부재자의 인질"(김혜순, 「얼굴」)이 되고 "내 몸에서 내가 쉭쉭 빠져나간다"(「끓다」)고. 이 '타자들림'의 경험을 표현하는 방식은 다 다른데, 예컨대 누군가는 또 '구멍에

---

13) 황병승의 시집 『여장남자 시코쿠』에는 「너무 작은 처녀」라는 제목의 시가 두 편이 있다. 연작이 아닐 경우, 한 권의 시집에는 같은 제목의 시가 반드시 한 편이어야 한다는 고집스러운 상식으로 인하여, 나는 우리의 상식과 시각을 교란하는 황병승의 의미심장한 놀이에 한참을 어리둥절해했다.

빠졌다'고 표현하기도 한다.

나는 내가 떨어뜨린 동전을 주워야 했다. 빠져나갈 구멍은 없는 줄 알았다. 어디가 구멍이었니? 내가 등을 구부릴 때, 나는 의문형이었다.

......

나는 뻥 뚫린 검은 입을 본 것 같다. 이가 몽땅 빠져버린 누구인가. 그냥 비껴가려 한다. 나는 그의 휘휘휘 휘파람 소리를 들은 것 같다.

뭔가 명확하지 않았다. 그는 점점 작은 구멍이 되어 갔다. 어쩌면 나는 그에게 포개질지도 모르는데, 딸랑거리며 그를 쫓아간다. 뭔가 빠지고 있는 느낌이었다.

　　　　　　　　　　　　　　　　　　　—김행숙, 「귀신 이야기 8」 부분

떨어진 동전을 주우려다 우연히 발견한, "점점 작은 구멍"이 되어가는 타자로 인해 '나'는 갑자기 "의문형"이 되고 현실은 "뭔가 명확하지 않"은 것이 된다. 그런데 이 모호하고 불확실한 경계의 지점에서 "나는 그에게 포개질지도 모르는데, 딸랑거리며 그를 쫓아"가는, 그래서 '그'라는 규명할 수 없는 타자의 '구멍'에 스스로 빠지기를 감행한다. 구멍은 나를 의문형으로 만들지만 그러나 내가 주체의 환상으로부터 "빠져나갈 구멍", 곧 출구임을 감지한 때문이다. 구멍 혹은 타자가 출구임을 발견한 나는 마침내 다음과 같이 선언한다. '내 몸뚱아리 넘어갔다'고, 그래서 '나는 밖'이라고.

넘어갔다

오늘부로/내 몸뚱아리/빈 집이 넘어갔다

—김언, 「신체포기각서」 부분

나는 밖이다/이렇게 말하는 나는 밖이다/속에서 나를 끄집어내는
순간/이 순간에도 나는 밖이다/속의 당신이/속의 나를 후벼 파는/이
순간에도 나는 밖이다/속의 당신이 속의 나를 밀어내는/먼저 밀어내
는 이 순간에도/나는 밖이다/속에는 우는 당신을/속에서 속에서 찢
어버리는/이 순간에도 나는 밖이다/증오가 자라고 독이 자라고/속에
죽음이 가득 차는 순간/이 순간에도 나는 밖이다/이미 밖이다

—김언, 「나는 밖이다」 전문

변환의 문턱을 넘어선 그 혹은 그녀는 이미 '빈 집'이며 '밖'이며
'타자'다. 타자인 그들은 이제 유령 되고 귀신 되고 "남성을 찢고 나온
위대한 여성"(황병승, 「여장남자 시코쿠」) 시코쿠 되고, 비인칭의 그것 되
고, 주체를 찢고 나온 반–주체 된다. 그것은 강렬한 거짓이지만 그 강렬
한 거짓만이 진실이므로, 그들은 종생토록 함입(含入)하고 이종되고 변
종되면서 "더 강렬한 거짓만을 말"한다. 예컨대 "사거리라고 불리는 오
거리"(김행숙, 「사소한 기록」)를, "그의 눈꺼풀 바깥에 내가 있고/눈꺼풀과
눈꺼풀 사이에 내가 있고/눈꺼풀 안에 내가 있다"(김행숙, 「눈꺼풀 속에 눈
꺼풀이 감길 때」)는 것을, 그리고 "진짜 장면은 어디에도 존재하지 않는"
(황병승, 「니노셋게르미타바샤 제르니고코티가」)다는 진실을 말하기 위해서는
거짓을 경유하지 않을 수 없다. 그들은 이 강렬한 거짓으로 거짓의 진실
로 충만한 "부드러운 입맞춤의 세계"(황병승)를 보기 좋게 한 방 먹인다.
사람을 우회할 필요 없이 그냥 통과하면서 "히히히, 난 네가 누군지 알

고 있어"(김행숙, 「귀신 이야기 2」)라고 조롱하거나, 혹은 다음과 같이.

> 너는 걷고 나는 달리지 너는 눕지만 나는 춤춘다 너는 차갑고 틀
> 렸어 그러나 나는 옳고 뜨겁다 어쩔 텐가 진짜 장면은 어디에도 존
> 재하지 않는 걸 사라진 나라 사라진 이름 네가 보낸 엽서는 당분간
> 내가 간직할게 울지 마 끝났어 컷! 컷!
>
> —황병승, 「니노셋게르미타바샤 제르니고코티가」 부분

　타자는 또한 이미 숱한 타자들이 함입되고 생장하는 '우리', '누군
가', 혹은 '그것'으로 복수화된 타자이므로 더 이상 '독백'할 수 없다.
"마리오 속의 미란다가 미란다 속의 마리오가 마리오 속의 쟝이 쟝 속
의 치타 씨"(황병승)가 함께 있는데 어찌 단일한 목소리로 독백할 수 있
겠는가. 또한 이 '하나이면서 여럿'인 타자는 강렬한 거짓을 말하는 타
자이므로 더 이상 '고백'할 수도 없다. 진실을 전유하려는 의지로 충만
한 오·세계의 순응적 주체만이 온전히 고백할 수 있다. 그러므로 주체
의 외부로 미끄러진 타자는 더 이상 고백할 수 없으며 고백하지도 않는
다. 도마뱀의 잘린 꼬리에서 다시 한 마리의 도마뱀이 생장하듯이 오로
지 "찢고 또 쓰는"(황병승) 그들의 말, 그들의 시는 그래서 오직 '익명의
중얼거림'일 뿐이다. 그것은 오·세계의 언어 체계 밖으로 수시로 이
탈하면서 '반-언어적인' 혹은 '전-언어적인' 말이 되고자 한다. 이 타
자들의 욕망은 "얼레리꼴레리"(김행숙) 견고한 언어 규범을 파괴하면서
낯선 문장을 만들고, 그 문장은 다시 그로테스크한 상상력의 극한으로
타자들을 몰고 간다. 때문에 이 타자들에게는 예컨대 "별은 그가 반짝
인다"(김언), "밖에서는 시끄럽고 안에서도 잠잠한"(김언) 같은 반-문장
이 가능하고, "서랍은 지난주 금요일이며 또한 숲에서 짧은 순간 마주
쳤던 뱀"(황병승)이라거나 "십이월의 프랑스엔 붉은 비만 내리고/먼 나

라에 버려진 늙은 여자의 침실이 다 젖었다고/호주머니 속의 차가운 백동전들이 말해주었네"(황병승, 「프랑스 이모」) 같은 낯선 상상력이 가능하다.

독백하지 않고, 고백하지 않고, 익명의 중얼거림으로 반–문장 되기와 생소한 상상력의 세계로 미끄러져간 이 타자들의 시는 "모종의 날씨"(김언)처럼 정치적이며, 그래서 "문장이 되고 선언이 되고 혁명"(김언, 「내가 벌써 아이였을 때」)으로 탈바꿈해간다. 세계로부터, 서정의 영토로부터, 재현의 환상으로부터 가로질러 나온 그들은 "출렁이며 흐르는 검은 문장"(황병승)을 만들고 "처음과 끝이 반드시 맞아떨어지는 지점이 존재하지 않는/다른 문장"(김언)을 쓴다. 비가시적인 것을 가시화는 시, "확실히 음악"(김언)인 시, '시 아닌 시', '시 너머의 시'를 쓰면서 그들은 시를 "밤의 소란스러운 장르"(황병승)로 변모시킨다. 이 소란스러운 시들은 더 이상 우리를 구원하거나 완성하기 위해서 존재하지 않으며 사물을 보다 복잡화하기 위해, 진부한 클리셰에 복속되지 않기 위해, 표상과 상식에서 감각을 해방시키면서 새로운 세계, 다른 삶의 가능성을 보여주기 위해 존재한다. 이 가능성을 위해서 타자들의 시는 지칠 줄 모르고 새롭게 배치하고 실험하고 모색할 것이다.

그래서 비록 그들은 "알 수 없는 자"들이고 "때" 혹은 그보다 못한 "균"이라고 불리기도 하고 그들을 소멸하려는 '거인'의 위협 앞에 항상 위태롭지만, 그럼에도 불구하고 그들은 "맨 마지막에 속한 반대하는 사람"이고 "양심적인 불량배"이며, 우리의 손톱 밑에서 '때' 같은 혹은 '균' 같은 모습으로 자라나는 진정한 '거인'일지도 모른다. 나와 당신은 이 거인과 거인의 대격전에서 누구의 승리에 내기를 걸 것인가. 현재의 거인에? 아니면 도래할 거인에? 이제 그것은 전적으로 당신과 나의 선택에 달려 있다.

사람들의 기록이 또 그러하다. 오래 전에 떨어져나간 몇 가지 예외에 가까운 예들—이끼라고 불러도 좋고 다시 때라고 불러도 좋고 그보다도 못한 균이라고 불러도 좋은 그들을 소멸하는 것이 우리들 거인의 임무라고 기록한다. 그렇다면 나는 누구의 편인가. 민망하게도 내 손을 쳐다보는 사람이 있다. 손톱 밑에서도 끊임없이 자라는 그 손을. 그가 바로 거인이다.

—김언, 「거인」 부분

5. 에필로그— *에로틱파괴어린빌리지*의 겨울, 그리고…

1930년대 이상의 「오감도」에는 공포에 질려 끊임없이 어딘가로 질주하는 아이들이 있었다. 1940년대 윤동주의 「또 다른 고향」에는 '백골' 몰래 '아름다운 또 다른 고향'을 갈망하던 '나'가 있었다. 그리고 지금-여기, 이상의 질주하던 아이들과 윤동주의 '또 다른 고향'을 향해 가던 내가 도착한 곳은 황병승의 이상한 나라 '*에로틱파괴어린빌리지*'.

이 '*에로틱파괴어린빌리지*'에는 애인 하나 없이 46억 년 동안 하루도 빼놓지 않고 지구를 비춘 자신을 책망하는 "태양남자"가 있고, 과수원 바닥에 떨어진 열매들이 그저 또 한 번의 포기임을 천명하는 "늙은 나무들"이 있고, 냉소적인 "미스터 정키"와 자신은 스윗 숍(sweet shop)의 펌프(포주) 되기를 꿈꾸는 친구들과는 다르다고 호들갑 떠는 에로틱한 "힙합소년 j"와 차력사인 아버지의 쉴 새 없는 잔소리에 머리가 깨질 듯 아픈 "이소룡 청년"과 그리고 거리의 펌프들에게 심한 모욕을 당한 뒤 방문을 걸어 잠그고 날마다 순돈육 소시지를 먹는 "저팔계 여자"가 있다.

그렇다면 이 모든 이들이 살고 있는 '*에로틱파괴어린빌리지*'란 도

대체 어떤 곳인가. 이상의 겁에 질린 아이들과 윤동주의 우울과 혼돈에 빠진 내가 끈질기게 도주하려 했던 바로 그 공포의 세계 혹은 백골의 세계는 아닌가. 만약 그러하다면 가장 끔찍한 결론이다. 그들은 열심히 도망쳤지만 결국 그들이 도망치려 했던 세계에서 한 발짝도 벗어나지 못한 것이다. 이상의 아해(兒骸)와 윤동주의 백골을 두려워하던 나는 결국 여전히 공포와 백골의 초절정이 명백한 디스토피아 '에로틱파괴어린빌리지'의 촌민으로 제자리걸음하고 있었던 셈이다. 변한 것이 있다면 고작 '에로틱파괴어린빌리지'의 공포와 백골의 현실이 더욱 강퍅해지고 권태로울 정도로 진부해졌다는 것뿐. "46억년 동안이나 하루도 빼놓지 않은" 그 진부한 공포 또는 공포스러운 진부함 때문에 '에로틱파괴어린빌리지'의 촌민은 모두 질식할 정도다.

그러니 이제 살기 위해서는 다시 변화를 모색해야 할 시간이 왔다. "날개를 가진 짐승들은 모두 남부해안으로 떠나고 이제 비유 없이는 한 발짝도 전진할 수 없는 계절" 겨울인 것이다. 우리는 날개 가진 짐승처럼 남부 해안으로 훌쩍 떠날 수 없기에, 바로 디스토피아 '에로틱파괴어린빌리지'에서 모든 것을 끝내고 또한 시작해야 한다. 이 사실을 '에로틱파괴어린빌리지'의 촌민들도 알고 있었던 것일까.

"태양남자", "늙은 나무들", "미스터 정키", "힙합소년 j", "이소룡 청년", "저팔계 여자", 혹은 우리들 중 누군가, 또는 그들 모두의 공포와 분노가 발화한 불이 끝내 '에로틱파괴어린빌리지'의 현실을 태우고 있다. 그 걷잡을 수 없는 불길 속에서 '에로틱파괴어린빌리지'는 치명적인 혼돈에 빠져들지만, 그러나 혼돈의 불길은 생성이 가능할 때까지, 더욱더 맹렬히 '에로틱파괴어린빌리지'를 전복시킬 것이다.

깊은 밤이었고 눈이 내렸다
스윗 숍에서부터 시작된 불길은 에로틱파괴어린빌리지 전체로 번

져나갔다

　늙은 나무들은 포기를 모르고 맹렬히 타올랐다

　힙합 소년 j는 달콤한 가게의 구석방에서 창녀 셋과 뒤엉킨 채 숯불구이가 되었고

　이소룡 청년은 차력사인 아버지를 때려눕히고 아비요! 교성을 지르며

　늙은 남자의 항문에 쌍절곤을 쑤셔 박았다

　죽음도 삶도 아닌 세계, 붉은 해초들이 피어오르는 환각 속에서

　미스터 정키는 끝없이 헤엄쳐 나갔고

　태양남자, 언덕 위에 누워 46억 년 만의 휴식처럼

　*에로틱파괴어린빌리지*의 겨울을 내려다보았다

　누가 만든 불일까, 잘 탄다

　저팔계 여자는 순돈육 자지를 달고 불 속을 걸었다

—황병승, 「에로틱파괴어린빌리지의 겨울」 부분

　　그렇다면 이제 '에로틱파괴어린빌리지의 겨울'을 경유하고 있는 우리들은 이 세계를 태우는 불길, 그 '붉은 해초들이 피어오르는 환각 속에서' 다시 앨리스 맵을 펼쳐들고, 여전히 "비뚤어진 입술로 비뚤어진 목소리"(황병승)로 맹렬한 겨울 이후의 시간을, 전혀 다른 *에로틱파괴어린빌리지*를, "어두운 방에서 우주로 통하는"(윤동주) 또 다른 세계와 생의 가능성을 상상해볼 일이다. 우리에게 필요한 것은 이 낯선 가능성에 대한 믿음이며, 스스로 "전혀 다른 공간"(김언)이 됨으로써 그 가능성을 무한히 부려놓는 '시인-되기'를 기꺼이 긍정하는 것이리라.

지역을 통과하는 소설의 시선

1. 타자가 되어 타자를 만나다

'문학'이 사라지는 자리에서 '문학들'은 태어난다. 사회를 움직이던 대설(大說)로서의 문학이 퇴거한 자리에서 '소설(小說)'로서의 문학들은 마침내 존재를 드러낸다. 거시적인 시선과 단일한 목소리를 잃고 타자의 위치로 낮아진 문학은 비로소 지층(地層) 높이의 눈(김언, 「뱀사람」)으로 세상의 바닥을 흘러 다니는 배고픈 자들과 조우한다. 그들은 여성이며, 이주노동자이며, 동성애자이며, 노인이나 아이들이며, 우리 사회의 수다한 소수자들이다. 하나의 목소리로 수렴될 수 없는, 침묵하거나 중얼거리는 이들 타자들에게 몸을 허락한 문학은 이제 문학들로 복수화되며, 기꺼이 사소하고 남루해진다. 그러므로 '문학'의 종언, '문학들'의 탄생은 우울한 전언인 동시에 새로운 희망의 선언이기도 하다. 배고픔을 통해 배고픔을 알게 된 문학들은 n개의 진지를 구축하고 n개의 목소리로 발언하는 타자의 윤리를 내장하는 것이다.

지역은 구체적인 삶터인 동시에, 바로 이러한 문학들이 놓인 자리,

비루한 타자들의 중얼거림에 귀 기울일 수 있는 한없이 낮은 위치를 지시하는 것이 아닐까. 때문에 지역문학은 단순히 연고주의에 구속된 협애한 문학일 수 없다. 중심의 폭력을 증거하는 흔적이자 중심의 허(虛)를 겨냥하는 도발적인 장소로서의 지역을 내장한 문학이며, '문학들'의 다른 이름이기도 하다. 지층 높이의 눈으로 지역을 더듬어내는 지역문학의 시선은 그래서 윤리적이며 또한 정치적이다. 문학의 현실효과에 대한 믿음이 여전히 살아 있기 때문이다. 그 믿음은 타락한 중심을 겨냥하는 동시에 중심을 되받아 쓰려는 스스로를 경계하는 힘이 된다. 이러한 역능(力能)을 상실할 때 문학들 혹은 지역문학은 자신이 힘겹게 품은 낯선 것들을 신기함의 차원으로 소비하는 반윤리적 문학, 중심을 공략하려다 오히려 그것에 낚인 아류이거나 반지역적 문학으로 퇴행한다. 지역 문예지를 읽는 일은 그래서 언제나 기대와 우려가 공존하는 경험이다.

"지역문학의 힘으로 민족과 세계를 봅니다." 『작가와사회』는 이 글귀와 함께 시작된다. 그것은 단순한 글귀를 넘어 일종의 선언이며, 때로는 스스로를 벼리는 강한 주문처럼 읽힌다. '지역문학'을 읽기 위해서 굳이 지역문예지를 펼치는 이유가 여기에 있는지도 모르겠다. 선언 또는 주문 속에 담긴 강렬한 진정성, 그 진정성에 값하는 힘센 지역문학 만나기를 기대하기 때문이다. 『작가와사회』, 『좋은소설』, 『작가들』의 2008년 봄호에 실린 소설에는 그러한 기대를 충족시킨 작품이 있는가 하면, '당위'로서의 지역문학과 '실재'하는 지역문학 사이의 간격을 실감케 하는 작품도 적지 않았다. 지역이 일종의 '강박'으로 작용하거나 '알리바이'로 이용되는 경우도 있었다. 그러나 강박을 극복하고 알리바이의 혐의로부터 자유로운 몇몇 작품에서 지역문학의 가능성을 확인할 수 있었다.

이 소설들에서 특히 주목했던 것은 '장소'를 매개로 서사가 구축되는 경우였다. 예컨대 박명호의 「뿔」(『작가와사회』), 유시연의 「달의 눈물」(『작가와사회』), 고금란의 「라두가」(『작가들』), 문성수의 「배는 돌아오지 않는다」(『좋은소설』) 와 같은 소설들이다. 떠나온 고향, 변두리 소읍, 이국(異國)의 변방, 바다 등 소설은 인물의 과거와 현재가 길항하는 장소를 통해서 지역을 사유하고, 때로 지역에 대해 발언하려는 의지를 내보였다. 그러나 소재가 작품의 질을 담보하지는 못하며, 중요한 것은 결국 '무엇' 을 바라보는가보다 '어떻게' 품어내는가일 것이다. 그러므로 장소(지역)를 응시하는 작가의 시선을 따라가는 일은 흥미롭다. 그것은 곧 지역문학의 가능성을 타진해보는 일이기 때문이다.

2. 향수와 외경, 두 이방인의 시선
─박명호의 「뿔」, 고금란의 「라두가」

박명호의 「뿔」은 한 여자를 욕망한 두 남자의 이야기이다. 현실에서도 소설에서도 그리 낯선 구도는 아니다. 통영에서 태어난 나와 갑수는 지방의 소도시에서는 보기 드문 신동이었으며 명숙이라는 한 여자를 모두 마음에 품는다. 어릴 때부터 "모든 것에 비교를 했고 비교를 당했던" 이들의 갈등은 땅뺏기 놀이를 하던 유년시절을 넘어 인생의 매 국면마다 재연된다. 모든 욕망은 타인의 욕망임을 확인하듯, 갑수와 나는 서로의 욕망을 흉내 내면서 삶을 꾸려나간다. 예컨대 대학시절 사회현실에 대항했던 갑수의 행동이 전교조 운동에 대한 나의 욕망을 낳고, 유명한 시인이 된 내가 비평가를 향한 갑수의 욕망을 자극했던 것이다. 그러므로 갑수의 "직선적 삶"과 나의 "곡선적 삶"은 차이가 지워진 동종이형(同種異形)인 셈이다.

서로의 욕망을 모방하는 데 몰두하는 두 남자 사이에서 명숙은 존재감 없는, 마치 공백과 같은 존재로 텍스트를 떠돈다. 「뿔」이 한 여자와 두 남자의 이야기가 아니라, 두 남자 갑수와 나의 이야기인 까닭이 여기에 있다. 르네 지라르가 역설한 소설과 욕망의 공리를 충실하게 서사화하듯, 「뿔」의 명숙은 유년시절 두 남자의 결정적 파국을 유예시키는 "소도"와 같은 존재, 혹은 현실이 삭제된 "관념적 연인"이었다가, 종국에는 두 남자의 파국을 막고 화해를 유도하는 희생 제물로 바쳐진다. 「뿔」이 소설 초반에 명숙의 죽음을 배치한 것은 그래서 상징적이다. 명숙, 갑수, 나의 갈등을 서사화하기보다 갑수와 나의 '화해'에 초점을 맞춘 「뿔」에서 명숙의 죽음은 결코 '사건'이 되지 못하고 두 남자의 갈등 해결을 위한 소도구 정도로 활용된다. 때문에 여자의 죽음은 두 남자의 화해의식, 즉 바둑 대결만큼의 주목도 끌지 못한 채 사소하게 처리되고 있다.

이런 명숙과 흡사한 위치에 놓이는 것이 인물들의 고향인 통영이다. 오래전 "출향"한 자인 나의 시선에 포착된 통영은 마치 죽은 명숙과 같이 "정지상태"의, 생명을 느낄 수 없는 "정물"과 같은 공간으로 재현된다. 통영은 출향한 이방인들의 향수를 불러일으키는 풍경으로 전유되고, 나와 갑수의 화해 제의(祭儀)를 위한 낭만적 배경으로 연출된다. 철저히 이방인의 시선에 포박되어 현실이 휘발된 통영은 명숙과 마찬가지로 서사에 적극적으로 개입해 들어올 여지가 없다. 그리하여 「뿔」은 두 남자가 화해하는 계기가 왜 굳이 명숙의 죽음이어야 하는지 명쾌하게 설명치 못하듯, 두 남자의 화해 무대가 통영이 되는 이유 역시 충분히 납득시키지 못한다. 화해를 위한 낭만적 풍경 정도라면 굳이 통영이 아닌 어느 곳이라도 가능하지 않은가. 통영을 바라보는 박명호의 시선이 시베리아횡단열차를 타고 이방의 땅을 응시하는 고금란의 시선과 그리 달라 보이지 않는 것은 이 때문이다.

고금란의 「라두가」는 시베리아횡단열차를 타고 바이칼 호수를 찾아가는 두 여행객 상민과 남희의 이야기이다. 바이칼 호수 단체관광 상품의 구매자들인 상민과 남희는 각기 다른 배경을 지니고 있지만 비슷한 상황을 경험하고 있다. 대학을 졸업하고 생수회사에 취직해 제대로 능력을 발휘한 상민은 "삼십층 높이와 마흔 평 넓이의 아파트, 발에 흙 묻힐 일이 전혀 없이" 꽤 성공한 삶을 살고 있다. 그러나 안정된 중산층이 대개 그러하듯, 상민은 서른아홉 살 나이에 아기를 갖고 싶다고 요구하는 자신의 아내만큼이나 밀려오는 "상실감과 허무감"이 두렵다. 인생의 전환점임을 직감한 그는 휴식과 재충전, 그리고 새로운 생수 사업 구상을 위한 여행지로 바이칼호를 낙점한다.

교사인 남편을 따라 시베리아횡단열차를 탄 중년 여성 남희 역시 불임의 상처가 깊다. 그 상처 때문에 그림을 포기했고 생명이 있는 꽃을 만지기 시작했으나, 그럼에도 여전히 충족되지 않는 공허가 남는다. 남희는 그 오래된 결핍을 바이칼호가 뿜어내는 생명의 기운으로 채우고 싶다.

전형적인 한국 중산층인 상민과 남희는 소진된 삶의 에너지를 충전하겠다는 의지로 충만한 이른바 '관광객 노마드'들인 셈이다. 이들에게 여행은 상실된 자아, 흔들리는 정체성, 내면의 깊은 상처 등 자신의 문제를 치유해줄 일종의 '제의' 형식과 같다. 제의가 이루어지는 공간은 두말할 것도 없이 오염된 현실이 틈입하지 않은 지극히 신성한 곳이어야 한다. 따라서 상민과 남희, 두 상처받은 문명인의 시선에 조율된 「라두가」의 바이칼호는 오로지 "외경과 신비"로 가득하다. 소설은 일제하 징용으로 희생된 남희 외할아버지와 고려인의 아픈 역사, 북한 벌목공의 비참한 현실을 보태지만, 그러나 이 작위적인 서사적 편린들은 바이칼호의 신성성을 횡단하기엔 역부족이다. "관광열차"를 타고 도는 이방인 상민과 남희에게 바이칼호는 공허감을 메우고 성공적인 생수사업을 담보해줄 기회의 땅이며, 오랜 불임의 상처를 극복하고, 예컨

대 다음과 같은 환상을 마음껏 품을 수 있는 라두가, 즉 무지개와 같은
땅인 것이다.

> 문득 그녀는 세상의 모든 남자들이 자신의 젖을 먹고 자란 아들같
> 이 느껴진다. 수많은 상상임신으로 낳은 수많은 자식들이 그녀의 가
> 슴으로 달려온다. 남희는 그들을 끌어안으며 오랜 진통 끝에 해산을
> 끝낸 여자처럼 흐느낀다.

성찰이 부재하는 관광객 노마드들의 욕망을 통과한 바이칼호는 이
리 하여 현실이 아닌 "차원이 다른 세계"가 되며, 그곳을 살아가는 사
람들 역시 "모두 이빨을 환히 드러내며" 평화롭게 웃는 비현실적 풍경
이 된다.

3. 현실을 응시하는 윤리적 시선
– 유시연의 「달의 눈물」, 문성수의 「배는 돌아오지 않는다」

유시연의 「달의 눈물」은 남성들의 욕망에 유린되는 소녀와 문명의
폭력에 훼손되는 지방의 소읍을 중첩시키면서, 남성과 문명(중앙)이
식민화한 여성과 자연(지방)의 비극을 응시한다. 소설은 마치 정지한
듯 모든 것이 천천히 흘러가는 원시의 마을 '달의 눈물'이나, 그곳에서
'나'와 '진'이 만났던 '소녀'를 낭만적으로 전유하려는 시선을 거두고
오히려 그 일방적 시선의 폭력성에 주목한다. 여성·자연·지역에 가
해지는 문명·남성·중앙의 폭력에 대해 발언하겠다는 작가의 의지는
자칫 문명·남성·중앙을 손쉽게 훼절하고 여성·자연·지역을 시혜
적으로 품어내는 계몽적 구도를 취하기 쉬웠으나, 「달의 눈물」은 이러

한 유혹을 상당 부분 물리치고 있다. 피해자에게 목소리를 부여하기보다 소녀의 유린에 가담했던 이방인 남성을 서사의 중심에 배치한 것 역시 계몽의 유혹을 떨치기 위한 장치로 보인다.

소설은 중년의 피부과의사인 '나'가 어느 날 TV에서 의과대학 동기였던 '진'을 우연히 보게 되면서부터 시작한다. 진과 재회하면서 나는 불현듯 이십대를 떠올리고, 진과 함께 잠시 머물렀던 "조그마한 소읍", '달의 눈물'이라 불리던 그 소읍과 한 소녀를 기억하게 된다. 기억을 통해 과거가 현재로 소환되면서 "순수하고 순결한 꿈으로 가득" 찬 "생의 절정"이라고 막연하게 믿었던 이십대가 실은 "인생의 위태로운 시기"였음이 속속 드러난다.

공중보건의로 '달의 눈물'에 내려와 있던 나는 무기력과 권태로 지쳐갔고, 그 무렵 지방 병원에 내려와 있던 진과 우연히 재회한다. 어느 날 나와 진은 산속 약수터에서 온천수를 찾아다니는 중년 사내에게 유린당하는 소녀를 우연히 목격한다. "실성기가 있던" 소녀는 자신을 짓밟은 사내에 대해 온전히 폭로할 수 없었고, 진과 나 역시 사내에 대해 함구하기로 결정하면서 진실은 은폐된다. 이후 폭력의 목격자였던 나와 진은 오히려 폭력의 '주체'로 둔갑한다. 그들은 소녀를 유혹해 그녀의 성을 유린한다. 소녀는 아비가 누구인지 알 수 없는 자폐아를 낳고, 진과 내가 떠난 뒤 결국 죽게 된다.

기억을 통해 되살아온 '달의 눈물'과 소녀는 그러므로 남자에게 추억하거나 향수할 수 있는 대상일 수 없다. 현재화된 과거는 남자의 삶에 개입해 들어와 현재를 뒤흔들어놓는 '사건'이 된다. 마을을 떠난 후부터 남자는 피부과의사인 자신도 치유할 수 없는 심한 가려움증을 앓게 되고, 몸에는 마치 사내들의 폭력에 훼손된 소녀의 육체처럼 끔찍한 흔적이 남는다. 그의 몸은 가려움증으로 "불긋불긋 손톱에 긁힌 자국이 어지러이 나 있"는 "짐승과도 같은 몰골"로 변해간다. 남자에게 마을과 소녀는 수시로 잔혹하게 되살아 와 그의 죄의식을 집요하게 공략하기도 한다. 침대에 누운 아내와 소녀의 환영이 자주 겹쳐지고, 원주민을 학살하고 그들의 땅을 빼앗는 이국의 영화 장면이 '달의 눈물' 과 하나가 된다. "원시의 처녀성을 잃어버"리고 "오만 명의 관광객"이 다녀가는 대표적 관광지로 변한 마을의 현재 역시 사내들에게 짓밟힌 소녀의 비극을 더욱 또렷하게 한다.

그러므로 짓밟힌 타자들의 상처가 몸과 기억을 관통한 남자는 더 이상 진과 동일할 수 없다. 그가 '달의 눈물' 과 유사한 변두리 지방에서 태어나고 자랐다는 사실 역시 남자와 진이 동류일 수 없음을 보여준다. 이는 서울에서 태어나 유복한 가정에서 성장한 진보다 '달의 눈물' 과 소녀의 고통에 남자가 더 예민할 수 있는 이유이기도 하다. 죄의식 없는 진을 차에 태우고 남자가 '달의 눈물' 을 찾아가는 소설의 마지막 장면은 그래서 의미심장하다. 죄의식에 시달리던 남자는 마침내 진실과의 대면을 결행함으로써 타자에게 시선과 목소리를 내어줄 수 있는 자, 타자들린, 타자되는 수행이 가능해지는 것이다.

유시연이 윤리적 시선으로 장소의 역사와 비극적 현재를 서사화하고 있듯이, 문성수의 「배는 돌아오지 않는다」 또한 바다를 철저히 내부인의 시선으로 포착하고 있다. 그리하여 문성수의 바다는 생명이 삭제된 정물이나 추상적 풍경이 아닌, 오랜만에 살아 있는 현실이 된다. 현실이 된 바다는 더 이상 배경으로 물러나 있지 않고 소설의 중심으로 들어와 전경화된다. 작가의 구체적 경험이 구석구석 녹아들어간 소설은 '초월' 이나 '환상' 으로 비약하지도 않는다. 경험의 과잉이 유혹하는 관조적 시선이나 경험의 부재가 미혹하는 별종의 상상력과 모두 거리를 둔 채 문성수는 미시적 시선으로 낡고 비루하고 상처받은 것들을 찬찬히 '재현' 한다. 바다는 바로 이들 낡고 비루한 자들의 과거와 현재가 고스란히 살아 있는 '삶터' 로 형상화된다. "미화되고 조작된" '신화' 도, 자본의 욕망에 포획된 '스펙터클' 도 아닌 문성수의 바다는 "타고 넘어야 하는 고통스러운 현실" 이거나 "풀리지 않는 시퍼런 한" 의 장소이다.

삶터로서의 바다를 재현하기 위해 소설은 평생 자신의 삶과 죽음을 바다에 내맡겼던 자들의 과거와 현재를 불러낸다. 그 중심에 있는 인물이 김제호이다. 남대서양 어장에서 사고로 동생을 잃은 고통스러운 기억에도 불구하고 그가 30여 년간 바다를 떠날 수 없었던 이유는 시신조차 찾지 못한 동생이 어느 날 불쑥 나타날 것만 같은 내밀한 기대감 때문이었다. 그러나 이제 김제호는 그 바다와 더불어 살았던 자신의 운명이 소진되어감을 느낀다. 동생의 이름을 붙인 20년 넘은 노후선으로는 현실적 문제를 타개하기에 역부족이다. 그는 결국 배를 처분하기로 결정한다.

작가의 시선은 바다와 더불어 인생의 대부분을 살아온 김제호를 따라가고, 김제호의 시선은 "늙어서도 부둣가를 떠나지 못하고 이리저리 돌아다니며 한 잔 술을 구걸해야 하는" 고독한 노년의 뱃사람들에 가 닿는다. 배를 내렸으나 바다를 떠날 수 없는 그들은 누추한 부둣가를 흘러 다니며 하루하루 간단치 않은 생을 살아간다. 바로 그 자리에 "진짜 뱃사람"으로 불리던 보송 강씨의 삶도 있다. 동생을 잃은 김제호를 "가장 따뜻하게 감싸" 주던 그는 전설적인 뱃사람이었고 늘 바다에 머물기를 원했다. 그러나 예순이 넘어 배에서 내린 강씨는 아내를 병으로 잃고 실성한 사람처럼 부둣가를 떠돌며, 다시 바다로 나가기만을 기다리는 비루한 생을 살아가고 있다.

소설의 마지막 장면은 육지의 현실에 제대로 발붙이지 못하는 김제호와 보송 강씨의 만남에 할애된다. 김제호는 영도의 해안절벽 방파제 끝에서 "등대의 구조물처럼 오도카니 앉아 먼 바다를 바라보고 있" 는 강노인을 만난다. 그리고 그는 강씨나 자신에게 더 이상 바다가 구체

적 삶터가 될 수 없음을, 추상적 풍경으로 변해가고 있음을 아프게 깨
닫는다.

인기척을 느끼지 못하는 노인은 고독으로 탈진된 듯한 두 눈에 배
두 척을 담고 있었다. 풋 데크에 서서 먼 수평선을 바라보던 지난날
의 모습이 노년의 정체된 슬픔 속에 고스란히 용해된 것 같았다. 대
양으로 나갈 수 없다는 숙명적 한계가 두터운 그늘을 이루어 그의
눈을 무겁게 누르고 있었다. 이제 바다는 보송이나 그에게 무엇으로
도 채색할 수 없는 추상적인 대상으로 변해 버렸음을 아프게 느꼈
다. 그는 내부 속에 밀폐된 어떤 설움을 애써 참으며 나지막하게 말
했다. "보송, 이제 배는 돌아오지 않고, 배는 돌아오지 않는다 말이
오!" 그 소리는 갈매기 울음에 뒤섞여 꼭 자기한테 하는 말처럼 공허
하게 들려왔다.

바다와 결별하려는 김제호의 결정이 과거에 얽매인 자신의 삶을 청
산하고 현재를 추인하려는 긍정적 전회로 읽히기보다 "어떤 설움"으
로 다가오는 것은 바다를 '살지' 못하고 바다를 '관조해야' 하는 그들
의 현재가 자신들의 의지와 무관하기 때문일 것이다. 그것은 마치 거스
를 수 없는 "숙명"처럼 강요되는 어떤 것이며, 때문에 그 거대한 힘 앞
에서 느끼는 그들의 무력감은 "내부 속에 밀폐된 어떤 설움"으로 자리
잡는다.
김제호와 강노인이 응시하는 바다의 운명은 엄청난 자본의 힘 앞에
서 구체적 삶과는 무관하게 스펙터클한 풍경으로 변해가는 지금, 이곳
의 바다, 그리고 지역의 운명에 대한 알레고리인지도 모르겠다. 소설을
읽는 내내 김제호와 강노인의 절망과 설움에 크게 공감할 수 있었던 이
유는 이 때문이리라. 사물화 되어가는 바다의 운명, 추상적 공간으로

변해가는 지역의 현재를 성찰하는 무척이나 쓸쓸하고 우울한 보고서. 문성수의 「배는 돌아오지 않는다」는 울림이 큰 소설이었다.

4. 지역문학의 힘

낯설고 이종적인 표층에 대한 강박이 문학의 심층을 휘발시키는 일이 흔해졌다. '이종(異種)'의 라벨을 단 '동종(同種)'들, 현실에 다양하게 개입해 들어가는 '문학들' 대신 현실을 놓친 특정 스타일의 '복제 소설들'이 범람하고 있다. 복제된 별종들은 더 이상 낯설지 않으며, 단성적인 문학을 횡단하는 유쾌한 힘일 수도 없다. 때문에 삶의 구체적 경험을 오래된 형식 속에 담아낸 소설에서 오히려 신선한 감흥을 얻는 일이 잦아졌다.

김현의 「소등」(『작가와사회』)에서도 그런 감흥을 느낄 수 있었다. 요양병원에 기거하는 한 노인의 시선을 통해 말년의 생을 섬세하게 담아낸 「소등」은 여운이 오래도록 남는 작품이었다. 미래에 대한 결정권을 박탈당한 노인의 절망과, 흔하디흔한 노년의 죽음들을 지켜보면서 "자신의 생명이 소등되는 상상"을 하는 노인의 두려움이 생생하게 전해졌다. 자식을 위해 튼실한 울타리를 만들려고 애썼으나, "일생 동안 가혹할 만큼 스스로에게 아무것도 해준 것이 없다는" 노인의 자각 역시 아프게 전달되었다. 그리고 마지막 장면. 두려움과 절망을 거두고 다시 '살기' 위해 손에 힘을 쥐어보는 노인의 모습은 무척이나 감동이 진했다.

> 노인은 마치 걸음마를 배우는 아기처럼 위태롭게 전등 스위치 곁으로 다가갔다. 스위치의 위치를 알려주는 빨간불이 불규칙적으로 깜빡거리고 있었다. 노인이 소중한 물건을 어루만지는 것처럼 살그

머니 스위치에 손을 갖다 댔다. 따뜻한 온기가 손목을 타고 올라와 온 몸으로 퍼지는 기분이었다. 불을 켜면 환자들이 깰까봐 염려되었지만 견딜 수 없는 어둠에서 놓여나고 싶었다. 노인이 스위치에 올려놓는 손에 힘을 주었다.

노인을 '보고' 마침내 노인이 '되는' 김현의 윤리적 도약, 지금 지역문학이, 아니 문학들이 지녀야 할 것은 바로 이 도약하는 힘이 아닐까. 문학의 종언이 아니라, 다양한 진지를 구축하고 타자들과 조우하는 '문학들'이 사라져가는 요즘, 타자들이 표류하는 지역, 그 낮은 바닥을 더듬어내는 지역문학의 능동적 힘을 보여줄 때이다.

동물이 되거나 혹은
인간이 되거나

1. 소설, 능생이가 되다

능생이가 살았다고 한다. 『한국의 포유동물』이라는 책에 따르면 이 동물은 1930년대 이전까지 중부 일부 산간지역에서 발견되었으나, 이후 목격되지 않아 멸종포유류로 분류되었다고 한다. 최용탁의 「능생이가 살아 있다」(『작가들』, 2008년 여름호)에는 이 사라진 짐승을 기억하는 사내가 등장한다. 사내는 댐이 건설되면서 고향을 박탈당한 인물이며, 수장된 고향을 기억하는 '청벽회'라는 모임의 멤버이고, 놀랍게도 '전태일문학상'을 '재작년'에도 받은 소설가이다. 수몰된 기억의 편린을 줄줄이 끌고 다니는 이 사내가 아니었다면 『한국의 포유동물』 "306페이지"에나 겨우 생존하는 능생이의 존재를 어찌 알 수 있었겠는가.

최용탁의 소설은 능생이를 기억하고, 사라진 고향을 기억하고, 전태일을 기억하고, 그 기억을 빌어 소설을 쓰는 사내를 통해 이 시대 멸종의 위기를 사는 것들에 관해 이야기한다. 예컨대 그것은 사내가 기억하는 능생이며 또한 소설이기도 하다. 능생이의 실존(實存)을 선언하듯, 사내는 중학교 국어책에 나오는 황순원의 「소나기」 이후로 "소설이라는 말도 생경할뿐더러 아무리 기억을 더듬어보아도 그런 것을 읽어본 적이 없"다는 야속한 대중을 향해 또한 외치는 것이다. 소설 역시아직 살아 있다는 것을. 그리하여 「능생이가 살아 있다」를 읽으면 우리는 사라진 줄 알았던 "능생이의 긴 울음소리"와 더불어, 망각된 것들을되살리면서 소설의 소멸을 멸(滅)하려는 이 시대 소설가의 절박한 외침을 듣게 된다. 절규에 가까운 그 외침을 듣고 있노라면 우리는 또 어김없이 생각하게 된다. 기억을 혹은 역사를 단념한 지금, 이곳을 마치능생이처럼 또는 유령처럼 떠도는 소설의 운명에 대해서 말이다. 더구나 유통이 곧 소통이 되는 신자유주의 천하에서 상품성 제로의, 유통불가능한 '단편들'이 감당하는 비루함에 대해서도……. 능생이의 운명을 사는 이 시대의 소설을, 그리고 단편들을 읽는 일은 그래서 매번마음 편치 않은 경험이다.

그럼에도 불구하고 유령의 비루함을 잘 견뎌낸 단편은 어김없이 발표되고 있다. 그리고 야속한 독자가 되지 않으려는 우리는 언제나처럼 착잡함을 떨치고, 이 가난하고 왜소한 소설들을 읽고 다시 희망을 걸어본다. 사물화된 역사의 외피를 두를 서사적 육체도, 눈 딱 감고 소설(novel)을 이야기(story)로 주저앉힐 만한 배짱도 지니지 못한 짧은 이야기(short story)들이기에 도리어 가능한 희망 같은 것 말이다. 말하자면 그것은 자본의 욕망 바깥으로 내쳐져, 독자와의 팬 미팅은커녕 그 흔한 작품 홍보용 블로그나 홈페이지 하나 만들 수 없는 단편들이기에, 오히려 그 '가난함'으로 온전히 '소설'로 남을 수 있으리라는 기대 같은 것이다.

그런 희망과 기대를 배반하지 않은, '소설'임을 여전히 기억하는 짧은 이야기들은 힘겹지만 쉼 없이 자본지상주의의 도착(倒錯)을 포착하고 있었다. 예컨대 인간이 '동물'로 둔갑하는 자본주의의 적나라한 도착을 말이다.

2. 인간, 동물이 되다

언젠가부터 소설은 일상이 점거한 시대를 사는 인간의 형상을 담기 시작했다. 아마도 민주화를 향한 연대와 열광이 급작스럽게 사그라진 90년대 중반 무렵이었을 것이다. 김영하가 말하는 '무협지적 세계'가 종식되고 갑자기 '모더니즘적 세계'가 도래했다는 그 무렵, 역사가 현격히 퇴거하던 그 즈음부터 소설은 선과 악의 경계를 분명히 아는 무협지적 세계의 인간들, 루카치식으로 말하면 패배를 짐작하면서도 역사적 필연성을 향한 비극적 도정을 멈추지 않았던 '문제적 개인'이 아닌, 자동차나 컴퓨터, 휴대폰과 같은 물질과 하나가 된 '사물화된 인간'들을 담아내기 시작했다.[1] 역사 이후를 살아가는 이 적나라한 인간들을 가리켜 코제브는 '동물'이라고 부른다. 주어진 환경을 부정하는 투쟁 없이, 타자를 단념하고 생존하는 이 역사 이후의 인간들은 욕망이 아닌 '욕구'를 충족시키는 데 급급하며, 굶주림도 투쟁도 없는 대신 철학도 없는, 말 그대로 동물인 것이다.[2]

고금란의 「두 남자」(『좋은소설』, 2008년 여름호)는 남한사회에 편입하면서 이러한 동물의 징후를 살게 되는 두 탈북노동자에 관한 이야기이다. 북한에서 버섯재배농장 관리자였던 '남자 1'은 남한 정부가 제공한 정착금으로 냉면집을 차리지만, 복덕방 소개비를 아끼기 위해 벼룩신문에 난 광고를 보고 얻은 가게는 곧 경매로 넘어간다. 개업을 한 지 몇 달 만에 보증금을 모두 잃고 쫓겨난 그는 이후 금속공장 노동자가 된다. 북한에서 대학을 나와 교사로 근무했던 '남자 2'는 가짜 사망신고서까지 만들어 북한사회의 추적을 따돌리고 남한으로 넘어온다. 그러

---

1) 류보선, 「우리 시대의 비극」, 『문학동네』, 2008년 봄호, 393~398쪽 참고.
2) 아즈마 히로키 지음, 이은미 옮김, 『동물화하는 포스트모던』, 문학동네, 2007, 117~119쪽 참고.

나 죽음을 불사한 이 드라마틱한 탈출에도 불구하고, 남한사회가 그에게 허락한 것은 전혀 극적일 것 없는 열세 평 임대아파트 세입자이자, 천연가스 고압 용기 생산업체 노동자의 삶이다.

목숨을 담보로 "노력만 하면 얼마든지 잘 살 수 있다는 지상 천국" 남한사회로 편입한 그들이었지만 월경(越境)과 동시에 이들에게 부여된 레테르는 동일하게 '탈북노동자'이다. 남한사회에서 더 이상 낯설지 않은 이 표지는 6,70년대 남한 노동자들이 경험했던 낯익은 비참과 비극을 고스란히 환기한다. 하루 열두 시간의 노동에 내몰리고, 잠자기와 텔레비전 보는 일로 에너지를 충전한 뒤 다시 작업장으로 투입되는 그들은 사회주의 강성대국 건설이 아닌, 자본주의의 몸피를 불리는 일에 온전히 바쳐진다. 이제 "스스로 먹을 것을 찾아야 하는" 그들은 저항과 투쟁에 대한 욕망조차 박탈당한 채, 오로지 '결핍-만족'의 단순회로를 무한반복하며 사는 "야생동물"이 된다. 각자의 욕구 충족에 전신하는 그들은 스스로를 타자화하는 성찰의 여유도, 타자와 관계 맺으려는 인간적 의지도 모두 바닥난 상황이다. "한 발짝도 서로에게 다가가지 않"는 '남자 1'과 '남자 2'는 비대해진 자본주의의 생존 양태가 된 자연화된 고립을 살아갈 뿐이다. 동물로 살아가는 그들에게 설핏 스치는 두려움이나 그리움 같은 감정의 흔적만이 이들이 한때 인간이었음을 상기시킨다.

남한사회를 겨냥하던 작가의 시선이 북한사회를 향하면서 급격히 무뎌지기는 하지만, 탈북노동자들을 통해 유아독존하는 자본주의의 이상징후를 포착하려는 작가의 문제의식은 예사롭지 않다. 그러나 북한과 남한, 굶주린 이념의 노예와 자기충족적인 동물 사이를 오가며 체제의 비정상을 모두 살아내는 탈북노동자의 문제성을 작가는 더욱 섬세하고 촘촘하게 형상화할 필요가 있다. 고금란의 「두 남자」는 우리 사회의 새로운 하위주체인 탈북노동자의 현실을 담아내는 윤리를 내장하였으나, 소재적 차원의 윤리성이 곧장 소설의 질을 담보한 것은 아니다. 빵과 자유를 찾아 탈국하는 존재를 품는 착한 소설이 종종 그 선한 의도에 압도돼 정작 이들이 체현하고 있는 겹겹의 문제를 상당 부분 놓치는 장면을 자주 목격하게 된다. 「두 남자」 역시 이러한 위험과 우려를 얼마나 불식하고 있는지 재검할 필요가 있다.

사물과 하나가 된 인간, 타자 없이 필요를 충족시키는 인간이 점증하는 상황에 최근 소설은 예민하게 반응하고 있다. 그리하여 소설은 사물이나 동물로 변태하는 인간을 반영하는 동시에 그 어느 때보다 강렬하게 소멸된 '타자'의 흔적을 좇는다. 타자의 무게가 뚜렷이 감지되는 소설 작품이 많았던 것은 이러한 이유일 것이다. 아이러니하게도 타자가 사라지는 자리에서 소설은 가장 진지하게 타자를 성찰하는 것이다. 정영선의 「부끄러움들」(『좋은소설』, 2008년 여름호) 역시 그러한 작품이다.

「부끄러움들」에는 세 가지 서사가 겹쳐 있다. 사법고시를 준비하였으나, 전두환 정권에 맞서 싸우는 친구들을 외면하고 개인적 영락을 추구한 것이 부끄러워 시험 전날 오른손에 가짜 깁스를 한 아버지의 서사. 그 서사가 무색할 만큼 스스로 부당한 권력이 된 아버지의 폭력을 견딜 수 없어 아버지를 감금하도록 거짓 고백을 한 딸의 서사. 그리고 인문계 고등학교로 진학하기 위해 시내 중심지에서 변두리 가난한 동네 학교로 전학 온 윤승주의 서사. 이 세 서사의 밑자리에는 공통되게 '부끄러움'의 경험이 놓여 있다. 부끄러움 때문에 아버지는 평생 알코올중독자로 살아가고, 딸은 아버지를 가두었다는 죄책감을 떨치지 못하며, 승주는 부끄러움을 견딜 수 없어 스스로 몸을 훼손한다. 타자는 바로 이 부끄러움의 유발자들이다. 작가는 '부끄러움'을 통해 타자가 우리 삶에 깊숙이 관여하는 존재임을 환기하고자 한다.

그러나 이 탁월한 의도에도 불구하고 「부끄러움들」은 많은 부분에서 아쉬운 소설이다. 무엇보다 이 소설은 인물의 삶을 훼절하는 부끄러움을 보다 핍진하게 그려내지 못했다. 때문에 독자는 아버지가 인생을 송두리째 탕진하고, 승주가 자신의 몸을 스스로 유린할 만큼 부끄러움이 그 필연적 계기가 되었는지 내내 의심하게 된다. 또한 부끄러움의 환(環)을 형성하는 세 서사의 연루 역시 독자를 설득하기에는 역부족이다. 부끄러움이라는 매개를 통해 낱낱의 서사를 연결시키려는 작가의 의도는 분명하게 읽히나, 그 의도만큼 세 이야기가 자연스럽게 습합되지는 않는다. 의도와는 다르게 이야기와 이야기 사이의 편집점들이 노출되어 정영선의 소설은 독자의 몰입을 계속 지체시킨다. 더불어 이 작품에서 부끄러움을 느낄 여유조차 없이 고단하게 살아가는 어머니의 서사가 더욱 전경화될 필요도 있었다. 울어야 할 순간에도 '졸고' 있을 수밖에 없는, 삶의 치명적 무게를 감당하고 있는 어머니의 서사는 딸인 '나'를 포함해 어머니와 연결된 모든 이를 '부끄럽게' 하는 가장 설득력 있는 계기가 아니었을까.

> 고모가 고개를 숙인 채 눈물을 닦았다. 어머니의 고개가 푹 꺾였다. 어머니까지. 그제야 나도 아버지에게 대들고 조사관 앞에서 했던 대답들이 얼마나 잘못인가를 깨달은 것처럼 고개를 숙였다. 어머니가 다급하게 고개를 들었다. 잠시 후에 푹 숙였다. 세상에, 어머니는 울고 있는 것이 아니라 졸고 있었다.
>
> —정영선, 「부끄러움들」, 156쪽

그럼에도 불구하고 슬픔을 압도하는 삶의 '피로함'에 전적으로 잠식당한 어머니의 서사는 이 소설에서 더 이상 강렬하게 살아나지 않는다. 단편의 한정된 육체 속에 너무 많은 '부끄러움'을 배치하려던 작가의 욕망은 오히려 각각의 부끄러움을 온전히 살려내지 못하는 원인이 된다. 그리하여 소설 속에 배치된 부끄러움의 서사는 낱낱의 에피소드로 시종일관 텍스트 속을 떠도는 느낌을 지울 수 없다.

정영선이 타자를 실감하는 방식이 '부끄러움'이라면, 김헌일이 타자를 감각하는 방식은 '사랑'이다. 김헌일의 「불꽃」(『작가와사회』, 2008년 여름호)은 사랑을 통해 타자와 연루되는 한 남자의 이야기이다. 모든 사랑 이야기가 그러하듯, 「불꽃」의 주인공 진호가 쓰는 사랑의 서사 역시 그리 특별할 것은 없다. 문제는 항상 이 특별할 것 없는 사랑 이야기를 작가가 어떻게 전혀 진부하지 않은 것으로 만드느냐일 것이다.

비행기 조종사인 진호는 어느 날 자신의 비행기에 승객으로 탑승한 희수를 만난다. 희수는 심각한 비행공포증에 시달렸고, 기장인 진호는 비행기를 되돌리는 대신 그녀를 질리게 하는 공포의 정체를 다독인다. 진호의 위로를 빌어 공포로부터 해방된 희수는 이후 진호의 삶 속으로 깊이 들어온다. 희수의 삶에 접근하면서 진호는 희수를 유린하는 고통의 궁극적 정체와 만난다. 그것은 다소 상투적인 설정이긴 하지만, 그래도 여전히 여성을 가장 상습적으로 신랄하게 몰아치는 남편의 폭력이다. 희수 역시 진호의 삶에 개입하면서 중년의 진호가 경험하는 삶의 허허로움을 목격한다. 서로의 삶을 속속들이 들여다본 진호와 희수는 홀로 감당하고 있던 고통을 함께 나누면서, 새삼 "산다는 것이 축복이었음을, 자신들에게도 무한한 가능성이 남아 있었음"을 발견하게 된다.

그러나 금기를 위반하면서 새로운 생의 가능성을 타진한 이들의 사랑은 동시에 그들의 삶을 위협하게 된다. 희수의 남편이 진호의 존재를 알게 되고, 이어 불륜의 사실이 진호의 회사에 알려지면서 진호는 심각한 위기에 처한다. 작가는 진호가 경험하는 이 사랑과 파국의 과정을 비행의 과정과 연결시켜 서사를 구축하고 있다. 예컨대 조종사가 실수로 조종석에 커피를 쏟고, 그 커피 속 설탕 성분이 전도체 역할을 해 전기합선을 유도하고, 이것이 누전으로 이어지면서 결국 거대한 비행기가 추락하듯, 우연히 진호의 삶에 틈입한 희수는 사랑으로 전화되어 진호의 삶을 점점 밑바닥으로 주저앉히는 것이다. 그러므로 사랑은 진호나 혹은 희수에게 삶의 약동하는 진실을 발견하는 계기인 동시에, 사랑에 내재된 "착각과 혼돈", "사악함과 비루함"을 실감하는 고통의 과정이기도 하다. 문제는 이 고통스러운 타자의 흔적이 결코 말끔히 삭제되지 않는다는 것이다. 그리하여 비행기의 연료탱크에 난 작은 구멍이 비행기의 안전을 위협하듯, 진호의 삶에 흘러들어온 희수의 존재는 그의 삶을 균열하고 치명적으로 위태롭게 한다. 그리고 마침내, 접착제를 구하지 못해 미세한 균열을 안고 이륙한 비행기의 폭발과 더불어 진호의 생 역시 마감된다.

「불꽃」은 사랑의 낭만성을 의심하고, 사랑이 도리어 끊임없는 착각과 혼란, 서로를 파괴하는 사악함과 비루함의 연속일 수 있다는 사랑의 이면을 응시한다. 맨얼굴의 사랑을 확인하는 이 과정은 이상 징후를 보이는 비행 과정과 무리 없이 연결돼 비교적 안정적인 서사를 만들어간다. 그러나 「불꽃」의 미덕은 그리 오래가지 않는다. 진부한 사랑의 서사로 추락하는 것을 힘겹게 버텨내던 소설은 결국 낭만적 서사로 귀착한다. 사랑이라는 이름으로 행했던 일들의 무의미와 탐욕을 어렵사리 성찰하던 진호가 종국에 확인하는 것은 예의 사랑에 관한 상투적 믿음이다. 예컨대 사랑이 결코 "길을 잃은 자의 망막에 떠오른 신기루 같은 것"이 아니라는 것, "머리칼이 쭈뼛해질 정도로 무섭기도" 하지만 목숨 바칠 만큼 "신비하고 아름다웠다"는 것, 그러므로 사랑은 있다는 것이다. 사랑에 관한 이 흔한 믿음에 낚인 「불꽃」은 사랑이라는 형식을 빌려 단순한 멜로드라마 이상의 서사가 될 수 있는 가능성을 놓친다. 예컨대 결코 내 것으로 포섭될 수 없는 타자의 존재를 온전히 발견하거나, 타자의 고통에 감염되어 더 이상 남의 것이 아닌 고통을 진지하게 성찰하는 형식으로서의 사랑의 서사 말이다. 삶의 진부함을 횡단하는 힘으로 사랑을 새롭게 사유하지 못할 때 사랑의 서사는 예외 없이 진부해진다.

그러나 이와 같은 한계에도 불구하고, 부끄러움이나 사랑을 통과하면서 인간이 결국 타자에 위탁된 존재임을 확인하려는 소설의 욕망은 충분히 희망적으로 읽힌다. 비록 우리를 부끄럽게 하고, 고통스럽게 하고, 급기야 우리의 명징한 세계를 무너뜨려 전혀 낯선 생을 우리에게 요구하는 자들일지라도, 타자는 적어도 사물이나 동물로 추락하려는 우리를 다시 인간으로 붙드는 최후의 존재이기 때문이다. 우리를 덥석 붙드는 그들의 힘은 또한 삶을 다시 "풍성한 입체"(명지현, 「표준사이즈」, 『작가와사회』, 2008년 여름호)로 만들어줄 가능성인지도 모른다. 김현과 강영숙의 소설에서처럼, 동물과 인간, 그 선택지들 사이에서 위태롭게 방황하는 지금, 이곳의 우리들에게 말이다.

3. 동물 혹은 인간, 그 선택지 사이에서

자신의 집에 유폐된 자와 집 없이 '거점들'을 흘러 다니는 자가 있다. 그들의 공통점은 모두 타자 없이 유령처럼 혹은 동물처럼 홀로 생존한다는 것. 김현의 「관계」(『좋은소설』, 2008년 여름호)가 전자형 인물에 관한 서사라면, 강영숙의 「거점들」(『좋은소설』, 2008년 여름호)은 후자형 인물들에 관한 이야기이다.

김현의 「관계」에 등장하는 '나'는 누군가를 기다리는 일이 죽기보다 싫으며, 헤어지는 고통 또한 겪고 싶지 않아 타인과 관계 맺지 않고 살아간다. 혼자 사는 집이 동굴처럼 갑갑하고 외롭지만 그곳을 벗어나 다른 공간에 놓이는 일이 더욱 두려워 여자는 살아오는 동안 한 번도 집을 떠나본 적이 없다. 그런 여자는 어느 날 땀을 뻘뻘 흘리며 엄마를 때리던 아버지의 "여윈 등"과는 다른 "넓고 단단한 등"을 가진 한 남자를 만나게 된다. 남자의 등을 맹목적으로 욕망하면서 여자는 처음으로 타인과 하나가 되는 완전한 관계를 소망한다. 그러나 남자와 맺는 관계에 집착할수록 여자가 확인하는 것은 남자 역시 "영원한 타인"이라는 사실. 결국 남자는 떠나고, 여자는 남자와 함께했던 기억을 수습하기 위해 일본으로 여행을 결행한다. 여행지 일본에서 여자는 자신에게 집요한 관심을 보이는 가이드 천을 만난다. "천의 세계", 곧 타인의 세계를 다시 받아들여야 하나 잠시 갈등하던 여자는 자신을 점령하려는 천의 맹목적인 욕망 앞에 극심한 공포를 느낀다. 하여 다시 두려움이 된 타인으로부터 필사적으로 달아난 여자는 재차 자기 유폐를 살기로 결정한다.

> 눈이 점점 내 몸을 두텁게 덮었다. 이러다 죽을 수도 있겠다는 생각이 들었지만 천의 팔에 갇혔던 조금 전과는 달리 이상하게 죽음이 두렵지 않았다. 우두커니 서 있던 나는 홀로 떨어졌다는 것도 잊은 채 두 팔을 벌리고 목청껏 외쳤다.
> 그래 이제 혼자 있어도 무섭지 않아. 견딜 수 있어. 나는 괜찮아. 어둔 밤공기를 뚫고 사방으로 퍼져나간 내 목소리는 메아리가 되어 나에게로 돌아왔다. 나는 괜찮아. 순간 내 몸 어디에선가 투둑, 밧줄이 끊어지는 소리가 났다.
>
> —김현, 「관계」, 81~82쪽

관계의 끈을 단절하고 타인 없이 홀로 생존하려는 「관계」의 여자와 달리, 「거점들」의 K는 더 이상 홀로 살지 않기를 선택한다. '거점'이라 부르는 도심의 빈 건물을 유동하며 살아가는 K는 거점의 다른 세입자들과 마찬가지로 자본이 바닥난, 이른바 신자유주의 사회의 유령인 셈이다. 유령인 K는 밤마다 인간 대신 영화 포스터 속의 주인공들과 역할 놀이를 하며, 타인과 대화하지 않고 혼자 중얼거리고, 인간을 욕망하는 대신 물건에 본능적으로 반응한다. 물건을 보면 욕구조절이 되지 않는 K는 "늘 배 고픈 상태로 상점들을 돌다"니며 한 치의 변화 없는 현실을 반복해 살아가는 그야말로 '동물'이다.

그러나 유령이며 또한 동물인 K는 어느 날 개인재정전문가인 남자를 만나면서 조금씩 변화를 경험한다. 분석을 위해 그에게 자신에 관한 정보를 전해주면서 오랜만에 타인에게 말문을 연 K는 미세하지만 다시 인간을 욕망하기 시작한다. 때문에 남자와 만난 이후 K는 외부와 단절된 거점의 고요함 안에서 오히려 불안을 느끼고, 불현듯 누군가와 대화하고 싶다는 욕망을 느낀다. 그리고 마침내 새로운 거점으로 입주하기를 포기하고, 오래전 떠나왔던 "엄마의 집"으로 향한다. "지붕은 내려앉을 듯 위태로워 보였고 흔하게 볼 수 있는 흰 빨래 하나 나부끼지 않"는 엄마의 집으로 들어간 K는 그곳에서 죽음처럼 누워 있는 엄마를 발견한다. K의 등장과 더불어 엄마의 유령적인 삶 역시 청산된다. 큰 목소리와 일사분란한 질서가 규율하던 가부장의 집이 아닌, 일방적인 명령도 규율도 없는 위태로운 엄마의 집에서 K는 유령도 동물도 아닌 다시 '인간'으로 살기를 결정한다. 아마도 인간인 K는 엄마의 집이 내장하고 있는 그 위태로움 안에서 전혀 새로운 삶의 가능성을 발견할지도 모른다.

동물로 남거나 혹은 다시 인간으로 살거나. 「관계」의 여자, 「거점들」의 K가 갈등하며 서 있던 바로 그 선택의 지점에 우리 또한 서 있는 것은 아닐까. 소설 역시 이야기로 퇴행하거나 또는 계속 소설로 존재하거나 그 기로에 서 있는 것은 아닐까. 그렇다면 여자나 K처럼 우리도 이제 어느 쪽이든 선택해야 할 때인지 모른다. 다만 그 선택이 타자 없는 자폐를 다시 사는 것이 되지 않기를, 부디 K와 같이 "아찔한 현기증"을 느낄 만큼, 혹은 "강 하나가 지나가고 있는 듯한 느낌"을 실감할 정도로 비루한 현재를 과감히 절단하는 결정이기를 못내 바랄 뿐이다.

K는 벌떡 일어나 집 안의 모든 불을 켰고 빗자루와 걸레를 들고 왼쪽 방으로 들어가 박스를 정리하기 시작했다. K의 손 움직임을 따라 흰 먼지가 일었고 방바닥에는 조금씩 빈 공간이 늘어났다. K는 문득 발아래로 커다란 강 하나가 지나가고 있는 듯한 느낌이 들어 서 있던 곳에서 얼른 한 발짝 뒤로 물러섰다. 부엌에서 비릿한 생선 조림 냄새가 나고 있었고 K는 아찔한 현기증을 느꼈다.

—강영숙, 「거점들」, 30쪽

불경한 텍스트를 재독하다
— 조선작 소설 다시 읽기

1. 1968년, 국민교육헌장과《선데이서울》의 간극

조선작이 문단에 데뷔한 것은 1971년이다. 당시 월간 종합지였던 《세대》는 '신춘문예낙선소설공모' 라는 기획을 마련하는데, 조선작은 여기에 단편 「지사총(志士塚)」을 응모하게 된다. 한때 소설을 포기하고 유현목 감독의 연출부 말단으로 들어가 영화감독을 꿈꾸기도 했다는 조선작은《세대》지의 이 특이한 공모에 당선되면서 감독이 아닌 소설가의 길을 걷게 된다.

조선작의 회고에 따르면,[1] 그에게 소설가의 지위를 부여한 등단작 「지사총」은 1971년 무렵이 아니라 이미 1968년에 완성했다고 한다. 70년대 내내 성(性)적인 것을 통해서 성(聖)스러운 것을 조롱하고 '반윤리' 의 전략으로 70년대 유신체제의 '윤리' 를 냉소하던 이 기괴한 작가

---

1) 조선작, 「「志士塚」 주변에서」, 『문학사상』, 1975년 5월호. 1975년 『문학사상』은 조선작, 최인호, 조해일, 송영 등 이른바 70년대 문제작가들의 자변(自辯)을 통해 그들의 소설관을 들어보는 기획을 마련하는데, 이 기획에 조선작은 「「志士塚」 주변에서」라는 글을 싣는다.

의 문제의식이 1968년으로부터 발원했다는 사실은 매우 상징적으로 읽힌다. 주지하듯이 1968년은 박정희 정권이 국민교육헌장을 제정하고 주민등록법을 강화하면서 민족중흥의 역사적 사명을 띤 '국민'과 그렇지 못한 '비국민'의 분리를 강렬하게 욕망하던 시점이었고, 향토예비군을 창설하면서 한국을 병영사회로 규율해가던 때였다.

아이러니컬한 것은 바로 이 해에 통속적 주간지의 대명사《선데이서울》역시 창간되었다는 사실이다. 국민교육헌장을 복창하면서 개인을 지우고 '국민'으로 거듭나라는 명령이 한국의 방방곡곡, 가가호호마다 일사분란하게 전달되던 1968년은, 그러나 국민의 범주에서 누락된 '비국민들', 순결한 국민의 윤리를 잠시 망각한 '개인들'이《선데이서울》을 읽으며 성(性)스럽고 속된 욕망을 해방시키던 시간이기도 했다.[2] 비동시적이어야 할 것들이 동시적으로 공존하기 시작한 1968년의 특이성은 이미 국민이라는 총체적이고 균질적인 집단 정체가 분열하는 징후는 아니었을까.

조선작의 소설은 이 균열의 징후, 즉 '하나로서의 다수'[3]를 강요하던 '국민교육헌장'과 '하나일 수 없는 다수'를 확인시키던《선데이서울》이 동반 출현한 1968년의 아이러니 속에서 태어난다. 더 정확히 말하면, 양자의 메울 수 없는 간극이 그의 소설을 출현시킨 동인인 것이다. 1970년대가 국민교육헌장과《선데이서울》이라는 극과 극이 내내 공존한 시기였다면, 조선작은 이 70년대적인 희극을 가장 70년대적인 방식으로 재현한 작가일 것이다. 불경한 소설가는 성(聖)과 성(性)을 병치시키면서 성(聖)을 훼손하거나 또는 속(俗)을 통해서 성(聖)을 확

---

2) 최창룡, 「선데이서울·주간동아·주간여성」,《세대》, 1970. 10.《선데이서울》 창간호는 매진 사태가 일어났으며 제작이 판매를 뒤따르지 못할 정도로 대중들의 큰 호응을 얻었다고 한다.
3) 호미 바바, 나병철 옮김, 『문화의 위치』, 소명출판, 2002, 305쪽. '하나로서의 다수'란 호미 바바가 국가공동체에 대한 은유로 사용한 말이다.

인하려는 위험한 전략을 구사한다.

성(聖)과 속(俗)을 뒤섞는 조선작의 외설스러운 욕망은 고아 출신의 용접공 '영식'과 역시 고아인 창녀 '창숙'의 에피소드를 다룬 등단작 「지사총」에서부터 뚜렷하게 감지된다. 영식에게 악성 임질을 옮기기도 한 창숙이 실은 6·25전쟁 때 인민군에게 희생된 목사의 딸이며, 별볼 일 없이 창녀나 찾아다니는 영식 또한 창숙의 부친과 함께 희생된 지사(志士)의 아들이라는 사실이 밝혀지면서 성과 속의 경계는 무너지고 양자는 희극적으로 뒤얽힌다. "자랑스러운 조상을 모신 성역"[4]에서 자신의 욕망을 주체하지 못해 "창숙이년의 입술을 열고 깊게 오랫동안 입 맞추"(27쪽)는 영식과 창숙이 국민의 바람직한 표상으로 추대되는 지사의 아들·딸이라는 아이러니는 산 자를 유령화하고 죽은 자를 삶 속에 배치하는 권력의 모순을 냉소하는 장치로 해석되기도 한다.

이렇듯 불온한 욕망을 지닌 조선작을 김병익은 "70년대적인 그 무엇을 가장 선명하게 드러내는" "70년대의 티피컬한 작가"로 평가했다. 김병익에 따르면, 조선작의 소설이 담지한 '70년대적인' 것이란 "시니시즘과 솔직성"이다. 그의 소설은 "60년대적인 작가들의 심각성을 사양하고 있으며 또 다른 70년대 작가들의 진지성을 회피하고 있"[5]는 것이다. 60년대의 심각성과 또 다른 70년대의 진지성으로부터 모두 거리를 둔 조선작 소설의 특이성이 시니시즘과 솔직성이라 할 때, 그 솔직함과 냉소의 주체는 누구인가. 조선작이 발견한 그들은 김병익의 지적처럼 회의하고 방황하는 지식인도 아니며 민족이나 민중을 위해 증언하고 행동하는 저항자도 아니다. 순응과 저항 사이, 국민과 민중 사이, 국민교육헌장과 저항의 구호 사이, 그 틈새에서 《선데이서울》을 뒤적이는 자, 미결정적이고 가변적인 존재, 바로 '대중'인 것이다.

---

4) 조선작, 「지사총」, 『한국소설문학대계』, 동아출판사, 1995, 26쪽.
5) 김병익, 「현실과 시니시즘」, 『창작과비평』, 1976년 겨울호, 130쪽.

국민으로 길들여지지 않고 민중으로 포괄할 수 없는 잉여의 존재, 국민의 시공간으로부터 빈번히 도주를 감행하는 이 위험한 대중의 존재는 70년대 국민의 서사를 끊임없이 불안정하게 만드는 일종의 '그림자 권력'[6]이었을지 모른다. 70년대 내내 이들의 존재를 강박적으로 재현한 조선작의 대중서사를 다시 읽어야 하는 이유가 여기에 있다. 조선작의 소설을 통해서 우리는 70년대 한국의 파시즘 체제를 통과하는 제3의 존재와 제3의 방식을 만날 수 있기 때문이다. 이 글은 국민교육헌장과 《선데이서울》의 간극 사이에서 태어난 한 예외적인 텍스트, 70년대의 모순을 응시해간 징후적 텍스트로서 조선작의 소설을 재독하고자 한다.

2. 무망청년(無望靑年), '대중'의 탄생

첸 카이거의 영화 〈아이들의 왕〉을 분석한 글에서 레이 초우는 근대 중국의 국가 권력과 지식인들이 비결정적이고 불투명한 '대중'이라는 텍스트를 어떻게 정치적으로 전유해왔는가를 논의한 바 있다. 근대 중국사회에서 대중은 스스로를 정의할 권리를 박탈당했다는 점을 주목한 초우는 대중이 항상 지식인과 당 권력에 의해 어린아이와 같이 힘없는 약자로 표상되어왔다는 점을 간파한다. 어린아이로 이상화된 중국 인민은 국가와 지식인에 의해 '호명'되는 수동적 존재로 남아 있기를 강요당했으며, 그들을 호명하는 주체의 이데올로기에 따라 항상 새롭게 '구성'될 수 있는 존재로 인식되었다는 것이다. 그러므로 근대 중국 사회에서 인민과 국가 권력, 인민과 지식인의 관계는 대화성을 상실한 지극히 일방적인 관계였다는 것이 레이 초우의 주장이다.[7]

---

6) 황병주, 「국민교육헌장과 박정희 체제의 지배담론」, 『역사문제연구』 No.15, 역사비평사, 2005, 172쪽.

대중을 둘러싼 국가 권력과 지식인 엘리트 간의 각축은 비단 중국적 현상만이 아니다. 우리의 근대 경험 속에서도 대중은 그들을 필요로 하는 주체의 욕망에 따라 조선 민족으로, 사회주의 인민으로, 또는 황국 신민으로 부단히 거듭나야 했다. 대중은 위로부터의 부름에 응답할 때 역설적으로 주체로 승인되었던 것이다. 이승만 정권을 거쳐 6,70년대 박정희 정권하에서 대중은 다시 '국민'이라는 새로운 집단 주체로 재탄생할 것을 요구받았다. 국민은 '조국 근대화'라는 대의를 일사불란하게 수행하는 '산업전사'였으며, 공동의 목표에 반하는 일체의 개인적 징후가 박탈된 '개조된 인간'이기도 했다. 70년대 '민중'은 이러한 국민에 저항하는 또 하나의 집단적 정체였다. 1970년 근로기준법 준수를 요구하며 분신한 평화시장 노동자 '전태일'은 더 이상 국민이라는 순종적 신체가 되기를 거부하는 민중의 표상이 되었다. 70년대는 박정희 정권이 유신을 선포하고 긴급조치를 발동하면서 파시즘 체제를 강화해나간 시기였고, 이러한 현실에 대항하고자 했던 지식인들이 주목한 것이 바로 전태일과 같은 탈영하는 산업 전사들이었다. 지식인들은 이 탈영하는 전사들을 통해서 국민의 반대편에 놓인 저항적 주체, 곧 민중을 상상한다.

70년대 지식인에게 민중은 "자본의 소유에서 소외된 노동자 계층"[8]으로 "현실순응을 거부하고 인간된 삶을 지향하려는"[9] 대자적(對自的) 존재로 구상된다. 당대 비판적 지식인을 대표하는 백낙청은 민중을 피압박에 대한 복수의지로 드러내기도 하나, 근본적으로는 복수의지를 낳는 '원한'보다 '한'을 지닌 존재로 해석한다. 그에 따르면, '한'은 원한과는 달라서 "불행이 어디에서 왔으며 누구한테 앙갚음을 해야

---

7) 레이 초우 지음, 정재서 옮김, 「남성 나르시시즘과 국민문화」, 『원시적 열정』, 이산, 168~182쪽.

8) 백낙청, 「민중의 이름과 얼굴-민중은 누구냐」, 『뿌리깊은나무』, 1974년 4월호, 53쪽.

9) 김주연, 「민중과 대중」, 『대중문학과 민중문학』, 민음사, 1980, 20쪽.

좋을지도 모르는 막연한 설움"이다. 따라서 이러한 한을 지닌 민중은 "슬기와 착한 마음씨"를 지닌 집단으로 규정될 수 있다.[10] "도의와 윤리"[11]를 내장한 산업전사가 국민이었다면 착하고 도덕적인 노동자 계층이 민중이었던 셈이다. 국민의 반대편에 있었던 민중은 '순결하고 도덕적이며 노동하는 신체'를 국민과 공유하고 있었다. 순결한 저항의 주체로 민중이 단일하게 구성되면서, 아이러니하게도 민중은 내부적 차이를 지우고 내적 발화를 봉쇄당한 또 하나의 균질적 집합체라는 점에서는 국민과 그리 멀지 않은 지점에 있었다.

그럼에도 불구하고 여전히 잉여물은 남는다. 국민으로 포획되지 않고 민중으로 전유되지 않는 잔여물. 70년대는 국민이나 민중이라는 단성성에 잡음을 내는 다성적인 존재들이 등장한 시기이기도 했다. '우연한 군중' 혹은 위로부터의 이데올로기를 수동적으로 소비하는 무리로서의 '대중(mass)'이 아니라 자신들만의 문화를 생산하면서 공적인 목표가 아닌 사적인 욕망을 발산하는 복수적이고 분열적인 흐름으로서의 '대중'의 출현이다. 70년대 대중은 국가권력이나 지식인에 의해 계몽되거나 전유되는 '대상'이 아니라 스스로를 규정할 수 있는 '주체', 곧 다중(多衆, multitude)의 가능성을 보여준다. '청년'은 이러한 '대중'의 주요한 표상이었다. 장발과 청바지, 생맥주, 통기타 등 70년대 대중문화를 선도한 청년문화의 풍속은 한 논자의 지적대로 "국가의 근대화와 개인의 경제적 자립을 위해 뛰어가던 현실세계와, 그 대립적 공생자로서 개혁 담론과 사회운동의 장을 장악하고 있었던 민족적 민중주의 모두에 대한 반감을 표시"[12]하고 있었다. 나체로 거리를 질주

---

10) 백낙청, 앞의 글, 60~61쪽.
11) 황병주, 앞의 글, 164쪽. 박정희 정권은 국민교육헌장 등을 통해 민족의 중흥에 헌신하는 국민됨의 윤리와 도의를 강조했다.
12) 송은영, 「대중문화 현상으로서의 최인호 소설」, 『상허학보』 제15집, 2005년 8월, 434쪽.

하며 기성질서의 권위를 조롱하는 청년[13]들은 국민으로 완전히 영토화되거나 민중으로 단일하게 순치될 수 없는 대중들의 존재를 확인시켰다. 그들은 집단적이고 조직적으로 '저항'하기보다 개별적이고 산발적으로 '거부'하면서 70년대 파시즘 체제를 통과하고 있었던 것이다.

"발가벗고 스트리킹을 벌이는 느낌"[14]으로 소설을 썼다는 조선작은 이 거부하는 '대중'의 존재를 재현한 70년대 작가 중 한 사람이다. 공적 담론이 지배하는 국민과 민중의 시대에 사적인 욕망에 달뜬 대중의 존재를 조선작은 "무망청년"[15]으로 형상화한다. 「지사총」과 그 속편인 「영자의 전성시대」(1973)의 영식, 「여자 줍기」(1974)의 하정호, 『고독한 청년』(1977)의 나, 『말괄량이 도시』(1977)의 곽명호 등 조선작의 소설에는 대부분 이러한 무망청년이 주인공으로 등장한다. 그들은 대개 시골에서 상경한 이주자이고, "경제적으로 무능력한 사람"[16]들이다. 직업이 있는 자라 하더라도 애당초 민족중흥의 역사적 사명이나 역사 발전의 원동력이 되리라는 공동의 목표에는 별 관심이 없다.

예컨대 「지사총」에서는 용접공으로, 「영자의 전성시대」에서는 목욕탕 때밀이로 전전하는 영식은 애당초 노동에 신성한 의미를 부여하지 않는 인간이다. 무엇이 되겠다는 거창한 꿈을 지니고 있지 않은 그는 한때 "무교동의 화려한 술집에서 보타이를 매고 일하는 것"[17]을 꿈꾸기도 했고 재단사로 일하고 싶은 생각도 있었으나 용접공이나 때밀이보다 더 나은 현실을 기대하는 것은 아니다. 영식에게 노동의 의미는

---

13) 청년문화 논쟁이 일어난 1974년을 전후로 하여 청년들의 스트리킹 사건이 빈발했으며, 이러한 사건들이 신문 사회면을 종종 장식했다. 치안당국은 스트리킹에 음란죄 적용 방침을 정한다. 송은영, 앞의 글, 433~434쪽 참고.

14) 조선작, 「지사총 주변에서」, 179쪽.

15) 조선작, 『말괄량이 도시』, 서암출판사, 1977, 255쪽.

16) 조선작, 「여자줍기」, 『창작과비평』, 1974년 가을호, 611쪽.

17) 조선작, 「영자의 전성시대」, 『한국소설문학대계』, 108쪽.

신성한 목표의 실현이 아니라, 자신의 성욕을 해소하기 위해 성(性)을 매입하는 수단으로 축소된다. 말하자면 영식을 포함한 조선작의 무망청년들은 "불과 오십 원이면 해결할 수 있는 싸구려 향락"(「여자 줍기」, 611쪽)을 사기 위해 일하는 자들이다.

정주 또는 거주를 위해 노동하지 않는 그들은 「여자 줍기」의 하정호처럼 대부분 '하숙생들'이기도 하다. "목표하는 버스를 잡기 위해서 또는 한 발자국 먼저 닿아 자리를 잡기 위해서 질주하는"(「여자 줍기」, 621쪽) 국민의 속도전에서 밀려난, 혹은 속도전 자체를 포기한 70년대의 무망청년들은 정주할 권리를 허락받지 못한 하숙생이거나, 아예 존재할 권리를 박탈당한 산죽음, 일종의 유령들이다. 국민이나 민중과 같은 '인간'으로 거듭나지 못한 이 유령들은 고독하게 난공불락의 도시 서울을 흘러 다닌다. 이 유동의 형식이 바로 '산책'이다.

"먼 장래를 내다보고 오늘을 설계할 위인은 당최 못되기 때문에"(「여자 줍기」, 612쪽) 유령들은 '미래의 틈입 없는 현재'에 살며 현재를 응시하는 산책자가 된다. 산책이 유일한 노동인 『말괄량이 도시』의 곽명호는 "서울이라면 구석구석 가보지 않은 곳, 발 딛어 보지 않은 곳이 없"(151쪽)고, 「영자의 전성시대」의 영식은 하루의 일과를 끝내고 난 뒤 청량리 오팔팔을 헤매 다니며, 「여자 줍기」의 하정호는 무교동으로부터 왕십리를 지나 하수처리장에 이르는 청계천으로 습관처럼 산책을 나간다. "버림받은 시민들"(「여자 줍기」, 620쪽)이 사는 답십리와 마장동의 둑방촌 판잣집들과 환락의 무교동이 빚어내는 역설을 응시하는 이 70년대판 '구보들'은 거리를 유랑하며 우연히 외팔뚝이 창녀 영자를 만나고, "마치 파이로트 만년필 한 개나 오백 원짜리 종이돈 한 장처럼 길거리에 떨어진"(「여자 줍기」, 612쪽) 창녀들과 조우한다.

거리는 미래를 향해 질주하는 자들이 아니라 현재를 배회하는 자들의 시공간이다. 국민과는 다른 시간, 다른 공간을 흘러 다니는 이 이질적인 존재들을 재현함으로써 조선작은 70년대라는 매끈한 시공간에 또 다른 주름을 만든다. 소설 「성벽」(1973)을 통해 작가는 미래 없는 유령들의 기원으로 거슬러 올라가기도 하나, 그들을 민중으로 전치시키려는 욕망을 거둔다. 순결한 민중으로 거듭나기에는 조선작의 인물들은 이미 불순하다. 무망청년들의 전사(前史)였을 「성벽」의 둑방동네 소년들은 성벽 밖의 현실논리에 흠집나지 않은 순수한 사회적 약자로 순치될 수 없다. '탱보'는 도심 주택가 자전거를 훔쳐 되파는 아버지의 자전거포 견습공이며, 뚝발이란 별명으로 불리는 동석이는 성벽 너머의 "철대문이 달린 벽돌집이 즐비하게 서 있는 동네"[18]에서 개를 훔쳐와 보신탕집에 파는 개서방의 아들이다. 탱보는 아버지가 죽자 자전거포의 주인이 되고, 동석이는 그 자전거포의 점원이 된다. 가난과 도둑질을 대물림 받은 아이들은 삥땅을 뜯고 그 돈으로 담배를 사 피우고, 밤이 이슥해지면 건너편 둑방동네로 여자들의 배를 타러 간다. 도심의 오물이 모이는 배설 공간에서 자란 아이들은 성벽 밖의 현실을 훔쳐와 그것을 흉내 내고 비틀면서 삶을 영위한다. 성벽 밖의 오염을 깊숙이 체현한 그들은 일종의 괴물이다. 훔치지 않으면 생존할 수 없는 존재, 눈알 한 짝에 백태가 끼고 오른쪽 다리 한 짝이 짧아 탱보나 뚝발이라 불리는 이 실재하는 아이들을 작가는 쉽사리 관념적인 희망으로 윤색하지 않는다. 성벽으로 둘러싸인 게토(ghetto) 안의 괴물을 투명하게 해석될 수 없는 모호한 텍스트로 남겨둠으로써, 조선작의 소설은 연민이나 연대의 서사가 아닌 거칠고 낯선 공포의 서사로 남는다.

---

18) 조선작, 「성벽」, 『한국소설문학대계』, 144쪽.

3. 창녀, 70년대를 응시하는 불경한 욕망

영자, 창숙, 근옥, 현수경, 미스 리, 양은자, 그리고 이름이 부여되지 않은 피카디리극장, 청계천, 무교동의 창녀들. 창녀작가답게 조선작은 허다한 매춘 여성을 소설 속으로 불러들였다. 70년대 소설에서 창녀를 만나기란 그리 어려운 일이 아니지만, 조선작의 소설만큼 지속적으로 수다하게 창녀가 등장하는 경우는 드물다. "창녀작가라고 불리는 것보다 좋은 창녀소설도 훌륭한 창녀작가도 되지 못하"[19]는 것이 더욱 두렵다고 고백한 조선작의 텍스트 속에는 그의 욕망에 값하는 숱한 창녀가 출현한다. 이들은 대개 무망청년을 매개로 서사에 편입하지만 이후 소설의 중심으로 이동하는 경우가 대부분이다. 민족중흥의 역사적 대의를 몰각한 무망청년과 창녀의 적나라한 공생(共生)을 재현하면서, 조선작의 소설은 70년대 도덕주의를 훼절하는 '반도덕주의' 서사, 강령화된 도덕[20]을 의심하고 위반하는 불경한 텍스트의 대명사가 된다.

조선작의 창녀서사는 70년대 도시로 흘러간 이주여성들의 욕망과 좌절을 보여준다. 그들은 한때 공순이나 식모였지만 예외 없이 창녀로 전락해가는 인물이다. 그것은 70년대 이주 여성들의 비극적 행로이기도 하다. 근대화의 붐을 타고 스펙터클의 도시 서울로 입성한 여성들은 각종 산업현장에서 장시간 일하는 '노동기계'였다가 다시 청량리 오

---

19) 조선작, 「지사총 주변에서」, 179쪽.
20) 김우창은 산업화시대인 70년대의 주요한 특징으로 '개인주의와 사인화(私人化)'를 들고 있다. 그런데 산업화가 풀어놓은 이러한 에너지는 역으로 국가가 주도하는 근대화를 방해하는 위험요소로 작용할 수 있다. 따라서 국가는 생산성을 추락시키는 이러한 사인(私人)들의 에너지를 제어하기 위해 도덕주의적 강령의 강화를 도모하게 된다. 강령화된 도덕은 더 이상 현실을 설명할 수 없고 현실 속에서 아무런 힘도 가질 수 없다. 그러므로 김우창은 삶의 깊은 충동에 충실하고자 하는 산업 시대의 문학은 지나치게 좁은 테두리의 도덕주의를 의심하게 된다고 지적한다.(김우창, 「산업시대의 문학」, 『대중문학과 민중문학』, 민음사, 1980, 90~100쪽)

팔팔에서 생계를 도모하는 '매춘기계'가 된다. 이들이 공순이에서 창녀로 변신하는 것은 전략이라기보다는 차라리 '이동'에 가깝다. 매춘은 70년대 이주여성들에게 허여된 또 다른 노동의 형식이었기 때문이다. 때문에 조선작의 창녀들은 전쟁의 폐허 속에서 자신도 모르는 사이 윤락행위를 하게 되는 50년대 창녀들과는 달리 "도덕적인 열패감에 젖어 있지도 않으며 신음도 절망에도 빠지지 않고 더구나 자기의 불행에 대해 어떤 현학적인 비난도 가하지 않는다."[21] 호스티스 혹은 양공주로 불리기도 한 70년대 창녀는 김병익이 지적한 대로 이미 "직업화한 여성들"[22]인 것이다.

산업화시대가 탄생시킨 성(性) 노동자라는 측면에서 조선작의 창녀들은 전 시대와 구별되며, 다른 한 편 동시대의 소설에 등장하는 창녀, 예컨대 최인호의 '경아'나 조해일의 '이화' 등과도 이질적인 면이 있다. 경아나 이화가 '성녀(性女)'와 '성녀(聖女)'의 낭만적 혼성물이라면 조선작의 창녀는 지극히 현실적인 형상을 하고 있다. 낭만적으로 향수하기에는 이들의 육체가 지나치게 기괴하며, 일그러지고 훼손된 그들의 육체는 전시되는 근대화의 이면을 적나라하게 환기한다. 「영자의 전성시대」의 '영자'는 이러한 조선작표 창녀의 전형이다. 영자의 육체는 70년대의 굴절된 근대성이 기입된 일종의 공간으로 현시된다.

철공장집 식모에서 하숙집 식모로, 다시 네 번의 식모살이를 거쳐 버스 차장으로 전전하면서 탈성화(脫性化)되고 노동하는 육체였던 영자는 차장을 하다 만원버스에서 떨어지고, 달려든 삼륜차 앞바퀴에 치여 한 쪽 팔을 잃는다. 외팔뚝이가 된 영자는 결국 청량리 사창가로 흘러들어 다시 '탈성화(脫聖化)'된 육체가 된다. 그러나 영자와 같이 가진 것도 배운 것도 없는 이주 여성들이 순결한 부녀, 건강한 국민이 되는

21) 김병익, 「삶의 치열성과 언어의 완벽성」, 『문학과지성』, 1974년 여름호, 374쪽.
22) 김병익, 앞의 글, 374쪽.

것은 애초부터 불가능한 일이었다. 창녀가 되기 이전부터 이미 영자는 유린당하는 육체, 근대화 프로젝트를 수행하는 충량한 남성 국민들의 욕망을 해소하는 배설공간이었다. 초남성적 국가자본주의[23]가 급조한 대도시 서울에서 영자는 언제나 '공공의 여성'이었던 셈이다.

> "아, 식모살이라면 지긋지긋했어. 식모를 뭐 제 집 요강단지로 아는지, 이놈도 올라타고 저놈도 올라타고 글쎄 그러려 들더라니까요. 하룻밤은 주인놈이 덤벼들면 다음날은 꼭지에 피도 안 마른 아들 녀석이 지랄발광이고…… 내 미쳐 죽지 미쳐 죽어……. 식모살이를 네 군데나 옮겨 다니며 살았지만 모두가 그 모양이었노라고 말했다. (…) 대학생들을 하숙 치는 집에도 좀 살아봤는데, 배웠다는 사람들이 이건 뭐 더 악머구리떼 같았노라고 말했다. 그래서 식모살이를 그만둔 것이라고 말했다. 다 팔자소관이겠지만, 기왕 이렇게 알몸뚱이로 빌어먹어야 할 줄 진작에 알았더라면 곧바로 찾아왔지 미쳤다고 여차장은 뛰어들었느냐고 아주 탄식어린 어조로 말했다. (…) "곧바로 이 동네로 왔다면 성한 두 팔로 남들에게 지잖게 잘도 해먹을 수 있었잖겠어요?"라고 영자는 다시 강조했다.
>
> —조선작, 「영자의 전성시대」, 126쪽

그러나 조선작이 그려낸 이 공공의 '영자들'은 단지 남성에 의한, 남성을 위한, 남성의 여성으로 머물지 않는다. 그들은 남성 주체의 시선에 일방적으로 나포된 대상이기를 거부하고 그 시선의 위계를 무너뜨

---

23) 변재란, 「'노동'을 통한 근대적 여성주체의 구성: 〈쌀〉과 〈또순이〉를 중심으로」, 『한국영화와 근대성』, 소도, 2001, 95~106쪽 참고. 변재란은 국가 재건의 시대인 6,70년대의 여성 주체 구성을 논의하면서, 당대 근대화 과정을 유교적 가부장제와 군사주의에 바탕을 둔 초남성적 근대화로 규정하고 있다. 이는 페미니즘 진영에서 널리 공유하고 있는 인식이기도 하다.

리며, 남성에 의해 완전히 전유될 수 없는 이질적인 타자의 위치를 분명히 한다. 창녀들은 그들의 불결하고 괴기한 육체로 초남성적인 국가의 기만을 증험하며, 그들의 육체를 소유함으로써 훼손된 남성성을 복구하려던 무망청년들의 욕망 역시 좌절시킨다. 만년필이나 지폐 한 장과 같은 하찮은 사물이었던 그들은 자신을 뒤쫓는 무망청년에게 "대담스럽게도 몸을 돌려"(「여자줍기」, 617쪽) 일순간 쫓고 쫓기는 관계를 전도시키며, 여성의 순결을 포획했다는 기쁨에 "포식한 돼지처럼 벌거벗은 채 지쳐 나자빠져 있"(「여자줍기」, 627쪽)는 남자에게 섬뜩하게 돈을 요구하고, 화상으로 일그러진 육체를 감춘 채 자신을 욕망하는 남자를 보기 좋게 속여 넘긴 뒤, 밝혀진 형광 불빛 아래에서 그들의 육체를 노출시키며 남성을 공포로 몰아넣는다.

남성들의 동일자적 시선을 균열하는 조선작의 창녀들은 이제 그들을 점령했던 남성 백수들, 자신과 같이 거리를 배회하는 희망 없는 이주 남성들을 훼절시키고, 그들과 더불어 일종의 복수극을 공모한다. 그것은 국가가 행한 기만을 역으로 기만하는 이른바 '역기만'의 전략이다. 「영자의 전성시대」를 통해서 우리는 이 복수극의 전말을 확인할 수 있다.

창녀 창숙을 찾으러 사창가를 헤매던 영식은 전날 자신이 다니던 철공장집 식모 영자를 만나게 된다. '창녀 영자'를 발견하고 그녀를 매일같이 소유하면서 영식은 지난날 자신이 가질 수 없었던 '식모 영자'를 소유했다는 포만감을 경험하고자 한다. 허나 외팔뚝이 창녀로 변해 있는 영자의 존재는 그녀를 매개로 자신의 남성을 확인하고 싶어 하던 영식을 차츰 변화시킨다. 영식은 식모에서 차장으로 그러다 인생의 막장인 오팔팔로 흘러온 영자와, 용접공에서 베트남 참전 군인으로 다시 때밀이로 전전해 온 자신이 그리 멀리 있지 않음을 긍정한다. 그는 언제나 백화점에서 몰려나오는 "번듯한 계집애들"(112쪽)에게 반감을 느끼고 창녀들의 싸구려 향수 냄새에 오히려 안도감을 느끼는, 창녀만큼이나 빈핍하고 비루한 생을 살아가는 무망청년인 것이다. 때문에 국민의 경계 바깥에서 유령처럼 배회하고 있는 무망청년 영식은 동류(同類)인 영자를 낭만적으로 전유할 수 없다. 순결한 국민의 시공간을 오염시키는 국가의 적이자 내부적 타자인 영자의 위치가 곧 자신이 서 있는 자리이기 때문이다.

그러므로 영식은 '성녀(性女)'를 '성처녀(聖處女)'로 등극시키는 달콤한 환상을 찢고 나와 영자의 '시혜자'가 아닌 '공모자'가 된다. 외팔뚝이 영자에게 '의수'를 만들어주면서 그녀의 복수를 돕고 나서는 것이다. 나무팔을 단 매춘기계 영자는 사창가로 들어와 그녀를 점령하는 남성의 시선을 기만하면서 충량한 국민들의 퇴행적 욕망을 조롱하고, 나아가 이들을 국민으로 호명한 국가권력을 냉소할 뿐만 아니라, 쾌락을 일소하는 섬뜩한 공포를 그들에게 증여한다. 매춘을 통해 "악바리처럼"(125쪽) 돈을 벌고 모으는 영자는 잘살아보자는 당대 구호를 모범적으로 실천하는, 70년대 생산성 이데올로기의 역설적 담지자가 되기도 한다. 자신을 기만한 권력을 패러디하면서 그 권력을 다시 속여 넘기는 것, 그것이 바로 영자와 영식이 수행한 복수의 기술이다.

그러나 이 겁 없는 난쟁이들의 도전은 결국 성난 국가권력에 의해 진압당한다. 오팔팔에 대한 경찰의 "불도저 작전"(132쪽)이 시작되고, 돈을 찾기 위해 오팔팔로 들어갔던 영자가 불에 타 죽는 것이다. "중대가 베트콩 잔비들을 깨끗이 소탕"(132쪽)하듯이 창녀 소탕작전에서 비참하게 희생된 영자의 죽음은 영식에게 "어디라도 한 군데 싹 불 질러버리고 싶을 만큼"(137쪽) 강한 분노를 불러일으킨다. 동류이자 공모자인 영자가 국가권력에 의해 무참히 살해됨으로써 영식은 국가적 비체인 자신의 위치를 재확인한다. 분노는 그 확인의 증표일 것이다. 아이러니하게도, 복수를 중단하고 영자와 안정적인 결합을 통해 국민 내부로 틈입하고자 했던 영식의 욕망은 도리어 국가권력에 의해 좌절된다. 누구나 소유할 수 있는 영자는 이리하여 아무도 소유할 수 없는 존재로 남는다. 이 역설적인 여성들이 바로 조선작과 창녀들인 것이다.

영식과 같이, 조선작의 무망청년들은 이 문제적인 여성들과 조우하지만 끝내 결합하지 못한다. 정상에 값하는 가정을 꾸리기 이전에 창녀들은 떠나거나 스스로 죽거나 또는 죽임을 당한다. 그래서 조선작의 소설에서는 국가의 재생산을 담당하는 안정적인 가정을 찾아볼 수 없다. 「모범작문」(1974)의 '근옥'은 창녀라는 자신의 위치를 확인하며 떠나고, 『고독한 청년』의 '미스 리'는 자살하며, 「영자의 전성시대」의 '영자'는 불에 타 죽고, 『말괄량이 도시』의 '현수경'은 병으로 죽는다. 창녀들의 죽음은 폭력적인 가학의 흔적이며 그래서 본질적으로는 모두 타살이지만, 그러나 이 죽음을 통해서 여성들은 역설적으로 소유의 악순환을 벗어나 비극적인 해방에 이른다.

죽음이 곧 해방인 이 비체들의 고통에 들린 조선작의 소설은 한결같이 불편하다. 그러나 이 '편치 않음'이야말로 조선작의 소설이 지닌 가장 문제적인 지점일지 모른다. 섣부른 화해와 안정을 절단하는 이 능동적인 불편의 표상이 바로 '창녀'일 것이다. 조선작의 창녀서사가 주는 '불편함'을 우리가 감당해야 하는 이유가 여기에 있다. 거칠고 불편한 현실의 위험과 불안을 연민과 연대의 포즈로 해소하는 서사 속에 오히려 남근적 욕망은 더욱 강렬하고, 순응의 위험은 더 크게 도사리고 있을지 모른다.

4. 부끄러움, 불안과 공포의 횡단

조선작의 소설에서 죽음은 삶만큼이나 흔하다. 창녀가 죽고, 무망청년이 죽고, 그리고 아비가 죽는다. 그런데 이 아비들의 죽음에 깊이 연루되어 있는 것이 아들들이다. 가령 「성벽」에서 둑방동네 동석이는 개서방인 아비의 죽음을 방조하고, 「시사회」(1972)의 '나' 는 목욕탕 속에 감금된 "한 마리의 이질적인 짐승" 24)이나 "무지막지한 개백정"(48쪽)과 같은 아비의 죽음을 공모한다. 비루하고 불길한 인생을 사는 조선작의 아비는 아들에게 전쟁만큼 폭력적이고 공포스러운 존재들이다. 「성벽」의 아비처럼 그들은 도망친 아내에 대한 "증오와 분노, 불타는 듯한 복수심"(「성벽」, 145쪽)으로 가족 위에 군림하며, 「시사회」의 아비처럼 가족을 버리고 달아났다 "사랑스러운 자식이어야 할 우리들을 흉기로 찌르려고 덤벼드는"(「시사회」, 43쪽) 난폭한 광인이기도 하다. 때문에 조선작의 아들들은 항상 아비의 죽음을 욕망하며, 급기야 그들의 죽음을 방조하거나 공모함으로써 공포의 아비로부터 필사적으로 도주한다.

아비를 절단했으되, 그러나 조선작의 어린 아들들은 아비의 공백을 메울 만한 진정한 아버지를 여전히 발견하지 못한다. 기실 한국의 6,70 년대는 이 아비 없는 아들이 대규모로 필요한 시기였다. 박정희 체제는 남루한 한국의 과거를 환기하는 외상으로서의 아비와 단절하고 그 자리에 새로운 아버지, '있어야 할' 진정한 아버지로 '국가' 를 선전했다. 흠도 티도 없는 이 '큰 타자' 와 자신을 동일시함으로써 아들들은 조국 재건의 주체인 '국민' 으로 거듭날 수 있었다.

그러나 조선작의 아들은 화려하게 등장한 이 이상적인 아버지와 감동적으로 상봉하지 못한다. 아비의 "시체를 묻은 모래밭 위를 마구잡이로 밟아가면서"(「성벽」, 161쪽) 나타난 그들은 "더럽고 추잡하며, 헐벗은 인간들"(「성벽」, 161쪽)인 둑방동네 사람들을 눈에 띄지 않도록 성벽 안으로 유폐시키는 비정한 아버지이며, 근본적으로 둑방동네 고아들이 아닌 다른 누군가의 아버지이다. 아들들은 그들을 유령으로 만드는 "아주 높은 어른"(「성벽」, 161쪽)을 새로운 아버지로 환대할 수 없다. 성

---

24) 조선작, 「시사회」, 『한국소설문학대계』, 48쪽.

벽 안, '반스펙터클'의 게토를 어슬렁거리는 조선작의 아들들에겐 그래서 여전히 아버지가 없다.

동일시할 아버지가 없는 조선작의 아들들은 대부분 '소년'이나 '청년'의 형상을 하고 있다. 큰 타자의 결여를 응시하는 이 게토의 아이들은 아버지의 상징적 질서 속으로 매끄럽게 편입해 들어가지 않으며, 때문에 이들의 성장은 계속 유예된다. 그리하여 70년대 성장제일주의 시대에 쓴 조선작의 소설은 모두 불온한 '반성장'의 서사가 된다. 아버지의 법, 아버지의 언어를 배우지 못한/않은 반계몽의 아들들은 조선작의 텍스트를 온통 불경한 언어로 채운다. 아들들은 비공식적이고 거친 언어를 주문처럼 쏟아놓으면서 아버지의 거세 위협, 그 죽음에 육박하는 불안과 공포를 잠재우려 한다. 그러나 이는 결코 쉽지 않은 일이다.

「고압선」(1974)은 아들들이 경험하는 이 불안과 공포를 초점화한 작품이다. 극히 이례적으로, 「고압선」의 '나'는 십일 년 만에 집을 장만한 충실한 가장의 모습을 하고 있다. 그러나 새로 이사할 집 위로 고압선이 지나간다는 사실을 알게 되면서 나는 "뒤숭숭한 불안"[25]에 휩싸이게 된다. 고민 끝에 그는 고압선 아래 집으로 이사를 하지만 불안은 좀처럼 사라지지 않는다. 얼마 후 고압선에 감전돼 한 아이가 죽게 되면서 남자의 불안은 '공포'로 바뀐다. 「고압선」은 어른/가장/국민의 외피를 두른 예외적인 인물 역시 아버지의 공포로부터 완전히 자유로울 수 없는 조선작의 아들임을 환기한다. '나'와 고압선에 감전돼 죽은 '아이'가 겹쳐지는 것은 이 때문이다. 불안이 영혼을 잠식하듯 '아이' 혹은 '청년'을 내장한 '나'와 그의 가족은 고압선의 공포에 위태롭게 잠식당한다.

1977년 발표한 「진눈깨비」에서 조선작의 아이/청년들은 그들을 엄습

---

25) 조선작, 「고압선」, 『한국소설문학대계』, 238쪽.

해오던 이 뒤숭숭한 불안과 공포를 횡단하려는 의지를 조심스레 내보인다. 그리하여 조선작의 소설에서 새롭게 발견되는 것이 '부끄러움'이다. 작가 스스로 기왕의 자신의 논리를 뛰어넘으려는 상처투성이의 모험과 고투의 결과임을 밝히는[26] 소설 「진눈깨비」를 통해서 조선작은 '공포'의 기록에서 '부끄러움'의 서사로 전환하는 가능성을 타진하고 있다.

취재차 강릉으로 내려온 「진눈깨비」의 나와 최동명은 서울행을 미룬 채 "강릉에서 펼쳐질 하룻밤의 환락"(96쪽)을 강행한다. 강릉으로 떠나오던 아침, 신문사 편집국에선 세 사람의 기자가 해임되었고 기자들은 모종의 실력행사에 돌입하기 위해 술렁거리고 있었다. 나와 최는 "개인의 신상에 어떤 위해(危害)가 돌아올는지도 모를 모종의 실력행사로부터 편안하게 열외(列外)의 자리를 확보"(96쪽)하기 위해 서울을 떠나 왔고, 때문에 서울행을 계속 유예시키면서 강릉의 환락을 선택한다. 그런데 환락의 장소를 찾아가던 나와 최, 그리고 지방 주재 기자 박은 우연히 택시에 합승하게 된 전옥희를 만나게 된다. 그녀는 박일만이 오래 전 만났던 창녀였다. 박이 그녀를 알아보자 여자는 현재 자신이 당하고 있는 고통을 세 사람에게 토로한다. 도와달라는 전옥희의 부탁을 침묵으로 일관하는 가운데, 나와 최동명은 동료들의 해임에 대해 "행동을 유보"(96쪽)하고 "죽도 밥도 아닌 편"(95쪽)을 선택한 자신들에 대해 심한 부끄러움을 느낀다. 전옥희와 해임된 세 사람의 동료를 겹쳐놓으면서 나와 최는 자신들이 알고 있는 "더 많은 사람들의 딱한 사정은 다만 진정 따위의 미지근한 방법으로는 해소될 수 없다는 사실"(106쪽)을 깨닫는다. 환락 속에서 서울의 불안과 공포를 잊고자 했던 그들은 마침내 강릉의 환락을 포기하고 공포와 불안의 중심인 서울을 향해 떠난다.

2년의 칩거 끝에 내놓은 「진눈깨비」에서 조선작의 인물들은 타인의

---

26) 조선작, 「진눈깨비」, 『문학사상』, 1977년 4월, 107쪽. 조선작은 「진눈깨비」 속에 이 작품을 쓰게 된 배경을 간단히 밝히는 '창작일기'를 삽입한다.

고통에 연루되고, 자신들 역시 그 고통과 무관할 수 없음을 추인하며, 피해자이면서 가해자이기도 했던 자신들의 위치를 확인하게 된다. 그러므로 '부끄러움'은 '나'의 공포에 갇혀 있던 인물들이 '타자'의 공포, 타자의 고통에 눈을 뜨는 계기가 되며, 마침내 큰 타자의 공포로부터 자유로울 수 있는 '해방'의 통로가 된다. 그러나 기실 「진눈깨비」 이전부터 조선작의 70년대 소설은 바로 이 부끄러움의 기록이었으며 해방을 추구해간 모험의 서사였다. 「진눈깨비」는 조선작이 행한 이 소설적 모험을 재확인하는 텍스트인 셈이다.

> 나는 소설을 발가벗고 스트리킹을 벌이는 느낌으로 내 수치스러움부터 쓴다고 할 수 있다. (…) 이른바 나의 창녀소설이라는 것들 역시 스스로 그런 수치스러움을 드러내는 작업 이외의 아무것도 아닌 것이다. 수치스러움에도 불구하고 이런 수치스러움을 쉽사리 발가벗기를 좋아하는 인간이야말로 가장 뻔뻔스러운 족속일는지도 모르겠다. 때문에 나는 주책없이 뻔뻔스러운 부류의 인간들 중 대표적인 사람일는지도 모르며, 이것은 내가 소설을 쓰는 한 어쩔 수 없이 떠메고 다녀야 할 간판일는지도 모르겠다.
>
> —「「志士塚」 주변에서」, 180쪽

조선작의 소설을 재독한다는 것 그것은 수치스러움을 속속들이 스트리킹한 대담하고 도발적인 소설가와 만나는 일이며, 70년대를 가로지르는 그의 모험을 통해 균질적인 70년대의 시공간을 균열하는 상처와 불안, 공포의 흔적과 뒤늦게 조우하는 일이다. 이 늦은 만남을 통해, 이제 우리는 한 시대의 우울을 감당한 불경한 텍스트를, 수치스러움을 발가벗기는 '뻔뻔스러움'의 해방적 역할을 다시 한 번 사유하게 되는 것이다.

망각을 가르는 기억의 정치

— 윤이상과 소설 『나비의 꿈』

1. '윤이상' 과 『나비의 꿈』

지난 30여 년 동안 한국 사회에서 윤이상(尹伊桑, 1917~1995)[1]은 하나의 금기였다. 그를 말하고, 그의 음악을 듣고, 민족에 대한 그의 사랑을 얘기한다는 것, 그것은 어김없이 체제에 대한 저항이었으며 불순한 세력의 표지였다. 부당한 정치권력은 '윤이상 잊기'를 이 사회의 억압기제로 작동시키면서 한국인에게 윤이상과의 단절을 강요했고, 우

---

[1] 윤이상은 1917년 경남 통영에서 출생하여 1943년까지 서울과 일본에서 첼로와 작곡을 공부했으며, 일제치하에서 항일독립운동을 하기도 했다. 해방 후 통영여고, 부산사범학교 등에서 음악교사를 하며 작곡활동을 했고, 1956년 작곡가로는 처음으로 서울시 문화상을 수상했다. 1956년 유럽으로 건너가 파리 · 베를린 · 다름슈타트 등지에서 음악 수업을 받은 그는 베를린에 정착하여 음악활동을 하던 중 한국 중앙정보부에 의해 서울로 납치되고 1967년 동백림(동베를린) 사건의 주모자로 몰려 사형을 구형받는다. 그러나 독일 등 서방 세계의 탄원에 힘입어 윤이상은 2년간의 감옥생활을 마치고 다시 독일로 돌아간다. 이후 그는 베를린 예술대학의 작곡교수로 재직하면서 1972년 뮌헨올림픽의 축전오페라 〈심청〉을 발표하는 등 활발한 음악활동을 펼치는 동시에, 1995년 세상을 떠날 때까지 조국의 민주화 상황과 분단 현실에 대해 음악적으로 혹은 음악 외적으로 끊임없이 문제를 제기하고 국제적 관심을 불러일으켰다.(루이제 린저 지음, 홍종도 옮김, 『윤이상-루이제 린저 대담』, 한울, 1988 참조)

리는 그 폭력적 힘 앞에 무력하게 순응함으로써 '윤이상 잊기'를 승인했다. 그렇게 한 예술가는 우리의 기억 속에서 잊혔고, 기억 속에서 추방당한 예술가는 망명자요, 이방인으로 내내 떠돌았다.

1996년 소설가 윤정모는 이런 윤이상을 우리 기억의 전면으로 호출한다. 3년에 걸친 자료 수집과 집필 끝에 그는 윤이상의 삶을 더듬어간 소설 『나비의 꿈』(한길사, 1996)을 내놓은 것이다. 윤이상을 기억하고 윤이상을 쓴다는 것, 그것은 바로 우리가 잃어버린 시간, 더 정확히는 잃어버리기를 강요당한 시간의 상처를 더듬는 것이며, 한국 현대사의 전부를 오롯이 반추하는 일이기도 하다. 또한 우리의 가난한 지난 역사와 시대의 중압 속에서 철저하게 유린당했던 한 예술가, 그럼에도 현실의 폭력 앞에 강렬히 저항했던 한 예술가의 모든 절망과 희망을 목격하는 일이기도 하다.

사실 한국인으로 이러한 윤이상의 삶에 객관적 거리를 두고 접근하기란 어려운 일이다. 왜냐하면 윤이상이 겪은 고통이나 그가 우리 사회를 향해 던졌던 질문은 이미 해답을 구해 폐기된 것이 아니라 여전히 미해결의 장으로 남아 있기 때문이다. 서사적 거리를 두고 윤이상의 삶에 접근해야 하는 윤정모나, 가슴으로만 느끼고 이해하는 것이 아닌 비평의 잣대로 『나비의 꿈』을 읽어야 하는 곤혹스러움이 여기에 있다.

그러나 『나비의 꿈』은 윤이상의 단순한 전기가 아니라 한 편의 소설이다. 때문에 윤정모의 소설이 일관되게 추구해온 우리 사회의 소외된 주변부, 혹은 사회적·정치적으로 '고삐'를 매달고 살 수밖에 없는 이들에 대한 문학적 관심의 연장선에서 『나비의 꿈』을 읽는 것은 유효한 독법일 것이다. 그러므로 이 글은 윤이상의 고향인 '통영', 그리고 '정치', '음악'이라는 세 가지 문맥을 통과하면서 윤정모가 윤이상이라는 한 경계인의 서사를 구축해가는 경로를 따라가 보고자 한다. 이 경로를 따라가다 보면 80년대적 감성을 품었던 소설가 윤정모가 변혁과 연대가 망실된 90년대적 분위기 속에서 윤이상이라는 비극적 예술가의 삶과 조우하려 했던 욕망의 정체에 접근할 수 있을지 모른다. 그러나 이는 어디까지나 윤이상과 『나비의 꿈』을 향한 나의 욕망일 뿐이며, 또한 도착이 끊임없이 유예될 욕망이기도 하다.

2. '통영', 역사적/비역사적 근원으로서의 시공간

윤정모의 소설은 대개 공간의 역사에 대한 탐색으로부터 시작된다. 다시 말하면 그의 소설이 지닌 가장 큰 문제의식은 특정한 공간과 시간이 어우러진 역사적 시공간을 살아가는, 다분히 역사적인 인물들의 문제와 맞닿아 있다. 미하일 바흐찐이 『장편소설과 민중언어』에서 논구한 바 있듯이 문학 작품 속에서 이 시공간(chronotope)은 텍스트 속의 인간 형상을 가장 크게 좌우하는 요소가 된다.[2] 『나비의 꿈』 역시 '윤이상'을 통영이라는 시공간이 탄생시킨 필연적 인물로 재현하고 있다.

이 소설이 파악하고 있는 '통영의 크로노토프', 혹은 '통영성'이란 무엇인가. 윤정모는 이를 '저항성'과 '예술성'으로 지시한다. 『나비의 꿈』은 역사적으로 '정치적 저항'과 '예술적 풍류'가 함께하는 공간인 통영, 더불어 그 양자의 의미가 상충하는 것이 아니라 조화롭게 합체되고 있는 통영을 형상화하고 있다. 소설은 먼저 이 통영의 특이성, 곧 통

---

2) 미하일 바흐찐은 문학작품 속에 예술적으로 표현된 시간과 공간 사이의 내적 연관을 '크로노토프(時空間)'라 하고, 문학예술 속의 크로노토프에서는 공간적 지표와 시간적 지표가 용의주도하게 짜여진 구체적 전체로서 융합되고, 문학 작품 속의 인간 형상 또한 언제나 질적으로 크로노토프적이라고 주장한다. 아울러 그는 시간과 공간이 인간의 인식작용 속에서 갖는 중요성을 역설한 칸트의 주장을 수용하면서도, 그것을 '선험적 형식'이라고 보았던 칸트와는 달리 '직접적 현실의 형식'이라고 보았다.(미하일 바흐찐 지음, 전승희 외 옮김, 『장편소설과 민중언어』, 창작과비평사, 1988, 260~261쪽)

영성의 중심을 이루는 '저항성'을 살피기 위해 임진왜란으로 거슬러 올라가 통영의 역사를 재조명하며, 임금을 비롯한 집권층의 무력함과 속물성에 환멸을 느껴 '이순신'을 좇아 통영에 정착했던 젊은 선비들을 발견한다. 이들을 통해 『나비의 꿈』은 "통영을 형성시킨 하나의 이데올로기"이자 당시의 지식인들에게 "그들의 정부"[3]와도 같았던 이순신을 부조하며, 족보까지도 불태우고 비장한 각오로 내려와 농부·어부·수공업자가 되는 것도 마다하지 않았던 젊은 통영인들의 자존심과 자유로운 정신을 환기한다. 소설은 이러한 통영의 정서가 성장기의 윤이상에게 고스란히 전달되었으며 윤이상이 그 누구보다 이를 깊이 체화한 인물로 그려내고 있다. 더욱이 윤이상이 태어나 10대와 20대를 거친 시기는 한반도가 일제의 식민지로 전락한 때였고 때문에 통영의 저항적 정서는 어느 때보다 강하게 발화되었다는 것이다.

> 그렇게 뿌리를 내리고 통영성 문화를 주도해온 사람들이 핏속에 흐르던 반일 감정도 다 삭지 않았는데 다시 일제와 맞닥뜨리게 되었으니 그 절망인들 오죽했을까. 게다가 고종 32년 통제영 폐영과 함께 수군들이 고향으로 돌아갈 때 그들에겐 이미 따로 돌아갈 고향도 없었으니 그 정신적 갈등은 또 어떠했을까. 족보를 태우고 내려온 선조들 때문에 보학(譜學)도 없는 후손들의 자존심은 그래서 좀 엉뚱했는지도 몰랐다.
>
> ─「소년의 우주, 통영」, 65쪽

그러나 『나비의 꿈』이 그려내는 통영이 비단 저항의 장소만은 아니다. 소설이 형상화한 통영은 동시에 예술적 공간이기도 하다. 예술적

---

3) 윤정모, 『나비의 꿈(상)』, 한길사, 1996, 64쪽. 이하 본문에서 『나비의 꿈』을 인용할 경우 상·하에 관계없이 소제목으로 표시하고 페이지를 밝힌다.

풍류가 많이 위축되는 여건이었음에도 불구하고 오히려 통영인들은 판소리로 대표되는 전통문화에 새로이 유입된 신문화, 신음악을 결합시키면서 예술의 폭을 넓혔고, 다양한 문화가 습합된 예술의 장 속에서 통영인들은 식민제국 일본에 대한 자신들의 저항을 담아내고 있었다. 이는 윤이상의 목소리를 통해 확인되기도 한다.

> 그는 잠시 고개를 든다. 그때도 판소리는 있었어. 토착 문화냐 신문화냐를 떠나 통영사람들이 예술 지향적이었던 것은 그것도 저항의 한 방편이었던 때문이지.
>
> —「소년의 우주, 통영」, 63쪽

이렇듯 '저항'과 '예술'의 묘한 결합 속에서 태어나고 성장한 윤이상에게 통영의 정서는 이후 그의 삶뿐만이 아니라 음악에도 절대적 영향을 미치게 된다.

> 그는 문득 '윤이상의 음악 형식은 분명 12음법이라는 서양 그릇이나 그 속에 담긴 내용은 한국 혹은 동양의 고전인데 그것은 작의적인 것이었을까' 하는 평전 기사를 떠올린다. 그는 가만가만 고개를 젓는다. 그것은 작위적이 아니라 창작 영감이 혹은 통영정서가 절로 그릇에 와서 담긴 것이라고 하면 어떨까.
>
> —「소년의 우주, 통영」, 66쪽

이렇듯 『나비의 꿈』이 윤이상을 형상화하는 중심에는 역사적 시공간으로서의 통영이 자리하며, 소설이 통영의 정서(통영성)로 그려내는 저항성과 예술성, 혹은 그 양자의 결합이란 역사와 깊이 연루되어 있는 것이기도 하다. 주목할 것은 바로 이러한 통영이 결국 한반도의 상징에 다름 아니라는 것이다. '한반도'라는 역사적 시공간의 중압으로부터 해방되고자 하는 윤이상의 욕구가 대신 '통영'이라는 시공간의 무거움을 벗어버리고 싶은 욕구로 환치되는 것은 이 때문이다.

> 역사의 갈퀴를 벗어나고 싶었으나 민족정서는 그것과 함께 면면히 흘러왔고, (…) 이제 역사를 떠나 음악만 해도 될 때였고 세상의 모든 것과 인연을 끊고 오직 음악에만 매달리고 싶었는데 세상이 없는 곳에서는 음악도 숨을 쉬려 들지 않았다. 그는 자질과 능력 부족이라고 한숨만 내뿜었으나 세상은 이미 여러 가닥으로 그를 지배, 조종해왔고 그것을 알았을 땐 마치 그 지배 가닥을 끊어버리듯이 그렇게 통영을 떠나버리고 싶었다.
>
> ―「상처받은 꽃들」, 275쪽

통영에 대한 『나비의 꿈』의 탐색은 여기서 끝나지 않는데, 역사적 시공간으로서의 통영에 이어 『나비의 꿈』이 발견한 통영은 이와는 전혀 상반된 '비역사적 시원(근원)'으로서의 통영이다. 통영은 윤이상이 처음으로 자연과 우주와 인간이 조화롭게 합일되어 만들어내던 '경이적 소리'를 발견한 장소였고, 그 소리에 담긴 인간적 감정들, 기쁨과 "슬픔의 황홀경"(「소년의 우주, 통영」, 67쪽)" 그리고 사랑을 경험한 공간이기도 했다.

> 인적이 없는 곳에서도 밤과 자연은 서로 그렇게 노래를 부르고 있었다. 어쩌면 대화였을까. 그것은 밤이 연출하는 자연의 오페라였고 그가 그 세계로 깊숙이 빠져들 때 흐느끼는 소리가 들려왔다. 그는 긴장했다. 그러나 그 소리는 바다가 아닌 허공에서 들려오는 것이었다. 처음에는 우웅, 이잉, 하는 울음 같더니 곧 맑고 투명한 음률 하

나가 떨어져 나왔고 뒤이어 여러 가닥의 음률들이 한데 어울려 우주를 빙빙 돌아서는 모두 그의 앞가슴으로 쏟아져 내렸다.

—「가자, 넋이라도 앞세워」, 59쪽

사람의 목에서 나오는 노래는 분명 자연에서 들은 것과는 달랐지만 깊은 비애가 있었고 아주 직접적으로 가슴을 저미게 했으며 그것은 또 다른 황홀경, 촉촉하게 젖어드는 슬픔의 황홀경을 안겨주었다.

—「소년의 우주, 통영」, 67쪽

이러한 통영은 윤이상에겐 어떠한 역사도 변질시킬 수 없는 가장 순수한 근원이었고, 또한 영원한 모성(母性)의 공간이기도 했다. 어린 시절 친어머니를 잃었던 윤이상으로선 고향 통영은 어머니의 체취를 유일하게 느끼고 추억할 수 있는 장소였기 때문이다. 비역사적 근원으로서의 통영은 특히 윤이상이 동백림 사건을 겪고, 고향에 돌아갈 수 있는 자유를 박탈당한 이후로 윤이상에겐 거의 유일한 의미가 되었다. 항상 남한과 북한 그리고 베를린으로 나뉠 수밖에 없었던 윤이상의 삶에서 통영은 더 이상 남한도 북한도 독일도 아닌, 모든 이데올로기와 역사를 초월한, 인간이 가장 본래적인 모습으로 살아가는 시원인 동시에 윤이상이라는 한 문제적 개인이 찾아가려는 '잃어버린 고향'이었던 것이다. 이와 같은 '통영'의 의미는 죽음에 임박한 윤이상을 통해 더욱 뚜렷하게 부각된다. 『나비의 꿈』에서 윤이상은 바로 자신의 마지막 순간에 더욱 생생하게 고향을 느끼며, 고향의 누나와 함께 했던 추억을 떠올리고, 유가협(전국민주화운동 유가족협의회) 어머니들의 환상 속에서 자신을 부르며 다가오는 어머니의 모습을 본다. 생명이 소진되기 직전의 마지막 환상 속에서 윤이상이 본 고향과 어머니, 누나는 결국 윤이상이 영원히 안기고 싶어 했던 근원적 모성이며 완전한 합일과 조화의 표상일 것이다. 윤이상은 죽음을 통해 바로 이 영원한 모성, 혹은 조화와 합일의 자연(우주)인 고향 통영으로 마침내 돌아갈 수 있었던 것이다.

> 자연과 우주로 돌아가는 혼백, (…) 찬란하고 눈부신 불꽃, 여인들이 그 불송이와 손을 잡고 군무를 추다가 한 여인이 그에게로 다가온다, 상아, 이리 오너라. 어머니! (…) 그는 맥이 빠져 그만 날개를 접는다. 그러자 무지개가 다가와 창문에 걸린다. 커다란 구름다리. 아, 착량교! 옳아요, 당신은 이제 고향에 갈 수 있어요. (…) 이제 그대는 자유의 몸이요, 어서 오시오.
> ─「화염에 싸인 천사와 에필로그」, 303~304쪽

3. '정치', 한국적 근대의 모순과 비극적 전형 '윤이상'

루이제 린저(L. Rinser)는 『윤이상─루이제 린저의 대담』에서 윤이상을 부당한 정치로 인해 자유를 박탈당한 예술가로서 하나의 모델케이스이며, 증인이요 경고자라 쓰고 있다.[4] 루이제 린저의 언급처럼 사실 윤이상은 한국의 근대 혹은 한국과 같은 제3세계의 파행적 근대화가 낳은 비극적 인물이며, 그러므로 윤이상은 그 개별성 속에 한국 민중의 보편적 역사성을 담지하고 있는 전형이다.

주지하다시피 한국의 근대는 해방의 장이기보다 억압과 미몽의 장이었으며, 근대화는 제국의 지배가 전면화되는 과정이었다. 때문에 근대화의 세례 속에서 오히려 한국은 강대국들에 의한 끊임없는 정치·군

---

4) 루이제 린저, 앞의 책, 22쪽, 145쪽.

사·경제의 예속을 경험했으며, 그 모순은 일제의 강점, 전쟁과 분단, 독재로 이어지는 지난한 역사의 과정으로 이어졌다. 익히 알다시피 윤정모는 이러한 폭력적 외세와 억압적 정치의 결탁 속에 겹겹이 고통받고 핍박당한 약자들의 문제를 소설로 재현해온 작가이다. 『나비의 꿈』이 그려낸 윤이상 역시 이러한 맥락 속에 위치한다. 말하자면 윤이상은 끊임없이 고통받고 희생당하는 민중의 표상으로 부조된 것이다.

태어날 때부터 식민지의 아들이란 표지를 달아야 했던 윤이상에게 배제와 차별의 경험은 그의 내면 깊숙이 각인된다. 『나비의 꿈』에서 윤이상이 이 같은 정치적 박해를 실감하고 민족의식에 처음 눈뜨는 계기로 배치된 것이 조선인 '고채주' 의 무덤에 얽힌 일화이다. 독립만세를 부르다 일제에 체포돼 죽은 고채주와, 그의 비문(碑文)을 의도적으로 훼손한 일본 헌병대에 맞서 부친의 무덤을 지키는 조선인 선비와의 만남. 이 우연한 조우를 통해서 듣게 된 3·1운동에 관한 이야기는 어린 윤이상의 마음에 깊숙이 새겨진다. 이후 수산학교 학생과의 만남은 민족의식에 조금씩 눈떠가던 윤이상을 더욱 확실히 각성시키는 계기가 된다. 윤이상은 일본 경찰의 감시를 받고 있던 수산학생과 석호라는 청년을 오가며 '충무공 전서' 를 전달하게 되고, 이를 통해서 통영의 청년들을 사로잡고 있던 "민족적 자존심"(「두 개의 촛불기둥」, 106쪽)을 확인하게 된다. 이러한 경험은 마침내 어린 시절의 윤이상에게 음악가와 더불어 '독립군' 이라는 또 하나의 삶의 좌표를 설정하게 했고, 예술가가 된다는 것이 결코 현실을 외면하거나 도피하는 것이 아니라 현실에 발 딛고 있는 것임을 일깨워준다.

한편 일본 유학의 경험은 윤이상이 민족의 현실을 더욱 깊이 자각하는 계기가 되었다. 일본에 사는 조선인들의 비참한 생활상을 보고, 하루 종일 하숙방을 구하러 다녀도 매번 '조선인 사절' 이라는 말에 발길을 돌리면서 윤이상은 자신이 식민지 조선인임을 절감하며, 그것은 다름 아닌 열등함과 비인간의 표지임을 깨닫게 된다. 소설 속에서 윤이상은 이 분노와 저항의 경험을 촉매로 좀 더 적극적으로 독립운동에 가담한다. 일본인 스승은 그에게 정치는 예술혼을 해치기에 예술가는 정치에 개입하는 것이 아니라 충고하지만, 식민지 예술가인 윤이상에게 눈앞의 엄혹한 현실은 스승의 충고를 받아들일 만한 여유를 허락하지 않는다.

> '예술가가 정치에 개입하는 것도 좋지 않아. 왜냐하면 정치란 마귀 같아서 귀한 예술혼까지 잡아먹자고 들거든' 했다. 스승은 제국주의 예술가여서 그런 말을 할 여유가 있었을 것이다. 하지만 식민지 예술가가 어떻게 정치를, 국가를 아니 생각할 수 있단 말인가.
>
> ─「조선의 누이들」, 175쪽

그러다 해방이 되었으나 해방이 곧 평화는 아니었다. 해방은 더 큰 혼란과 불행을 야기하고 있었다. 일본이 물러간 자리에는 미국과 소련이라는 새로운 외세가 들어와 있었고, 공산주의와 자본주의 간의 비극적 이념 갈등은 대규모의 새로운 희생을 예고하고 있었다. 윤이상은 또 한 번 잘못된 방향으로 치닫는 역사를 목격했고, 비극적 역사의 되풀이를 목격하면서 결국 잘못된 역사의 틈바구니에서 상처받는 것은 오직 인간임을 새삼 깨닫는다.

> 역사는 또 어리석은 수레바퀴를 굴리지 않을까. (…) 잘못 운영해 온 역사, 그 피해자는 항상 인간이었다는 것을. 그는 천천히 등을 돌리다가 다시 멈춰 섰다.
>
> ─「광복의 그늘」, 256쪽

식민지의 잔재 위에서 미국의 개입 아래 이루어진 남한의 자본주의에도, 그렇다고 북한식 사회주의 체제에도 쉽사리 동조할 수 없었던 윤이상은 해방 공간에서 다시 '회색분자'라는 새로운 레테르를 달게 된다. 회색분자가 아니라 예술가일 뿐이라고 윤정모의 윤이상은 항변하지만, 그러나 그 목소리에 귀 기울일 수 없을 만큼 이데올로기의 고삐가 이미 단단히 한국인들을 옥죄고 있었으며 때문에 윤이상은 더 깊이 절망하지 않을 수 없었다.

> －너 같은 회색분자들 때문에 되는 일이 없다. －나는 예술가일 뿐,
> 회색분자가 아니오. (…) 그는 그렇게 업혀 집으로 돌아왔고 자기 방
> 으로 들어가서는 그대로 널부러졌다. 이것이 해방정국인가. 해방이
> 준 선물인가. 어째서 우리는 이 꼴이 되었고 나의 자화상은 또 왜 이
> 러한가.
>
> ―「광복의 그늘」, 267~269쪽

이후 전쟁과 분단으로 윤이상은 '분단국가의 음악가'라는 불행한 표지를 달고 1965년 유럽으로 건너가 마침내 베를린에 정착하게 된다. 『나비의 꿈』에서는 이 베를린이라는 제3의 공간이 윤이상의 삶에서 매우 큰 의미로 작용하고 있음을 부각한다. 말하자면 윤이상은 베를린이라는 일종의 '경계지대'에서 남과 북 모두로부터 '정치적 이방인' 혹은 '망명자'로 존재하면서, 이념적 분리를 초월할 수 있는 비교적 자유로운 위치를 확보할 수 있었고, 이를 통해 남과 북 양자를 모두 조망하고 성찰할 수 있는 계기를 마련한 것이다. 윤이상이 독일의 한국 교포들과 함께 조국의 정치 상황과 분단 현실을 적극적으로 문제 삼을 수 있었던 것이나, 예술가로서 강서 고분벽화를 보기 위해 북한행을 선택할 수 있었던 것은 윤이상이 놓여 있는 이 같은 위치의 특이성에서 가능할 수 있었을 것이다.

그러나 '윤이상 길들이기'에 실패한 정치권력은 1967년 동백림 사건으로 끝내 윤이상의 제거를 선택한다. 윤이상의 삶에서 가장 중요한 사건이었던 만큼 『나비의 꿈』은 13장 「동백림 사건」부터 17장 「얼굴, 얼굴들」에 이르기까지 다섯 장에 걸쳐 이 사건의 배경과 경과, 윤이상의 인간적 고뇌와 절망, 그리고 그 극복과정을 그리고 있다. 이 가운데서도 고문실의 생생한 상황 묘사는 왜곡되고 광적인 정치권력이 인간을 어떻게 비인간으로 절멸시키는지 그 전략의 과정을 보여주면서, 우리 사회의 가장 어두웠던 역사의 환부를 생생히 짚어내고 있다. 소설이 그려내는 1960년대 한국의 고문실이란 인간도 양심도 진실도 끝내 사라지는 60년대 한국의 암울한 정치상황에 대한 하나의 상징처럼 읽히기도 한다. 고문관들에게 윤이상은 더 이상 인간이 아니며, 그저 그날 그날 맡아 고문해야 하는 책임량에 불과하고, 고문실 밖에서 그들은 가족의 안위를 걱정하는 엄연한 '인간'이나 고문이 시작되면 어김없이 '고문기계'로 전락한다. 인간이 철두철미, 예외 없이 비인간으로 둔갑하는 곳, 그 기괴한 전도가 일상처럼 반복되는 곳이 1960년대 한국의 고문실인 것이다. 이는 1960년대 한국의 정치·사회 상황에 대한 하나의 유비이기도 할 것이다.

　사내는 의자를 저쪽으로 치워버린 후 담배를 피워 물며 푸념을 늘어놓았다. ―오늘은 왜 이렇게 인원수가 많지? 이러다간 완전히 녹초가 되겠어. (…) ―정말 언제쯤 끝날까. 집엔 쌀이 없어. 마누라가 눈이 빠지게 기다릴 텐데 나갈 수도 없고 환장하겠군. 그들의 인간적인 대화가 그의 도덕심을 일깨웠고 그래서 슬며시 일어나 앉으며 그들의 양심을 향해 말했다. (…) 양심을 꼬집은 것이 약이 오른 것일까. 두 사람이 벌떡 일어나더니 그를 사정없이 짓밟아댔고 그쯤에서 그는 인간에 대한 기대를 버려야 했다. 그 건물에서 만나는 사람은 피해자나 가해자나 그 누구라도 이미 정상적인 인간이 아니었다.

—「동백림 사건」, 88~89쪽

　동백림 사건 이후로 윤이상은 다시 '간첩', '공산주의자' 혹은 '친북주의자'라는 표지를 달아야 했고, 한국 사회에서 그것은 "기피해야 할 존재라는 낙인"(「강서벽화와 그 음영」, 113쪽)과도 같았다. 그러나 인간으로서의 존엄을 박탈당하고 죽음이라는 극한 상황까지 내몰려야 했던 그 사건은 윤이상의 문제의식을 약화시키기보다 오히려 통일과 인간에 대한 그의 성찰과 염원을 더욱 간절하게 만드는 계기가 된다. 그에게 남북의 화해와 통일은 결국 우리 민족이 더 이상 '비인간'으로 희생당하지 않고 온전히 '인간'으로 살게 되는 길이었으며, 하여 윤이상은 세상과 격리된 자신의 밀실 속에 안주하기보다 과감히 광장으로 나와 남과 북 모두를 향해 이데올로기적 대립을 초월하자고 부르짖었던 것이다. 하지만 남과 북 어디에서도 자신의 절규에 대한 응답을 받지 못한 채 결국 윤이상은 모두로부터 상처받는다.

　　나는 이 양대 세력을 화합시키는 데 주력해 보자, 크게는 남과 북이 그렇고 작게는 이념으로 등져 있는 주변 사람들을 민족이란 대의로 한번 묶어보자. 그러나 상처만 입었다. 결과적으로 고스란히 고통만 떠안은 나의 길…

—「영겁의 어느 기슭」, 268쪽

　살펴본 것처럼 『나비의 꿈』은 윤이상의 삶에 한국 근대사의 비극을 겹쳐 쓰고 있다. 이는 윤이상의 실제 생(生)에 근거한 것이기에 더욱 생생하고 강렬하다. 『나비의 꿈』에서 윤이상은 어떠한 체제의 이념에도 회수되지 않고 현실의 폭력에 저항한 '반항적 주체'이자 '상처받은 주체'로 부조된다. 그의 삶을 통해서 부조리한 현실은 다시 한 번 승리자가 되는 것처럼 보인다. 그러나 윤이상이라는 한 문제적 인간의 비극적 절멸은 궁극적인 현실의 승리일 수 없다. 루카치의 말대로 모순과 부정의 현실은 윤이상과 같은 새로운 예외적 개인의 출현을 통해서 언제든 충격될 수 있기 때문이다. 그러므로 역사를 소설의 육체로 삼은 윤정모의 『나비의 꿈』이 복원한 것은 단지 윤이상의 기억만은 아니다. 그 기억에 겹친 것은 이러한 소설적 진실이며, 삶/역사의 거부할 수 없는 진리인 것이다.

4. '음악', 경계를 허무는 해방의 도약

『나비의 꿈』에서 윤이상의 음악은 현실과 극단적으로 배치되면서도 강하게 밀착되어 있다. 현실을 부정하고 고발하되 현실을 떠나서는 존재할 수 없는 것, 그것이 바로 윤이상의 음악인 것이다. 윤이상이 경험했던 남북의 현실은 평생을 다해 풀어야 할 화두와도 같은 것이었다. 인간이 비인간으로 전락하는 부조리가 나날이 재연되는 난해한 현실의 곤경을 풀어가는 해법과도 같은 것, 소설은 그것이 바로 윤이상의 음악이라 지시한다.

『나비의 꿈』은 '거미줄'과 '나비'에 얽힌 윤이상의 일화를 통해서 윤이상과 현실의 관계, 또는 존재와 당위의 분열 가운데서 윤이상의 음악적 지향이 어떤 의미였는지를 보여주고 있다. 어디로든 마음껏 날아다닐 수 있을 것 같은, 그래서 윤이상의 동경을 자아내기도 했던 나비, 그런데 어느 날 윤이상은 바로 그 나비의 자유로움을 제약하는 거미줄의 공포를 목격한다.

나비는 무엇으로 살까. 어쩌면 나비는 노래 대신 꿈을 꾸는 걸까. 우리가 여객선을 타고 경성에도 가고 싶고 내가 모르는 그 모든 것이 그립듯 나비도 날면서도 보지 못한 미지의 세계를 꿈을 꾸면서 그리워하는 것일까. 그때 그는 보았다. 나비의 발이 거미줄에 걸려있는 것을. 놀라운 음향 하나가 가슴에 후두둑, 뛰고 있을 때…

— 「두 개의 촛불기둥」, 97쪽

　거미줄에 걸린 채 자유와 해방을 갈구하는 '나비'의 이미지가 윤이상의 그것이라면, '거미줄'은 윤이상을 옭아매는 현실의 척박함과 이념적 구속을 의미할 것이다. 그리고 '음악'은 바로 그 거미줄로부터 빠져나오려는 나비의 필사적 몸부림이자 존재를 넘어 당위로, 구속을 넘어 해방으로 나아가려는 주체의 지향을 표현하는 매개라 할 수 있겠다. 음악이 이러한 의미이기에 윤이상은 동백림 사건으로 감옥에 갇혀 있는 절박한 상황 속에서 오히려 더욱 강하게 음악을 원했고, 음악을 매개로 한 판타지 여행을 간절히 염원했던 것이다.

　　존재와 상황으로부터 자유롭기 위해서도 나는 작곡을 하고 싶었다. 내 넋이 창살을 넘어 비상할 수 있도록 도와주기 위해서도 음악이 하고 싶었다. 그러나 그럼에도 오선지는 계속 비어 있었고 내 넋은 눈 내리는 벌판을 헤매고 있었다. 그리고 종종 다가오는 재판일이 성능 좋은 브레이크처럼 덜컹덜컹 내 의식을 걸었고 나는 그 현실에서 벗어나기 위해서도 오선지보다는 음률을 타고 날아가는 판타지 여행을 간절히 고대했던 것이다.

— 「나비의 꿈」, 146쪽

　그렇다면 윤이상이 꿈꾸고 고대했던 '판타지'란 무엇인가. 그것은 바로 "위와 아래는 즉 하나/ 안과 밖은 하나 불과 또 물은 하나/ 하늘과 땅도 하나 빛과 어둠 하나/ 나비와 사람도 하나/ 음양이 나뉘지 않고 아직 한 가지이던 시절"(「나비의 꿈」, 152쪽)이며 이 '하나'가 구현된 세계이다. 이는 인위적인 경계와 나눔 이전의 극히 자연스런 상태로, 결국 윤이상에게 음악은 이 원초적 근원 혹은 분리 이전의 자연으로 돌아가려는 지향의 표현일 것이다. 윤이상에게 지대한 영향을 주었던 도교적 음악관은 이런 윤이상의 음악을 이해할 수 있는 중요한 근거가 된다. 노장사상을 바탕으로 하는 도교적 음악관은 유가적 음악관에 반대하여 자연지화(自然之化)를 강조하였으며, 그 자체 완전한 조화와 균형 그리고 아름다움을 지닌 자연(自然)을 본받은 도(道)를 음악으로 표현할 것을 강조했다.[5]

그런데 윤이상이 지향하는 당위적 세계로서의 자연/도와 그가 존재하는 현실은 늘 심각한 괴리를 보인다. 자연스런 합일과 조화 대신 현실은 나뉨과 차별, 끊임없는 다툼이 존재하며, 이 분란의 현실이 매순간 윤이상을 압박하는 것이다. 그러나 이러한 현실은 윤이상을 위축시키기보다 오히려 언제나 그를 한 발 더 나아가게 만든다. 현실의 구속이 강하면 강할수록 윤이상은 음악을 통해서 자유와 해방을 향한 도약을 적극적으로 상상했던 것이다. 마치 '높은 가음'까지 올라가려는 첼로의 도약이 비록 실패하더라도 그 긴장성으로 의미 있는 것처럼, 현실에서 해방을 향한 그의 탐사가 끝내 좌절된다 하더라도 그 시도만으로 윤이상은 부조리한 현실을 겨냥할 수 있었다.

---

5) 중국에서 주류적 음악관으로 자리잡고 있었던 유교적 음악관은 인간을 교화할 수 있는 가장 효과적인 수단으로 음악 예술의 가치를 인정하고, 나아가 그것을 음악 예술의 표준적 가치로 인식하고 있었다는 점에서 도교적 음악관과는 차이를 보인다.(한흥섭, 『중국 도가(道家)의 음악 사상』, 서광사, 14~21쪽, 277~300쪽 참조)

그래, 내가 쓰게 될 작곡은 주로 오보에와 첼로를 사용하게 될 것이며 먼저 오보에로 절대적인 것을 상징하는 높은 가음까지 도약함으로써 천상적인 순결함에 이를 수 있게 할 것이며, 그러나 첼로는 단지 올림사음까지밖에 도달하지 못하는데 그것은 인간은 이 이상에 가까이 가려 하지만 완전히 성취하지 못하고 저지당하는 것을 뜻한다네. 이때 올림사음과 가음 사이에 긴장을 가미하면 그것은 그러나 아직도 해야 할 일이 남아 있음을 암시할 수 있지….

—「나비의 꿈」, 145쪽

『나비의 꿈』은 존재(현실)를 지양하고 당위(자유, 순수, 절대)를 향해 나아가는 이 팽팽한 '첼로의 긴장성'을 윤이상 음악의 본질이자 아름다움으로 그려내고 있다. 양을 지향하되 음이 없으면 양으로의 지향은 무의미하다. 『나비의 꿈』에서 그것은 결국 "음이 없는 양이나 양이 없는 음은 있을 수 없다"(「나비의 꿈」, 145쪽)는 깨달음으로 현현한다.

그래, 조국은 결국 내겐 판타지였어. 비록 골 깊은 비애만 주었다 해도. 그걸 이렇게 생각하면 어떨까. 조국 판타지는 음이요, 음악 판타지는 양이었노라고. 그 음이 있어 양이 더 많은 빛을 얻을 수 있었던 거라고. 그것은 또한 바다의 양성과 같은 거라고. 바다는 스스로 파도를 만들 수 없지. 바람이 있어야만 격랑도 잔잔한 물이랑도 생기는 법. 싸움으로 흉측한 강풍과의 싸움으로 인해 바다는 심해 속 자식들을 더 풍성히 생산해내는 거다.

—「영겁의 어느 기슭」, 291쪽

음과 양의 지속적인 조우 속에서 서양/동양, 남/북 같은 모든 인위적 경계를 넘나들고 급기야 허무는 윤이상의 음악은 우리의 나태한 익숙함을 가격하면서 우리를 긴장시킨다. 윤이상의 예술이 가하는 치열한 공격이 기존의 낯익은 틀에 안주하려는 우리를 동요하고, 우리가 근거하는 자명성을 의심하게 만들기 때문이다. 더불어 이러한 윤이상의 음악은 이데올로기의 순수성, 그 완전무결함과 불가침성에 저항하며, 이데올로기의 불온한 순수성을 겨냥하는 '비순수' 의 미학을 창안한다. 그러므로 윤이상의 음악, 윤이상의 미학은 '다른' 현실의 도래를 상상하는 해방의 정치인 셈이다.

5. 『나비의 꿈』의 90년대적 의의

국내외적으로, 사회 · 문단적으로 90년대는 80년대와 현격한 단층을 이룬다. 국제적으로는 현실사회주의가 몰락했고 국내적으로는 제도적 민주화가 부분적으로 성취되었다. 이러한 역사적 변화로 말미암아 90년대를 살아가는 사람들의 관심은 사회 · 정치적인 변혁의 기대 대신 거대담론의 영향력 아래 한동안 억압되었던 개인의 내면적 욕망, 성, 미학, 패션과 같은 사적이고 일상적인 것들로 옮겨간다.[6)]

90년대의 이 현격한 변화는 무엇보다도 그 새로운 자장 안에서 창작해야 하는 작가들에게 심각한 문제로 다가온다. 다시 말하면 작가들은 창작적 정체성의 문제, 나아가 역사적 정체성의 문제와 마주하게 된 것이다. 이는 특히 80년대 민중 지향의 리얼리즘 문학을 추구하면서 역사적 변혁을 적극적으로 모색했던 윤정모와 같은 작가들에겐 더 큰 문제가 아닐 수 없었다. 한국 사회를 인식하고 재현하는 익숙한 방법적 틀을 상실한 그들은 이제 자신들이 일관되게 추구했던 80년대식 리얼리

6) 송승철, 「민족문학과 독자의 감정구조」, 『실천문학』, 1995년 가을호, 201쪽.

즘이 더 이상 90년대에 유효하지 않음을 확인하게 된다. 그런데 이러한 위기의 지점에서 윤정모는 자신이 지난 시대에 추구했던 리얼리즘의 한 극단, 역사와 허구의 그 아슬아슬한 경계 지점까지 나아가 『나비의 꿈』을 쓴 것이다. 이러한 글쓰기를 통해 윤정모는 바로 자신을 비롯한 90년대 한국인들이 당면한 역사적 정체성의 문제, 그리고 자신이 처한 창작적 정체성의 문제와 조우하며 그 해답을 모색하고자 한 것으로 보인다. 그렇다면 이러한 문제의식을 담고 있는 『나비의 꿈』이 획득한 90년대적 의의는 무엇인가.

소설 『나비의 꿈』은 '윤이상'이라는 과거의 역사를 현재의 전사(前史)로 그려냄으로써 역사의 진실을 규명하고 이를 통해 현재를 가늠해 본다는 의미에서 이른바 '사실주의적 역사소설'로 분류될 수 있을 것이다.[7] 그러므로 반성과 모색은 무엇보다 이 작품을 지탱하고 있는 두 가지 지반이다. 역사의 적극적 탐색이나 오도된 역사에 대한 성찰 대신 역사의식의 함몰, 역사적 방향 상실을 노정한 90년대의 혼란과 방황은 윤정모로 하여금 강요된 망각을 회절하고 윤이상을 역사의 전면으로 불러내도록 자극한다. 이 은폐된 역사의 복원은 한반도에서 진행된 폭력적 근대화를 성찰하는 동시에 '분단'이라는 민족의 현재적 비극을 새삼 대면하도록 만든다. 불확실성이 지배하는 90년대에도 분단은 여전히 우리를 구속하고 있는 자명한 현실이며, 윤이상은 근대사의 비극과 분단의 아픔을 모두 저리게 보여주는 상징적 인물이다. 그러므로 역사의 부재 혹은 망각이 지배하는 90년대에 윤이상을 기억하고 쓴다는 것은 어느 때보다 유의미한 작업이 된다. 이 의미를 놓치지 않은 『나비

---

7) 강영주, 『한국역사소설의 재인식』, 창작과비평사, 1991, 16~21쪽 참고. 강영주는 이 책에서 역사소설을 낭만주의적 역사소설과 사실주의적 역사소설로 나누어 설명하고 있는데, 그에 의하면 사실주의적 역사소설과는 달리 낭만주의적 역사소설은 단순히 역사적 인물과 사건을 허구적으로 나열시켜 흥미와 교훈을 주고자 하는 것이다.

의 꿈』은 윤이상을 고뇌하는 민족적 영웅이나 범접할 수 없는 천재적 예술가로 그리기보다, 궁핍한 근대사 속에서 역사의 폭력을 고스란히 감당할 수밖에 없었던 가난한 민중의 전형으로 형상화하고 있다. 말하자면 윤이상의 고통스러운 생은 한국 민중의 비극과 포개지며, 그럼에도 불구하고 절망을 희망으로 바꾸어내려는 윤이상의 분투는 역사를 변혁하려는 긍정적 민중의 형상과 겹쳐지는 것이다.

이러한 윤이상의 재현을 통해서 역사적 정체성을 고민한 『나비의 꿈』은 다시 작가 윤정모의 창작적 정체성의 문제와 연결되면서 그 의미를 확대한다. 단층(斷層)으로서의 90년대는 윤정모로 하여금 더 이상 80년대적 감수성으로 80년대의 리얼리즘을 90년대에 적용할 수 없게 만들었고, 이러한 창작의 곤경은 윤정모가 어떤 식으로든 타개해나가야 할 위기였다. 바로 그 위기의 지점에서 윤정모는 윤이상의 삶을 쓴 것이다. 윤이상의 삶을 지탱하는 고향 혹은 조국, 정치, 그리고 예술은 윤정모의 삶을 규정하는 조건이기도 하며, 이들 사이의 충돌과 괴리는 윤이상과 마찬가지로 윤정모의 삶을 부단히 긴장시키는 문제들이기도 했다. 따라서 윤정모가 윤이상의 삶을 더듬어가고 그의 삶을 하나의 일관된 서사로 재구성하는 과정은 동시에 윤정모가 흔들리는 자신의 작가적 정체성을 재정비하는 과정이 아니었을까. 그러므로 가령 『나비의 꿈』이 던지는 '윤이상은 누구인가' 라는 질문은 '윤정모는 누구인가' 라는 물음으로 되돌아오며, '윤이상은 무엇을 했고 무엇을 하려 했나' 라는 물음은 다시 '윤정모는 무엇을 했으며, 무엇을 할 것인가' 라는 스스로에 대한 질문으로 회귀하는 것이다. 그리고 이는 비단 윤정모에 국한되는 문제가 아니라, 그가 기억한 '윤이상' 을 읽는 모든 독자들의 문제로 확대될 수 있을 것이다. 바로 이것이 사실에 근거하는 전기소설, 혹은 역사소설이 보여주는 힘이며 생명력일지도 모른다. 따라서 실로 다양하고 혼란스러운 수사들이 난무한 90년대에 『나비의 꿈』을 쓰고 읽는다는 것은 90년대를 살아가는 이들에게 역사적 정체성을 되돌아보게 하는 계기이며, 작가 윤정모에게는 창작적 정체성을 더불어 찾고자 하는 상징적 시도가 된다.

기실 이렇듯 윤이상의 삶을 통해서 지난 시대에 대한 고통스러운 목격을 독려하는 윤정모의 시도는 사뭇 무모한 것인지도 모르겠다. 자유나 정의에 대한 부르짖음이 다만 전(前) 시대에 유효했던 낡은 것들로 폄훼되고, 새로운 유형의 잊기와 무관심이 지배하는 시대에 윤이상의 녹록치 않았던 삶에 주목하고 우리의 궁핍한 지난 역사를 되돌아보자는 것은 90년대를 살아가는 이들에겐 분명 불편하고 달갑지 않은 일이기 때문이다. 그럼에도 과거를 다시 보려는 의지가 없다면 진정 다른 현실의 도래란 불가능하기에 윤정모는 윤이상을 썼고, 또 쓸 수밖에 없었을 것이다. 그러므로 우리는 짧은 일탈의 시간을 마련하여 『나비의 꿈』을 읽음으로써 윤이상이라는 한 비극적 인간의 삶을 다시 화두로 삼아, 대규모의 망각과 물화(物化)가 지배하는 시대를 거스르는 만만찮은 저항에 동참하는 것이다.

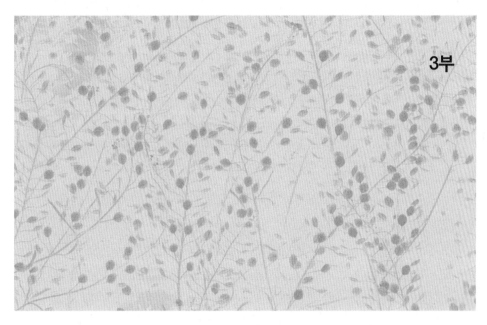

3부

역사와 현실의 감각

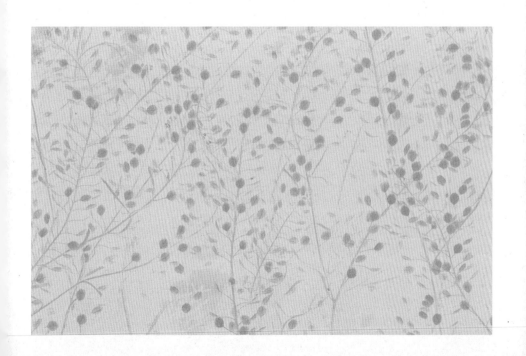

기원을 향수하는 노스탤지어의 열정

— 최근의 팩션 읽기

1. 접속, 2000년대 문학이 생존하는 방식

2000년대 한국문학은 그동안 문학이 짊어져왔던 윤리적 · 지적인 과제로부터 대부분 자유로워졌다. 그러나 그 만만치 않은 하중으로부터 해방되자 문학은 재빨리 그리고 과도하게 깃털처럼 가벼워졌다. 역사적 하중은 곧 문학을 문학 이상의 것, 신비하고 신성한 그 무엇으로 만드는 '아우라' 이기도 했던 것이다. 아우라를 상실하자 문학은 급속도로 종래의 '신성성' 을 탈각해갔다. 감히 그 외부를 상상하기 힘든 전일적 자본주의의 시대에, 참을 수 없는 존재의 가벼움을 경험하는 문학은 벤야민의 말대로 예술의 '의식가치' 가 아닌 '전시가치' 를 심각하게 고민해야 하는 상황이다.[1] 상실한 신성성을 애도할 겨를도 없이, 21세기를 사는 작가들은 문학의 새로운 존재 방식, 즉 '상품' 으로서의 문학에 적응하고 문학의 '시장성' 을 뒤늦게 학습해야 하는 대략 난감한 지경에 이르렀다.

---

1) 발터 벤야민, 「기술복제 시대의 예술작품」, 『발터 벤야민의 문예이론』, 민음사, 1983, 205~210쪽.

하여, '외딴방'에 들어앉았거나 '거리'에서 구호를 외치기도 했던 작가들은 이제 독자들과 접속하고 접속하고 또 접속해야 한다. 그런데 이 새로운 접속에는 '매개'가 없다. '비평가'라는 비효율적 매개를 경유하는 번거로움 없이 작가와 독자는 온라인과 오프라인에서 자유롭게 맞대면한다. "평론가들의 개입을 줄이고 작가와 독자대중 사이의 직접 소통을 늘리는 쪽으로 판을 다시 짜야 한다"[2]는 '생산적' 지적이 갈수록 설득력을 얻으면서, 작가는 평론가의 비생산적인 평론 한 줄 읽기보다 실시간으로 올라오는 독자의 댓글을 체크하고, 서점이나 출판사에서 주관하는 '독자와의 만남'에 참여하거나, 독자들과 더불어 소설의 무대가 된 장소를 답사하는 '팬 미팅'의 기회를 확대한다.

독자들 역시 더 이상 비평을 공들여 '독해'하거나 '해독'하지 않는다. 독자일 뿐만 아니라 드라마 '시청자'이자 영화의 '관객'이고 온라인 게임의 '유저'이자 인터넷의 '누리꾼'이기도 한 21세기 독자들은 점점 더 암호화되어가는 비평을 읽어낼 만한 여유도 인내심도 없다. 다중적 정체성을 지닌 이들에게 '독자'란 굳이 없어도 무방한 최소한의 지위이며, 블로그나 싸이월드와 같은 각자의 세계에서 모두 주인인 그들은 굳이 타인의 권위에 의지하지도 또 그것을 욕망하지도 않는다.

자신의 세계에서 많은 경우 그들은 이미 작가이며 모두 비평가이다. 생산자와 소비자를 직접 연결하는 대규모 접속 과잉의 시대에 비평가라는 지위는 이제 낡은 시대의 흔적으로 퇴화될 위기이며, 작가는 더 많이 '보이지' 않으면 살아남을 수 없고, 독자들은 더 많이 '보지' 않으면 만족할 수 없다. 물론 여기서 가장 큰 권력을 지닌 자는 '보는' 독자들이다. 이른바 '일촌'이라는 '비혈연 동종관계'를 형성하면서 타인의 세계와 무한 접촉하고, 은밀한 타인의 삶을 훔쳐보는 데 익숙한 그

---

2) 최재봉, 「장편소설과 그 적들」, 『창작과비평』, 2007년 여름호, 220쪽.

들은 더 빈번히 작가를 자신의 앞으로 불러내고, 문학을 읽는 동시에 '보기'를 원하며, 위협하거나 도발하지 않는 정도의 낯설고 신기한 '볼 것'을 욕망한다. 시장은 '신인류–독자들'의 이러한 욕망에 기생하는가 하면 그들의 욕망을 적극 생산하기도 한다. 시장 속에 새롭게 전시된 문학은 원하든 원하지 않든 이들 신인류를 위한, 신인류에 의한, 신인류의 '문화' 또는 '문화콘텐츠'가 되라는 시장의 압력으로부터 자유로울 수 없다. 전위가 아닌 '엽기', 의식이나 내면이 없는 '스펙터클'의 문학은 이리하여 가능해진다.

체급, 타격기술에 전혀 제한을 두지 않는 이종격투기 같은 문화의 장에서 경쟁해야 하는 문학은 다시 이종적인 것들과 접합한다. 도태될 위험이 농후한 위험천만한 '순종' 대신 2000년대 문학은 다기능을 내장한 '혼종'을 선택한다. 다품종 소량생산의 포스트포디즘 사회에서 더욱 다양화된 대중의 욕망에 부합하기 위해 문학은 다양한 이종과 접속하는가 하면, 시장은 더욱 다기한 잡종을 기획하면서 소비자의 욕망을 재구성한다.

잡종은 힘이 세지 않던가. 이종교배된 문학은 이제 단일하게 정의될 수 없는 트렌디한 하이브리드가 되면서 생존의 힘을 축적한다. 영화, 만화, 드라마, 대중음악과 같은 다양한 하위문화의 상상력과 감성을 내장한 새로운 '스타일'의 소설이 수다하게 출현하고 있다. 그것은 때로 신선한 명명을 얻기도 한다. 예컨대 '칙릿(chicklit)' 같은. 일드(일본 드라마)나 〈섹스 앤 더 시티〉 같은 미드(미국 드라마)의 감수성을 흡수한 칙릿은 최근 한국의 2,30대 여성 독자들을 매혹하고 있다. 물론 인터넷 공간에는 하이퍼미디어와 합체한, 칙릿보다 더욱 날렵한 감각의 귀엽고 엽기발랄한 소설이 산재해 있다. 예컨대 평범소설, 연애소설, 로맨틱소설, 리턴소설, 형님소설, 팬픽소설, 공포소설, 릴레이소설, 판타지소설, 한줄소설과 같은 다양한 별종.[3] 문학은 끝나고 그 잔영만이 남았다는 문학 종언의 시대에 아이러니하게도 문학의 몸통은 더욱 비대해지고 있다. 접속을 통한 다양한 하위장르가 생산되면서 문학은 '장르문학화' 되고, 작가들은 리얼리즘이나 모더니즘과 같은 창작방법이 아니라 '장르문법' 을 익히며 스타일 창출에 골몰한다. 장르의 관습을 따르는 고만고만한 장르문학에 '차이' 를 만들어내는 것은 '스타일' 이며, 작가와 작품을 '튀게' 만드는 것은 바로 스타일이라 부르는 이 표층의 힘이기 때문이다.

접속하고, 이종되고, 폼 잡는 최근 장르문학의 한가운데 팩션(faction)이 있다. 헌데, 팩트(fact)와 픽션(fiction)이 합체했다는 이 혼종이 지극히 별종이다. 문학과 역사라는 낡고 쇠잔한 것들이 조우한 팩션은 이 시대 장르문학의 새로운 강자이며 2000년대 문학판의 단연 우세종으로 등극했다. 온전한 픽션도 팩트도 아닌 이 잡종의 정체는 무엇인가.

2. 노스탤지어의 문화 형식, 그리고 팩션이라는 혼종

고귀한 과거가 떼 지어 귀환하고 있다. 근대의 초입 '새것 콤플렉스' 에 연동되었던 이곳은 지금 집단적인 '옛것 노스탤지어' 에 들려 있는 중이다. 이 집단적 향수병의 징후는 먼저 드라마나 영화와 같은 각종 대중문화 장르를 통해서 어렵지 않게 확인된다. 이순신이 떠난 자리를 한동안 주몽이 채우더니 다시 정조나 광개토대왕이 그 자리를 승계했다. 21세기의 시작과 더불어 때 아닌 '중세' 가 등장하는가 싶더니 최근에는 '고대' 나 '신화시대' 까지 출몰하고 있는 것이다. 근대의 여명기

---

3) 김예림, 「대중문화산업의 물가에서 첨벙거리는 인터넷 소년/소녀 '작가들'」, 『문학 · 판』 2006년 가을호, 253쪽. 김예림은 〈e-조은소설〉(http://cafe.naver.com/4445556.cafe?iframe _url=/Art)에 마련된 소설방 분류를 참고했다.

에 배제 · 억압 · 축출되었다 근대의 황혼기에 극적으로 되살아난 이 과거는 결핍을 모른다. 귀환한 과거는 숭고한 의미와 가치로 충만한 이른바 '대과거(大過去)'이다. 대과거는 타락한 현재를 사는 이들이 잃어버리거나 망각한, 순결하고 완벽한 기원이다. 이 판타지적 과거의 중심에 '영웅'이 있다. 가치의 위계가 사라진 시대를 사는 이들은 적대와 갈등을 완벽히 봉합해내는 위대한 영웅을, 결핍 없는 과거를 상상한다. 그러므로 '고귀한 과거'는 더 이상 변혁이 불가능한, 현재의 무한반복인 일상을 사는 지금, 이곳의 인간들이 만들어낸 '노스탤지어의 형식'이다. 이 낭만적 형식 속에서 과거는 항상 '고귀한 과거'이며 현재는 언제나 '타락한 현재'다.

시장은 어김없이 이러한 대중의 욕망을 읽어낸다. 그리하여 위대한 과거는 대중의 욕망을 충족시키기 위한 새로운 문화콘텐츠로 개발된다. 또한 이렇게 생산 · 재생산된 문화콘텐츠가 대중의 욕망과 기호를 부단히 재생산한다. 상품이 된 과거, 문화콘텐츠로 개발된 역사는 '국적'을 지운다. 국적성 강한 사극이 '한류'를 이끌면서 다국적 환대를 받는 것은 전혀 이상한 일이 아니다. 최근의 뉴에이지 사극 속에서 역사는 국경을 초월한 욕망, 즉 현재의 부재와 틈을 '망각'하고 상상의 과거를 '기억'하려는 대중의 역설적 욕망에 응답하는 한편, 낯설고 신기한 새 것에 탐닉하는 현대인의 기호를 충족시키는 전천후한 문화상품이 된다.

낯익은 과거란 현재의 시점에서는 매우 낯선 것이기도 한다. 그러므로 현대인의 착종된 욕망이 탄생시킨, 또는 그러한 욕망을 부단히 생산하는 사극 속에서 역사는 의미를 잃고 '구경거리'로 진열된다. 구경거리인 이상 더 기상천외한 구경거리, 곧 스펙터클에 집착할 수밖에 없다. 스펙터클은 갈수록 서사를 육박한다. 〈대장금〉에서 장금의 인생 역전 스토리만큼이나 비중 있는 것은 화려하고 풍성한 '요리' 장면이다. '판타지 사극'이라는 타이틀을 달고 나왔던 〈태왕사신기〉에서 거대한 스펙터클은 시종일관 서사를 압도했다. 〈태왕사신기〉가 기왕의 사극과 스스로를 구별 짓는 방식은 기존의 역사를 재해석하는 것도, 흔적으로 남은 역사적 인물을 상상력으로 재구성하는 것도 아닌, 그야말로 환상적인 '볼거리'의 창출이다. 때문에 〈태왕사신기〉에서 서사(역사)는 스펙터클을 구현하기 위한 대본의 위치로 강등된다. 이 시대의 대중들이 상상한 '판타지적' 과거(영웅)는 〈태왕사신기〉에 와서 가장 적합한 형식을 얻었다. 그것이 바로 '스펙터클' 혹은 '판타지'다. 의미(역사)가 지워진 '무국적' 판타지는 '다국적' 상품으로 월경(越境)하며 공포의 속도로 유통된다.

한편, 멀티 유즈(multi-use)를 위한 원 소스(one source)답게 역사는 다시 문학과 조우해 새로운 혼종을 만들어낸다. 팩션(faction)이다. 일대 '사건'이라 할 만큼 팩션은 2000년대 문학판을 주도하는 트렌드가 되었다. 작가 · 출판사 · 독자의 환대는 물론이거니와 이 장르에 대한 평단의 지지 또한 만만치 않다. 『창작과비평』이 '특집'을 통해 공론화한 '장편소설 활성화' 논의는 문학의 위기를 타개할 대안으로 팩션 혹은 뉴에이지 역사소설[4]을 공식적으로 긍정하는 자리였다. 물론 이는 문학적 선별 작업이 전제된 것이다.

'올드 패션'이건 '뉴에이지'건 역사소설은 항상 변혁의 기운이 소진되는 지점에서 탄생했다. 역사소설 창작이 활발했던 1930년대는 20년대를 돌파해온 혁명적 이념이 급격히 소진된 시점이었고 미래에 대한

---

4) 서영채는 『리진』의 작품해설이나 2007년 여름 『창작과비평』이 주관한 '장편소설 활성화' 논의에서 팩션이란 용어 대신 '뉴에이지 역사소설'이라는 용어를 사용한다. 그는 뉴에이지 역사소설이 "단순한 흥미만을 겨냥한 것도 아니면서 또한 동시에 그 어떤 목적론적 역사의 식으로부터 벗어나 있는 어떤 지점을, 현재적인 지반에서 유래한 다양한 문제의식과 윤리적 감각이 구현되고 있는, 현대성의 다양한 반면들이 표현되고 있는 완결성의 작은 공간을 보여주고" 있다고 지적한다.(서영채, 「뒤늦은 애도, 한 고결함의 죽음에 관하여」, 『리진 2』, 문학동네, 2007, 315쪽)

전망이 불투명한 시기였다. 역사적인 변화가 중단된 상황에서 작가들은 전적으로 문학 '내부'로 귀환하거나, 이념보다 당대 대중의 '감정구조'에 반응하기 시작했다. 이 양자의 경향을 모두 담지한 것이 30년대 역사소설이다. 외부의 변화를 경험할 수 없게 되자 역사의 최전위에 서 있던 작가들은 문학 내부로 칩거해 역사를 사유하기 시작했고, 역사를 상상적으로 전유하려는 욕망을 내보였다. 현실에서는 불가능한 역사에 대한 총체적 전망과 완결된 의미를 서사를 통해 복구한 30년대 역사소설은 불안한 현실로부터 도피해 훼손되지 않은 안정적 기원이나 의미를 향유하고자 하는 대중의 욕망과 맞아떨어졌다.

2000년대 역사소설 역시 이와 유사한 배경하에서 등장한다. 역사적 진보에 대한 믿음으로 충만했던 이념의 80년대가 종식되자 90년대 작가들은 '내면'으로 은둔하기 시작했다. 내면으로 은거한 작가들은 역사를 '살기'보다 역사를 '사유'하며, 현실의 구체성 속에서 문학을 '하기'보다 문학 자체를 '성찰'했다. 역사와 문학이 사유의 대상으로 물화되면서 그 '기원'에 대한 탐색이 가능해졌다. 이는 전대와 분명히 다른 지점인데, 과거의 역사소설이 현실에 대한 전망 상실을 서사를 통해 해소하면서 역사와 문학을 모두 복구하려는 의지를 내보인 것이라면, 포스트(post-)의 시대에 프리(pre-)를 탐색하는 새로운 열정은 역사와 문학 모두 급속도로 탈중심화되는 징후이다. 그 열정의 각축 속에서 역사와 문학은 의미가 완결된 것이 아니라 '해석 가능한 것'이 되며, 더 이상 자명한 것이 아니라 구성된/구성되는 '텍스트'가 된다. 기원을 천착하면서 기원은 급속도로 산종되고, 그리하여 단일한 역사나 문학이 아닌 '역사들'과 '문학들'이 탄생한다.

이런 토양에서 태어나 빠른 속도로 증식한 것이 팩션이다. 이 장르를 통해서 우리가 가장 분명하게 확인하는 것은 역사와 문학 모두 갈수록 불투명해진다는 사실이다. 과거를 숙주 삼아 현실을 가늠한다는 거창한 명분에도 불구하고, 현실을 천착하기보다 도서관에 칩거해 사물화된 역사를 응시하는 팩션에서는 현실의 질감을 느낄 수 없다. 대신 팩션은 문학이나 역사가 처한 현재의 위기를 징후적으로 내보인다. 현실(역사)을 실감하기보다 정보수집과 답사를 통해 현실을 채집하는 팩션은 리얼리티 대신 치밀한 '상상력' 발휘에 몰두한다. 물론 이는 팩션만의 특징이 아니다. 그러나 분명 팩션은 오늘날 문학이 경험하는 위기의 한 표상이다. 작가들은 채집된 역사를 상상적으로 재구성함으로써 의미(진실)를 전유하고자 하지만, 그것이 반복될수록 진실은 다만 '진실효과'임이 분명해지고, 팩션을 통해서 거듭 텍스트화되는 역사는 급기야 진실게임을 위한 흥미진진한 소재 정도로 전락한다. 사태가 이렇게 되자, 기원을 탈중심화하려는 능동적 의지는 빛이 바래고, 팩션이 역사를 문화콘텐츠로 보는 분위기에 편승하거나, 문학을 다른 미디어로 번역 가능한, 또는 번역을 위한 원천 소스로 정착시키는 장르라는 혐의를 지울 수 없게 만든다.

그럼에도 불구하고, 다른 한편 팩션은 아날로그적인 문학이나, 문학에 대한 아날로그적인 향유를 향수하는 독자를 불러 모은 것 역시 사실이다. 물론 팩션이 디지털 시대의 독자들과 친화적 장르임을 해명하는 설득력 있는 논의도 있다. 예컨대 한기호는, 팩션이 디지털 시대에 과잉생산되는 정보를 신뢰할 수 없어 허구적 이야기보다 구체적 사실을 믿고자 하는 독자의 욕망과 결합한다는 점, 검색이라는 디지털인(人)들의 독서습관과 부합한다는 점, 정보와 오락을 결합한 인포테인먼트(infotainment)로 재정의될 수 있는 팩션이 독자들의 지적유희에 적합하다는 점 등을 들어 디지털 환경이나 독자들의 디지털적 감성에 들어맞는 장르라고 지적한 바 있다.[5] 팩션의 스펙트럼이 다양한 만큼 독자

5) 한기호, 「왜 팩션인가」, 『오늘의문예비평』, 2007년 여름호, 279~286쪽.

들의 충위도 다양하니 한기호의 지적은 틀린 말이 아니다. 그러나 팩션이 독자를 불러들이는 이유를 이러한 논의만으로 충분히 해명할 수는 없을 것 같다. 예컨대 김훈이나 신경숙의 팩션을 읽는 독자를 과연 '디지털인'으로 명쾌하게 분류할 수 있을까. 오히려 서사가 살아 있는 '오래된' 문학에 대한 향수와 소설을 통해 현란한 스펙터클이 아닌 의미를, 표층이 아닌 심층을 욕망하는 '익숙한' 기대가 독자들을 팩션으로 불러 모으는 이유는 아닐까. 그러므로 팩션에 대한 독자들의 지지는 오래된 기원을 향수하는 열정일지 모른다.

2007년 한 해, 이러한 열정과 행복하게 조우한 작가가 김훈과 신경숙이다. 『칼의 노래』와 『현의 노래』에 이어 『남한산성』(학고재, 2007)을 발표한 김훈이나, 『바이올렛』 이후 6년 만에 장편 『리진』(문학동네, 2007)을 내놓은 신경숙은 시청자이자 관객이며 유저이자 누리꾼으로 자족했던 이들을 문학-독자로 재호출하는 데 성공했다. 그렇다면 트렌디한 상품의 혐의를 털어낼 수 없는 팩션이라는 이름 대신 뉴에이지 역사소설이라는 꽤 그럴듯한 명명으로 구별되기도 하는, 그래서 엄밀히 전통적인 '역사소설'도 상품스러운 '팩션'도 아닌 김훈과 신경숙 소설의 '뉴에이지스러움'은 무엇인가. 또 그 뉴에이지스러움이 우리 시대 독자들과 공명하는 이유는 무엇이며, 이들 소설이 지금, 여기의 팩션들과 다시 만나는 지점은 무엇인가. 김훈과 신경숙의 『남한산성』, 『리진』을 통해 팩션이라는 낯선 정체를 가늠해본다.

3. 소설이 되는 역사, 소설(小說)이 되는 소설-김훈의 『남한산성』

팩션에 관한 한 적어도 김훈의 소설은 하나의 기원이다. 혹은 기원을 가로지르고 나온 기원이다. 물론 김훈 이전에도 팩션이라 부를 만한 것들은 있었다. 예컨대 복거일의 『비명을 찾아서』나 이인화의 『영원한 제국』과 같은. '대체 역사'라는 낯선 방식을 취한 『비명을 찾아서』나 거대서사가 누락한 틈새 역사를 상상력으로 복원해간 『영원한 제국』을 통해서 역사는 거대담론이 아니라 소설의 흥미로운 소재가 될 수 있음을 입증했다. 그러나 김훈 소설의 파괴력에는 미치지 못했다. 2001년 『칼의 노래』를 발표하면서 김훈은 역사소설에 관한 기존의 정의를 무력화하는 별종의 탄생을 알린다. 이 별종은 이념, 전망, 총체성, 중도적 개인 등 역사소설을 가늠하는 낯익은 개념들로는 좀처럼 정의되지 않는다. 작가 역시 역사소설을 쓴다는 자의식이 없다.

김훈은 『칼의 노래』부터 『남한산성』에 이르기까지 일관되게 자신의 소설을 역사소설이 아니라 단지 "역사를 배경으로 한 소설"이라고 주장한 바 있다. 역사를 배경으로 하되 역사소설은 아닌 무엇, 역사를 재구성하되 결코 역사에 대한 평가는 아닌 무엇, 그래서 오로지 역사는 "소설이며, 오로지 소설로만 읽혀야 한다"[6]고 일러두는 무엇, 그 명쾌하게 설명될 수 없는 '무엇'이 김훈의 역사(fact)–소설(fiction), 곧 팩션(faction)이다. 그의 팩션에 와서 역사는 대설(大說)이 아닌 '소설(小說)'이 되었고, 소설 역시 '소설'이 되었다. 이 소설이며 소설인 김훈의 팩션을 통해서 평단과 대중, 그리고 동시대 작가들은 '팩션'이라는 장르, 또는 '김훈표' 팩션이라는 낯선 장르의 도래를 실감했다.

역사를 다루되 역사에 대해 발언하지 않겠다는 김훈의 의지는 『남한산성』에서 제대로 관철된다. 그 방식은 매우 역설적인데, 이 기괴한 작가는 모든 발언을 열어둠으로써 발언하지 않고, 모든 입장을 현시하면서 자신의 입장을 좀처럼 드러내지 않는다. 『남한산성』의 인물들은 각

---

6) 김훈은 『남한산성』의 첫 페이지 '일러두기' 1, 2번 항목에 "이 책은 소설이며 오로지 소설로만 읽혀야 한다", "실명으로 등장하는 인물에 대한 묘사는 그 인물에 대한 역사적 평가가 될 수 없다"고 밝히고 있다. 이하 『남한산성』 본문 인용 시 페이지 표기는 생략함.

자 삶의 길을 충실하게 걷고 있으며 그러므로 모두 개별적 정당성을 얻는다. 주화파 최명길은 최명길대로, 주전파 김상헌은 김상헌대로, 수어사 이시백은 물론 청의 명령을 대리하는 조선인 정명수나, 살기 위해 성을 몰래 빠져나가고 성을 나가 돌아오지 않는 백성도 모두 정당하다. 삼전도에서 무릎을 꿇는 인조의 길 역시 그것이 조선의 백성에게 나날의 삶을 되돌려주는 길이기에 수락되고, 칸의 조선 침략마저 자신의 족속을 위한 선택이기에 부정되지 않는다. 모든 길의 정당성을 인정하므로 『남한산성』에는 길 아닌 길이 없으며, 그 많은 길은 결코 하나의 길로 통하지 않는다.

전작에 비해 다수 인물이 출연하고, 그중 어느 한 인물을 도드라지게 내세우지 않은 『남한산성』에는 인물 수만큼의 길이 있고 인물 하나하나가 진실을 담보한다. 그리하여 너무 많은 진실이 풀려나온 『남한산성』에는 역설적으로 온전하고 유일한 '큰 진리' 가 없다. 유일무이하고 지고한 진리가 무너지고 자취를 감춘 무(無)와 공허의 시공간이 '남한산성' 이며, 그 폐허 위에 종래의 '진리' 를 대체하는 자잘한 '진실들', 단지 피요 땀이요 분뇨요 액즙과 같은 하찮고도 하찮은, 감각적이고 물질적인 낯선 진실들이 들어선다. 이 물화된 진실, 혹은 사실들은 더 이상 대의나 명분을 좇지 않으며 오직 먹고 사는 문제, 나날의 구체적인 삶에 몰두한다. 삶 너머의 명분은 존재하지 않는다. 삶만이 명분이다. 때문에 삶을 훼절하는 "죽음은 견딜 수 없고", 생존하기 위한 "치욕은 죽음보다 가벼운" 것이 된다.

『남한산성』에서 사공이나 서날쇠와 같은 민초들은 이 "땅바닥" 에 나 있는 길과 같은 진실, 진리가 아닌 사실의 세계를 몸소 살고 있는 자들이다. 그러나 이들은 과거 역사소설에서와 같이 역사를 추동하는 '민중' 으로 거듭나지 않는다. '사실' 에 입각하지 않은[7] "말의 아수라" 같은 이념이나 거대서사와는 무관하게 그들은 오로지 각자의 삶에 헌신하는 개별자, 곧 '개인'으로 생존한다. 개인으로 생존하기에 『남한산성』의 민초들은 서로 매개되지 않는다. 개인과 개인을 '우리'로 매개하던 연대의 서사를 포기하고 김훈은 오로지 일상에 충실한 개인들을 클로즈업한다. 김훈이 긍정하는 일상은 전쟁마저도 압도할 만큼 위력적이다. 무리(衆)가 되지 않는 민초들은 전쟁과는 무관한, 예컨대 "두 살배기 어린 소를 빈 논으로 끌고 나와 매질을 해서 농사일을 가르"치고, "술도가집 아들과 심마니 딸이 산비탈 돌부처 앞에서 혼례식을 올리"며, 화전에 수수를 심은 노인이 죽어서 자신이 살던 너와집 앞마당에 묻히는 일상을 산다. 따라서 매개되지 않고, 진리가 아닌 사실을 수락하는 김훈의 소설에는 긴밀한 서사가 부재한다. 『남한산성』은 민초들의 일상과 일상의 차원으로 환원된 전쟁의 장면을 이어 붙이듯 보여 줄 뿐이다. 전쟁을 둘러싼 주전파와 주화파의 주장이 지루하게 교환되고, 적에 대한 공포와 추위와 배고픔을 견디며 버티는 나날이 반복되며, 여전히 먹고 입고 눕는 것이 문제가 되는 남한산성의 전쟁은 이미 일상의 차원이다.

그렇다면 『남한산성』 역시 전쟁이나 역사를 단지 '배경'으로 삼아 일상과 사실의 세계를 전경화한 김훈표 팩션인 셈이다. 지고의 의미가 삭제된 생활의 세계는 『남한산성』에 와서 어떠한 이념이나 이데올로기도 훼손할 수 없는 새로운 심층이 되며, 이 세계를 지지하는 자잘한 진실들(사실들)은 진리를 대체할 만큼 힘이 세다. 이는 곧 역사를 통해 현재를 응시하는 김훈의 현실감각일 것이며, 그의 소설이 이 시대 독자와 공명할 수 있는 주요한 이유이기도 할 것이다. 김훈은 죄 없는 이 사실의 세계를 수락함으로써 사라진 역사의 시대, 자잘한 변화에 만족할 뿐 더 이상 변혁을 꿈꾸지 않는 지금, 이곳을 사는 자들을 위무한다. 따

7) 김영찬, 「김훈 소설이 묻는 것과 묻지 않는 것」, 『창작과비평』, 2007년 가을호, 396쪽. 김영찬 역시 김훈 소설의 '사실'에 대한 집착 내지는 강박을 중요하게 다룬 바 있다.

라서 김훈의 『남한산성』은 역사의 부재를 성찰하기보다 부재에 대한 알리바이를 제공하는 소설이다. 한때 변혁을 꿈꾸거나 그것에 동참하기도 했지만, 박민규의 표현대로 지금은 '코리언 스텐더즈'로 살아가는 30대 이상의 남성 독자들을 이 소설이 특히 매료시킬 수 있었던 이유가 여기에 있지 않을까.[8]

물론 이것이 전부는 아니다. 김훈 소설이 독자와 친밀하게 소통할 수 있는 이유는 또 있다. 역사를 통해 역사를 해소하면서 개인과 일상, 현재에 골몰하는 김훈의 팩션에 귀환한 것은 바로 오래된 형태로서의 문학이다. 서사가 약한 김훈의 소설에서 문학적인 것으로 호출된 것은 주지하듯 '내면'이나 '문체'다. 내면화는 문학이 현실과 소원해지는 징후로 비판받았으나, 사유를 몰아낸 문화가 득세하고, 문학 역시 문화화되며, 내면이나 심층 자체를 회의하고 부정하는 표층의 문학들이 출몰하는 상황에서 새로운 의미를 획득하게 된다. 바로 사유나 성찰이 가능한 자리다.

내면이라는 이 문학적인 것으로의 귀환은 김훈의 소설을 긍정적으로 평가하는 주요 근거가 되었다. 예컨대 그의 소설은 치밀한 서사에 몰두하는 여타의 팩션이나, 공상이나 판타지로 도피하는 최근 젊은 작가들의 소설과 달리 "현실의 감각을 환기시키면서 그것을 사유와 성찰의 영역으로 끌어오고 있다"[9]는 긍정적 해석을 유도한 것이다. 『칼의 노래』의 이순신으로부터 김훈 소설이 확실히 부각한 것은 "국가 이데올로기에 포섭되지 않는 내면을 지닌 개별자의 탄생",[10] 곧 자율적 내면의 존재 가능성이었다. 비루한 현실이 틈입하지 않는 이 내면의 자율성은 김

---

8) 차미령의 조사에 따르면 『남한산성』의 독자는 남성이 여성보다 2배가 많았고, 가장 두드러진 독자층은 30대 남성독자라고 한다.(차미령, 「남한산성 리포트-2007년 한국, 김훈의 『남한산성』 왜 선택되고 어떻게 읽히는가」, 『문학수첩』, 2007년 가을호 참조)
9) 김영찬, 같은 글, 401쪽.
10) 장석주, 『들뢰즈, 카프카, 김훈』, 작가정신, 2006, 41쪽.

훈 소설이 이 시대 독자들을 위안하는 주요 지점이며, 또한 그의 소설이 '문학'으로 남을 수 있는 지지대의 역할을 해온 것이 사실이다.

그러나 김훈 소설이 내장한 이 오래된 기원으로서의 내면은 또 다른 판타지이기도 하다. 주지하다시피 내면은 '언제나–이미–바깥'이었으며 바깥이 될 위기에 직면해 있는 것이 아니라 이미 항상 위기의 산물[11]이었다. 그렇다면 안이자 바깥일 수밖에 없는 내면의 현실을 인식함으로써 오히려 김훈의 팩션은 더욱 강밀한 힘을 내장할 수 있지 않았을까. 말하자면 진공의 내면이 아니라 현실이 틈입한 괴물 같은 내면의 존재를 통해서, 또한 거대 이념이나 이데올로기로부터 한 치도 자유로울 수 없는 비루한 일상의 재현을 통해서, 김훈의 소설은 근거 없는 자율성의 환상을 생산·유포하는 현실의 불온한 판타지를 횡단할 수 있었을지도 모른다.

세심하게 다듬고 벼리는 김훈의 장인적 문체 역시 현실과 길항하지 못하는 문학이 미학적인 차원 안에서 자족하거나 자폐하는 형식이라면 분명 문제일 것이다. 『남한산성』에서 김훈은 허탄한 "말의 아수라"를 경계하고 접고 구기는 말의 불온함을 비판하지만, 실상 그의 소설은 "퍼서 내지르기"보다 차라리 "구기고 접은 말"들의 효과, 가령 다음과 같은 문체의 효과로 상당 부분 지탱된다.

문장으로 발신(發身)한 대신들의 말은 기름진 뱀과 같았고, 흐린 날의 산맥과 같았다. 말로써 말을 건드리면 말은 대가리부터 꼬리까지 빠르게 꿈틀거리며 새로운 대열을 갖추었고, 똬리 틈새로 대가리를 치켜들어 혀를 내밀었다. 혀들은 맹렬한 불꽃으로 편전의 밤을 밝혔다. 묘당에 쌓인 말들은 대가리와 꼬리를 서로 엇물리면서 떼뱀

---

11) 차승기, 「산업화된 문화의 경험과 내면성의 형식」, 『오늘의문예비평』, 2003년 겨울호, 101쪽.

으로 뒤엉켰고, 보이지 않는 산맥으로 치솟아 시야를 가로막고 출렁거렸다. 말들의 산맥 너머는 겨울이었는데, 임금의 시야는 그 겨울 들판에 닿을 수 없었다.

—『남한산성』, 9~10쪽

"기름진 뱀"과 같이 구기고 접고 엇물리는 말들의 불온함을 숱하게 구기고 접는 말들을 빌려 냉소하는 김훈 소설의 언어는 구어적이기보다는 문어적이고, 반드시 행간을 읽어야 하며, 매번 여러 겹의 읽기를 요구한다. 때문에 김훈 소설이 이미 다른 미디어로 번역되었거나 번역의 과정에 있음에도 불구하고, 사실 그의 소설은 번역되는 순간 그 매력을 상당 부분 잃는다. 때문에 김훈 소설은 그의 말대로 단지 "소설이며, 오로지 소설로만 읽혀야" 한다. 문학과 문화의 접변이 노골화된 시대에 문학이라는 매체가 지닌 이른바 '문학성'을 강화하는 것은 그의 소설이 경박한 문화 상품과 구별되는 긍정적 지점일 수 있다. 그러나 내면의 자율성에 대한 웅변이나 문체에 대한 작가의 섬세한 배려가 『남한산성』이 환기하듯 역사가 거세된 고귀한 사실의 세계, 변화 없는 현재를 수락하는 미학적 방식에 불과한 것은 아닌지 의심스럽다. 김훈의 소설을 단지 문학의 귀환을 알리는 기쁜 소식, 좋은 소식으로만 생각할 수 없는 것은 이 때문이다. 일방적 환대를 잠시 보류하고 김훈의 소설이 우리 시대의 역사나 문학이 처한 난관을 동시에 내파할 수 있는 긍정적 계기가 될 수 있을지 다시 한 번 고민해볼 일이다. 혹여 우리의 기대와는 달리, 매번 '일러두기'로 시작해서 '연대기'로 끝나는 김훈의 소설이 역사와 문학이라는 의고적인 것 속에서 세계의 소란스러움을 등지고 고독하고 우아하게 자족하고 자폐하는 형식은 아닌지, 때문에 문학이 처한 위기를 재차 확인하는 우울한 징후는 아닌지 물어야 할 때이다.

4. 역사와 낭만, 문학과 문화의 길항 – 신경숙의 『리진』

모든 견고한 것은 대기 속에 녹아버린다는 맑스의 말은 문학도 예외가 아니다. 2000년대 문학판에는 유령처럼 생존하는 쇼트 스토리(short story)와 일상의 편린을 이어붙인 롱 스토리(long story), 언제든지 대중문화와 호환 가능한 스크립트 같은 소설로 넘쳐난다. 이 뒤로 가는 소설들(심진경)의 범람 속에서 이제 노블(novel)로서의 소설은 역사와 연결되지 않고는 존재 불가능한 상황이 되었는지도 모르겠다. 신경숙이 『리진』을 쓴 것 역시 소설이 처한 이 난감한 지경과 무관하지 않을 것이다. 거시적 역사의 바깥에 자리 잡은 외딴방 여성들의 사적이고 내밀한 이야기에 골몰했던 신경숙은 『리진』을 통해서 역사와 여성, 장편이라는 낯선 조합으로 구성된 팩션 쓰기에 합류했다.

역사와 접속된 변종의 외형을 취하고 있긴 하지만 『리진』은 김훈의 소설과 유사하게 올드 패션한 소설(novel)을 환기한다. 궁중무희로 프랑스 외교관을 따라 파리로 건너갔으나 이후 조선으로 돌아와 자살했다는 리진이라는 인물 자체가 근대적 의미의 문제적 개인이기도 하다. A4용지 한 장 반 분량으로 짧게 남은 이 문제인물의 역사를 신경숙은 그야말로 자신의 본질을 찾아가는 긴 여정의 '소설'로 복원한다. 애기이며 서여령이고 서나인이자 진진이며 은방울이고 리진이기도 한 신경숙의 리진은 내가 누구인지 말할 수 없던 자로 떠돌다가 마침내 내가 누구인가를 말할 수 있는 자로 거듭난다. 그리고 노블의 주인공답게, 이 문제여성은 자신의 거듭남을 확인하는 순간 죽는다. "활극이나 신파나 인간승리의 작품이 되는 것을 저어한"[12] 신경숙의 소설가적 자의식이 『리진』을 "승리보다는 패배의 서사와 운명을 같이" 하는 "소설"로 완성시킨 것이다.

---

12) 신경숙, 「작가노트-리진을 찾아서」, 『리진 2』, 문학동네, 2007, 349쪽. 이하 『리진』 본문 인용 시 페이지 표기는 생략함.

기실 역사와 조우한 비극적인 여성 리진의 스토리는 신파나 인간승리의 서사를 선호하는 대중문화의 유혹에 취약한 소재이기도 하다. 때문에 평생 구경꾼의 시선을 피할 수 없었을 19세기 리진이 새로운 볼거리를 갈급하는 21세기적 욕망에 나포돼 구경거리로 재전유될 위험은 충분하다. 게다가 '감상'과의 경계가 빈번히 모호해지는 신경숙 특유의 감성으로 복원된 리진은 아름다운 만큼 이 같은 욕망에 취약할 수 있다. 주지하다시피 90년대 이후 '여성'과 '감성'을 탁월하게 결합시켜온 신경숙의 소설은 평단의 지지뿐만 아니라 대중 독자들의 환대를 이끌어내는 데도 성공했다. 그러나 여성의 내면을 섬세하게 응시하는 신경숙의 '감성적' 내러티브들은 대중문화 상품의 '감상적' 내러티브들과 혼동될 위험 또한 만만치 않았다. 센티멘털한 영화·드라마의 열혈 관객이며 시청자인 여성들이 신경숙 소설을 읽는 주요 독자로 쉽사리 이동할 수 있는 이유도 여기에 있다. 특히 센티멘트 문화산업의 활황 속에서 신경숙 소설의 감성, 그 감성의 본질인 '슬픔'은 언제든지 '성찰'이 아닌 '소비'의 품목으로 변질될 가능성이 적지 않다. 이것이 '소설'로 남기를 욕망하는 신경숙의 소설, 그리고 『리진』이 위태로운 이유다.

　2007년 한 해 독자들의 감성을 대규모로 자극한 『리진』의 키워드는 역시 슬픔이다. 이 소설이 신문에 연재될 당시의 제목도 「푸른 눈물」이었다. 무시당하고 망각되고 삭제된 슬픔인 리진이 슬픔을 탁월하게 미학화하는 신경숙과 제대로 조우한 셈이다. 신경숙의 소설답게 『리진』은 슬픔을 애도하려는 착한 의지로 시종일관 충만하다. 문제는 신경숙의 감성적 서사가 슬픔을 미학화하되 정치화하는 데는 번번이 실패하고, 슬픔의 주체인 여성들이 대개 현실을 비껴간다는 데 있다. 선한 의지의 과잉 속에서 아름답고 고결하게 재현된 리진의 슬픔 역시 현재를 전율하는 공포가 되기보다 연민이나 동정을 촉발하는 낭만적 구성물로 자주 주저앉는다. 역사의 외피를 둘렀음에도 불구하고 리진은 신경숙의 상상력 속에서 매우 비역사적으로 전유되고 있는 셈이다. 때문에 『리진』은 역사소설도 페미니즘 서사도 아닌, 단지 잘 빚은 "신경숙 소설"[13]이 된다. 신경숙 소설로서 『리진』은 슬픔을 선택적으로 기억하고 배치해온 남성과 제국의 '역사', 정체하는 '문학' 양자를 창조적으로 교란하는 문제 텍스트가 되기엔 사실 역부족이다. 큰 역사의 틈바구니에서 잊혀진 여성의 역사를 미려하게 복구한 『리진』이 못내 아쉬운 이유다.

'사실(fact)'로서의 리진은 어떤 인물인가. 조선 여성 최초로 프랑스에 갔다가 돌아와 자살한 이 여성은 전근대와 근대의 틈새에 낀, 조선인도 프랑스인도 아닌, 그래서 명쾌하게 정의될 수 없고 재현 불가능한 존재일 것이다. 말하자면 그녀는 근대와 전근대, 서양과 조선이 착종된 괴물이며 유령이다. 이러한 리진을 재현하는 '허구(fiction)'로서의 리진은 어떠한가. 작가는 물론 사실로서의 리진이 지닌 유령성을 충분히 감지해낸다. 그러므로 죽은 어미에겐 이화이고, 키워준 서씨에겐 애기이며, 강연에겐 은방울이고, 방 동무 소아에겐 진진이며, 왕비에겐 서나인인 신경숙의 리진은 스스로도 자신을 정의할 수 없는 모호한 정체로 형상화한다. 콜랭과 더불어 프랑스로 떠나는 이 모호한 여성에게 왕이 하사한 '리진'이라는 이름 역시 그녀를 온전히 지시하지 못한다. 그렇다면 소설의 전개는 일찌감치 예상되는 셈이다. 비록 조각으로 남은 것이긴 하나 사실로서의 리진 안에서 운신하며, 소설 초반부터 리진의 유령성을 응시하는 『리진』은 결국 리진의 온전한 '자기 이름 찾기' 혹은 '자기 명명하기'의 비극적인 과정이 될 것이다. 중요한 것은 이 간파된 스토리 안에서 작가가 얼마나 유령–리진의 분투 과정을 핍진하게 그려낼 수 있는가 하는 점이다. 부단히 호명되는 타자 리진을 스스로 명명하는 주체 리진으로 상승시키려는 작가의 욕망이 리진의 유령성

---

13) 신경숙 · 신형철 대담, 「해결되지 않는 것들을 위하여-『깊은 슬픔』에서 『리진』까지」, 『문학동네』, 2007년 가을호, 143쪽.

을 손쉽게 수습할 수 있기 때문이다. 신경숙은 이러한 욕망으로부터 부분적으로만 자유롭다.

프랑스를 통과하면서 리진의 모호한 정체성은 수습되기보다 악화된다. 왕비를 향한 편지에서 "소인"이 아닌 "저"로 자신을 지시하고, "조선에서는 해보지 않았던" 내가 누구인가를 스스로에게 묻는 자가 되었음에도, 여전히 신경숙의 리진은 모호한 이방인이다. 조선과 파리 모두에서 리진은 항상 "흔치 않은 구경거리"로 관람된다. 그러므로 조선에서 프랑스로, 다시 조선으로 돌아오는 리진의 긴 여정은 자신을 찾는 과정인 동시에 결국 그녀가 어디에도 속할 수 없는 '외부'임을 확인하는 과정이기도 하다. 소설의 후반부에서 왕비와 리진의 다음 대화는 그래서 의미심장하다.

> –법국에선 어떤 때 가장 외로웠느냐?
> –제가 누구인지 알고 싶을 때였습니다.
> –그래, 네가 누구 같더냐?
> –모르겠습니다. 먼지 같고 풀 같고 구름 같고……
> –종내는 아무것도 아닐 것이다.
>
> —『리진 2』, 228쪽

소설의 마지막 장면을 통해 신경숙은 "종내는 아무것"도 아닐 이 '산죽음'으로서의 리진 혹은 '리진들'을 강렬하게 확인한다. 독이 발린 "낡은 불한사전을 한 장씩 뜯어" 먹으며 죽음을 결행하는 리진은 자신(들)이 결코 번역될 수 없는 존재임을, 조선이나 프랑스 어디에도 존재 불가능한 타자들임을, 곧 유령임을 선언한다. 자신이 유령임을 선언하는 이 찰나적 순간에 리진은 역설적으로 주체로 거듭난다. 역사 속에서 스러지고 왜곡되고 망각된 유령들과 연루된 리진은 윤리적 주체이며 혼성적 주체가 된다. 때문에 리진은 왕비이며 서씨이며 동시에 어머니인, '리진들'이 되는 것이다.

그러나 이 압도적인 결말에도 불구하고, 리진은 시종일관 가장 신경숙적인 욕망에 나포된다. '리진들'의 탄생이 소설 전체에 매끄럽게 습합되지 못하고 낯선 이물(異物)처럼 느껴지는 이유가 여기에 있다. 실상 리진의 '유령성'은 리진의 '낭만성'에 상당 부분 잠식당한다. 모든 변하는 것 가운데 변하지 않는 것이 있다는 신경숙의 오래된 믿음에 리진은 내내 조율된다. 국경을 통과할 때마다 심화되는 유령성에도 불구하고 리진은 자신에 매개된 사랑과 배려, 친밀함과 같은 지고의 가치들을 훼손하지 않는다. 콜랭과의 사랑이 "다른 사람을 보살피는 박애"로 확대되듯이 오히려 그 가치들은 상승하고 강화된다. 때문에 국경을 통과하는 리진은 매번 더욱 고결해지고, 고결해진 리진은 표상될 수 없는 유령이라기보다 자신을 버리는 콜랭을 이해하고 고아들을 보듬는 성녀(聖女)와 같은 고결한 표상에 더욱 가까워진다. 그 고결함은 '반현실'이기보다 "검을 곳은 검고 붉을 곳은 붉으며, 가늘 곳은 가늘고 밝을 곳은 밝고, 풍부할 곳은 풍부한" 리진의 육체적 아름다움에 육박하는 '비현실'이다.

이 스펙터클하고 고결한 비현실에 리진을 향한 강연의 순도 높은 사랑이 보태지면서 잊혀진 '역사'를 애도하던 소설은 "어디에서 태어났든 아프면 앓고 있는 걸 알고 있고, 죽으면 슬퍼하는 이들이 살고 있는" "고향"과 같은 성소(聖所)를 욕망하는 비역사적 서사가 된다. 리진이 뿜어내는 슬픔의 상당 부분은 이 변하지 않는 성소를 위한 아우라가 된다. 비역사적 서사로서의 『리진』은 변혁을 변화로 대체한 일상을 사는, 이 시대의 피로한 대중들의 낭만적 욕망과 행복하게 조우한다. 그러나 이 행복한 만남은 온전한 '소설'이 되고자 했던 『리진』을 희생시킨 후에 가능한 것이다. 그 희생의 대가로 『리진』의 슬픔은 메마른 독자들의

가슴을 촉촉하게, 대거 적시는 데 성공했으나, 이 시대의 대규모 망각
과 냉소를 분절하거나, 문학의 위기가 과장이었음을 납득시키기에는
힘에 부친다. 2007년 『리진』의 성공은 그래서 단지 절반의 성공이다.

5. 다시, 소설을 묻다

김연수의 「달로 간 코미디언」(『작가세계』, 2007년 여름호)은 망각과 기억
에 관한 소설이다. 공식적인 역사가 잘라낸 지난 시대 한 코미디언의
서사를 소설은 편집 없이 복구해낸다. 그 기억의 복원을 통해 소설이
응시하는 것은 전혀 "웃을 일이 아닌" 한 개인의 고통이다. 거대서사가
잉태하고 망각한 이 고통을 '편집 없이' 재현하는 것, 「달로 간 코미디
언」은 그것이 사양산업으로 내몰린 소설이 여전히 기억해야 할 윤리임
을 일깨운다.

소설은 언제나 역사가 없는 곳에 있는 역사를 기억하는 일이었다. 역
사가 누락하고 은폐한 것, 그 틈새 역사를 현재에 틈입시켜 봉합된 현재
를 균열하는 것, 그것이 곧 소설이라면 이미 소설은 항상 역사소설이며
또한 역사였던 셈이다. 문학의 위기, 소설의 위기가 논의되는 배면에는
바로 소설이 더 이상 역사소설이거나 역사일 수 없는 현실이 놓여 있다.
굳이 기록된 역사와 접속하기를 욕망하는 팩션의 범람은 분명 소설이
이러한 현실을 살고 있는 우울한 징후일 것이다. 소설의 위기를 지시하
는 숱한 징후와 마찬가지로, 팩션 역시 이제 소설가가 동시에 역사가일
수 없으며 단지 치밀한 상상력을 발휘하는 '스토리텔러'에 불과함을
확인시킨다. 소설가가 이야기꾼이라면 소설(novel) 역시 이야기(story)
다. 많은 이들의 전언대로, 소설은 확실히 뒤로 가고 있는 셈이다.

역사(현실)가 아닌 순수한 재미와 유머, 양념 같은 삶의 통찰을 내장

한 '이야기가 된 소설'의 유행 속에서 김훈과 신경숙의 팩션 혹은 뉴에이지 역사소설은 차라리 별종일지 모른다. 이들의 소설 속에는 여전히 이야기가 아닌 '역사'로서의 소설, 문화가 아닌 '문학'으로서의 소설을 지키려는 안간힘이 엿보인다. 그러나 막상 이들 소설의 속내를 들여다보면 그 안간힘이 얼마나 위태롭게 유지되고 있는지 확인하게 된다. 김훈의 팩션과 같이 변혁이 불가능한 현재를 추인하기 위한 알리바이로 역사나 문학적인 것이 동원된다면, 신경숙의 『리진』과 같이 현실을 비껴간 고향을 발견하려는 낭만적 욕망이 역사와 문학을 호출하는 것이라면, 김훈이나 신경숙의 팩션 역시 영락없는 문학의 위기징후이며, 노스탤지어의 문화 형식일 수밖에 없다.

문학은 그리고 소설은 이미 있는 것을 수락하거나 과거에 있었다고 상상하는 것을 좇는 것이 아닌, 언제나 다시 있어야 할 것을 만들어가는 일이다. 때문에 귀환해야 할 문학은 없다. 아니 불가능하다. 대타자로서의 문학은 이미 죽었고, 과거의 외형을 본뜬 문학으로 그 죽음을 부인하는 것은 부질없는 일이다. '유통'을 위해서라면 그 죽음조차 은폐하는 총체화된 자본의 욕망에 맞서 차라리 문학의 죽음을 애도할 일이다. 오래된 기원으로서의 문학을 애도하고 문학이 이제 "존재하지 않는 것이나 마찬가지인"[14] 살아 있는 죽음임을 고할 일이다. 하여, 향수 상품으로서의 문학은 결코 문학이 아님을, 유통이 곧 소통이 되는 자본의 이데올로기가 만들어낸 사이비 구성물임을 선언할 일이다. 그리고 다시 물을 일이다. "잘 안 팔리는 책, 요약이 가능한 책들"(김연수, 45쪽)이 여전히 그 유령의 생을 포기하지 말아야 이유를. 그리고 다시, 문학이, 소설이 무엇인지를.

---

14) 김연수, 「달로 간 코미디언」, 『작가세계』, 2007년 여름호, 44쪽.

유령의 생(生)을 사는
'짧은 이야기들'의 운명

1. '옛것' 콤플렉스와 '새것' 콤플렉스 사이에서

여전히 소설에 대한 얘기들이 구구하다. 누군가는 소설이, 혹은 문학이 너무 오래되었거나 심지어 죽었다고 선언하는가 하면, 다른 누군가는 "(한국)문학은 전성기가 지나 퇴락한 것이 아니라 오히려 미성숙의 상태"[1]이며 지금보다 더욱 진화해야 한다고 주장한다. "정부고 국가이자 상징"(김영현, 「여름과 겨울 사이-글신을 기다리며」, 『실천문학』, 2007년 여름호)이었던 문학, 이른바 대타자로서의 문학이 붕괴하자 소타자로 강등된 문학에 대한 정의가 무수히 난립하고 있다. 그 정의의 난장(亂場) 속에서 문학은, 그리고 소설은 이미 늙었거나 아직 어리고, 여전히 계몽이거나 이젠 좋은 오락이며, 프리모던한 소설 '이전'의 소설이거나 포스트모던한 소설 '이후'의 소설이 된다. 소설은 이제 단일하게 정의할 수 없는 무엇, 끊임없이 미끄러지는 어떤 것, 결코 표상될 수 없는 '유

---

1) 박민규, 좌담 「한국문학은 더 진화해야 한다-젊은 작가들이 말하는 우리 시대의 문학」, 『문학동네』, 2007년 여름호, 105쪽.

령'인지도 모르겠다. 더 큰 문제는 소설의 유령성이 문학 내적인 차원을 넘어선다는 것이다. 태생이 시장의 아들이었던 소설은 이제 시장 밖으로 내쳐진 '산죽음들', 그야말로 '살아서 죽은' 유령으로 지금, 이곳의 주변을 배회하고 있다.

현실과 삼투하지 못하고 대중과 유리된 소설의 이 유령적 상황을 타개하려는 몇 가지 논의가 있었다. 『창작과비평』(2007년 여름호)이 '특집'을 통해 공론화한 '장편소설 활성화' 논의와 『문학동네』(2007년 여름호)가 박민규, 이기호, 김애란 등 이른바 무규칙 이종 소설가들의 '좌담' 형식을 빌려 제기한 '한국문학 진화론'이 그것이다. 두 논의를 아주 단순하게 종합하고 거칠게 요약하자면, 한국문학은 지금 위기이거나 미성숙한 상태이며, 위기이건 성장의 과정이건 위기 해소와 진화의 방향은 '장편소설'을 통해 한국소설을 활성화하거나, 더욱 다종다기한 '자정의 픽션들'이 적자로 살아남아야 한다는 것이다. 최근 장편소설의 주류가 팩션(faction)이라 할 때, 재기발랄·기상천외의 상상력으로 치고 빠지는 '픽션'이나 역사가 사라진 자리에 일상이 들어서고 그 일상에 질린 소설들이 앞 다투어 역사를 향수하는 '팩션'이 아니면 문학판에서 살아남기 힘들 것이라는 무시무시한 전언이 아닐 수 없다.

그렇다면 '팩션'도 '픽션'도 아닌 소설, 더욱이 온전한 소설(novel)도 못 되는 '짧은 이야기(short story)'들의 운명은 어찌 될 것인가. 한 발 디딜 곳조차 없는 엄혹한 '절정'으로 내몰린 짧은 이야기들의 운명을 생각하며 각종 문예지에 실린 단편을 읽었다. 김영현, 윤대녕, 성석제, 배수아 등과 같은 중견에서부터 등단 2, 3년차인 신인에 이르기까지 다양한 세대의 작가들이 수다(數多)한 형식을 빌려 날카로운 문제의식을 제출한 수작이 많았다. 그러나 큰 기대를 가지고 읽었던 몇몇 작품은 적잖이 실망스러웠는데, 권지예의 「바람의 말」(『창작과비평』, 2007년 여름호)이나 김재영의 「꽃가마배」(『작가세계』, 2007년 여름호)가 그런 작품에 속한다.

　권지예의 「바람의 말」은 엄마의 불륜과 가출로 인해 오랫동안 불통(不通)했던 모녀가 '묵디나트'라는 이방의 공간을 찾아가는 여행을 통해서 화해한다는 내용인데, 그 내용의 진부함을 상쇄시켜야 할 형식마저 지나치게 구태의연했다. 김재영의 「꽃가마배」는 이주노동자에 대한 작가의 일관된 문제의식이 투영된 작품이다. 그러나 이 소설은 이주노동자 문제를 다루는 대개의 소설들이 지니는 강박, 즉 한국인의 죄의식을 일깨우면서 순결한 이방인에 대한 연민과 동정을 촉발해야 한다는 계몽의 부담을 완전히 덜어내지 못했다. 계몽의 압박은 대개 작위적인 감동의 장치를 만들어 갈등을 손쉽게 해소하도록 하며, 이 과정에서 이주노동자의 한국적 현실을 날카롭게 응시하던 작가의 시선은 대상을 낭만적으로 향수하는 이방인의 시선으로 쉽사리 변질된다. 「코끼리」에서 한국의 이주노동자들이 겪는 날것의 현실을 포착하던 김재영이 그들을 국경 밖으로 내몬 '네팔'을 순수한 기원으로 향수하고 있었듯이, 「꽃가마배」에서도 작가는 태국 여성 '능 르타이'를 이주노동자로 변신시키는 데 공모한 무력한 가부장과 태국의 현실에 지나치게 관대하다. 말하자면 「꽃가마배」에는 '한국 내 능 르타이'의 현실은 있으나 '태국 속의 능 르타이'의 현실은 지워진 셈이다.

　기대에 비해 실망이 컸던 몇 작품, 여전히 아마추어의 티를 벗지 못한 신인의 몇 작품, 내용이 형식에 압도된 작품이 몇몇 있었음에도 불구하고, 팩션도 픽션도 또한 노벨도 아닌 오직 '짧은 이야기(short story)'의 특질을 탁월하게 내장한 '단편들'을 읽으면서, 나는 이 장르의 존재 이유와 가능성을 새삼 긍정하게 되었다. 이러한 단편들은 이순신을, 리진 또는 리심을, 박연이나 이광수를 담아낼 넓이를 부여받지 못했으므로 '옛것 콤플렉스'로부터 자유로우며, 새로움을 위한 새로움에 달뜨고, 현실이 걸러진 앙상한 상상력을 갈급하는 '새것 콤플렉스'에도 쉽게 연동되지 않았다. 콤플렉스 없는, 또는 그것을 극복한 단편들에서 특히 인상적이었던 것은 '기억과 망각'의 문제였다. 역사를 살지 못하는 시대, 시간이 더 이상 흐르지 않는 시대에 과거는 기억의 형태로 되살아 와 현재의 무한반복인 일상을 균열하고 있었다. 윤대녕의 「풀밭 위의 점심」(『문학수첩』, 2007년 여름호), 백가흠의 「로망의 법칙」(『문예중앙』, 2007년 여름호), 박형서의 「정류장」(『문학수첩』, 2007년 여름호), 안성호의 「검은 물고기의 밤」(『문예중앙』, 2007년 여름호), 김연수의 「달로 간 코미디언」(『작가세계』, 2007년 여름호)을 통해 기억과 망각의 의미를 읽어보고자 한다.

2. 귀환하는 과거, 정주와 탈주의 갈림길

은희경이 하나의 장르라면,[2] 그 과도한 수사는 90년대 내면의 문학을 견인한 윤대녕에게 부여되어도 결코 과하지 않을 것이다. 황도경에 의하면 윤대녕 장르의 '문법'이란 대강 이러하다. 먼저 주인공이 서 있는, 질서와 규율에 의해 움직이는 현재의 시공간이 있고 그 반대편에 욕망과 광기가 살아 있던 과거의 시공간이 존재한다. 주인공은 어떤 계기로 그 욕망의 세계로 초청되고, 그 세계 속에서 잊었던 과거의 기억, 상처, 욕망과 대면하며 급기야 자기 존재의 시원을 향해 떠난다.[3] 「풀밭 위의 점심」은 이러한 윤대녕 장르의 관습을 따르면서도 그것을 조심스럽게 배반하는 작품이다.

신문기자인 '나'는 은행원이었던 아내와 결혼해 아이를 낳고 충실한 생활인으로 살아간다. 이런 그가 느닷없이 십 년 전 헤어졌던 친구

---

2) 신형철, 「거대한 고독, 인간의 지도」, 『아름다움이 나를 멸시한다』, 창비, 2007, 212쪽.
3) 황도경, 「미끄럼틀 위의 삶 혹은 소설」, 『작가세계』, 2001년 겨울호 참조.

'연우' 로부터 전시회에 초대받는다. 전시회에 초대되면서 잊고 있던 과거가 그에게 엄습해온다. 그 과거 속에는 그와 연우 그리고 수연이 있고 그들의 20대가 있다. 대학 시절 그들은 "부모를 여읜 어린 남매들처럼 늘 붙어 다녔"(161쪽)으며, '셋' 이 주는 관계의 불안정과 불안함을 잊은 채 욕망에 충실했다. '천전리 풀밭 위의 점심' 은 셋이 온전히 '하나' 일 수 있었던, 불안하지만 완벽했던 그들의 관계를 표상한다. "이루 말할 수 없이 은은한 향기로 만연했고 새순이 돋아나는 나뭇가지들 사이로 스며든 빛이 비단결처럼 풀어져 있"(164쪽)던 정오의 풀밭에서 "벌거벗은 수연은 연우와 나의 틈에 비스듬히 끼어 앉아"(164쪽) 3월 오후의 한때를 만끽했다. 결핍을 모르는 이 '3월, 천전리' 의 시공간은 윤대녕 소설에 관습적으로 배치되는 존재의 시원을 환기한다.

그러나 흠도 티도 없는 시원으로서의 과거는 이미 한 장의 흑백사진 속에 봉인되었다. 그들이 '셋' 이 아닌 '둘' 을 욕망하기 시작하면서 나, 수연, 연우가 만들어낸 묘한 균형관계는 깨어진다. 나는 수연과 결합하길 원했지만 수연은 연우와 결혼했으며, 셋 안에서 충만할 수 있었던 수연은 연우와의 결혼을 견디지 못하고 이혼한 후 독일인 사서와 결혼해 '중립적 평화' 를 얻는다. 그들은 이제 셋이 아닌 둘 또는 혼자가 되었고 "마흔이 가까워진 삶"(170쪽)을 살고 있다. 나와 연우, 수연은 마흔의 언저리에서 과거와 잠시 조우하지만, 그러나 그 시간 속으로 다시 뛰어들진 않는다. 그들은 이제 현실에 정주하는 법을 배웠고, 더 이상 젊지 않다. '천전리 풀밭 위의 점심' 은 "어쩌다 전설처럼 아득하게 기억될 뿐"(166쪽)이며 "누군가 떠나고 남은 흔적들"(169쪽)이거나 이미 "폐허"(172쪽)로 남았다. 때문에 그 폐허 위에서 열리는 "옛 친구의 전시회에 들렀고 혹은 옛 연인들과 만나 저녁을 먹고 헤어진"(172쪽) 그날은 나의 '결혼기념일' 이자, 동시에 나, 연우, 수연이 과거나 젊음과 영원히 결별하는 일종의 '애도일' 이기도 하다. 윤대녕의 소설은 바야흐로 현실에 닻을 내리는 불혹의 나이로 접어든 것이다.

윤대녕의 「풀밭 위의 점심」이 되살아온 과거와 결별하고 현재를 수락하는 내용이라면, 백가흠의 「로망의 법칙」은 과거를 통해서 현재를 비판적으로 응시하는 소설이다. 과거를 낭만적으로 향수하는 「풀밭 위의 점심」과는 달리 「로망의 법칙」은 귀환한 과거가 인물의 현재를 균열한다.

주인공 P는 대학시절 "신성한 노동의 가치를 논하고"(102쪽) 민주화 구호를 외치면서 현실의 모순과 치열하게 대결하던 인물이다. 그러나 민주화라는 당시의 로망은 이제 현실이 되었고 P 역시 의사가 되었으며, 더구나 책임 있는 가장이 되기 위해 대학병원을 그만두고 개업의가 되었다. 한때 모순된 현실에 대한 '반동'이었던 그는 현실에 순응하는 정주민이 되면서 과거를 잊는다. 그러나 정주민으로 살아가는 P의 삶은 사실 그리 성공적이지 못하다. "겨우 명맥만 유지할 뿐 활기를 잃어버린 지 오래"(101쪽)인 퇴락한 구 시장 한복판에 병원을 개업했고, 기러기 아빠가 되었으며, 아내로부터 이혼을 종용받고 있다. 남루한 일상을 견디는 P는 로망으로 가득했던 자신의 과거를 잃고 존재감 없는 현재를 위태롭게 버티고 있는 것이다.

이런 그에게 K가 찾아온다. 모두가 "시대의 투사를 자처하던 시절"(101쪽) 부유한 의사의 아들이었던 K는 "역사에 대한 부채의식을 모른 척하고"(101쪽) 미국 유학을 떠난 "반동"이었으며, 꿈을 좇아 언제든 떠날 수 있는, P와 친구들의 "로망"이기도 했다. 반동이자 로망이었던 K는 10년 만에 돌아와 P가 망각한 과거를 일깨우고 왜곡된 P의 기억을 수정한다. 망각으로부터 복구된 과거 속에서 P는 운동권이었고 투사였으며 또한 K의 미국행에 깊이 연루되어 있었다. K는 P를 좋아하는 자신의 동성애적 감정을 감당할 수 없어 미국으로 떠났고, 10년 만에 확실한 동성애자가 되어 돌아온다. 진짜 '반동'이 되어 돌아온 K를 통해서 P는 자신이 망각한 과거와 만나고 "없어져도 없어지지 않는 게 있다"(112쪽)는 사실을 확인한다. 그것은 P가 잃어버린 로망이며, 로망이 살아 있는 한 P나 K 모두 영원한 현실의 반동일 수밖에 없다. 현실 너머를 꿈꾸는 반동들이 정착민이 아닌 유목민적 삶을 사는 자들이라 할 때, P와 K는 유목민의 표지처럼 정착의 이유이자 근거가 되는 가족이 없다. K는 가족을 떠나왔으며 P는 K와 만난 이후 아내와 이혼에 합의한다. 소설은 아내와 완전히 결별한 P가 이미 떠나고 없는 '정 간호사'를 자신이 잃어버린 로망의 일부로 깨닫는 데서 끝이 나는데, '정 간호사'의 역할이 제대로 부각되지 않은 상황에서 이러한 소설의 결말은 공감하기 힘들다. '정 간호사'라는 인물의 배치와 작품의 결말은 「로망의 법칙」에서 내내 아쉬운 부분이다.

3. 기억을 절단하는 망각의 '소설들'

박형서의 「정류장」은 아버지를 잊고, 아버지를 죽이고, 새로운 아버지로 거듭나는 모든 아들들의 운명에 관한 소설이다. 또한 「정류장」은 『자정의 픽션』(2006)에서 소설 이전과 소설 이후의 불분명하고 불안한 경계 지점으로 '짧은 이야기(short story)'를 요란스레 내몰았던, 박형서의 소설에 대한 차분한 자서(自書) 같기도 하다.

아버지와 아들이 있다. 무슨 이유인지는 모르나 그들은 단출한 부자(父子) 가정이다. 아들을 사랑하는 아버지는 아들이 학교를 마치고 집으로 돌아오기 위해 어둑한 산을 넘어야 하는 것이 안쓰럽다. 아버지는 아들에게 버스가 들어올 수 있는 '정류장'을 만들어주고 싶다. 한 쪽 다리를 저는 힘없는 아버지가 "며칠에 한 번씩 말쑥한 옷을 차려입고는 읍내를 출입"(218쪽)한 얼마 후, 부자의 소망대로 집 앞에 버스 정류장이 들어선다. 그러나 산중턱에 있는 그들의 집 앞에 정류장이 생기면서 아랫마을의 버스 정류장은 사라지고 마을에는 댐 건설이 결정된다. 아랫마을 사람들은 오해와 불신으로 아버지를 구타하고, 결국 아버지는 구타의 후유증으로 죽는다. 이후 아들은 고모네를 따라 도시로 간다. 집으로 돌아오기 위한 '정류장'은 아이러니하게도 아들이 아버지의 집이 아닌 "저 너머의 다른 세계"(220쪽)로 떠나기 위한 출발지가 된다. 도시로 간 아들은 떠나온 고향과 그곳에 살던 사람들을 애써 잊는다. 그러자 그는 점점 자신의 "지난날과 관련해 아무것도 확신할 수 없"(226쪽)게 되었으며, 아버지마저 "내 곁에 존재했던 실체가 아니라 지나간 시절의 흐릿한 상징"(226쪽)처럼 생각된다. 아버지를 잊은 아들은 자신의 "과거에 대해 전혀 알지 못하는 여자"(226쪽)를 만나 결혼을 하고, 주말에는 아내와 아이를 위해 미술관에 가거나 외식을 계획하는 성실한 가장이 된다.

그러나 아버지를 잊고 아버지가 되어 평범한 일상을 살던 아들은 어느 날 자신이 망각하고자 했던 기억과 돌연 맞닥뜨린다. 수몰되었다가 하나둘씩 현재로 부상한 그 기억의 편린 속에서 아들은 "부지런히 정류장 표지를 닦고 있는 누런 아버지의 유령"(232쪽)과 만나게 된다. 다시 아버지의 아들이 될 것인가. 고민하던 아들은 도대체 자신에게 무엇을 원하는지 종잡을 수 없는 유령 아비를 '절단'하고 자신의 집과 가족, 스스로 구축한 자신의 세계를 향해 다시 '도주'한다.

아버지를 망각하고 아버지가 되는 모든 아들들의 운명을 쓴 이 소설과 소설이라는 장르에 대한 박형서의 끊임없는 "검은 의심"(232쪽)을 겹쳐 읽는 것은 무리일까. 『자정의 픽션』을 통해 소설이라 불리는 것이 도대체 무엇인가를 고민하던 박형서는 「정류장」에서 지금, 여기의 소설과 소설가에 대한 자의식을 내보인 것처럼 보인다. 「정류장」의 아들과 같이, 기원 혹은 아비로서의 소설에 저항하며 자기만의 새로운 서사를 써가는 지금, 이곳의 업둥이 또는 사생아 소설가들은 단일한 '소설'을 잊고 복수의 '소설들' 을 쓰는 자들이 아닐까. 그러나 「정류장」의 유령 아비처럼, 망각의 지층을 헤집고 나온 '소설' 은 '소설들' 속으로 매번 귀환한다. 다시 "아버지의 아들"(232쪽)이 되기를 거절한 '소설들' 은 끊임없이 기원으로부터 도주하지만, 그러나 이미 이들의 "가슴 한구석에는 낡은 정류장의 잔상"(232쪽)처럼 '소설' 이라는 기원이 새겨져 있다. 박형서의 「정류장」을 '소설' 을 흔적으로 내장한 채 도주를 계속해야 하는 '소설들' 의 녹록치 않은 운명에 관한 서사로 읽을 수 있다면, 박형서가 쓰는 '자정의 픽션' 들이 단순한 유희가 아님을 조심스럽게 긍정할 수 있을 것이다. 적어도 다음과 같은 작가의 고민과 긴장이 살아 있는 한, 그의 '소설들' 은 소설이라는 장르를 타자화하는 '유머' 일지언정 '유희' 가 아니진 않겠는가.

> 떠나지 않을 수 있었다면 맹세코 그렇게 했을 것이다. 하지만 그럴 수가 없었다. 가슴 한구석에는 저 낡은 정류장의 잔상이 악착같이 들러붙어 있었다. 그건 이미 오래전부터 내 영혼 깊숙이 새겨져 있던 어떤 표식이었다. 달리는 정면을 응시한 채로 내가 아버지한테 꼭 그래야만 했는지, 이처럼 작별도 없이 떠나야 했는지 몇 번이고 자문해보았다. 그러나 대답은 언제나 똑같았다. 아버지는 나를 용서해 줄 것이다.
>
> ─박형서, 「정류장」, 232~233쪽

박형서의 「정류장」이 기원으로서의 '소설' 을 망각하는 새로운 '소설들' 의 운명에 관한 서사라면, 안성호의 「검은 물고기의 밤」은 그 '소설들' 의 정체를 직접 확인할 수 있는 작품이다. 기원을 배반하고 나온 '소설들' 이기에 「검은 물고기의 밤」은 판타지로 충만하다.

어느 날 백수의 집에 괴한이 침입하면서 이야기는 시작된다. 괴한은 백수의 집을 삽시간에 공포로 몰아넣고 형의 허리를 못 쓰게 만든 뒤 사라진다. 괴한이 남긴 것은 "3-4반 19번"(119쪽)이라고 적힌 신발주머니뿐. "뭔가 쓸 만한 것"(120쪽)을 담아가기 위해 괴한이 가져온 신발주머니는 도리어 괴한을 잡을 수 있는 유일한 단서가 된다. 그날부터 아버지의 괴한 색출하기, 이른바 "집안을 바로 세우는 일"(121쪽)이 시작된다. 그 일환으로 아버지는 백수의 집과 450미터 떨어진 어느 한 지점, 즉 괴한의 거주지라고 생각되는 지점을 연결하는 '지도'를 제작한다. 아버지가 원한과 복수의 지도를 만들고 괴한 잡기에 몰두할 즈음, 문제의 '검은 물고기'가 출몰한다. 검은 물고기는 백수의 집을 유영하며 백수를 포함한 가족들의 기억을 서서히 먹어치운다. 그러나 식성에 관한 한, 이 기괴한 물고기는 적어도 잡식성이 아니다. 망각의 검은 물고기는 좋은 기억보다는 "나쁜 기억"(129쪽)을, 사적이고 은밀한 기억보다는 공식적이고 '기념비적 기억'을 먹이로 삼는다. 예컨대 '수세식 변기'의 기억과 같은 것이다. 백수의 집에서 "자랑거리 1호가 된 그 변기"(123쪽)는 말하자면 "재래식에서 수세식으로 넘어가는 근대화의 서막"(123쪽)을 상징하는 기억이다. 그러나 이러한 기념비적 기억이란 항상 '먹음과 먹힘'의 역사, 원한과 복수의 악순환으로 점철된 것이기도 하다. 괴한의 침입과 더불어 수세식 변기의 기억 역시 검은 물고기의 포획 대상이 되는 이유는 이 때문이다.

"기억의 세계, 이성의 세계가 검은 물고기의 밥이 되"(127쪽)자 과거, 현재, 미래의 선형적 시간은 의미를 잃고, 기억과 이성을 박탈당한 사람들은 한낱 "사물"(127쪽)로 전화된다. 그러나 "나쁜 기억들을 모두 버리고 새로운 기억"(129쪽)을 부여받는 인간의 이 '사물-되기'는 인간들이 "새롭게 재편될 어떤 질서 속으로"(129쪽), 또는 "누군가가 건설할 제국"(129쪽) 속으로 들어가기 위한 필연적 과정이기도 하다. 그 제국이란 예컨대 3학년 4반 19번의 아버지로부터 침입을 받은 '백수의 가족' 과 백수 아버지의 활어 운반차에 아내를 잃은 '3학년 4반 19번의 가족' 이 함께 "이야기를 나누다 보면 미증유 삶의 무게감을 얻을 수 있"(132 쪽)고 서로 "위안"(132쪽)이 되는 그런 세계이다.

안성호는 「검은 물고기의 밤」을 통해 원한과 복수에 감염되지 않은 새로운 기억, 새로운 시간, 새로운 관계가 가능한 낯선 현실의 도래를 유쾌하게 타진한다. 이 신생(新生)의 현실을 그려놓은 안성호의 '지 도' 를 따라가다 보면 우리는 마침내 원한이나 복수, 그 모든 묵은 과거 의 상흔을 지운 '멋진 신세계' 에 도착할 수 있을지도 모른다.

4. 다시, 소설의 윤리를 생각하며

소설과 대중들의 조우가 갈수록 격조해지는 요즘이다. 특히 대중의 흥미를 유발할 만한 긴 호흡의 서사를 지니지 않은 단편의 경우는 더욱 그러하다. 자본주의적 질서가 세상을 규율하고 모든 것이 '상품' 으로 유통되는 상황에서 김연수의 말마따나 소설은 "사양산업"(「달로 간 코미 디언」, 44쪽)임에 틀림없고, 상품성 없는 단편은 시장에서 퇴출될 위기임 에 분명하다. 문학이 시장의 주변이나 시장 밖으로 내몰리고 소설이 대 중의 기억으로부터 희미해지는 요즘, 유령의 생을 사는 소설의 운명을 생각하며 기억과 망각의 문제를 서사화한 윤대녕, 백가흠, 박형서, 안 성호의 소설을 읽었다. 과거와 결별하고 현재를 승인하거나(윤대녕), 과 거를 통해 현재로부터 탈주를 꿈꾸거나(백가흠), 기억을 절단하고 망각 을 추인하거나(박형서), 기억으로부터 자유로운 망각의 신세계를 모색 하는(안성호) 이들의 소설을 읽으며 나는 여전히 소설이 '기억' 되어야 할 이유를 발견한다. 김연수의 「달로 간 코미디언」은 그 이유를 진지하게 성찰하는 소설이며, 기억과 망각의 위태로운 경계로 내몰린 소설의 '제자리'를 고민하는 작품이다. 김연수의 소설을 읽으며 기억과 망각의 다층을 독해한 이 글을 마무리하고자 한다.

1980년대 초반 "라이트웨이트급 세계챔피언이 되기 위해 미국 캘리포니아와 네바다 사이에 위치한 환락의 도시에서 사투를 벌인 끝에 뇌사 판정을 받은 한 권투선수"(18쪽)의 고통을 소설로 쓸 수 있겠는가. 김연수의 「달로 간 코미디언」은 한 여자의 이 뜬금없는 질문으로부터 시작된다. 소설가인 '나'는 대답한다. "죽음을 예감하는 그 권투선수의 고통을 이해할 수 있다면"(19쪽) 소설로 쓸 수 있을 것이라고. 그러나 2002년을 사는 소설가는 1982년에 죽은 젊은 권투선수의 고통과 무관하며 따라서 이해할 수 없는 그의 고통을 소설로 쓰는 것은 불가능하다고 단언한다. 그러나 과연 그러한가. 2002년은 1982년과 무관하고, 소설가는 권투선수의 고통과 무관하며, 우리는 타인의 고통과 전적으로 무관할 수 있는가. 「달로 간 코미디언」에 의하면, 그 무관함은 전적으로 불가능하다. 2000년대 초입은 1980년대 초입과 연결되며, 소설가는 권투선수의 고통에 연루되어 있고, 우리는 타인의 고통과 묶여 있다. 또한 모든 우연은 언제나 필연을 내장한다. 「달로 간 코미디언」은 이 연루의 환(環)을 서사화하면서, 지금, 이곳의 소설과 소설가의 윤리를 고민한다.

고통의 소설적 재현에 관해 질문을 던진 여자와 소설가는 우연한 만남 이후 곧 사랑에 빠진다. 사랑의 절정이라 생각될 즈음, 남자는 여자에게 청혼을 하지만 거절당하고 여자로부터 결별을 통보받는다. 소설가를 가격한 이 실연의 고통은 모든 것이 분명하고 명료했던 남자의 "명징한 세계"(23쪽)를 균열하고 그의 삶을 불안정과 불확실 속으로 몰아넣는다. 몇 년 후, 술기운에 찾아간 여자에게서 남자는 결별의 이유가 그 즈음에 일어난 '9·11' 테러 때문이라는 말을 듣게 된다. 그들의 결별과 '9 · 11' 테러의 연관성을 풀어가는 과정에서 남자는 여자의 아버지인 코미디언 '안복남'의 존재를 알게 된다.

1980년대 초, 배삼룡, 나훈아, 이주일 등이 저질 연예인으로 몰려 방송금지를 당할 때, "성군이 나셨도다아"(35쪽)로 끝나는 "달나라로 간 별주부전"(34쪽) 레퍼토리로 신군부 정권에 부역했던 여자의 아버지는 1981년 5월 '국풍81' 무대에서 "당국의 취지에 반하는 전무후무한 저질 코미디"(37쪽)를 선보인 뒤 출연을 금지당한다. 이후 그는 가족을 버리고 미국으로 떠난 뒤 실종된다. 이것이 안복남의 공식적인 역사, 말끔하게 '편집된' 그의 서사이다.

타인의 고통이 미국을 내습한 2001년 '9 · 11'을 지켜보면서, 여자는 1982년 미국으로 도망친 아버지를 떠올렸고 그의 행적을 추적하면서 아버지가 "어쩌면 자신이 알던 그 사람이 아닐지도"(36쪽) 모른다는 의구심을 품기 시작한다. '잘려진' 안복남의 서사를 복구하는 여자를 통해서 소설은 역사가 망각한 한 개인의 고통을 기억하고, 누락된 그의 진실을 복원한다. 미국으로 떠나기 전 안복남은 시력을 거의 상실했으며, 형편없는 시력 때문에 부딪치고 넘어지는 슬랩스틱 코미디를 할 수밖에 없었고, 외화를 대신 운반하는 조건으로 젊은 사업가와 라이트웨이트급 세계챔피언에 도전하는 권투선수와 함께 미국으로 건너간다. 그러나 권투선수가 라스베이거스의 링에서 쓰러지던 날 여자의 아버지 역시 종적을 감춘다. 이후 "달의 풍경이라고 해도 믿을 만큼 황량해 보이는 사막"(55쪽) '데스 밸리(Death Valley)'에서 그의 렌트카는 발견되지만, 여자의 아버지는 마치 토끼를 잡으러 달로 떠난 별주부처럼 사막 속으로 영영 사라진다.

"안압안정제를 마시고 현실과 환상을 구분하지 못하는 고통"(47쪽) 속에서 "미치광이의 헛소리"(47쪽)처럼 "성군이 나셨도다"를 중얼거렸던 안복남의 고통에 여자가 연루되고, 여자의 고통에 남자가 연루되고,

그들의 고통에 소설이, 다시 고통을 재현하는 소설에 우리가 연루될 때, 고통은 더 이상 타인의 것이 아닌 내 것이 되며, 내 것으로 실감된 고통은 안복남의 유행어처럼 더 이상 "웃을 일이 아닌"(34쪽) 것이 된다. 거대 서사가 잉태하고 망각한 이 웃을 일이 아닌 고통을 '편집 없이' 재현하는 것, 김연수의 「달로 간 코미디언」은 그것이 "사양산업"(44쪽)으로 내몰린 소설이 여전히 기억해야 할 '윤리'임을 일깨운다. 고통과 슬픔의 윤리를 내장한 소설은 이야기와 "이야기 사이의 공백"(22쪽), "목소리와 목소리 사이, 기침이나 한숨 소리, 혹은 침 삼키는 소리"(22쪽)에 담긴 "한 사람이 살아온 빛과 어둠, 열기와 서늘함, 고독과 슬픔"(36쪽)을 읽어내며, "시작도 끝도 없는 광활한"(29쪽) 어둠과 침묵의 한가운데서 비준되지 않은 삶의 진실을 발견한다.

이것이 "존재하지 않는 것이나 마찬가지인"(44쪽) 유령의 운명을 살고 있는 "잘 안 팔리는 책들, 요약이 불가능한 책들"(45쪽)이 아직 절박한 생을 포기하지 말아야 할 이유이며, 그 유령에 치명적으로 들린 "단 한 명의 독자"(44쪽)로 우리가 흔쾌히 남아야 할 이유이기도 하다.

불안을 감각하는 서사들

이방인이라는 것, 다시 말해서 '편치-않음'은 오늘날
다수의 공통적 조건이며, 벗어날 수 없고 공유된 조건이다.
그러므로 편치-않음을 느끼는 사람은, 스스로 방향을 정하고
스스로를 방어하기 위해서는 '공통의 장소'로,
다시 말해서 언어적 지성의 가장 일반적인 범주들로 향해야만 한다.
이런 의미에서 이방인은 항상 사상가들이다.

—빠올로 비르노, 『다중』 중에서

1. 박민규와 이상, 불안이 접속하고 갈라지는 지점

한 사내가 있다. 지구나 인류보다 자본주의와 함께 살고 늙어간다는 말이 더욱 익숙한 그는 "가진 것 없이도, 투자가 없이도 노력으로 먹고 살 수 있다"[1]는 자본주의가 차라리 근사하다 생각하곤 했다. 축복처럼

---

1) 박민규, 『삼미슈퍼스타즈의 마지막 팬클럽』, 한겨레출판, 2003, 220쪽. 이하 인용은 『삼미』로 표기하고, 페이지 수만 표시함.

일류대의 갑옷을 입었고 노력이라는 무기로 장전을 마친 남자는 "가정을 버려야 직장에서 살아남는다"(『삼미』, 216쪽)는 말을 의심 없이 신앙하며, "세상이 변하기보다 직급이 변하길 바라는"[2] 코리언 스텐더즈가 되었다. 지극히 보편적 인생을 살아가던 남자에게, 그러나 야구로 치자면 "데드볼의 시기"(『삼미』, 215쪽)가 찾아온다. 1998년 무렵, 21세기를 목전에 두고 IMF라는 괴물에 단단히 혼쭐난 한국 사회는 자본의 위력을 새삼 실감하며, 새롭게 변태(變態)한 자본주의, 이름마저도 산뜻한 '신자유주의'에 총체적으로 자신을 헌납하기로 결정한다. 오로지 자본의 자유로운 손에 세계를 얌전히 내맡긴다는 신자유주의는 '노력만으로 먹고 살 수 있다'는 자본주의에 대한 아마추어적 오해를 불식시키고, '경쟁에서 승리한 자만이 먹고 살 수 있다'는 프로페셔널한 자본주의의 진리를 새롭게 전파하기 시작한다.

세상 곳곳에서 자본주의를 순진하게 오해했던 사람들이 데드볼을 맞고 즐비하게 아웃되고, 노력만으론 경쟁에서 승리할 수 없다는 사실에 프로답게 적응하지 못한 남자 역시 그 숱한 아웃-사이더 중 하나가 된다. 남자는 실직하고 이혼했으며 홈리스가 되었고, 마침내 멀쩡하게 노력했던 삶도 한순간에 구겨져 쓰레기통에 처박힐 수 있다는 사실을 깨닫게 된다. 자본주의 사회에서 "평생직원은 존재해도 평생직장은 존재하지 않는다"(『삼미』, 223쪽)는 진리를 뒤늦게 체감한 그는, 마침내 세상이 "한 량의 정원은 180명, 그러나 실은 400명이 타야만 하"[3]는 열차와 같은 것이라는 결론에 이른다. 180명을 제외한 나머지는 언제라도 열차 밖으로 튕겨나갈 수 있는 '잉여들'이며, 열차의 속도를 견디지 못하고 자리다툼에서 밀려난 누구라도 정원초과분이 될 수 있으니, 결국 삶이 위태롭고 편치 않은 것은 열차에 타고 있는 400명 모두

---

2) 박민규, 「코리언 스텐더즈」, 『카스테라』, 문학동네, 2005, 184쪽.
3) 박민규, 「그렇습니까? 기린입니다」, 『카스테라』, 84쪽. 이하 인용은 「그렇습니까」로 표기.

가 되는 것이다. 때문에 180명을 뺀 나머지가 아니라 400명 모두에게 "삶은, 세상은, 언제나 흔들리는 것"(「그렇습니까」, 89쪽)이며, "인생을 사는 것이 고시를 패스하는 것보다 더 어렵"[4]고, 탑승객 모두가 공포와 하나 된 불안에 속속들이 점령당하는 것은 피할 수 없는 일상이 된다.

오늘날 모든 삶의 형태는 이러한 불안, 곧 '편치 않음'을 경험하고 있으며, 그러므로 편치 않음이라는 감정만큼 더 공유되고 더 공통적이며 더 공적인 것은 없다고 지적한 빠올로 비르노의 말처럼,[5] 탁월하게도 박민규는 신자유주의, 혹은 가장 적나라한 자본주의를 살아가는 지금, 이곳의 탑승객 전원이 다름 아닌 '불안의 공동체'임을 확인한다. 난감한 것은 우리가 경험하는 신종 불안에는 명징한 적이 없다는 사실이다. 180명 정원의 열차에 400명을 억지로 구겨 넣어 불안을 질병처럼 앓게 만든 것은 명백히 악인 가시적 권력이 아니라, 선도 악도 아닌, 생명 없이 생명체들을 관리하는 신자유주의라는 시스템 자체이므로. 그 시스템이 두려운 것은 지구에 대한 정보를 완벽하게 수집하고 습격해 오는 외계인처럼 "우릴 너무나 잘 알고 있"(「코리언 스텐더즈」, 209쪽)는 나머지, '탑승'을 향한 무모한 욕망을 생산하고, 불안을 생존의 조건으로 감수하게 하며, 경쟁에서 밀린 것은 단지 자신의 무능력 때문이라 자책하게 만드는, 하여 시스템의 문제를 의심하기보다 오히려 "자신의 처지를 부끄러워하는 인간들"(「갑을고시원 체류기」, 288쪽)로 우리를 초라하게 둔갑시키기 때문이다. 더욱 절망적인 것은 이러한 시스템에 점령

---

4) 박민규, 「갑을고시원 체류기」, 『카스테라』, 292쪽.

5) 빠올로 비르노, 김상운 옮김, 『다중』, 갈무리, 2004, 54~55쪽. 빠올로 비르노는 전통적인 설명에서 두려움(공포)은 공적인 감정인 반면, 불안은 동료로부터 고립된 개인적인 차원이었던 데 반해, 안정적인 내부와 불확실하고 미결정된 외부를 현실적으로 구별하기가 어려워진 오늘날은 모든 삶의 형태가 영속적인 가변성 속에 놓이게 되며, 두려움과 불안 역시 하나로 결합되었다고 지적한다. 비르노는 두려움과 불안이 결합한 현재의 사태를 설명하기 위해 새롭게 '편치 않음'이라는 용어를 사용하고, 이 '편치 않음'은 '다수의 사태'가 되었으며, 오늘날 다중이 실감하는 공동의 감정적 경험이라 지적한다.

된 "지구를 떠나, 지구를 보고, 느끼고 돌아오는,"[6] 이른바 "지구의 재구성"(『삼미』, 230쪽)을 위한 여행을 떠나기엔 우리들 대부분이 이 삶에 너무 지쳐 있다는 사실이다. 박민규의 말마따나 인간이 우주를 여행할 수 없는 가장 큰 이유는 바로 "피로"(「몰라몰라」, 114쪽) 때문인지도 모른다.

일찌감치 자본주의 근대라는 시스템의 폭력성을 실감하고, 자본주의의 속도전이 생산한 피로를 견디지 못해 차라리 자기절멸을 시도한 이가 이상이었다. "나는 내가 지구 위에 살며 내가 이렇게 살고 있는 지구가 질풍신뢰의 속력으로 광대무변의 공간을 달리고 있다는 것을 생각했을 때 참 허망하였다. 나는 이렇게 부지런한 지구 위에서는 현기증도 날 것 같고 해서 한시 바삐 내려버리고 싶었다"[7]고 고백하는 이상의 인물들은 언제나 현란한 근대의 속도와 전대미문의 변화에 길들여지지 않는 자기 속도의 차(差)를 느끼고, "거암(巨岩)과 같은 불안"[8]을 감각하곤 했다. 그러다 생활을 박탈당한 채 유령과 같이 거리를 배회하고 "공허에서 공허로 말과 같이" "광분(狂奔)"(「공포의 기록」, 220쪽)했던 그들은 급기야 네 조각의 벽 속에 자기를 유폐하기로 결정한다. 아무도 들이지 않으며, 아무에게도 응답하지 않고, 오직 사방 벽 속에서 인생의 "전부를 살아버릴 작정"(「공포의 기록」, 222쪽)을 하는 이상의 인물들은 이른바 "불행의 실천"(「공포의 기록」, 221쪽)을 행함으로써 근대의 불안으로부터 도주하고자 한 것이다.

그러나 이상이 실천한 불행은 죽음에 대한 두려움을 삶에 대한 공포로 바꾼 근대의 잔혹한 속도를 균열하기보다 차라리 혹독한 자기절멸

---

6) 박민규, 「몰라몰라, 개복치라니」, 『카스테라』, 113쪽. 이하 인용은 「몰라몰라」로 표기.
7) 이상, 「날개」, 『이상문학전집2: 소설』, 소명출판, 2005, 263쪽. 본문에 인용한 부분은 전집에 수록된 내용을 현대어 표기로 바꾼 것이다.
8) 이상, 「공포의 기록」, 『이상문학전집2: 소설』, 218쪽.

을 택함으로써 결국 공포를 생산하는 세계에 더욱 깊숙이 연루되어버린 것은 아닐까. 그렇다면 이러한 이상의 불행을 계승하지 않고, 이상이 멈춘 자리에서 이상의 절망을 딛고, 더 이상 불안을 불행으로 살지 않을 가능성을 다시 사유해야 하지 않을까. 이 글은 불안을 감각하는 지금, 이곳의 서사들을 통해 바로 이 만만치 않은 사유의 흔적들 혹은 경로들을 따라가 보는 자리가 될 것이다.

2. 쓰레기가 되는 삶들의 창궐

인간이 먹다 남기거나 먹고 뱉은 것을 취하기 위해 나오는 것은 단지 고양들만이 아니다. 네 발로 돌아다니는 짐승들과 더불어 도시를 흘러다니며 그들과 경쟁하듯 버려진 음식을 먹는 인간들. 그들은 쓰레기 음식으로 연명하는 '쓰레기'이며, 정신을 박탈당한 '몸'이고, 살아 있으되 살아 있지 않은 '유령'이며, 인간이나 더 이상 인간으로 분류되지 않는 '비인간'들이다. 황정은의 「묘씨생(猫氏生) 걱정하는 고양이」는 이 단지 쓰레기이며 몸이며 유령이며 비인간으로 전락한 삶들을 역시 쓰레기이며 몸이며 비존재로 절멸해가는 고양이의 시선을 통해 응시한다.

낡고 쇠락한 상가의 쪽방에서 쓰레기를 정리하며 수십 년째 생존하고 있는 '곡씨 노인'과 인간이 버린 수상쩍은 고기에 어미와 형제를 잃고 길에 홀로 남은 고양이 '몸'의 만남. 한때는 인간이었고 고양이었으나 이제 도시의 불필요한 '쓰레기'라는 동일한 범주로 묶인 그들은 불안을 겪고 또한 불안을 전파한다. "부는 상층에 축적되지만, 위험은 하층에 축적된다"[9]는 울리히 벡의 지적처럼 위험은 균등하게 분배되지

---

9) 울리히 벡, 홍성태 옮김, 『위험사회: 새로운 근대(성)를 향하여』, 새물결, 1997, 75쪽.

않고 빈곤할수록 더욱 강화되며, 때문에 다면적 위험에 전방위로 노출된, 당장 내일의 삶도 보장할 수 없는 이들에게 생존의 불안은 치명적으로 가중된다. 소설은 이 사실을 놓치지 않는 동시에 쓰레기가 되는 삶이 결국 대물림될 수밖에 없으며, 이렇듯 남루한 삶들이 감당하는 위험 역시 필연적으로 계승되리란 사실 또한 간과하지 않는다. 작가 황정은이 '곡씨 노인'의 입을 빌려 보잘것없는 것을 먹고 보잘것없이 살아온 아비와는 다르게 살아보겠다고 나간 아들마저도 별수 없이 자신과 똑같은 "보잘것없는 인생"[10]을 복제하며 살아가리라 짐작하는 것은 바로 이러한 현실 인식에 근거한 것으로 보인다.

　자본주의 생존경쟁에서 패배해 쓰레기 삶으로 전락한 이 보잘것없는 인생들의 존재는 또한 현대적 삶의 불안을 유발하고 강화하기도 한다. 폐기된 자들의 비참상은 먹고사는 경쟁의 장에서 아직은 버티고 있는 자들에게 자신의 폐기 가능성을 불길하게 환기시키기 때문이다. 따라서 고양이 '몸'과 다를 바 없는 생을 영위하는 '곡씨 노인'은 연민을 불러일으키는 존재라기보다 오히려 공포스러운 존재가 된다. 특히 그들이 '곡씨 노인'과 유사한 몰락의 과정을 밟아가는 철거직전의 상가 입주민들이라면, 이러한 잉여인간의 생은 자신들의 비참한 미래를 미리보기 하는 것 같은 불안을 더욱 자극할 수밖에 없다. '곡씨 노인'의 존재가 상가 입주자들에게 이유를 알 수 없는 강렬한 불쾌감을 주는 것은 이 때문이다.

　　바닥이나 계단이나 어쨌거나 사람들의 발 높이에 놓인 접시에서 음식을 건져 먹고 사는 이 노인을 두고 상인들은 불가사의한, 자기에게도 그런 인생이 가능하다고 말하기가 불가능한, 성가시게 하거

10) 황정은, 「묘씨생 걱정하는 고양이」, 『문예중앙』, 2010년 가을호, 263쪽.

나 해를 끼치는 것이 없는데도 불쾌한, 이유를 모르게 불쾌해서 더 불쾌한, 불쾌 자체라고 수군거렸다.

— 황정은, 「묘씨생 걱정하는 고양이」, 256쪽

"비가 내리거나 하는 날엔 엔카나 팝을 틀어두고 그리운 듯한 얼굴로 청취"하고, "때로 고불고불한 글씨로 가사를 적어 이웃에게 선물로 주"(252쪽)며 곡씨 노인은 부단히 자신이 인간임을 증명하고자 하나, 그가 살아 있는 인간으로 존재하는 순간은 오직 고양이 '몸'과 체온을 섞고 나눌 때뿐이다. 결국 노인은 쓰레기 인생이 뿜어내는 불안을 감당치 못한 사람들에게 마지막 거주지를 빼앗기고 영원히 실종되며, 그를 추억하는 것은 오직 고양이 몸뿐이다. 곡씨 노인과 마찬가지로 단지 부근의 이미지 가치를 떨어뜨리는 "재수 없고 불길하게 생긴 것들"(268쪽)에 불과한 고양이 몸 역시 노인이 사라진 뒤 불길하고 무용한 생명을 영원히 잉태할 수 없도록 배를 찢긴 채 도시 외곽의 폐허에서 무참히 죽어간다.

죽음이 축복이며 오히려 삶이 두렵다고 말하는 고양이의 시선을 통해서 황정은이 내내 읽어내는 것은 이처럼 철두철미 자본의 논리로 움직이는 도시의 삶 속에 창궐하는 '위험'이다. 멀고 높은 곳에서 내려다본 화려한 불빛의 도시와는 달리 그 "불빛 근처에 위험하고 사나운 것들이 도사리고 있다"(260쪽)는 것을 '몸'은 확인하며, 그것이 만들어내는 불안에 들린 인간들이 "다른 것을 추구할 수 없을 정도로 먹고살기"에만 몰두해 결국 고양이인 자신과 다를 바 없는 단지 '몸'으로 전락해가는 삶의 살풍경을 응시한다. 그러므로 '몸'이 바라는 것은 오직 자신의 "몸을 더럽히는 세계가 완파되기를 기다리"(249쪽)는 것뿐. 삶에 대한 공포가 죽음에 대한 두려움을 압도한 지금, 이곳은 그야말로 참혹한 디스토피아에 다름 아니다.

「묘씨생 걱정하는 고양이」가 보여주는 이같이 절망적인 풍경에 김애란의 「물속 골리앗」이 겹쳐 놓인다. 「물속 골리앗」을 통해 김애란이 응시하는 세계는 완전한 재난 상황이다. 주인공 소년은 당뇨병을 앓고 있는 어머니와 함께 사람들이 남김없이 떠나간 재개발구역의 허물어져가는 아파트를 지키고 있다. 아파트가 서 있는 재개발구역은 "오래전 수도(首都)에서 밀려난 이들이 허허벌판에 둥지를 튼" "이름만 대안도시"[11]라 명명된 곳이다. "도무지 어찌해볼 수 없는" "유구하고 원시적인 어둠"에 덥히고, 사람들이 "알 수 없는 초조"(48쪽)에 시달리는 그곳에 이제 남은 것은 어머니와 소년, 그리고 사람들이 버리고 간 유기견들이 천천히 죽어가는 소리뿐. 소년의 아버지는 평생 용접공으로 아파트 건설 현장에서 일했으나 20년 만에 마련한 자신의 아파트는 정작 재개발에 먹히고, 그는 신도시 아파트 건설현장에서 체불임금 시위를 하다 골리앗 크레인에서 추락해 생을 마감한다. 아버지가 죽은 뒤 소년은 당뇨병을 앓는 어머니와 함께 생명의 흔적 없이 스스로 자살해가는 아파트에 버려져 있다. 소설은 이 참담한 풍경 속에 다시 장마라는 재난상황을 중첩함으로써 짓고 부수고 다시 짓는 근대적 정복전의 망령에서 여전히 벗어나지 못해 전 국토에 골리앗 크레인을 세워놓는, 때문에 버려지고 파괴되는 쓰레기더미로 내동댕이쳐진 인생들에게 삶은 그야말로 하나의 '재앙'임을 확인한다. 아버지가 죽고, 사람들이 모두 떠나고, 전기도 수도도 완전히 끊긴 재개발구역에 장마가 그칠 기미 없이 계속되면서 무너진 아파트로 물이 차오르고, 소설 속 대안도시는 서서히 물에 잠긴다. "회의를 모르고, 반성을 모르는 거대한 금치산자"(54쪽) 같은 물속, 그 범람하는 근대적인 욕망 속에 초토화되는 도시를 목도하는 소년에게 세상은 결코 빠지지도, 들어가고 싶지도 않은 그야말로 완벽한 지옥인 것이다.

---

11) 김애란, 「물속 골리앗」, 『자음과모음』, 2010년 여름호, 48쪽.

변기 속, 구멍을 타고 회오리쳐 사라지는 오물을 보고 있을 때면, 새삼 물에 잠긴 도시라는 게 얼마나 더럽고 역겨운 곳인지 그려졌다. 인간이 지상에 이룩한 것과 지하에 배설한 것이 함께 엉기는 곳. 짐승의 사체와 사람 송장은 물론 잠들어 있던 망자들의 넋마저 흔들어 뒤섞어버리는 곳. 그런 곳이라면 결코 빠지지도, 들어가고 싶지도 않았다.

—김애란, 「물속 골리앗」, 54~55쪽

근대의 폭력성이 적나라하게 제 모습을 드러내는 그곳에서 소년과 어머니는 사람들로부터 말끔히 잊혀져가고 시시각각 덮치는 죽음에 대한 불안에 질린다. 삶의 기력이 완전히 바닥난 소년의 어머니는 누군가를 무참히 살해하듯 칼을 휘두르며 끝내 죽어가고, 소년은 어머니의 시체를 보듬고 문짝으로 배를 만들어 물속에 잠긴 아파트를 탈출하지만, 그러나 그렇게 빠져나와 소년이 확인한 것은 "전국토가 공사중"(66쪽)이라는 사실. 자신이 살았던 도시의 흔적은 완전히 소각되고, 소년은 자신이 "우주의 고아처럼 어둠 속에 완전히 홀로 버려져 있"(69쪽)다는 사실을 목격한다. 이토록 혹독하게 소년의 구원 가능성을, 혹은 지금, 여기의 구원 가능성을 회의하고 완전한 절망 속으로 서사를 몰아쳐가던 김애란은 그러나 끝내 지금 이 세계에 대한, 결국 인간에 대한 희망을 포기하지 못한다.

굶주림과 공포로 죽음에 임박한 소년이 물속에 떠내려가는 몸을 버티기 위해 마지막으로 잡은 것은 아버지가 올랐을지도 모를 타워크레인이다. 그리고 기적처럼 그의 앞에 떠내려 온 상자에는 비닐을 뜯지 않은 라면 한 개와 1.5리터짜리 사이다 페트병이 들어 있다. 놀랍게도 비는 멎고, 소년은 마치 아버지가 보낸 것 같은 라면과 사이다를 먹으며 간신히 크레인에서 버틸 힘을 다시 얻는다. 그리고 소년은, 비가 "다시 내릴지, 완전히 개려는지 알 수 없"고, "이 마을 끝에 뭐가 있을지 모르는 것처럼" 앞으로 자신이 "어떻게 될지 모르"(74쪽)지만 그래도 그 불안을 애써 견디며 누군가가 오기를 다시 기다린다.

> 나는 다시 기다려야 했다. 하지만 기다림뿐이라면. 정말 그뿐이라면? 나는 빗물에 젖은 속눈썹을 깜빡이며 달무리 진 밤하늘을 오랫동안 바라봤다. 그리곤 파랗게 질린 입술을 덜덜 떨며, 조그맣게 중얼댔다.
> "누군가 올 거야."
> 큰 바람이 불자 골리앗 크레인이 휘청휘청 흔들렸다.
> ─김애란, 「물속 골리앗」, 75쪽

아버지가 생을 마감했을지도 모를 골리앗 크레인, 그 죽음의 자리에서 누군가를 기다리며 위태롭게 삶을 버티고 있는 소년을 통해 김애란은 절망이 도리어 희망을 생성하는 역설적인 자리가 될 가능성을, 또는 불안을 전혀 다르게 살아낼 수 있는 가능성을 조심스럽게 타진하고 있는 것처럼 보인다. 물론 생존의 마지막 거점까지 흔들어대는 큰 바람이 불고, 그 바람에 삶이 끝날지도 모른다는 불안이 여전히 엄습해 있지만 말이다.

3. 만인은 만인의 적이 되었으니…

지그문트 바우만은 현대가 설계 강박증과 설계 중독에 빠진 상태라고 지적한다. 설계가 있는 곳에는 필연적으로 쓰레기도 있다. 설계된 형태에 맞지 않거나 또는 맞지 않게 될 사람들, 설계의 순수성을 더럽히고 그 투명성을 흐리게 할 사람들, 흔적을 없애거나 지워버림으로써만 설계된 형태가 보다 일관되고 조화롭고 안전하게 되는 흠 있는 존재들. 그들이 바로 설계가 구성하는 '쓰레기'들이다.[12] 문제는 우리 누구나 쓰레기로 분류될 수 있으며, 흠 있는 존재로 배제될 수 있다는 사실이다. 다시 박민규의 비유를 빌리자면, 세계는 원래 180명 정원에 400명을 태우도록 설계된 열차와 같은 것이므로. 따라서 설계의 순수성을 더럽힐 수 있는 흠 있는 인간들, 즉 위험인자들 역시 함께 설계되어야 하며, 때문에 설계의 세계는 쉬지 않고 위험이 구성되어야 하는 그야말로 "영속적 비상사태"[13]일 수밖에 없다. 김언수는 『설계자들』에서 설계가 순수하고 조화롭다는 환상을 주기 위해 끊임없이 위험을 생산해야 하는 아이러니를 가장 탁월하게 구현하고 있는 것이 바로 '자본주의'라 지목한다. 백신회사가 성공하기 위해서 결국 만들어야 하는 것은 "최고의 백신이 아니라 최악의 바이러스인 것"[14]처럼, 보안회사가 번영하기 위해 절실히 필요한 것은 "보안 전문가가 아니라 최악의 테러리스트"(『설계자들』, 249쪽)인 것처럼, 공급을 위해 수요(욕망)를 부단히 창출해야 하고, 자본을 향한 경쟁을 유도하기 위해 잉여를 계속 생산해야 하는 것이 바로 자본주의인 것이다.

자본주의가 전일적으로 세계를 점령하기 이전, 민주주의가 여전히 한국 사회의 아킬레스건이었을 때 설계를 주관한 것이 대개 '국가'였다면 『설계자들』에서 김언수는 이제 그 설계의 주체가 대부분 '기업'으로 바뀌었음에 주목한다. 기업을 움직이는 것이 결국 자본주의 시스템이라면, 우리를 분류와 배제의 불안 속으로 몰아넣는 최종적인 설계자들, 다시 말하면 우리의 불안을 조장하는 정체는 더 이상 가시적인

---

12) 지그문트 바우만, 정일준 옮김, 『쓰레기가 되는 삶들』, 새물결, 2008, 64~65쪽 참조.
13) 위의 책, 64쪽.
14) 김언수, 『설계자들』, 문학동네, 2010, 248쪽.

권력이 아니라 비가시적인 시스템인 셈이다. 그러므로 아마도, 지금 이곳에 대한 가장 신랄한 유비인 것처럼 보이는 『설계자들』의 '푸주'의 세계, 즉 시스템의 순결성(안전성)을 훼손할 위험인자인 표적, 그를 처리하는 암살자, 암살을 기획하는 설계자, 암살자와 설계자를 연결하고 교육하는 브로커, 표적에 대한 각종 정보를 수집해오는 트래커, 살해된 표적의 시체를 소각하는 처리자로 촘촘히 연결된 푸주의 세계를 지배하고 그 속에서 살해의 욕망을 중단 없이 생산하는, 달리 말해 푸주의 세계를 규율하는 최종적인 설계자는 다름 아닌 자본주의 시스템이며, 나머지는 모두 그 하수인들에 불과한 셈이다. 김언수가 주인공 '래생(來生)'을 통해 이 부당한 설계(자)의 정점은 사실 텅 비어 있다고 말하는 것은 바로 이런 인식 때문일 것이다.

> "설계자들도 우리 같은 하수인들일 뿐이야. 의뢰가 들어오면 설계를 하지. 그 위에는 설계자를 설계하는 놈이 있겠지. 그 위에는 그놈을 설계하는 또 다른 설계자가 있을 거고. 그렇게 끝까지 올라가면 결국 뭐가 남을까. 아무것도 없어. 맨 위에 있는 것은 그냥 텅 빈 의자뿐이야." 래생이 말했다.
> "그 의자에도 분명 누군가 앉아 있겠지."
> "아무것도 없어. 다르게 말하면 그건 그저 의자일 뿐이야. 누구나 앉을 수 있는 의자. 그리고 아무나 앉을 수 있는 그 의자가 모든 걸 결정하지."
>
> ―김언수, 『설계자들』, 94쪽

그러므로 푸주의 브로커 역시 과거 독재권력의 설계에 따라 움직였던 '너구리 영감'이 아닌, 스탠포드 대학에서 경영학 석사학위를 받고 합법적인 보안회사를 차려 용병(암살자)과 설계자들을 관리하는 '한

자'와 같은 부류가 새롭게 부상할 수밖에 없다. 한자는 "지저분하고 복잡한 난전 같았던 설계의 세계"를 그야말로 "깔끔하고 편리한 대형 마트의 세계로 탈바꿈"(82쪽)시켜놓는다. 문제는 실체 없는 시스템, 즉 프로페셔널하고 세련된 자본의 논리에 의해 총체적으로 관리되는 이 말끔한 대형 마트의 세계에서는 가시적인 적이 사라지면서 대신 서로가 서로의 적이 되어간다는 사실이다. 때문에 이 세계의 고립된 개인들은 표적으로 지목되지 않기 위해 암살자, 브로커, 트래커, 소각자의 위치로 부단히 이동하며 쫓고 쫓기는 죽음의 경쟁을 반복하고, 그럼에도 불구하고 언제나 표적이 될 수 있다는 공포에 집요하게 시달리면서 타인은 언제라도 "내 말랑말랑한 삶을 덮칠"(42쪽) 수 있는 불안 유발자가 된다.

이승우의 「칼」은 바로 이 불편한 진실을 간파하는 소설이다. 공부를 중단하고 특별한 기술도 없이 세상으로 나온 '나'는 칼을 배달하는 아르바이트를 하게 되면서 우표나 동전처럼 칼을 수집하는 사람들을 만나게 되고, 그러다 그 수집가 중 한 사람에게 아버지의 대화상대자가 되어달라는 제의를 받게 된다. 제의를 수락한 '나'는 일몰 때부터 다음 날 일출 때까지 고객이 된 수집가의 아버지, 곧 노인과 대화를 나누지만, 그러나 노인이 진짜 원하는 것이 대화가 아니라 실은 '두려움'을 쫓는 것임을 알게 된다. 아내가 죽고 난 뒤 노인은 "근거를 알 수 없는 무서움증"[15]에 시달리며, 그러다 급기야 그 무서움증의 구체적 대상으로 자신의 아들을 지정하게 된다. 공포는 구체적일 때 한결 덜 두려울 수 있으므로, 노인은 아들이 언젠가 자신을 죽이고 자신의 재산을 취하리라 상상하는 것이다. 흥미로운 것은 아들 역시 유사한 불안에 시달린다는 점인데 그 불안의 발원지는 다름 아닌 자신의 아버지다. 아들은

---

15) 이승우, 「칼」, 『자음과모음』, 2010년 여름호, 39쪽.

자신의 능력을 한 번도 인정하지 않았고 능력을 보일 기회조차 주지 않았던 아버지가 재산을 지키기 위해 언젠가 자신을 죽일 것이라는 환상에 사로잡혀 있다. 아버지와 아들은 이렇듯 서로의 불안을 구성하며 그 불안으로부터 달아나기 위해 아버지는 밤마다 잠들지 않고 어둠을 쫓으며, 아들은 감시 카메라로 아버지를 주시하고 칼을 수집하는 데 몰두한다.

소설은 이러한 노인과 남자의 서사에 다시 '나'와 '아버지'의 서사를 중첩시키고 있다. 시간과 돈이 최고의 가치라고 생각하는 아버지에게 그 시간과 돈을 여자에게 고스란히 탕진한 '나'는 단지 "쓰레기이거나 깡통이거나 돌이거나 똥"(43쪽)에 불과하다. "세상의 모든 시간과 돈을 다 바쳐서라도 얻고 싶은 대단한 여자와 가치 있는 사랑이 있다"(30쪽)는 것을 믿어 의심치 않던 아들은 이러한 아버지를 이해할 수 없다. 그러나 아버지의 적이 되면서까지 포기하지 못했던 여자는 이내 '나'를 떠나고 만다. 여자가 원한 것은 사랑이 아니라 결국 루이비통이나 페라가모였으며, '나'는 그녀의 욕망을 채우기에는 턱없이 초라하다. 그러므로 소설은 노인이 아들에 대한 실체 없는 두려움과 증오로 밤마다 빛을 버티고, 남자가 아버지를 향한 막연한 공포와 미움으로 우표나 동전처럼 칼을 수집하듯이, '나' 역시 어느새 칼을 지니고 세상에 대한 불안을 견디는 것으로 마무리된다.

> 나는 항상 칼을 몸에 지니고 다닌다. 칼을 가지고 무얼 하려는 것이 아니라 칼이 없으면 불안하기 때문이다. 그것을 뭐라고 부르든 누구나 가슴속에 칼을 품고 산다.
>
> —이승우, 「칼」, 45쪽

이승우의 「칼」은 선과 악의 경계가 지워지고 물질이 인간의 정신과 몸을 잠식한 이른바 '모더니즘의 세계'[16]에서 눈에 보이던 적은 사라지고 만인이 만인의 적이 되자 마치 질병처럼 사람들이 불안을 앓고 불안을 견디려 칼을 품는 현대적 삶의 악순환을 예리하게 포착하고 있다.

그렇다면 이 악순환을 끊어낼 수 있는 가능성은 무엇인가. 칼을 품지 않고도 생을 온전히 영위할 수 있는 가능성, 혹은 불안을 딛고 우리가 새롭게 도약할 수 있는 가능성, 이제 바로 이러한 가능성을 긴절히 상상해볼 때이다.

4. 불안의 재전유, 혹은 밝힐 수 없는 공동체의 상상

우리가 불안에 붙들리고 타인을 향한 칼을 품을 수밖에 없는 취약한 존재라는 것, 주디스 버틀러는 그 취약성이 어쩌면 우리가 타자에 그만큼 깊이 연루되어 있음을 확인하는 순간이라고 설명한다. 우리가 타인에게 상처받거나 불안을 느낀다는 것은 비로소 그 상처와 불안에 대해 성찰하고, 상처나 불안을 배포하는 메커니즘을 찾아내고, 그 메커니즘 때문에 함께 고통받는 사람들, 곧 '우리'를 발견할 수 있는 기회라는 것이다.[17] 말하자면 그것은 상처나 불안을 타인이나 자기에 대한 적대가

---

16) 류보선, 「우리 시대의 비극」, 『문학동네』, 2008년 봄호, 393~398쪽 참조. 김영하는 1990년 대 중반까지 한국의 현실은 '무협지적 세계'였으나 그 이후 '모더니즘적 세계'가 도래했다고 지적한다. 무협지적 세계에서는 선과 악의 경계가 분명했기 때문에 패배할 줄 알면서도 어떤 큰 목적과 필연성에 목숨을 걸고 행동하는 삶이 가능했지만 모더니즘적 세계에서는 물질이 인간의 의식을 결정하기 시작했다는 것이다. 그러므로 물질(문명)이라는 억압기제 속에서 목적 없이 살아가고, 그 무의미와 공허를 채우기 위해 나르시시즘에 빠지며, 급기야 죽음.충동에 붙들려 산다고 파악한다. 류보선은 김영하의 이러한 인식이 90년대 이후 문학의 특징을 보여준다고 설명한다.
17) 주디스 버틀러, 양효실 옮김, 『불확실한 삶』, 경성대학교출판부, 2008, 11~13쪽 참조.

아니라 현실을 변화시킬 수 있는 동력으로, 하나의 '정치'로 재전유하는 것을 의미하는 일일 것이다. 마치 박민규가 '슬픔'을 통해 지구를 재구성하고, 황정은이 '사랑'을 통해 불안의 그림자를 자르듯이 말이다.

"〈푸시맨〉만 있고 〈풀맨〉이 없는"(「그렇습니까」, 91쪽) 세상, "심야전기처럼 저렴한 청춘"[18]들이 넘쳐나고 인간이 너구리나 기린, 혹은 화물이 되는 환상 같은 실재가 매일같이 재연되는 세상에서, 박민규의 인물들은 인류의 참상을 나날이 목격하고 이방인이 되는 고통과 불안을 통해 비로소 "이 세계란, 도대체 어떻게 돼 먹은 것인가"(「몰라몰라」, 99쪽) '의심하기' 시작한다. 그리고 의심은 예의 '상상'으로 이어진다. "지구를 떠나보지 않으면, 우리가 지구에서 가지고 있는 것이 진정 무엇인지 깨닫지 못"(「몰라몰라」, 100쪽)하기에, 박민규의 인물들은 지구를 떠나 지구와 대면하고 지구를 재구성할 수 있는 또 다른 가능성을 찾고자 하는 것이다. 가령 박민규의 '삼천포로 떠나기'(『삼미』)나 '우주여행'(「몰라몰라」)은 바로 이러한 탐사과정이다.

여행을 떠난 박민규의 인물들은 마침내 우리가 자명하다 생각했던 것들과 결별할 수 있게 된다. 예컨대 그들은 우주여행을 통해 지구가 우리의 짐작과는 달리 전혀 둥글지 않으며 아주 납작한 "거대한 한 마리 개복치"(「몰라몰라」, 121쪽)라는 사실을 발견하며, 삼천포에서는 "치기 힘든 공은 치지 않고, 잡기 힘든 공은 잡지 않는다"(『삼미』, 251쪽)는, 이른바 삼미의 야구가 통하는 지구를 실험하는 것이다. 그 새로운 지구는 프로의 세계에 적응하지 못하고 핍박받았던 아마추어들, 꾀죄죄한 사회활동을 벌이는 주변인과 같은 "새로운 종들과 더불어 느리게 느리게 재구성"(『삼미』, 242쪽)되어간다.

그러므로 박민규의 이러한 '상상'은 우리의 불안과 슬픔을 빌려 프

---

18) 박민규, 「아, 하세요, 펠리컨」, 『카스테라』, 129쪽.

로에 점령당한 세계를 변화시키고자 하는 하나의 '사상'이며 '사유'이기도 하다. 말하자면 우리가 "열두 묶음의 〈사상계〉"[19]를 버리며 폐기했던 사상을 다시 복구함으로써 더 이상 불안을 자폐로 살지 않고, 연대를 기획하고 새로운 공동체를 생성할 수 있는 하나의 역능으로 바꾸어낼 수 있는 것이다. 사상이 역능일 수 있는 것은 사상이 곧 강렬한 '믿음'을 동반하기 때문이다. 「몰라몰라 개복치」에 등장하는 철학교수의 말처럼, "오래전 지구가 네모라고 믿었던 때에 이 지구는 정말 네모난 것"(104쪽)이었듯, 전혀 낯선 지구의 출현이 가능하리라는 우리의 믿음이 지구의 재구성을 완성하는 것이다.

  최근작 「아침의 문」을 통해서도 박민규의 이러한 상상은 계속되고 있는 것으로 보인다. 재수도 재주도 없었던 인생을 산 남자는 자살을 결심하고 '천국으로 가는 계단'이란 자살카페에 가입한다. 카페의 회원인 JD, 두 명의 여자와 함께 그는 자신의 옥탑방에서 자살을 실행하지만 그러나 다음날 남자만이 살아서 눈을 뜬다. 이렇듯 자살에 실패한 남자의 서사에 원치 않는 아이를 임신한 여자의 서사가 나란히 놓인다. 아비인 사내가 아이를 무참히 거절하자 만삭인 여자는 아이를 낳아 죽이기로 결심한다. 삶과 죽음의 경계에 위태롭게 서 있는 그들은 여자가 일하는 편의점에서 잠시 마주치지만 그러나 별다른 교통 없이 이내 스쳐 간다. 남자는 다시 죽기 위해 의자를 밟고 창문의 철제 고리에 붕대를 감기 시작하고, 그 무렵 여자는 진통을 느끼며 남자의 옥탑방 맞은편 옥상으로 올라가 아이를 낳고 아이의 생사를 결정하려 한다. 그 위험한 순간, 남자는 죽기 위해 올라섰던 옥탑방의 좁은 '문'을 통해 자신이 떠나려는 세상에 막 도착한 아이와 조우한다. 그리고 그 우연한 만남을 통해서 남자는 "실은 그 무엇도 확실하지 않"[20]은 세상에서 자신이 그 순간

---

19) 박민규, 「대왕오징어의 기습」, 『카스테라』, 237쪽.
20) 박민규, 「아침의 문」, 『문학사상』, 2009년 12월호, 135쪽.

살아 있어야 할 "진짜 이유"(135쪽)와 대면한다. 타자는 나를 공포로 몰아넣고 나를 파괴하는 "괴물"(127쪽)인 동시에 나를 어쩔 수 없이 이 세상에 살게 하는 자이기도 하다는 것, 그것이 어쩌면 남자가 대면한, 그가 아직 세상에 살 수밖에 없는 진짜 이유가 아니었을까. 그러므로 남자와 아이, 곧 생존의 벼랑으로 내몰린 위태로운 자와 위태로운 자의 조우는 세상의 위태로움을 견디게 하는 여리디여린 희망의 끈(연대) 같은 것일지도 모른다. 마치 『百의 그림자』의 '은교'와 '무재'처럼.

황정은의 『百의 그림자』는 철거가 임박한 도심의 전자상가를 생존의 터로 살아가는 이들의 이야기이다. 과거의 철거가 곧 발전이라 믿는 무뇌한 자본의 논리 앞에서 이들은 속수무책 삶의 위험 속으로 내몰린다. 소설은 이들이 감당하고 있는 공포와 불안, 그 재현 불가능한 치명적인 어둠을 '그림자'라는 환상적 매개를 통해 핍진하게 감각하며, 난폭한 현실에서 잉태되어 생명처럼 성장하는 그림자를 간신히 버티고 사는 사람들과 끝내 그림자를 견디지 못하고 절명하는 사람들의 비참을 재현한다. 그리고 여전히 이들의 삶터인 전자상가를 "생계"나 "생활계"[21]가 아닌 언제고 밀어버릴 수 있는 "슬럼"(115쪽)이란 추상적인 명명으로 간단히 정리해버리는 폭력에 맞서듯이, 혹은 폭력의 흔적을 지우려 소음 없이 철거된 상가의 폐허 위에 재빠르게 공원을 조성하는 권력의 기만을 조롱하듯이, 소설은 건물 속에 거주하고 있는 약자들의 여릿한 서사를 또렷이 복원해간다. 그리하여 수리실 여씨 아저씨의 서사가, 전구가게 오무사와 노인의 서사가, 수리실에서 접수와 심부름을 하고 있는 은교의 서사가, 그리고 트랜스를 만드는 공방의 견습공인 무재의 서사가 살아나며, 그 위에 다시 은교와 무재의 사랑의 서사가 새롭게 쓰인다.

---

21) 황정은, 『百의 그림자』, 민음사, 2010, 115쪽.

은교와 무재의 사랑이 이들의 삶을 온통 점령하고 있는, 무수히 솟아나고 자라나는 그림자를 자르는 행위라고 한다면, 그 사랑은 또한 '윤리'라 불러도 무방할 것이다. 레비나스는 공포와 불안이 살인행위로 돌변하지 않도록 억제하는 투쟁이 곧 윤리라고 정의한 바 있다.[22] 그러므로 공포와 불안을 자기나 타자의 파괴가 아닌 사랑으로 재전유한 은교와 무재, 혹은 이들 '연인의 공동체'는 현대가 생산한 불안, 곧 '편치 않음'을 느끼고 있는 이방인인 우리 모두가 세계를 새롭게 구성하기 위해 사유하고 또 사유해야 할 바로 그 공동체일지도 모른다. 우리가 아직 완전히 경험해보지 못한 그 낯선 공동체는, 어쩌면 모리스 블랑쇼의 '밝힐 수 없는 공동체'처럼 어떤 가시적 연합을 통한 융합을 지향하지 않으며, 생산적·효용적 가치를 목적으로 삼지 않고, 다만 타인이 고독 속에서 사라지지 않도록, 타인이 대신 죽어가고 있는 자신을 발견할 수 있도록, 동시에 타인이 자신에게 부과된 대리 죽음을 또 다른 자의 것으로 넘겨줄 수 있는 죽음의 대속(代贖)을 감행하도록 하는 것이다.[23] 그 낯선 공동체는 또한 빠올로 비르노가 환기했던 '공통의 장소', 곧 실체적인 공동체가 사라진 곳에서 현대의 다중이 위험(불안)으로부터 몸을 지킬 수 있는 공동의 피난처와 같은 것인지도 모른다.[24] 블랑쇼가 말한 죽음의 대속, 레비나스의 윤리, 박민규의 상상, 황정은의 사랑은 바로 이러한 공동체를 현실화할 수 있는 능동적 계기가 아닐까. 그러므로 죽음의 대속, 윤리, 상상, 혹은 사랑은 언제나 가장 강렬한 '정치'이다. 불안을 감각하는 지금, 이곳의 서사들을 통해 바로 이 부드럽고 강렬한 정치가 시작되고 있는 것이다.

---

22) 주디스 버틀러, 앞의 책, 19쪽.
23) 모리스 블랑쇼·장-뤽 낭시, 박준상 옮김, 『밝힐 수 없는 공동체/마주한 공동체』, 문학과지성사, 2005, 26~27쪽 참조.
24) 빠올로 비르노, 앞의 책, 58~62쪽 참조.

전통과 현대의 접속,
딸의 서사에서 어머니의 서사로

— 황석영의 『심청』

『오래된 정원』, 『손님』과 같은 황석영의 90년대 이후 소설을 읽으면서 나는 낯익음과 낯설음을 동시에 경험하곤 한다. 주지하듯 국가 사회주의의 몰락 이후 자본주의는 무소불위의 힘을 발휘하며 우리 일상의 세부에 틈입하고, 자잘하고 내밀한 욕망들까지 규율한다. 사실상 자본주의의 외부를 상상하기 힘든 것이 90년대 이후의 현실이다. 이데올로기의 종말을 고하는 자본주의 이데올로기는 너무도 손쉽게 우리를 기만하며 월경(越境)한다. 진과 위의 경계를 넘고 대항적 연대를 무력화시킨 그것은 이 체제를 살아가는 이들에게 고독한 단자(單子)적 삶을 획책한다. 사람들은 오직 자신의 밀실 속에 들어앉아 현재에 몰두하며 자본주의의 스펙터클한 외피를 유희한다. 그러므로 이 시대에 황석영의 소설은 지극히 낯설다. 그의 소설은 과거를 현재화함으로써 역사에 대한 집단적 망각을 경계하며, 불온한 타자의 존재를 분명히 하고, '우리'의 실체를 환기한다. 오래고 익숙한 것들의 귀환이다. 그런데 그의 소설이 지니는 이 한결같은 낯익음이 90년대 이후를 배경으로 하면 지독히 낯설어진다. 시대와 맞서는 이 껄끄러운 낯설음을, 그럼에도 불구하고 황석영은 포기하지 않는다. 타율적 근대가 몰고 온 식민화의 역사, 이 땅의 삶을 유린한 타자, 그 타자에 대응하기 위해 구성된 민족·민중이 제기하는 문제들이 여전히 미해결의 장으로 남아 있다는 인식 때문일 것이다. 이러한 인식이 황석영으로 하여금 이른바 "20세기 동아시아 3부작"을 구상하게 한 것으로 보인다. 『오래된 정원』, 『손님』에 이어 『심청』을 발표하면서 90년대 말 시작된 자신의 구상을 완성했다.

『심청』에서 황석영은 크게 두 가지 방향의 접속을 시도하는 것으로 보인다. 먼저 전통과의 접속이다. 이는 『심청』 이전에 이미 『손님』에서 시도된 바 있었다. 그는 『손님』에서 한(恨) 많은 망자(亡者)를 저승으로 천도하는 전래의 '지노귀굿' 열두 마당을 서사의 구성 원리로 채용하고 주제를 견인케 함으로써 폭력과 광기로 일그러진 근대의 상흔을 '씻김' 하고자 했다. 말하자면 소설 자체가 일종의 굿판이요 제의인 셈이다. 이러한 시도는 『심청』에서도 계속된다. 고전소설 『심청전』에 근대라는 구체적 시간을 부여하고 '심청'을 새롭게 재구해냄으로써 황석영은 서구적 서사 양식에 한국적 혹은 동아시아적 서사 원리를 결합, 리얼리즘의 발전적 해체와 재구성, 나아가 새로운 서사의 가능성을 모색하겠다는 그의 변화된 소설 쓰기 방향을 실험하고 있다.

다른 한 방향의 접속은 여성이다. 황석영은 『심청』을 통해 가부장제 이데올로기와 미친 역사의 틈바구니에서 희생과 전락을 강요당한 여성 인물의 수난사를 그려냄으로써 소외된 여성들의 목소리를 적극적으로 담아내고자 한다. 이는 황석영의 이전 소설과 비교해서도 매우 새로운 것이다. 민중 혹은 민족의 논리를 환기시키는 황석영의 민중주의적, 민족주의적 거대서사 속에서 사실 여성들의 역사는 쉽게 매몰되었고 그들의 목소리는 미미했다. 이처럼 남성의 서사 속에 편입되었던 여성의 이야기, 그들의 갇혀 있던 목소리가 『심청』에는 뚜렷하게 풀려 나와 있다. 이는 대규모 소수자 집단인 여성들과 소통하려는 황석영의 의지를 확인시키는 대목이다.

『심청』은 이렇듯 과거를 현재화하고 여성의 주변부성에 주목하면서 새롭게 쓰인다. 『심청』의 전반부는 먼저 『심청전』의 고전적 환상을 지워버리고 적나라한 현실을 들이밀면서 시작되고 있다. 심청을 인당수로 몰아넣은 무능한 아비의 논리는 '효' 라는 강력한 이데올로기적 환상으로도 미화되지 않는다. 그러므로 황석영의 '심청' 에게는 고전소설의 '심청' 에게 주어졌던 행복한 용궁, 자신의 비참을 씻어버리고 고귀한 존재로 거듭나는 아우라(aura)적 공간은 더 이상 존재하지 않는다. 근대라는 새로운 시간을 배경으로 심청은 단 한 아비의 혈연적 소유물에서 숱한 아비들을 통해 교환되는 상품으로 변모한다. 그 변전(變轉)의 의식이 중국으로 팔려 가는 배 위에서 진행된다. 심청은 제의에 형식적 희생 제물로 바쳐짐으로써 상징적 죽음을 경험한다. 그 죽음의 과정을 통과하면서 그녀는 가족이라는 사사로운 관계와 결별한다. 이제 새롭게 부과된 현실은 그녀에게 '심청' 으로서의 정체성을 지워버릴 것을 강요한다. "내가 심청이 아니라면 그럼 나는 누구야?" 라고 심청은 스스로에게 되뇌지만, 그녀에겐 이제 '렌화', '로터스', '렌카' 의 다른 삶이 기다리고 있다. 이와 같이 작품의 전반부에서 일찌감치 딸로서의 심청을 죽여버린 소설은 본격적으로 한 여성의 유통(流通)의 역사를 그려낸다. 그 유통 범위는 상상을 초월할 정도로 광범위하다. 조선의 제물포를 떠난 심청은 중국 본토에서 싱가포르로 다시 싱가포르에서 대만으로, 대만에서 일본으로, 실로 동아시아 전역을 돌며 소비된다. 소설은 그 소비의 여정을 따라가며 생존 게임과 같은 한 여성의 모진 인생 역정을 그려나간다.

심청이 창녀로 전락하는 시발지(始發地)는 중국 난징이다. '렌화' 로 새롭게 명명된 청은 늙은 난징 대부호의 시첩으로 들어간다. 주목할 것은 그녀가 가정, 가족이라는 밀실에서 추방당해 변질된 시장 속으로 나오는 순간 마침내 자신을 응시하게 된다는 것이다. 유린당한 스스로의 몸을 거울에 비춰 보며 "넌 누구야?", "너는 내가 아니야."라고 절규하는 심청은 비로소 '나는 누구인가' 라는 자의식적 질문을 던지게 된다. 자의식에 눈 뜬 그녀는 스스로도 이미 과거의 자신으로 돌아갈 수 없다. 황석영의 심청은 그래서 매우 문제적이다. 이제 그녀는 단순히 유통의 형식 속에 갇혀 대상으로 전락하기를 거부하고 자신의 삶을 주관하고자 한다. 타자이지만 주체인 삶, 상품이지만 인간인 삶을 기획하는 것이다. 때문에 그녀에겐 창녀답지 않은 "어떤 긍지와 목적이 있는 듯" 보인다. 부정적인 현실에 순응하거나 기생하지 않고 과감히 맞서는 긍정적 인물의 형상을 통해 우리는 다시 한 번 리얼리즘 작가로서 황석영이 지닌 면모를 확인하게 된다. 세상을 냉소하기보다는 다시 희망을 걸어보고 싶은 작가의 의지가 읽히는 것이다. 때로는 그 의지의 강렬함이 서사의 개연성을 앞서가기도 하지만 황석영의 의지는 그 껄끄러움마저도 다시 앞서는 느낌이다.

이름을 빼앗기고 다양한 거짓 명명들로 돌림하면서도 "지옥엘 가더라도 살아내겠다"는 의지로 충만해 있는 창녀 심청은 세상에 정면대응하지 않는다. 그녀는 철저히 남성이 만들어놓은 질서 속에서 움직인다. 그만큼 은밀하다. 심청은 세상을 주도하고 있는 남성의 질서에 편승해 그것을 이용하고 교란하고 기만한다. 소비되더라도 소모되지 않기 위해서 심청은 세상의 질서를 만들어놓은 힘(돈) 있는 남성을 유혹하고 그들의 힘을 빼어내는 위험한 유혹녀의 자리를 마다하지 않는다. 그러나 이러한 심청의 의지가 항상 매끄럽게 관철될 만큼 세상은 녹록하지 않다. 서구로부터 들이닥친 모더니티의 거친 파고 속에 너무나 쉽게 무너져가는 동아시아의 현실이 심청의 삶에 중첩된다. 첸대인이 죽고 그의 막내아들 구양의 손에 이끌려 본격적으로 세상에 나오면서 심청은 창녀가 되고, 동유와 첫사랑을 하게 되면서 잠시 다른 삶을 갈망하지만, 한 치도 포장되지 않은 돈의 논리, 그 맨얼굴의 자본주의 논리가 장악한 뒷골목의 현실은 다시 그녀를 창녀로 주저앉힌다. 격변하는 현실을 따라 심청은 중국 난징에서 진장으로, 지룽으로, 그리고 싱가포르로 부침한다. 이러한 현실을 떠돌며 심청이 발견하는 것은 모더니티의 부정적 이면을 고스란히 살아내고 있는 그와 같은 동류(同類)들이다. 거기에 창녀들이 있고 그들이 낳은 버려진 아이들, 특히 혼혈아들의 현실이 있다. 이들을 발견하면서, 더 정확히는 이들을 통해 자신 속의 모성(母性)을 발견하면서 심청의 삶은 획기적으로 전환한다. 이후 소설은 창녀 심청이 사회적 타자, 즉 "강한 자들은 여전히 잘 살아나가지만 난세에는 더욱 많이 고통받아 안쓰러운 자들"의 어머니가 되는 과정을 그려나간다.

심청이 모성을 발견하는 계기로 작용하는 혼혈아들의 현실은 황석영이 서구적 모더니티의 점령자적 성격을 환기하고 합리성과 진보로 가장한 그들 논리의 모순을 비판하는 주요한 기제가 된다. 이를 위해서 작가는 주인공 심청을 영국인 남성의 현지처로 만드는데, 그는 동인도회사의 일원으로 싱가포르에 주재하게 된 사람이다. 소설은 양인 남성 제임스에 의한 동양인 창녀 렌화, 즉 심청의 '로터스' 만들기를 통해 서양이 어떻게 동양적인 것을 전근대와 열등함의 표지로 전락시키는지 보여준다. 생존을 위해서 심청은 서양식 집에서 서양 옷을 입고 서양 음식을 먹으면서 '의사(擬似)-서양인'을 흉내 내고 가장하지만, 한편으로 그들이 유린하고 버린 창녀와 혼혈아들의 문제를 전면화함으로써 모더니티를 앞장세운 서구의 기만적 양면성을 비웃는다. 그러나 심청은 단순히 문제를 건드리고 손쉽게 냉소하는 것으로 만족하지 않는다. 그녀는 적극적으로 상처를 치유하는 방법을 모색한다. 비슷한 처지에 있는 창녀들과 더불어 혼혈아들의 보호시설인 '소보원'을 만들고 그들의 어머니가 됨으로써, 혈연적 유대를 초월한 새로운 가족적 연대를 만들어내는 것이다. 이렇듯 근대와 남성중심적 가치가 결합하여 자행된 비극을 모성으로 감싸고, 상처받은 타자들의 연대를 모색하는 심청의 실천적 노력은 그녀가 주체적으로 선택한 일본행을 통해서도 계속된다.

죽은 창녀의 딸 유메이와 자신처럼 팔려서 중국으로 온 후미코와 더불어 심청은 일본 안의 식민지라 할 수 있는 류큐로 간다. 한때는 조선인이었고 중국인이었고 일본인이었지만 버림받고 상처받은 이 여성들에게 국적이란 이미 무의미하다. 그들은 모두 중심에서 배제된 주변이요 타자들로서 서로를 보듬는다. 심청이 류큐에서 만든 '용궁'이나 이후의 '렌카야'는 그러므로 단순한 요정이 아니라, 전근대와 근대의 남성중심적 논리가 합작해 만들어낸 비극적인 여성들의 공동체요 새로운 가족 형태라 할 수 있다. 소보원과 비슷한 '기아보호소'도 마찬가지다. 심청은 그 가족의 중심에 서서 자연스럽게 그들의 마마상, 어머니가 된다. 고전소설 『심청전』에서 행운처럼 주어졌던 비현실적 용궁은 황석영의 『심청』에서 심청과 동류의 여성들이 스스로 만들어낸 현실 공간이 된다. 그런데 여기에 또 한 부류의 사회적 타자, 즉 중심질서의 바깥으로 밀려난 남성들이 그 가족의 일원이 된다. 심청의 남편이 되는 미야코의 영주 가즈토시나 그가 죽은 후 만나게 되는 센신 등이 바로 그들이다. 그들은 모두 중심부의 논리에 반기를 드는 혁명가의 면모를 지닌다. 그러나 강고(強固)한 현실은 끝내 이들을 좌절시키고 급기야 죽음으로 내몬다. 심청은 아내와 연인이기 이전에 기꺼이 이 남성들의 고통과 상처를 어루만지고 치유하는 구원의 어머니가 된다.

혈연적 유대에 얽매여 삶의 선택권을 박탈당한 딸로 떠났던 심청은 마침내 사적인 유대를 초월해 스스로가 선택한 어머니로 고향에 돌아온다. 이름을 빼앗기고 렌화로, 로터스로, 렌카로 모진 삶을 살아냈던 그녀는 삶의 종점에서 자신의 이름을 되찾는다. 출발지로 돌아와 고향과 이름을 되찾고 고단한 여정을 끝냄으로써 심청은 자신의 구도(求道)를 완성한다. 이제 그녀는 자신을 구속하고 비루한 삶을 강요했던 그 모든 주어진 명명(命名)들로부터 벗어나 영원한 어머니, "관음의 화신"으로 귀환한다.

황석영은 새로운 심청의 귀환을 통해 대안 부재, 혹은 희망을 강탈당한 이 시대에 '위안과 구원의 어머니'를 강렬하게 향수하는 것처럼 보인다. 그러나 이렇듯 '어머니-심청'을 통해 환기되는 모성의 신화 속에서 현실에 대한 여성의 분노는 재빨리 수습되고 솔직한 욕망은 잠재워진다. 심청에 부여되었던 시간, 격변하는 근대의 의미 역시 딸을 어머니로 성장시키기 위한 소도구적 배경, 황석영의 표현대로라면 "작은 우레 소리" 정도로 약화되고 있다. 「작가의 말」에서 황석영은 "한 여자의 몸과 마음이 변전하는 과정에 집중"하기 위해 이것을 의도했다고 한다. 과연 그 의도는 적중한 셈이다. 그러나 그 적중의 탁월함에 결박된 여성은 다시 한 번 역사의 타자로 환원된다. 과연 『심청』의 심청은 『심청전』의 심청으로부터 얼마나 더 나아갔는가. 효녀라는 명분만큼 영원한 어머니 또한 여성을 구속하는 환상적 규정이 아닌가. 『심청』을 통해 여성의 현실을 읽어내려는 황석영의 의지가 뚜렷이 감지되면서도, 그것이 과연 잃어버리기를 강요당한 여성의 목소리를 되찾으려는 진정한 노력인지 고민하는 이유는 이 때문이다.

황석영의 인식대로 우리 시대, 우리 사회엔 여전히 제3세계적 현실이 엄존한다. 아니, 그러한 현실 자체가 망각되고 부정당하기에 과거 어느 때보다 그 같은 현실이 뿜어내는 음기(陰氣)는 강력하고 위험할 수 있다. 때문에 황석영이 지니는 문제의식은 여전히 유효하며 또한 소중하다. 『오래된 정원』, 『손님』, 그리고 『심청』을 통해서 황석영은 주변부적 현실의 모순을 환기하고 그 상처와 고통이 아직도 치유되지 않았음을 확인시켰다. 그러나 이것이 단순히 과거의 반추가 아닌 것은 그가 '20세기 동아시아 연작'을 통해서 현실을 타개할 새로운 소통과 연대를 모색하기 때문일 것이다. 앞으로도 이러한 생산적 모색은 계속될 것이라 믿는다.

다만, 기우일 것이나, 자본주의적 스펙터클과 가벼움으로 포장된 현실에 맞서 무거워질 수밖에 없는 황석영의 소설이 자칫 그 비장한 무거움에 짓눌려 현실의 다양한 국면과 갈등들을 미봉하지 않을까 염려된다. 부디 그가 현실의 가벼움과 서사의 무거움, 그 양자의 틈을 힘겹게 헤집고 나와야 하는 소수자들의 자잘한 목소리에 가감 없이 귀 기울일 수 있기를 바란다.

스펙터클 사회를 사유하는 소설의 힘

— 정미경, 『나의 피투성이 연인』

1.

『나의 피투성이 연인』은 2001년 「비소여인」(『세계의 문학』, 가을호)으로 등단했던 정미경의 첫 소설집이다. 『나의 피투성이 연인』에는 진실과 거짓이 섞여들고 진짜와 가짜가 뒤바뀌며 외양이 본질을 결정하는 전도와 기만에 찬 스펙터클 사회의 일상이 전경화되어 있다. 작가는 이 스펙터클 사회의 일상을 살아가는 이들을 통해 후기 자본주의 사회의 부정적 이면을 들여다본다.

주지하다시피 90년대 이후 소설은 한국의 역사적 특수성을 상당 부분 희석시킨 대신 후기 산업사회로 편입한 한국 사회의 다양한 국면을 문제 삼기 시작했다. 이 과정에서 소설은 영웅도 투사도 아닌 새로운 문제적 개인을 등장시키는데 그들이 바로 '일상인'이다. 90년대 이후의 소설에서 두드러지게 목격되는 이 '일상인-주인공'들은 자본과 권력, 욕망과 스펙터클의 전일적 네트워크 속에 포박되어 있는 형국이다. 그러므로 이들에게서 루카치식의 문제적 개인을 찾는 것은 더 이상 불가능해 보인다. 가짜가 진짜를 무력화시키고 가상이 현실을 전면적으로 대체하는 시대를 사는 이들에게 발견해야 할 진실, 찾아야 할 선험적 고향은 지극히 요원하며, 변화의 모험을 시도하기엔 이미 이들은 조로해 있다. "내가 원하는 조건을 찾는 것이 아니라 세상이 원하는 조건에 나를 맞추고, 존재의 의미를 재는 마음의 저울 눈금을 조정한"(「나릿빛 사진의 추억」) 그들은 "세상에 화해의 포즈를 취하고 체제(시스템) 속에 편입됨"(「나릿빛 사진의 추억」)으로써 일용할 양식을 구한다.

정미경 소설의 인물들은 이와 같이 일상성 속으로 편입하거나 그에 원초적으로 결박된 일상인들이다. 한때 자신이 찍은 피사체에서 새로운 의미를 포착하고 그것이 예술이 될 수 있다는 희망으로 사진을 찍었던 「나릿빛 사진의 추억」의 '이성민'은 이제 세상과 불화를 끝내고 엑스레이 촬영기사가 되면서 예측가능하고 안정된 삶을 지향한다. 이런 이성민의 모습은 한때는 시를 쓰다가 지금은 라디오 음악 프로그램에서 방송용 원고를 쓰는 「호텔 유로, 1203」의 '나'나, 딸의 병원비 때문에 낮에는 보험설계사·손해사정인으로 밤에는 과외교사로 힘겹게 삶을 버텨야 하는 「성스러운 봄」의 주인공에게서도 발견된다. 이들은 대개 삶을 포기한 대신 생활을, 모험을 시도하는 대신 현상유지를, 진실이나 당위와 같은 본질을 문제 삼는 대신 물질을, 미래를 망각한 대신 끊임없이 반복되는 현재에 붙박인 공통점을 지닌다.

문제는 이들을 통해서 확인되는 일상성이 결코 녹록치 않다는 데 있다. 「성스러운 봄」에서처럼 이들이 감내하는 일상은 때로 딸의 죽음을 슬퍼할 틈도 주지 않을 만큼 잔인하며, 일단 그 체제 내로 편입한 인간에 대해서는 좀처럼 탈주를 허용하지 않을 만큼 구속적이다. 말하자면 일상성은 인간의 자유의지를 담보로 일용할 양식을 제공하는 셈인데, 그러므로 일상인 혹은 체제 내적인 인간이란 결국 "자유의지를 상실한 인간"(「나릿빛 사진의 추억」)이 된다.

일상성에 대한 정미경의 이 같은 문제의식은 처녀작인 「비소여인」에서부터 분명하게 드러난다. 이 작품에서의 '윤'은 주변 사람들을 비소로 중독시켜 살해하고 그들의 보험금을 가로챈다. 그러나 윤의 살인 동기는 보험금에 대한 탐심의 차원을 넘어선다. 그녀의 살인에는 비소에 서서히 중독되듯이 "삶에 대한 개념 없이, 일상에 대한 한 번의 회의나 불만도 없이" 일상성 속에 함몰돼 삶을 소진시키는 자들에 대한 환멸이 드러나 있다. 비소란 결국 일상의 은유인 셈이다. 흥미로운 것은 윤 역시 이미 비소에 깊이 중독되어 있다는 사실이다. 이러한 윤의 이율배반은 누구도 비껴나거나 자유로울 수 없는 일상의 무차별적 중독성을 확인시킨다. 작가는 「달은 스스로 빛나지 않는다」에서 이러한 중독성이 일상을 지탱하는 힘임을 보여준다. 남편에게 흠씬 두들겨 맞아 마치 판다처럼 눈이 멍들고 부어오른 상황에서도 두 번째 데운 명태찌개가 미치도록 맛있는 미옥은 "어떤 고통으로도 파괴할 수 없는, 잔인할 만큼 영속적인" 일상성을 환기한다.

기 드보르의 지적대로 스펙터클 사회는 끊임없이 겉모습을 바꾸는 표피적 변화가 혁명을 대체하고 현실의 모순을 가린다. 일상성이란 이와 같은 외양의 지배가 보편화된 혹은 변화가 일상화된 사회의 본질일 것이다. 정미경은 이 교착상태에서 출구를 발견하지 못하고 시스템의 비정상에 순응하거나 왜곡을 내화하는 인물들을 현시함으로써 이 사회의 부정과 모순에 주목한다.

2.

스펙터클 사회의 본질을 가장 잘 구현하는 것은 무엇보다 쇼윈도에 휘황하게 진열된 상품일 것이다. 자본주의가 전일적으로 실현된 오늘날 화려한 외피로 포장된 상품은 물신으로 숭배되고 인간은 이 물신을 통해 구원을 갈망한다. 그러므로 스펙터클 사회의 다른 이름은 소비사회다. 소비사회는 인간을 인간으로부터 상품으로 눈 돌리게 하고 급기야 인간 자신을 상품으로 변모시킨다. 이러한 사물의 파라다이스에서 모든 관계는 소비로 수렴된다. 소비는 이 시대의 새롭고도 가장 강력한 매개로 무소불위의 힘을 발휘하는 것이다.

이렇듯 상품의 지배를 선언한 사회는 이제 인간들에게 "세 번째 우려낸 차"(「호텔 유로, 1203」)와 같은 쿨한 관계를 명령하고 있다. 그것은 서로에게 "자신의 진실 한 조각 나누어 주지 않고 오겹살의 얼굴을 가지고 살아가는"(「호텔 유로, 1203」) 것이며, 심지어 자기 자신조차 스스로의 진실이나 본질에 가닿을 수 없게 하는 심각한 자기소외를 야기하는 것이다. 이러한 관계의 부재 혹은 관계의 파괴 속에서 현대인은 피로나 상실감 또는 공허감에 시달린다. 정미경의 인물들 역시 마찬가지다. 『나의 피투성이 연인』에 등장하는 인물들은 대개 피로와 상실감에 짓눌려 있다. 보드리야르의 지적처럼 현대인이 느끼는 이 피로나 상실감은 결코 단순하지 않다. 그것은 "생존 조건에 대한 수동적 거부 형태이며 잠재적 이의 주장"(장 보드리야르, 『소비의 사회』)일 수 있기 때문이다. 정미경은 이러한 심리적 이물감이나 인물의 비정상적인 징후를 통해서 개인에게 부과된 소비사회의 폭력적인 하중을 감지한다. 이를 가장 문제적으로 보여주는 작품이 「호텔 유로, 1203」이다. 타인과 불통하듯이 자신과도 소통하지 못하는 「호텔 유로, 1203」의 '나'는 "인간에 대한 집착이나 욕정보다 사물(상품)에 대한 욕정이 더욱 뜨겁고 크며", 그럼에도 불구하고 "자신이 도대체 무얼 가져야 행복한지 모른다." 정미경은 이 왜곡되고 일그러진 형상이 소비사회를 살아가는 현대인의 자화상임을 여실하게 보여준다. 특히 「호텔 유로, 1203」은 이 괴물의 탄생이 우연이 아닌 소비사회의 필연적 전략임을 환기한다.

「호텔 유로, 1203」의 주인공은 가난과 이혼의 상처를 지닌 인물이다. 그에게 부과된 현실은 남루하기 그지없다. 생계를 유지하기 위해 털끝만큼의 진실도 들어 있지 않은 방송용 원고를 쓰는 것도, 수인(囚人)을 연상시키는 푸른색 청소복을 입고 육체적 고통을 미련스럽게 견디는 엄마의 삶도, 독촉장 날아드는 신용불량자의 상황도 현재의 그녀를 옭아매는 질곡이다. 이런 그녀를 위안하는 것은 오직 "시계도 창문도 없는" 명품 전시장 유로 호텔의 아케이드뿐. 그녀는 누추한 현실과 절연된 이 "환상의 원더랜드"에서 신데렐라를 꿈꾼다. 그러나 이 밤의 신데렐라는 동화처럼 매끄럽게 환상 속으로 스며들지 못한다. 돈이 곧 마법인 이 기만의 원더랜드에서 돈 없는 그녀가 신데렐라가 되는 길은 물건을 훔치는 것이며, 급기야 자신마저 상품으로 내놓는 것이다. 이 소비의 천국에서는 상품이 물신으로 둔갑하고 인간이 상품으로 전락하는 전도가 마법처럼 일어난다. 그 마법 속에서는 흠도 티도 상처도 말끔하게 필터링된다. 이는 곧 화려한 스펙터클의 현전 밑으로 현실의 생생한 진리를 끌어내리는 자본의 환각적 전략이다. 정미경의 「호텔 유로, 1203」은 그 전략에 흡수되어 자기 자신에게조차 적이 되고 악으로 변해가는 개인의 뿌리 깊은 소외와 결핍을 탁월하게 보여주고 있다.

　　3.

　풍부함의 외피로 감추어진 결핍, 자유로운 소비로 포장된 구속, 진실로 둔갑한 거짓의 시대를 사는 현대인에게 소외는 필연적 상황이다. 이러한 상황에 대한 정미경의 비판은 세계에 대한 냉소나 환멸로 귀착되지 않는다. 정미경의 소설에는 현실의 불온한 조건에도 불구하고 삶을 긍정하려는 힘이 엿보인다. 그가 삶을 긍정하는 방식, 혹은 부조리한 현실에 틈을 내는 방식이 바로 타자의 발견이다. 작가는 타자의 느닷없는 개입과 삶의 우연성을 통해 사유하는 주체, 반성하는 주체, 사물화의 전략에 균열을 가하는 주체의 가능성을 포착한다. 「호텔 유로, 1203」의 D나, 「나의 피투성이 연인」에서 남편의 죽음 그리고 M의 존재, 「달은 스스로 빛나지 않는다」에 나오는 골목집 사람들은 이와 같은 작가의 의도를 분명히 하는 인물들이다.

먼저 「호텔 유로, 1203」을 보자. 주인공 '나'는 자신의 결핍을 채우려는 욕구로 환각적인 사물(상품)의 세계를 지향하며 자폐를 꾀하지만, 이런 그녀를 수시로 동요하게 만드는 것은 그가 이미 외면하고 돌아섰던 구차한 시의 세계이며 그 세계에 속한 사람이다. 밤의 신데렐라를 꿈꾸는 그녀임에도 불구하고 여전히 그녀는 "쉽내 나는" 아마추어 시작 동호회 "시의 주변"에서 발을 빼지 못한다. 더구나 그녀는 "사람 사이의 어떤 정서가 물질보다 가치 있으며 오래 지속될 수 있다고 믿지 않으면서도" 모임에서 알게 된 D의 사랑에 흔들린다. "말을 더듬지 않으면서도 늘 더듬는다는 인상을 주는" D는 소비사회의 전략이 매끄럽게 스며들지 않는 반스펙터클적 표상일 것이다. '나'는 이 D를 통해 완고한 자폐를 청산할 가능성을 보지만 끝내 그의 사랑을 외면한다. 그러고는 자신이나 D와는 다르게 "일생 동안 열등감 따위는 느껴본 적이 없는 듯한 목소리를 가진, 그래서 자신이 열등한 존재라는 느낌을 흔적 없이 지워줄 무엇인가를 가지고 있는 남자"에게 스스로를 매매한다. 그러나 이렇듯 자신을 상품으로 방기하는 순간 그녀가 떠올리는 것은 속일 수 없이 D의 존재다. D는 그녀에게 열등함을 환기시켜주는 존재 이상이었던 것이다.

「나의 피투성이 연인」 역시 삶에 개입하는 우연적 타자의 존재를 두드러지게 사유하는 작품이다. 갑작스러운 교통사고로 남편을 잃은 '유선'은 한 출판업자로부터 남편의 사적인 기록을 포함한 미발표 원고를 출판하자는 제의를 받는다. 이를 계기로 유선은 남편이 저장해놓은 파일을 열어보게 되고 우연히 남편의 일기를 발견하게 된다. 여기서 그녀는 남편의 연인일지도 모르는 M의 존재와 맞닥뜨린다. "인생을 일천 번이라도 살아보고 싶을 만큼 남편의 삶을 아름답게 바꿔놓은" M의 존재는 "침묵조차도 더듬어 읽을 수 있을 만큼 서로에게 투명하다고 생각"했던 남편을 전혀 낯선 타자로 바꾸어놓는다. 유선의 삶에 끼어든 이 느닷없는 타자들은 그녀에게 심각한 정신적·육체적 외상을 남긴다. 그러나 유선은 이 상처입음을 통해서 비로소 남편과 성숙하게 결별한다. 그것은 곧 나로 환원될 수 없는 남편의 절대적 타자성에 대한 수용이다. 이를 깨닫게 한 계기가 바로 M의 존재인 것이다. 작가는 작품의 마지막까지 이 M의 실체에 대한 궁금증을 해소시키지 않는다. M은 단지 남편의 타자성을 환기하는 장치로서만 의미가 있기 때문이다.

타자의 존재는 「달은 스스로 빛나지 않는다」에서도 역시 문제적이다. 결혼을 앞두고 여름 한철을 지내기 위해 이사 온 골목집에서 '정은'은 남루한 일상을 짊어지고 사는 사람들을 만난다. 가난과 폭력, 좌절의 악순환이 있는 골목집의 삶은 정은을 기다리고 있는 안정된 미래와는 대조적이다. 소설은 다소 도식적인 대립구도 속에서 갈등하는 정은을 설정한다. 그녀의 갈등은 특히 골목집의 미옥과 승우에 밀착되면서 두드러진다. 남편에게 상습적으로 구타당하면서도 삶을 억척스럽게 살아내는 미옥이나 따뜻함과 열정을 지닌 영화감독 지망생 승우는 "정서적으로나 물질적으로 결핍 없이 자란" 정은의 약혼자 윤조와 대비된다. 이들이 살아가는 현실은 때로 추리소설보다 더 믿기지 않을 정도로 극적이지만 정은은 그들에게서 삶의 강렬함을 읽어낸다. 때문에 정은은 안락하지만 열정 없는 윤조와의 삶이 아닌 "뜨거운 차이를 함께 나눠 마시는" 승우와의 삶을 잠시나마 갈망한다. 그러나 그녀는 이미 "삶이 두 시간이면 끝나는 영화가 아님"을 알고 있다. 갈등은 수습되고 정은은 결국 윤조를 선택한다. 그럼에도 불구하고 골목집을 경험한 정은은 더 이상 이전의 그녀와 같을 수 없다. 그녀는 이제 "존재란 스스로 빛날 수 없다는 것을, 누군가의 시선 속에서, 타인과의 관계 속에서 만월도 되고 때론 그믐도 된다"는 것을 알기 때문이다.

이렇듯 정미경의 소설에는 주체의 삶에 우연히 개입해 들어오는 타자의 존재가 뚜렷하다. 그들은 주체의 의식에 돌이킬 수 없는 균열을 가하며, 주체에게 자신과 그가 속한 세계에 대한 반성을 촉발한다. 그러나 이들의 성찰은 쉽사리 행동으로 이어지지 않으며, 그들은 끝내 기존의 세계에서 발을 빼지 못한다. 그럼에도 불구하고 균열을 경험한 이들은 이미 경계인이다. 그들은 기존의 세계에 여전히 발 들여놓고 있으면서도 의식적으로는 이미 새롭게 발견한, 진정성의 세계를 내면에 품고 있다. 정미경은 그 어느 쪽에도 완전히 속할 수 없는 이 경계인들을 통해서 관계의 결핍과 자폐를 권하는 사회, 이 완고한 물화의 세계에 틈과 균열을 낼 가능성을 타진한다.

4.

정미경은 『나의 피투성이 연인』을 통해 일상성과 우연성이 교차하는 세계를 보여준다. 불가역성의 시대에 일상성은 거역할 수 없는 삶의 조건이 되었지만 이 강고한 일상성에 엄습해오는 우연성은 반성과 변화의 계기를 마련한다. 그러므로 정미경에게 일상성과 우연성은 어느 일방을 전면적으로 부정하거나 완전히 긍정할 수 없는 것이 된다. 이러한 인식에 닿아 있는 정미경은 그래서 무균질의 삶을 당위로 내세우지 않는다. "산다는 것은 어차피 절반의 진실과 절반의 픽션이 섞여 있는" 것이다. 이러한 세계를 "누가 누구에게 거짓 없이, 착각 없이, 헛된 사랑 없이, 백일몽 없이 살 수 있다고 말해 줄 수 있으며, 또 그렇게 살아야 한다고 강요할 수 있을 것인가." 이와 같은 정미경의 태도가 현실에 대한 투항이나 어설픈 화해의 포즈가 아닌 것은 어떠한 경우에도 삶을 긍정하려는 자세에 있다. 모순과 적대, 우연으로 가득 찬 이 세상에서 산다는 것은 때로 "자기 앞에 펼쳐지는 생에 날마다 깜짝 놀라야 하는 것"일지라도, 정미경은 "살아 있다는 것 자체가 제 스스로 빛을 내는 경이로움"임을 안다. 삶에 대한 이 성숙한 인식이야말로 스펙터클 사회를 사유하는 이 작가의 진정한 힘인 것이다.

편만(遍蔓)한 거짓과 소설적 진실

— 이명행, 『사이보그 나이트클럽』

1.

　『사이보그 나이트클럽』은 이명행이 『그 푸른 스물 하나』를 펴낸 이후로 3년 만에 발표한 작품이다. 솔직히 나는 그의 전작을 읽어보지 못했고 이명행에 대한 정보 역시 전무하다. 그럼에도 내가 그의 작품에 선뜻 손이 간 이유는 고백하건데 순전히 그 제목과 강렬하게 시각을 자극하는 붉은색 바탕의 표지 때문이다. 스펙터클 사회의 강력한 음기에 오염된 탓인가. 그러나 변명하자면 『사이보그 나이트클럽』이 내 호기심을 발동시킨 것은 그 제목과 표지에서 불현듯 떠올리게 되는 B급 영화의 이미지 때문이었다. B급 영화의 대종을 이루는 SF장르의 단골 소재가 '사이보그' 아니던가. 거기다 또 세속적이고도 세속적인 나이트클럽이라니……．

　사이보그, 나이트클럽, 자극적인 붉은색 표지. 이명행의 소설은 영락없이 'B급'의 냄새를 풍기고 있었다. 그러나 〈반지의 제왕〉 이전에 피터 잭슨의 좌충우돌 황당무계 B급 영화 〈고무인간의 최후〉를 좋아하고, 기계인간에 맞서는 최후의 저항군 지도자 존 코너를 소멸시키려고(?) 2029년에서 1997년 LA로 시간여행을 감행한 사이보그 T-101, 이름하여 '터미네이터'의 괴력에 공포와 전율을 경험했던 나로서는 이명행의 소설에 어김없이 끌릴 수밖에 없었다.

눈치를 채고도 남았겠지만, 그렇다. 내게 있어 B급이란 결코 열등함이나 저속함의 표지가 아니다. 가벼움과 통속성으로 포장된, 그러면서도 원초적 진지함을 내장한 B급의 소통 방식에 나는 일찌감치 매료당했다. 그러므로 이명행의 소설로 들어가는 입구에서 나는 부디 이 소설이 B급에 걸맞은 유쾌하고도 생산적인 이중성을 견지해줄 것을, 그래서 진짜배기 B급의 목록 속에 기입될 수 있기를 바랐다. 그렇게 나는 기대와 호기심으로 '사이보그 나이트클럽'의 문을 열었다.

2.

90년대 이후 세상은 많이 변했다고들 한다. 현실 사회주의 몰락이나 전 지구의 자본주의화 같은 거대서사적 변화만을 얘기하는 것이 아니다. 다람쥐 쳇바퀴 돌 듯 고만고만하게 살아가는 나와 같은 동류들에게 그러한 변화는 너무나 거창해서 차라리 실감나지 않는다. 일상에 틈입하여 우리의 손과 발을 움직이게 하고 마침내 의식마저 규율해내는 체감 변화, 역동적으로 움직이는 그 미시적 변화는 더욱 간과할 수 없는 부분이다. 그 변화를 주도하는 목록의 최상위에 무엇이 있는가. 다름 아닌 무소불위 뉴미디어의 권력이 있다. 굳이 M세대가 아니라도 텔레비전, 컴퓨터, 휴대폰은 이미 현대인에게 물신(物神)이 된 지 오래다. 각종 전자기기의 작동 개시음에 묘한 희열을 느끼고 그 자잘한 소음에 안도하며 브라운관이나 모니터의 불빛에 위안하지는 않는가. 기계는 인간을 길들이고 인간은 기계와 한 몸이 될 때 비로소 편안함을 느끼는 이 속악한 현실을 살고 있는 것이 신인류다. 다나 해러웨이는 이러한 우리가 곧 '사이보그'란다. 몸에 실리콘 조각이나 인공보철물이 들어 있는 무시무시한 터미네이터만이 사이보그가 아니라, 매일같이 기계와 대면하고 각종 기계와 혼종적으로 뒤얽힌 우리가 바로 사이보그 구성체라는 것이다. 해러웨이는 이러한 사이보그에서 새로운 주체성 형식을 찾아낼 수 있다고 하지만, 이명행이 그려낸 사이보그의 현실은 그리 밝아 보이지 않는다. 그의 '사이보그 나이트클럽'에는 어둠 속에 자신을 감추고 환각적인 조명과 음악을 빌어 현란하게 정체성을 잃어가는 자들의 우울함이 배여 있다. 그 편만한 어둠과 우울함 속을 살아가는 이 시대의 기계인간, 즉 사이보그의 전형이 바로 '성호경'과 '민지수'이다.

먼저 성호경. 그는 여러모로 국가정보원의 허구적 구성물로 보이는 특별국의 정보분석관이다. "음지에서 일하고 양지를 지향한다"는 그 조직은 철저히 "차단의 법칙" 아래 움직인다. 차단의 법칙이란? 그것은 "다른 방에서 하는 일을 알려고 해서도 안 되고, 안다 해도 아는 척해서도 안 되며, 심지어 차단의 법칙이 왜 필요한지 궁금하게 여겨서도 안 되는", 한마디로 단절과 불통(不通)의 논리다. 소통 방향은 오직 결재라인뿐인 그 폐쇄적 음지에서 성호경은 철저히 고립을 강요당한다. 이런 인간이 지향하는 양지는 어디인가. 그것이 바로 온라인의 가상세계다. 성호경은 그 해방구에서 '동고(銅鼓)'와 '댄싱울프'라는 이종(異種)의 사이보그로 다시 태어난다. "교보문고처럼 지성이 숨쉬는" 토론방에서 빈틈없고 명쾌한 논리로 아마추어들의 순진함을 조롱하고 세상의 양심을 대변하는 동고, 음악방 "캬바레"에서 헤어진 연인을 추억하며 386 여성들의 향수와 욕망을 게걸스럽게 자극하는 댄싱울프, 성호경은 그 극과 극의 세계를 넘나들며 그야말로 "허리 위의 욕망과 허리 아래의 욕망"을 전천후하게 만족시킨다. 온라인의 익명성은 성호경의 다중인격을 매끄럽게 용인하는 계기로 작용한다.

그런데 성호경이 만들어낸 이 완벽한 에덴동산에 이브가 슬며시 끼어든다. 그녀가 바로 민지수다. 일간지 기자인 민지수는 전혀 이질적인 욕망을 가진 동고와 댄싱울프가 동일인임을 알게 된다. 그때부터 민지수의 관음증이 발동한다. 모티프를 발견한 민지수, 드디어 그녀는 자신을 "묘랑"과 "명월"이라는 "암컷 사이보그"로 탈바꿈시키고 성호경의 가상세계 속으로 들어간다. 상반된 욕망을 철저히 관리하며 동고와 댄싱 울프의 세계를 절묘하게 살아내는 이 동종이형 사이보그의 파라다이스를 민지수는 집요하게 훔쳐보고 조롱하고 마침내 끝장낸다.

성호경의 자기지시적 환상을 가로지르는 이러한 민지수의 존재는 성호경과는 달리 해석될 여지가 있어 보인다. 실제로 작가는 성호경과 민지수의 층위를 달리하는 장치를 마련한다. 독백체로 일관하는 성호경과 달리 민지수는 타인을 상정하는 보고적 문체를 쓴다거나, 또는 민지수로 하여금 직접 성호경과의 차별성을 발언하게도 하는 것이다.

"놈이 동고인 동시에 댄싱 울프이듯이 저 역시 묘랑인 동시에 명월이었습니다. 한 가지 놈과 다른 점이 있다면, 저는 묘랑이라는 이름을 그다지 소중하게 생각하지 않았다는 점입니다. 그 이름은 하찮은 액세서리 같은 것에 불과했습니다. 그 이름의 명예나 순결 따위는 관심조차 없었다는 것이지요. 어차피 익명의 꼬리표 같은 이름인데, 왜 그리 집착을 하는지요. 어느 순간 버려야 할 일이 생기면 아무 미련 없이 버릴 이름인 것입니다."

—『사이보그 나이트클럽』, 59~60쪽

그러나 민지수가 성호경만큼이나 가상세계에 몰두해 있으며, 성호경보다 더욱 세련되게 그 세계를 즐기고 있음을 확인하기란 그리 어렵지 않다. 고립감에서 벗어나기 위해 텔레비전을 켜고 "텔레비전의 브라운관에 빛이 켜들어오는 텅, 하는 소리와 뒤이어 들리는 컴퓨터의 부팅 소리에 마음을 안정시키는"(73쪽) 민지수는 속일 수 없이 철두철미 사이보그이다. 사이보그로서 그녀는 동고든 댄싱울프든 혹은 그들을 대체한 오더소더버그든 그 다양한 복제물들을 언제든 소비할 준비가 되어 있다. 그녀에게 그들 모두는 자신의 침대 밑에 넣어두고 외로울 때마다 한 번씩 쓰다듬어 보는 "재봉틀"과 다르지 않기 때문이다. 기계는 쓸 만큼 쓰고 버리는 것이 원칙이다. 그녀는 이 자연스러운 소비의 원칙을 누구보다 잘 알고 있다. 자신의 대체물 묘랑과 명월 또한 그 같은 소모품이기에 민지수는 집착하지 않는다. 그들을 통해서 그녀는 마음껏 환각을 즐기며, 시효가 끝났다 싶으면 가차 없이 이종의 사이보그를 구성해낸다. 그러므로 민지수는 아마추어적 집착을 보이는 성호경보다 한층 더 프로페셔널하다.

동고와 댄싱울프, 묘랑과 명월. 이명행이 만들어낸 이 사이보그들의 가상세계는 매우 화려하고 역동적이다. 그러나 이 사이키델릭한 세계속에는 이미 심각한 자폐와 나르시시즘의 환각이 자리한다. 그래서 이명행의 인물들이 살아가는 사이버 공간은 이상(李箱)의 박제된 지식인들이 들어앉은 '방' 만큼이나 폐쇄적이고 답답해 보인다. 그리고 한층더 절망적이다. 현실과 차단된 자신의 방에서 나와 비상을 시도하는 이상의 인물은 그 역설적 행위를 통해 현실을 초월하고자 하는 욕구만큼이나 현실과 화해하기를 희구하지만, 이명행의 인물들은 그 비상이 이내 현실로 곤두박질칠 것이며 죽음으로 귀결될 것임을 알고 있다. 그래서 이 영악한 사이보그들은 번지점프는 할지언정 옥상에서 무작정 날기를 시도하지는 않는다. 그들은 자신이 만들어놓은 가상의 방에 스스로를 가두고 오직 쾌락적 자폐에 탐닉하기를 선택한다. 여기에는 성호경의 특별국을 움직이는 것과 동일한 차단의 법칙이 작동하며 근본적으로 타자가 부재한다. 이명행의 소설은 화려한 소통의 문(門)처럼 보이는 온라인의 세계가 아이러니하게도 대면 접촉을 거부한 자들의 극단적 자기중독이 판치는 세계임을 보여준다. 김영민의 표현대로 그것은 문(門)도 창(窓)도 아닌 "거울사회"(김영민, 「거울 속에는 소리가 없소-거울사회와 핸드폰 인간」, 『당대비평』, 2004년 봄호)의 도래를 우울하게 확인시키는 것이다.

3.

『사이보그 나이트클럽』은 가상세계와 사이보그들의 이야기에 다시 음모의 모티프를 겹쳐놓음으로써 우리 사회의 두 가지 부재, 즉 진실과 소통의 부재를 계속해서 문제 삼는다. 현실의 자기 존재를 지우고 새롭게 구성한 존재가 가상공간의 사이보그이듯이, 오늘날 우리에게 허여된 진실은 숱한 정보 속에서 끼워 맞춰진 '구성된 진실'일 뿐이다. '개연성'은 소설이 아닌 현실을 지탱하는 원리가 되었다. 『사이보그 나이트클럽』의 인물들 역시 이 개연성에 매달린다. 정보분석관인 성호경이나 일간지의 경찰출입담당 기자인 민지수는 던져진 정보들을 끌어 모아 그럴듯한 진실을 만들어내는 것을 업으로 삼는 자들이다. 민지수의 말대로 그들은 매일같이 "정보를 재구성"하며, 성호경의 표현대로 늘상 "소설 쓰는" 것이다.

> "훌륭한 정보관일수록 그 정보를 개연성 있게 꾸미는 부분에 많은 시간을 할애한다. 믿을 수 있게 해야 하는 것이다. (…) 그런 면에서 나는 프로다. 당신 소설 써? 맞다. 나는 소설 쓴다."
> ─『사이보그 나이트클럽』, 32쪽

"저는 신문기자입니다. 쓸모없는 정보들도 모아놓고 자세히 들여다보면 그것들끼리 상피를 붙듯이 꼼지락거리며 엉기면서 제법 쓸만한 정보를 재구성해 낸다는 것을 그 동안의 경험을 통해 알고 있습니다."

—『사이보그 나이트클럽』, 132쪽

　구성된 진실은 항상 조작의 가능성을 내재한다. 여기에 음모가 손쉽게 끼어든다. 소설은 음모의 동학을 역동적으로 보여주는 '우면동 실종사건'을 마련한다. 한 사설 정보회사 간부의 실종을 둘러싼 이 사건에 청와대 유력인사의 비리와 그에 대한 특별국의 내사, 그 자료를 입수했다고 주장하는 야당 국회위원, 그 문건의 원본을 가지고 있는 특별국의 해외정보국장, 그리고 문제의 문건을 작성하고 규칙을 위반하면서까지 그 복사본을 챙겨두고 있던 성호경, 그러나 사라진 복사 문건, 언론과 경찰 등 일련의 인물과 조직과 사건이 복잡하게 연루된다. 그 얽히고설킨 사건의 배후에는 어김없이 음모가 자리한다. 그 음모를 주관하는 자가 바로 리자드이다.

　리자드는 현실과 가상공간을 넘나들며 성호경과 민지수를 음모의 하수인으로 호출한다. 의사(擬似)-진실의 제조자이며 가상공간에서 쾌락적 자폐에 탐닉하는 이들은 리자드의 유혹에 쉽게 이끌린다. 리자드는 온라인 세계의 성호경에게 새로운 이름을 부여하고 사이보그로 재탄생시키는 존재이다. "동고"라는 이름은 그에 의해서 명명된다. 그러므로 사이보그 동고에게 리자드는 새로운 세계에서 자신을 이끄는 "인도자이며 선지자"이다. 그는 "오직 자신을 믿는" 동고-댄싱울프의 욕망을 때론 자극하고 때론 규율하면서 철저히 그를 관리한다. 묘랑-명월도 이와 크게 다르지 않다. 민지수의 관음증을 발동시킨 것이 동고-댄싱울프의 양면성이며 그의 양면성을 최대로 조장하는 것이 리자드라고 본다면, 결국 민지수를 묘랑-명월이라는 사이보그로 다시 태어나게 하는 것도 리자드인 셈이다. 그러므로 리자드는 이들에게 생명과 이름을 부여하고 그들을 실제로 움직이게 만드는 전지전능한 신인 셈이다. 문제는 사이버 세계의 이 신은 악마와 마치 한 몸처럼 구분되지 않는다는 것이다. 신-악마인 리자드는 자신의 피조물을 끊임없이 유혹하고 시험에 들게 하며, 현실과 차단된 그들의 파라다이스에 서서히 오염된 현실을 틈입시킨다.

철저히 목소리로 군림하는 그는 가상과 실재를 오가며 끊임없이 정보를 흘리고, 그 정보는 정보분석가인 성호경의 손에 들어가 재구성된 다음 다시 신문사 기자인 민지수를 통해 대중에게 유통된다. 이로써 리자드가 구상하는 음모의 시나리오가 완성되는 셈이다. 사건의 전말이 드러나는 작품의 후반부에서 작가는 이 리자드의 존재가 특별국의 감사관이란 사실을 끼워 넣는다. "음지에서 빛도 안 나는" 그러한 음모를 주관한 이유는 어김없이 "국익"이라는 거창한 수사로 포장된다. 진실은 그 무소불위의 명분 앞에서 흔적도 없이 사라진다. 진실을 명명백백하게 밝혀 음모의 배후를 징벌하는 영웅은 존재하지 않는다. 아니 음모의 배후 자체도 분명치 않다. 표면적으로 드러나는 리자드 역시 엄밀히 말하면 음모의 중간책일 뿐이다. 그렇다면 누가 음모의 궁극적 배후인가. 진실은 더욱 미궁 속으로 빠지는데 진실의 실체에 가 닿기를 원하는 존재는 이 소설 어디에서도 찾아볼 수 없다. 다만 그 음모의 덫에 대책 없이 걸려들고 속수무책 그 하수인이 되는 왜소한 인간들이 있을 뿐이다.

『사이보그 나이트클럽』은 전형적인 추리소설 혹은 범죄소설의 구도를 차용하면서도 사건이 해결되고 상황이 제자리를 찾는 데서 오는 카타르시스 혹은 안도감을 제공하지 않는다. 진실의 부재와 횡행하는 음모의 현시는 마치 우리 모두가 거대한 음모의 큐브 속에 들어와 있는 것 같은 답답함을 느끼게 한다. 화려한 소통의 매체들이 범람하고 전자 공론장이 최대로 확산된 오늘날 새삼 음모의 서사가 개연성 있게 다가온다는 것은 아이러니하다. 그러나 이 아이러니는 풍요로운 소통의 시대 이면에 심각한 불통(不通)이 만연하고 있음을 확인해준다. 그러한 단절이 정상적인 커뮤니케이션을 방해하고 비정상적인 반커뮤니케이션, 즉 음모 담론이 번창하는 토양을 마련한다. 진정한 소통의 부재는 음모에 취약할 수밖에 없는 조건이며, 이러한 악순환 속에서 세상은 더욱 의사(擬似) 진실로 넘쳐난다.

4.

리자드가 만든 음모의 시나리오만큼이나 이명행의 『사이보그 나이트클럽』은 빈틈없고 치밀하다. 그 구성의 치밀함은 독자를 유혹하기에 충분해 보인다. 그러나 이명행의 유혹에는 치명적인 꿍꿍이나 속임수가 없다. 그는 현실 세계와 더불어 우리의 현재를 새롭게 구성하는 가상 세계를 문제 삼고 있으며, 이 세계에 만연한 거짓과 자폐를 적나라하게 드러낸다. 그러므로 사이보그, 가상공간, 음모와 같은 일련의 모티프는 단순한 유희나 독자들의 표피적 호기심 만족 차원을 넘어선다. 이명행은 이 새로운 외피를 통해서 진실과 소통이 부재하는 우리의 현재를 성찰하는 동시에 가장 오래고 본질적인 문제, 즉 소설의 진정성에 대해 고민한다. "진실은 잠들어" 현실 자체가 소설이 되고, "현실 세계의 실재성과 가상 세계의 사실성이 혼란스럽게 뒤얽혀" 진실과 허구의 경계가 더 이상 분명치 않은 이 시대에 소설적 진실은 무엇이며 소설의 진정성은 어디에 있는지를 묻는 작가의 자세는 시종일관 진지하다. 그러므로 이명행의 고백대로 『사이보그 나이트클럽』의 주인공은 결국 소설가 자신이며 작품은 소설가적 자의식의 기록물이다. 거짓과 단절의 디스토피아를 보여주는 그의 소설을 통해서 진실과 소통에 대한 작가의 진중한 열망을 읽어내는 것은 이 때문일 것이다. 부디 통속적인 가벼움으로 충만한 이 시대에 그에 대응하는 이명행의 성찰이 더욱 무거워지고 생산적인 결과로 계속 이어지길 기대한다.

가

『가시고기』 112

「가족(假族), 천국보다 낯선 가족(家
　　族)」 119

「갈색 눈물방울」 170-173

「갑을고시원 체류기」 305

강영숙 170, 172, 220, 223

「거기, 당신?」 76, 77, 79, 80

『거인』 176, 186, 197

『거점들』 220-223

「거품인간」 176

「검은 물고기의 밤」 292, 297, 299

「검은 바지의 밤」 187

「겨울 강」 163

「계급 속의 여성, 현실 속의 여성」 118

「계단」 76, 79, 80

고금란 163, 202, 203, 214, 215

「고독의 의무」 81

『고독한 청년』 230, 238

『고등어』 31-35

「고무인간의 최후」 339

『고삐』 24, 244, 253

「고압선」 240

「고완품과 생활」 91

공선옥 9, 25, 28-61, 119, 165

공지영 9, 25-61, 126-141

「공포의 기록」 306

「관계」 220-222

「꽃가마배」 290, 291

「구름들의 정류장」 176, 177

『국화꽃 향기』 112

권지예 290, 291

「귀신 이야기」 180, 184, 190, 193, 195

「그 남자의 책」 77

「그녀가 잠 못 드는 이유가 있다」 66

「그녀의 눈물 사용법」 122

「그렇습니까? 기린입니다」 304, 305,
　　318

「그림자 상자」 147, 149

『그 푸른 스물 하나』 339

「끓다」 192

「기억은 몰래 쌓인다」 187

「길」 77

「길은 생선 내장처럼 구불거린다」 159

『깊은 슬픔』 109, 284

김미현 107-125

김별아 124

김숨 65, 71-75

김승옥 121, 122

김애란 65-70, 74, 82, 122, 290, 307,
　　310, 311, 312

김언 176, 177, 179, 186-200

김언수 313, 314

김연수 287-292, 299, 300, 302

김영현 289, 290

김인숙 9, 24-61

김재영 159, 167, 173, 174, 290, 291

김탁환 86, 91-95

김하인 112

김행숙 179, 180, 183, 184, 187, 190,
　　192-195

김헌일 218

김현 220, 221

김혜순 182, 183, 192

김훈 275-281, 288

나

『난 유리로 만든 배를 타고 낯선 바다를 떠도네』 63, 97

「나는 밖이다」 186, 194

「나릿빛 사진의 추억」 330, 331

『나마스테』 157, 158, 159, 163-165

『나비의 꿈』 6, 243-263

『나의 이복형제들』 166, 167

『나의 피투성이 연인』 330-338

『나, 황진이』 86, 92-95

「낙랑공주」 183

「날개」 72, 306

『남한산성』 275-281

「내가 벌써 아이였을 때」 196

「너무 작은 처녀」 192

「누가 해변에서 함부로 불꽃놀이를 하는가」 68

「누군가 문을 두드리다」 76-79

「느림에 대하여」 71

「늑대가 왔다」 143, 146, 148

「능생이가 살아 있다」 212, 213

「니노셋게르미타바샤 제르니고코티카」 194, 195

다

「다리의 얼굴」 191, 192

「다시 쓰는 소설, 덧칠하는 언어」 118, 124

『달려라, 아비』 66, 67, 68, 70, 71

「달로 간 코미디언」 287, 288, 292, 299, 300, 302

「달은 스스로 빛나지 않는다」 332, 335, 336

「달의 눈물」 202, 205-207

「당신」 42, 43

「대왕오징어의 기습」 319

「동방정취」 90

「또 다른 고향」 197

「두 남자」 214-216

라

「라두가」 202-204

「레고로 만든 집」 76, 77

「로망의 법칙」 292, 294, 295

루이제 린저 243, 250

『리진』 275, 282-287

마

『말괄량이 도시』 230, 231, 238

「멍게 뒷맛」 143, 144, 146, 151

『명랑』 142-152

명지현 220

「모범작문」 238

「목마른 계절」 36, 37, 52, 54

「목숨」 36, 37, 55, 56

「묘씨생 걱정하는 고양이」 308, 309

「몰라몰라, 개복치라니」 306

『무소의 뿔처럼 혼자서 가라』 31, 46-50

「무엇을 할 것인가」 33, 34

문성수 202, 205, 207, 208, 210

「물속 골리앗」 310-312

「물 한 모금」 163

『미실』 124

「민족개조론」 83

〈믿거나 말거나 찬드라의 경우〉 155-157

바

『바다표범은 왜 시추선으로 올라갔는가』 163

「바람의 말」 290, 291

「바람의 실내악」 190

『바이올렛』 275

박명호 202, 203

박민규 140, 279, 289, 290, 303, 305, 306, 313, 318, 319, 321

박범신 157, 158, 163

박정윤 159

박찬욱 155, 156

박형서 292, 295-297, 299

박화성 115, 116

〈반지의 제왕〉 339

「배는 돌아오지 않는다」 202, 205, 207, 210

배수아 111, 118, 290

백가흠 292, 294, 299

백민석 65, 111, 176, 177

『百의 그림자』 320

『백치들』 65, 72-75

「뱀사람」 187, 200

「번지 점프대에 오르다」 170

「변온(變溫)의 소설」 120

「별들의 들판」 141

복거일 276

『봉순이 언니』 131

「봉자네 분식집」 79

「부끄러움들」 216, 217

「불꽃」 218, 219

「불멸의 기록」 188, 190

「불탄 자리에 무엇이 돋는가」 36, 37

「불한당들의 문학사」 111

「뿔」 202, 203

『비명을 찾아서』 276

「비소여인」 330, 332

사

「사라진 사람」 189

『사랑』 129

「사랑의 인사」 66-68, 70, 71

「사소한 기록」 194

『사이보그 나이트클럽』 339-348

『사춘기』 180

『삼미슈퍼스타즈의 마지막 팬클럽』 303

「삼십세」 187

『상도』 112

서경덕 93, 94, 95, 103

「서 있는 두 사람」 190

「서정성·감각성·여성성」 118

서정주 181

『설계자들』 313, 314

「섬」 141

「성벽」 232, 238, 239

성석제 290

「성스러운 봄」 331

「세 번째 유방」 147, 151

「섹스와의 섹스, 슬픈 누드」 111

「소나기」 213

「소등」 210

『손님』 322, 323, 328

「쏜다」 190

「수평선, 그 가깝고도 먼」 161, 162

『숨쉬는 무덤』 186

「스카이 콩콩」 66, 69, 70

「시사회」 239

신경숙 25, 109, 122, 275, 282-286, 288

「신체포기각서」 186, 194

「신화, 여성을 위한 신화」 116

『심청』 322-329

『16믿거나말거나박물지』 65

아

「아버지의 엉덩이」 148-151

〈아이들의 왕〉 227

「아침의 문」 319

「아, 하세요, 펠리컨」 318

「아홉 개의 푸른 쏘냐」 159, 167, 168

〈안녕, 프란체스카〉 176

안성호 292, 297, 299

양귀자 124

「앨리스 맵(map)으로 읽는 고양이좌」 184

「어린이 암산왕」 76-78

「얼굴」 192, 254

〈여고괴담〉 176

「여성, 말하(지 못하)는 타자」 117, 118, 124

『여성문학을 넘어서』 108, 109, 113, 116, 119

「여성 연애소설의 (무)의식」 118

「여자들의 품」 180, 192

「여자줍기」 230, 236

『여장남자 시코쿠』 180, 192

「영자의 전성시대」 230, 231, 234-236, 238

『영원한 제국』 276

「에로틱파괴어린빌리지의 겨울」 199

「오감도」 197

『오래된 정원』 322, 323, 328

「오몽녀」 90

『오지리에 두고 온 서른 살』 31, 44-46

『우리들의 행복한 시간』 126-141

「우리 생애의 꽃」 56-59

「유령-되기」 176, 190

「유리 눈물을 흘리는 소녀」 71, 72

유시연 202, 205, 207

「유턴지점에 보물을 묻다」 76, 77

「유화부인」 183

윤대녕 25, 290, 292-294, 299

윤동주 197-199

윤성희 65, 76-82

윤이상 7, 243-263
윤정모 8, 24, 244-263
은희경 25, 111, 118, 122, 292
이광수 83, 85, 92, 129, 291
이기호 290
「이명(耳鳴)」 190
이명랑 166
이명행 339-348
「이 방에 살던 여자는 누구였을까」 77
이상 72, 306
이상섭 161-163
『이순신』 92
『이순신전』 92
이승우 315, 316
이은상 85
이인화 25, 276
「이브, 잔치는 끝났다」 113, 115
「이파리의 저녁식사」 180
이태준 86, 89-92
『인간에 대한 예의』 31, 34, 51
「입김」 145, 147, 151

정영선 216-218
정이현 122
『제인에어』 132
「젠더의 커튼, 젠더라는 커튼」 120
『젠더 프리즘』 108, 109, 118, 119, 120, 124
조경란 111, 122, 123
조선작 10, 224-242
조창인 112
『존재는 눈물을 흘린다』 126
「존재의 세 가지 얼룩말」 180
「종이물고기」 66, 69
「주변에서 쓰기, 중심에서 읽기」 114, 116
「주치의 h」 184
「중세의 시간」 71
「지사총」 224, 226, 230
「지사총 주변에서」 230, 233, 242
「지진과 박쥐의 숲」 71
「진눈깨비」 240-242
「짐작과는 다른 말들」 111

자

『자정의 픽션』 290, 295-297
「잘가, 또 보자」 79
『장원의 심부름꾼 소년』 176
「짝사랑 역정」 181
전경린 25, 63, 86, 91, 96-100, 120
「절망을 건너는 법」 50, 51
「정류장」 292, 295-297
정미경 330-338

차

「채식주의자」 122
「천개소문전 서론」 84
『천년의 사랑』 124
「1306호」 180
천운영 122, 123, 142-152
「첫」 185
첸 카이거 227
최용탁 212

최인호 86, 91, 112, 224, 229, 234

카

『카스테라』 140, 304-306, 318, 319
「칼」 315, 316
『칼날과 사랑』 31, 41-43
『칼의 노래』 84, 275, 276, 279
「커밍아웃」 188
『코끼리』 167, 173
「코리언 스텐더즈」 140, 304, 305

타

「태초에 어머니가 있었다」 119
『투견』 72, 74
『틈새』 163

파

『판도라 상자 속의 문학』 108, 109,
    110, 124
「8월의 사랑」 184
편혜영 122
「페미니즘이 포스트페미니즘에게」
    121-123
「표준사이즈」 210
「푸른 눈물」 283
「풀밭 위의 점심」 292, 294
「프랑스 이모」 196
『피어라 수선화』 31, 36, 54-56, 58, 59

하

한강 118, 122, 123
「하루는당신이와서나에대해서쓰겠다
    고했다」 186
한수영 169, 170
「한 여자 이야기」 37, 38
한유주 122
『한 잔의 붉은 거울』 180
「함께 걷는 길」 43
허균 88, 89
『혀』 122
『현의 노래』 275
「호수여행」 186, 191
「호텔 유로, 1203」 331, 334-335
황병승 82, 176, 179, 180, 185, 187,
    188, 194-197, 199
황석영 122, 124, 322-329
홍석중 86, 91, 100-105
황순원 213
『황진이』 86, 89-91, 96-100
「흐느낌」 192